씌어지지 않은 자서전

이청준 전집 9 장편소설

씌어지지 않은 자서전

초판 1쇄 2014년 6월 20일

지은이 이청준
펴낸이 주일우
펴낸곳 ㈜**문학과지성사**
등록번호 제1993-000098호
주소 121-894 서울 마포구 잔다리로7길 18(서교동 377-20)
전화 02)338-7224
팩스 02)323-4180(편집) 02)338-7221(영업)
전자우편 moonji@moonji.com
홈페이지 www.moonji.com

ⓒ 이청준, 2014. Printed in Seoul, Korea

ISBN 978-89-320-2089-1
ISBN 978-89-320-2080-8(세트)

이청준 전집 9

썩어지지 않은 자서전

문학과지성사
2014

일러두기

1. 문학과지성사판 『이청준 전집』에는 장편소설, 중단편소설, 그리고 작가가 연재를 마쳤으나 단행본으로 발간되지 않은 작품과 미완성작 등을 모두 수록했다.

2. 전집의 권별 번호는 개별 작품이 발표된 순서를 따르되, 장편소설의 경우 연재 종료 시점을, 중단편소설의 경우 게재지에 처음 발표된 시점을 기준으로 삼았다. 단, 연재 미완결작의 경우 최초 단행본 출간 시점을 그 기준으로 삼았다. 중단편집에 묶인 작품들 역시 발표된 순서대로 수록하였으며, 각 작품 말미에 발표 연도를 밝혀놓았다.

3. 전집의 본문은 『이청준 문학전집』(열림원) 발간 이후 작가가 새롭게 교정, 보완한 내용을 충실히 반영하여 확정하였다. 특히 미발표작의 경우 작가가 남긴 관련 자료에 근거하여 수록하였음을 밝힌다.

4. 전집의 각 권에는 작품들을 수록하고 새롭게 씌어진 해설을 붙였으며 여기에 각 작품 텍스트의 변모 과정과 이청준 작품들의 상호 관계를 밝히는 글을 실었다. 이 글은 현재의 문학과지성사판 전집의 확정 텍스트에 이르기까지 주요한 특징적 변모를 잘 보여준다.

5. 이 책의 맞춤법은 국립국어연구원의 '한글 맞춤법'에 따르는 것을 원칙으로 하되, 띄어쓰기의 경우 본사의 내부 규정을 따랐다. 단, 작품의 분위기에 영향을 준다고 판단되는 방언이나 구어체 표현·의성어·의태어 등은 작가의 집필 의도를 살려 그대로 두었다 (괄호 안: 현행 맞춤법 표기).
   예) ① 방언 및 의성어·의태어: 밴밴하다(반반하다) 희멀끄럼하다(희멀겋다) 달겨들다(달려들다) 드키(듯이) 뚤레뚤레(둘레둘레) 뎅강(뎅궁) 까장까장(꼬장꼬장)
       ② 작가의 고유한 표현:
       ─그닥(그다지) 범상찮다(범상치 않다) 들춰업다(둘러업다)
       ─입물개 개었고 아심찮게도 목짓 편뜻 사냥기
       ③ 기타: 앞엣사람 옆엣녀석 먼젓사람 천릿길 뱃손님 뒷번
       그리고 나서(그러고 나서) 그리고는(그러고는)

6. 이 책의 외래어 표기는 국립국어연구원의 '외래어 표기법'에 따라 바꾸었다. 단, 작품의 제목이나 중요한 어휘로 등장하는 경우에는 원본을 그대로 살렸다.
   예) ① 맘모스(매머드) 세느(센) 뎃쌍(데생) ② 레지('종업원'으로 순화)

7. 이 책에 쓰인 문장부호의 경우 단편, 논문, 예술 작품(영화, 그림, 음악)은 「　」으로, 단행본 및 잡지, 시리즈 명 등은 『　』으로 표시하였다. 대화나 직접 인용은 큰따옴표 ("　")와 줄표(─)로, 강조나 간접 인용의 경우 작은따옴표('　')로 묶었다.

차례

다방 세느 부근에서는 쑥스럽지 않은 일이 거의 없다. 거리의
풍경이나 사람들의 거동이나 다방 안의 대화나 일대에 진을 친 하
숙가의 풍속이나 쑥스럽지 않은 일이 한 가지도 없다. 그것은 아
마 이 나라에서, 아니 세계에서도 유수한 맘모스 여자 대학교 건
물이 뒷산 쪽에서 높다랗게 이 동네를 압도하고 서 있는 데다, 거
리는 온통 그 여자 대학교에서 쏟아져 나온 학생들에게 빈틈없이
점령당해버리고 있기 때문일 것이다. 말하자면 이 동네의 구조와
분위기는 온통 이 유수의 여자 대학교와 학생들을 위해서만 꾸며
져 있어 다른 곳에서라면 아무렇지도 않을 일이나 거동이나 대화
같은 것이 일단 이곳의 일이 되고 보면 꼼짝없이 쑥스러워져버리
고 마는 것이다.

가령 여자 대학교의 정문에서부터 간선도로로 뻗어 나온 3백 미
터 남짓한 거리에는 양장점과 구둣방과 양품점과 미장원과 다방과

제과점 들이 연쇄가처럼 줄을 잇고 있는데, 그런데도 의당 있어야 할 책방은 좀체 눈에 뜨이지 않는 게 쑥스럽고, 그것도 아예 한 곳도 없어버리면 모르겠는데 문방구점 비슷한 것이 하나 옹색스럽게 어깨를 비비고 끼어들어 있어 문득 근처에 대학교가 있다는 생각이 들게 한 것이 더 쑥스럽다. 봄여름에는 냉차 장수 아이스크림 장수 사두 장수 참외 사과 장수 들, 가을 겨울로는 포도 장수 군밤 장수 튀김고구마 장수 들의 포장 가게 앞이 언제나 학생들로 붐비고 있는 꼴도 쑥스럽지만, 입물개를 신문 봉지에 사 들고 학창 시절의 낭만을 만끽하듯 유유자적 거리를 거니는 여학생들은 더욱 쑥스럽다. 또한 이곳에선 다방이며 미장원이며 과자점이며 양장점이며 구둣방이며 아이스크림집이며 하는 곳들의 이름이 이미 우리의 귀에 익숙한 영어 정도로는 멋이 덜한 듯 이사벨과 세느, 스브니르 아이네클라이네 몽블랑 디쉐네 디오르 등등 어느 발성 기관의 한 구멍을 우리 발음 습관과는 반대로 여닫고 읽어야 하는 먼 나라 말뿐인 것도 쑥스러운 푼수로는 부족한 바가 없다. 사람들은— 애초부터 이곳에 사는 사람이건 용무가 있어서 찾아든 사람이건 또는 그 여학생들 중의 누구를 만나기 위해 온 사람이건 전혀 우연히 발길을 들여놓은 사람이건 한결같이 다 쑥스러워지게 마련이다. 거리를 지극히 천천히 무관심하게 걸어가도 쑥스럽고 사무적인 얼굴로 바쁘게 걸어가도 쑥스럽긴 매한가지다. 말끔한 차림새를 하고 지나가기도 쑥스럽고 근처에 집이 있다는 핑계로 슬리퍼를 질질 끌고 나서거나 하는 따위는 더욱 쑥스럽다. 대학생 제복도 쑥스럽고 애숭이 장교의 백동 견장의 번쩍임도 쑥스럽고 사관생도의 단정한 제복도 쑥스럽고 넥타이도 쑥스럽고 남방셔츠 차림도 어차피 쑥스럽다. 사람을 기다리려 어디 잠시 찾아들어가기라도 할 형편에선 다방을 들어가도 쑥스럽고 제과점의 학생들 사이에서 아이스크림 같은 것을 핥아 먹고 앉아 있어도 쑥스럽다. 그렇다고 거리에 우두커니 서 있는 것도 쑥스럽지 않은 건 아니고, 굳이 이 거리를 빠져나갔다가 잠시 뒤에 다시 찾아든다 해도 쑥스럽기는 불가항력이다. 그중 또 쑥스러운 것은 가끔 이 여자 대학 기숙사를 찾아들어가는 사람들의 얼굴 표정인데, 정문을 들어서서 운동장과 교정을 지나 여자 학교들이 대개 그렇듯 교정의 맨 뒤쪽 오지 숲에 들어앉은 기숙사 현관까지 이르는 길에서 그들이 짓는 표정은 어느 것도 쑥스럽지 않은 것이 없다. 약간 당황하거나 얼어붙은 듯한 표정은 말할 것도 없지만 누이동생이라도 만나러 가듯이 늠름한 표정으로 걸어가도 쑥스러움은 면할 수 없고 아예 솔직하게 쑥스러운 표정을 드러내고 걸어가도 역시 쑥스럽지 않은 게 아니다. 마주 걸어 나오는 여학생들에게 슬금슬금 곁눈질을 파는 것도 쑥스럽고 막대기처럼 뻣뻣하게 또는 어린 여학생들을 흘깃거리는 건 체신이 아니라는 듯 점잖고 무관심하게 걸어가도 쑥스럽다.

하여간 이곳은 그런 곳인데 밤이 되어 거리가 밝은 형광등불빛에 싸이게 되면 쑥스러움은 한층 도를 더하게 된다. 거리가 너무 밝은 반면 보행로를 조금만 비켜서면 일대의 하숙가로 뚫린 검고 어두운 골목길이 수없이 얽혀 있어 어디에서 금방 지분 냄새의 여자가 나타나 손목을 잡아끌며 잠시 쉬어 가라 조르고 들 것 같은 쑥스러운 착각에 사로잡힐 때가 있는데, 그것은 그 하숙집들마다에서 우리가 종로 어느 뒷골목에서 볼 수 있는 고만고만한 또래의 여자애들이 한 집에 꼭 대여섯 명씩 들어 있는 때문이고 우연인지 어쩐지 고만고만한 여관들이 뒷골목 곳곳에 들어박혀 있기 때문이며 거기에다 어둑어둑한 처마 밑 같은 데에 엉킨 두 겹 한 쌍의 황망스런 그림자들을 자주 만나게 되기 때문이며 어느 땐 아주 남자가 뒤에 업히듯 한 취중 횡보 속에 키득키득 골목을 휘젓고 지나가는 풍경 앞에 그 종로 몇 가엔가서 마주쳤던 쑥스럽고 느끼한 야경을 떠올리지 않을 수가 없기 때문이다. 그런 것은 물론 본 체하기도 쑥스럽고 안 본 체하고 지나가기도 제물에 쑥스럽다. 근처에 자리한 간이역 일대의 판잣집 술 가게에선 짧은 바지 여인들이 즐비하게 골목으로 나와 앉아 일금 천 원어치 술만 팔아주면 잠까지 재워준다고 꾀는데 그것도 이 동네 거리의 쑥스러운 밤 정취에 상당한 기여를 하고 있다.

물론 거기서 더 쑥스러운 것은 학생 신분도 아닌 일반인 처지에 어떤 한 위인이, 아니 바로 말해 이런 쑥스러운 소리를 시작한 내가 하필 이 쑥스러운 동네에 하숙을 정해 들어 지내고 있다는 사실일 것이다. 그야 전에 지내던 곳에서 모종 불가피한 사정이 생겨 집을 옮기게 되었을 때 한동안 이곳저곳을 헤매다가 필경 하숙은 하숙집 많은 동네에서 찾아야 한다는 생각에 어정어정 이 동네까지 발길을 기웃거리고 든 끝에 용케 방이 하나 비어 남은 이 집을 찾아들게 된 형편이지만 그렇다고 그게 이곳에서의 내 쑥스러운 처지를 줄여줄 수는 없는 일이다. 나이가 제법 쉰 일반인 처지로 여태껏 아랫연배 여학생들과 그냥저냥 한집에서 한 화장실과 한 우물 한 세숫대야 한 대문을 쓰고, 날씨가 더운 날엔 더러 같은 아이스크림집을 함께 들고 같은 다방 문을 함께 나며 지내야 하는 처지란 보통 쑥스런 게 아닐 게 당연하다. 하지만 지금 와서 새삼 또 여학생들이 들어 있지 않은 다른 집을 찾는다거나 그 일이 여의하여 아예 다른 먼 동네로 다시 이삿짐을 싸 옮겨 간다 해도 그 역시 어색하고 쑥스런 노릇인 건 마찬가지. 또는 그런 수선을 피우는 것이 되레 더 쑥스럽다는 구실로 어물쩍 그냥 이대로 눌러앉고 지내기도 쑥스럽기는 매한가지. 거기에다 근자 들어선 아예 동네 하숙 조합 같은 것을 만든 아낙네들이 일사불란 끼니상의 달걀은 일주일에 한 개씩만 얹어주고 하숙비를 일정액 이상 통일해 받으며 나처럼 학생 아닌 일반인들에게는 점심 끼니를 주지 않기로 합심 결의하고 그것을 구실 삼아 우리 집 아주머니는 늘 내게만은 마음을 쓰고 싶어도 이웃 눈길이 두렵다는 넋두리까지 되풀이 들어야 하는 처지가 되어보라.

하지만 무엇보다도 가장 쑥스러운 것은 지금 내가 그런 것을 쑥스럽다고 이렇게 늘어놓고 있는 노릇일 것이다. 그야말로 쑥스러운 꼴이다. 하지만 나는 이 쑥스러운 이야기를 좀더 계속해야겠다.

다방 세느— 이 동네에선 쑥스럽지 않은 일이 없지만 그중에서도 가장 쑥스러운 것이 아마(내가 겪은 것으로는) 이 다방 세느의 주변 일일 것이다. 다방은 우선 그 분위기부터가 쑥스럽다. 여자의 속치마 같은 눈 간지러운 분홍색 커튼도 쑥스럽고 글라디올러스를 꽃만 뎅꿍 잘라 앉은뱅이로 만들어 꽃꽂이해놓은 것도 쑥스럽고 화분이 굴러 넘어질 때 뿌리도 없는 조화 다발이 서걱거리며 팽개쳐지는 것도 쑥스럽고, 클래식 음악이 흘러넘쳐도 쑥스럽고 재즈 곡목이 실내를 뒤흔들어도 쑥스럽고 마담 아줌마가 틈만 있으면 자신은 오직 학생들의 젊은 날을 즐겁게 해주기 위해 봉사하노라, 학생들의 기호에만 신경을 쓸 뿐 영리에는 너무 눈이 없어 탈이라 되풀이 강조하는 것도 쑥스럽고, 이런저런 기념일 땐 학생들을 위해서랍시고 대단치도 않은 모임을 마련하여 티켓을 팔고서도 그 경비를 자담해주는 체 생색을 내는 것도 쑥스럽고. 학생은―, 이곳을 드나드는 학생들은 어떤가. 물론 이들도 대체로 쑥스럽다. 이곳을 드나드는 남학생들 중엔 특히 부근의 B대학 바지씨들이 많은데, 이들은 저희들끼리만 떼를 지어 와 떠들어대고 있어도 쑥스럽고 입을 다문 채 점잖게 잠잠해 있어도 쑥스럽고 여학생을 수에 맞게 끼고 앉아 있어도 어차피 썰렁하고 쑥스럽다. 커피를 마셔도 쑥스럽고 코코아나 쌍화차나 칼피스나 주스 따위 값이 좀 비싼 것을 마신대도 쑥스럽고 더욱이 위스키 따위의 술잔을 앞에 하고 있으면 여학생이 가끔 시험공부를 위해 책을 펴 들고 있는 것만큼이나 쑥스럽다. 더러는 쑥스럽지 않기 위해 술을 마신 얼굴로 이곳을 들어서는 위인들도 있지만 그래도 쑥스럽긴 마찬가진데, 그걸 구경하는 사람 쪽도 참을 수 없도록 쑥스럽긴 매한가지다. 여학생들도 마찬가지다. 여학생들 역시 저희끼리 앉아 있어도 쑥스럽고 바지씨를 한둘씩 끼고 앉아 있어도 쑥스럽고, 그렇지만 혼자나 단둘이서 책을 보다가 잠시 피로를 풀기 위해 나온 듯이 그저 커피나 마시면서 한가하게 음악을 즐기는 따위의 표정은 그

중 더욱 쑥스럽다. 킥킥거리며 저희끼리 웃고 있어도 물론 쑥스럽지 않을 리 없다. 오가는 대화가 어느 교수를 비방하는 것이어도 쑥스럽고 총장님, 우리 총장님을 연발하며 극진한 숭모의 정을 드러내는 것이어도 어쩐지 쑥스럽다. 오래 앉아 있을 때는 다리를 꼬아 사지를 편하게 하고 있어도 쑥스럽고 약간 긴장을 한 자세나 표정을 하고 앉아 있어도 쑥스럽다. 오래 앉아 있어도 쑥스럽고 차를 마시자마자 금방 자리를 일어서는 것도 쑥스럽다. 가끔 교수들이 이 다방으로 들어와 자기들은 전혀 그 쑥스러운 분위기와는 상관이 없는 듯한 얼굴을 하고 앉아 담배를 피우거나 차를 마시거나 자신만의 알 수 없는 상념에 젖거나, 그러다 때론 느닷없이 낡은 가방 속의 강의 노트를 꺼내 들고 기록에 열중해들기도 하는데, 그것도 물론 쑥스럽기는 마찬가지다. 더욱이 많은 사람들은 다방을 들어설 때 레지 아이와 한두 마디 알은체 농담을 건네거나 마담 아줌마에게 허물없는 눈인사 따위로 자신이 이 유명 다방의 단골손님이라는 것을 만인에게 주지시키려 애를 쓰는데 그것도 미상불 쑥스럽지 않은 건 아니며, 그렇다고 물색없이 출입구에서부터 어리벙벙 앉을 자리나 찾아 눈길을 두리번대는 것은 처음부터 더욱 쑥스럽다. 세느는 대개 오전 한두 시간과 오후 5시부터 7시까지 두어 시간, 그리고 밤 9시 반 이후가 좀 한산한 편인데, 물론 손님이 많은 때에 남의 탁자 앞에 한사코 자리를 겹쳐 앉으려 드는 것도 쑥스럽고 밤이 늦은 시간대에 텅 빈 자리에 혼자 앉아 어두운 천장만 쳐다보는 취미 역시 어쩔 수 없이 을씨년스럽고 쑥스럽다.

하지만 뭐니 뭐니 해도 가장 구제 불능의 쑥스러움은 그런저런 사정을 뻔히 다 의식하면서도 여전히 그 세느에 밤과 낮을 자주 앉아 버티는 위인 쪽일 것이다. 담배를 물고 있어도 쑥스럽고 재떨이에 내려놓은 담배에서 피어오르는 실연기를 들여다보고 있어도 쑥스럽고 창가에 앉아 유리창 밖을 내다보고 있어도 쑥스럽고 건너편 여학생 쪽을 마주 바라보고 있어도 쑥스럽고 천장을 쳐다보거나 무슨 데데한 상념 따위를 가장하고 있어도 쑥스럽고 네 개의 좌석을 혼자 차지하고 있어도 쑥스럽고 누군가 그 빈자리를 새로 찾아와 앉아도 쑥스럽고 그 자리에 끝끝내 아무도 앉아주는 사람이 없어도 쑥스럽고, 그런 것을 생각하노라면 말도 안 되게 쑥스럽고, 그래서 홀쩍 자리를 일어서기도 쑥스럽고……

아, 이 동네 이 거리 이 다방에서는 아 해도 쑥스럽고 어 해도 쑥스럽다. 그것은 이 동네에 세계 유수의 여자 대학이 자리해 있고 그 학생들이 온통 온 동네 하숙집과 거리와 아이스크림집과 다방들을 깡그리 다 점령해버린 때문일 것이다.

제1일

    내가 처음 왕(王)을 만난 것은 바로 이 쑥스러운 동네의 쑥스러운 다방 세느에서였다. 이사를 해 오고 나서 한 달이 될까 말까 한 어느 날 저녁, 나는 멍하니 방바닥에 드러누워 그날 낮 일단 결말을 지은 회사 일에 대해 다시 이리저리 생각을 해보고, 그리고 내가 정말 회사를 그만두고 말 것인가 아니면 국장의 말대로 한 열흘 휴가라도 보내는 기분으로 지내다 슬그머니 다시 출근을 계속할 것인가 말 것인가 부질없는 궁리를 일삼던 끝에, 이날따라 더 지치고 피곤해진 심신 탓에 옆방 여학생들의 수다스런 입방아질에 쫓기듯 모처럼 익숙지 않은 동네 외출을 나섰다가 별다른 생각 없이 발길을 들이민 곳이 이 세느였다. 썰렁한 방바닥에 누워서는 너무 가까이 들려오는 옆방 여학생들의 수다와 웃음소리에 생각을 좋이 이어나갈 수가 없었고, 그러면서도 귓구멍이 자꾸 그쪽 소리를 담으려 하여 더 궁상스런 기분이 드는 바람에 어디로든 나가기는 나가야겠다 작정하고 대문을 나섰지만 정작 마땅히 갈 만한 곳이 떠오르지 않은 탓이었다. 그러니 나의 그 쑥스러운 기분은 애초 이 거리로 집 문간을 나섰을 때부터 벌써 느껴지기 시작한 것이었다. 더욱이 학생들이 진을 치고 있을 이 세느로 들어서는 입구에선 그런 기분이 한층 더했지만, 그렇다고 우정 어디 시내로까지 나갔다 올 수도 없는 일, 근방에선 그래도 이 세느의 커피 맛이 제법인 데다 조명도 그중 밝은 편이라는 소문을 떠올리며 나는 그냥 이 세느의 2층 계단을 오르기 시작한 것이었다.

물론 다방 안은 예상했던 대로 쉽게 견디기 어려운 분위기였다. 한데도 때마침 한쪽 자리가 비어 있는 창문가 탁자를 발견하고 옹색스런 대로 그곳으로 건너가 커피를 한 잔 주문해 마시고 났을 때—, 나는 문득 그 왕을 발견했던 것(그때 만약 그 왕을 만나지 못했다면 나는 그 길로 곧 자리를 일어서 세느를 나오고 말았을 것이다)이다.

그러니까 내가 아까 그를 '만났다'고 말한 것은 실상 적절한 표현이 아닌 셈이다. 나는 그때 그를 그저 우연처럼 발견했을 뿐인 것이다. 하긴 이것도 적합한 표현은 아니다. 왜냐하면 나는 그를 이전에 본 적도 없었고 그에 관해 들은 적도 없었기 때문이다. 나는 그때 다만 나에게서 두 좌석 건너 쪽, 이 세느에서는 가장 구석진 자리에서 유리창 쪽으로 얼굴을 돌리고 앉아 있는 한 사내에게 우연히 시선이 머물렀을 뿐이었다. 결과부터 말하자면 바로 그가 왕이라는 성을 가진(이름은 아직도 모르겠다) 사내였고, 나는 그 왕 때문에 당분간 이 쑥스러운 다방 세느를 자주 찾아오게끔 된 것이다. 그리고 이후 그 회사로부터의 완전 퇴직이 되든 복귀가 되든 어느 한쪽을 결정지어야 할 이 10일간의 내 기한부 휴가 중의 일은 물론, 그 집요하고 위협적인, 그러면서도 도대체 정체를 알 수 없는 신문관 사내에 대한 기나긴 진술의 마지막 희망까지도 모두 위인에게 달린 것처럼 작자가 온통 내 관심을 차지해버리고 만 것이다.

그것은 말할 것도 없이 그런 데에 조금이라도 경험이 있는 사람이면 누구라도 금방 알아볼 수 있는 어떤 특이하고 강렬한 분위기가 그의 얼굴을 휩싸고 있었기 때문이었다. 나는 그의 첫인상에서 대뜸 그것을 감지해냈다. 그리고 일순간에 긴장하고 말았다. 하긴 그 왕 쪽으로 처음 내 시선이 간 것은 그의 앞 탁자에 앉아 있는 조그만 새끼 고양이 때문이었다. 그의 자리는 다방 한구석에 탁자와 걸상 둘을 옹색하게 붙여놓은 꼴이었는데, 그 탁자 위에는 커피 잔과 우유 컵이 하나씩 놓여 있었고, 새끼 고양이 한 마리가 접시에 반쯤 부어놓은 우유를 할짝할짝 핥고 있었다. 왕이 고양이를 위해 따로 우유를 시켜 간 모양이었다.

그 왕은 한눈에도 사람을 기다리고 있지 않는 게 분명했다. 위인이 아무도 자주 가 앉지 않을 구석 자리를 택한 것이 그랬고 앞뒤 자리가 둘뿐인 것이 그랬고 그 앞의 고양이 꼴이 그랬다. 그러나 위인은 고양이를 상대하고 있는 것 같지도 않았다. 그는 할짝할짝 우유를 핥고 있는 녀석을 내버려둔 채 시선을 줄곧 창밖으로 내보내고 있었다. 내가 처음 그를 본 것도 반쯤 돌린 그 옆얼굴이었다. 그러나 나는 알 수 있었다. 턱수염이 더부룩하게 자라고 머리도 잘 빗겨 있지 않은 데다 크고 깊은 두 눈, 그런 것들은 대체로 그의 인상을 너저분하게 하고 있었다. 그러나 줄창 창밖만 내다보고 있는 그 크고 깊은 두 눈에서부터 위인의 인상을 말한다면 그는 분명 범상찮은 표정과 분위기를 지니고 있었다.

나는 잠시 후 그가 고양이에게 다시 우유를 따라주기 위해 얼굴을 정면으로 돌렸을 때 그런 내 생각을 한 번 더 확인할 수 있었다. 내가 그의 옆얼굴을 살피며 혼자 생각에 잠긴 시간이 얼마나 되었는지 모르겠다. 그동안 우유를 다 핥아 먹고 난 고양이 놈이 그 조그맣고 연한 분홍빛 혓바닥으로 콧구멍과 턱을 핥아 훔친 다음 하품 비슷이 야아옹 자지러드는 소리를 한 번 했다. 그리곤 금세 탁자에서 뛰어내릴 듯 허리를 활처럼 굽히며 도약 자세를 취했다가, 그러나 절대로 다른 자리 쪽은 넘볼 생각을 못하도록 훈련이 된 것처럼 다시 그 자리에 주저앉아 왕을 건너다보기 시작했다. 녀석은 허리와 다리께에 바둑점을 가지고 있어 개와 고양이를 교미시켜 새끼를 얻은 잡종처럼 보이기도 했는데, 그 강아지 같은 바둑점이 제법 귀엽게 보였다. 놈은 그러고 앉아 째진 눈을 가늘게 뜨고(내 쪽으로 등을 돌리고 앉았기 때문에 보이지는 않았지만 그건 보지 않아도 알 수 있었다) 왕에게 뭔가 호소하듯, 또는 한동안 움직임이 전혀 없는 왕이 신기하기 그지없는 듯 연상 고개를 갸웃거리고 있었다. 그러자 왕이 갑자기 생각난 듯 얼굴을 돌려 고양이를 들여다보았다. 그리고 반쯤 남은 우유를 마저 접시에 부어주고 나서 녀석이 다시 접시로 덤벼드는 것을 잠시 들여다보다가는 다시 유리창 쪽으로 눈을 돌려버렸다. 나는 그 순간 잠깐 왕의 눈을 볼 수 있었다. 그리고 무슨 쾌감처럼 등골을 깊이 흘러내리는 전율과 온몸의 근육이 굳어지는 것 같은 팽팽한 긴장감을 느꼈다.

깊고 검은 왕의 눈은 얼핏 보면 어두운 동굴처럼 확실치 않은 윤곽 속에 껌껌해 보였다. 그러나 그 눈은 또한 깊은 우물물 속처럼 한 꺼풀 어둠 속에서 맑게 번득이는 차갑고 날카로운 빛이 있었다. 그 눈빛에선 그의 안계를 방해하는 모든 것을 꿰뚫어버릴 듯한 섬뜩거림 같은 것이 느껴졌는데, 그러나 동굴 속처럼 어두운 그의 안공 때문에 어딘지 음습한 증오기 같은 것을 띠어 보이기도 했고, 그가 다시 유리창 쪽으로 내보낸 묵연스런 표정 속엔 웬 애원기 같은 것을 담고 있는 듯싶기도 했다. 그러나 어쨌든 그 눈빛은 빗질되지 않은 머리털이나 더부룩한 턱수염, 게다가 숱이 짙은 눈썹하며 약간은 오뚝한 코, 넓죽하면서 마른 볼, 두툼한 입술 따위, 그 모든 것을 힘 있게 지배하며 그 눈을 중심으로 한 독특한 인상의 조화를 이뤄내고 있었다.

허기―, 허기진 사람의 얼굴―, 강한 공복감을 느끼면서 그것을 이상한 쾌감으로 견디고 있는 사람의 얼굴―, 그것이 내가 그의 얼굴에서 처음 알아낸 것이었다. 하긴 이렇게 말하면 나의 추단이 약간 비약을 했다고 할 수 있을지 모르겠다. 그러나 나는 안다. 허기가, 공복감이 어떤 얼굴을 만들어내는 것인가를, 그리고 어떤 얼굴이 허기가 져 있는 것이고 공복감을 견디고 있는 것인가를. 말하자면 왕의 얼굴이 그런 것이었다. 그리고 그것은 언젠가 분명한 사실로 증명될 수 있을 것이라고 나는 확신했다. 그러나 나는 그것으로 내 추단이 지나친 비약으로 어떤 오류를 범했을 가능성을 전혀 부인할 수는 없었다. 왜냐하면 허기라는 것, 그게 이즈음 내 상념과 너무 깊이 밀접해 있는 데다, 나의 신문관 사내에게 수없이 되풀이해온 내 진술의 내용이 또한 한결같이 그 허기와 상관된 것들이었기 때문이다.

요즘 들어 나는 그렇듯 그저 허기만을 생각했다. 그리고 신문관에게도 그 허기와 상관해서만 나의 삶을 진술했다. 나의 생에는 그 허기를 제외하면 아무것도 중요한(중요하지는 않더라도 기억할 만한) 사건이 없었기 때문이다. 왕의 얼굴을 보고 내가 대뜸 그 허기와 공복감을 생각한 것은 추단의 터무니없는 비약을 감행했을진 몰라도 나의 이즈음의 상태로는 아주 자연스런 현상이었다. 그리고 나 역시 거기서 이상한 허기를 느끼기 시작하고 나아가 신문관 사내에게 수없이 되풀이해온 내 최초의 허기에 관련된 어릴 적 연까지 상기하게 된 것도 아주 당연한 순서였다. 아니 조금 더 정직하게 말한다면 나는 그런 생각을 하기도 전에 왕의 얼굴을 본 순간 내가 먼저 그 허기를 느끼기 시작했고, 연후에 비로소 왕의 얼굴에서 그 허기를 확인하며 내 어린 시절을 떠올렸거나, 아니면 왕을 보았을 때 반사적으로 먼저 나의 연이 떠올랐고 그런 다음 나와 왕의 허기를 알아차린 식이었는지도 모른다. 혹은 모든 것이 거의 동시에 일어났을 수도 있었다. 그러나 이제 그 순서의 차이는 문제가 아니다. 어쨌든 최초의 원인은 왕의 얼굴이었고, 그리고 나는 나 자신의 허기와 함께 또다시 그 어린 시절의 연의 기억으로 잠시 세느의 그 쑥스러운 분위기를 잊고 있었으니 말이다.

연은 내 최초의 허기의 얼굴이었다—

내 마음은 어느새 그 시골집 담벼락 너머의 보리밭으로 달려가 있었다. 어린 시절 나의 시골집은 돌담을 끼고 길다란 밭과 접해 있었다. 그 밭에는 늦가을 보리 싹이 파랗게 돋아나 이듬해 봄이 오기까진 추위 때문에 더 자라지도 못하고 붉은 흙 이랑 사이에서 겨울을 났는데, 그동안 나는 동네 아이들과 날마다 그 보리밭에서 방패연을 날리고 지냈다. 연은 누구나 서로 큰 것을 만들어 가지고 싶어 했지만 그것을 만드는 창호지(한지)의 크기가 일정했기 때문에 대개는 연들도 같은 크기였다. 나에게 그 연을 만들어준 것은 먼 친척 아저씨였고 연실은 늘 어머니가 마련해주셨다. 우리는 될수록 튼튼하고 긴 연실을 가지고 싶어 했는데, 그것은 그만큼 연을 높이 띄워 올릴 수 있기 때문이었다. 연실이 약해서 중간에 연이 떨어져 나가는 수도 있었다. 그러면 우리는 10리고 20리고 기어코 그 연을 쫓아가 다시 찾아 돌아왔고, 어떤 때는 기를 쓰고 쫓아가서도 연이 아주 멀리 날아가버려 허탕을 치고 돌아오는 수도 있었다. 그것은 참으로 안타까운 일이었다. 게다가 그런 일은 유독 나에게 자주 일어났다. 그럴 때마다 나는 실을 마련해주신 어머니를 원망했다. 하지만 그게 꼭 어머니 탓만은 아니었다. 바람을 잘 맞추지 못하고 지나치게 연을 높이 띄워 올리거나 급속히 실을 감아 들이거나 해도 연이 끊어져 날아가버리는 수가 있었다. 바람구멍을 잘못 내도 마찬가지 일이 일어났다. 때로는 실을 끊어먹고 날아가던 연이 사람 손이 닿을 수 없는 높은 나뭇가지 위에 걸린 채 며칠씩 너울대고 있기도 했는데, 그것은 나를 더욱 안타깝게 했다. 그런 일만 없으면 나는 거의 온 겨울 동안 그 보리밭 돌담 밑 양지 아래서 가만히 얼레를 붙잡은 채 그 드높은 허공의 연만을 바라보며 하염없는 날들을 보내곤 하였다. 그 연에 이어진 실을 통해 허공을 지나가는 바람과 연의 움직임을 손에 느끼며, 또는 실에 흐르는 연과 손 사이의 팽팽한 긴장을 즐기면서 아득히 솟아오른 흰 연을 쳐다보는 것만으로 나는 그 대개의 오전 해를 다 보냈다.

그런데 그런 연날리기 재미도 늘상 그 아침녘뿐 오정이 가까워오면 서서히 배가 고파오기 시작했다. 그러나 나는 그 시절 거의 한 번도 점심 끼니로 그 허기를 채워본 기억이 없다. 나는 연실을 붙잡고 몇 번이고 담 너머로 어머니가 먹을 것을 좀 준비해놓고 나를 불러들여주지 않을까 귀를 기울이곤 하였다. 그러나 어머니는 한 번도 나를 불러주지 않았다.

그것은 비단 우리 집 사정만이 아니었다. 태평양전쟁이 한창이던 당시의 우리 시골에는 흉년까지 겹쳐 들어 가을걷이 뒤끝인 겨울철에도 점심을 차려 먹는 집이 드물었다. 함께 연을 날리던 아이들 중엔 가끔 삶은 고구마 따위를 들고 나와 자랑스런 얼굴로 먹어치우는 일이 있었지만, 그것도 어쩌다 한 번씩뿐이었고, 더구나 점심을 먹으러 집으로 들어가는 아이는 없었다. 그래서 우리는 점심때를 잊은 것처럼 그저 연만 날렸다. 집으로 가봐야 아무것도 먹을 것이 없다는 것을 알고 있었으니까. 물론 처음부터 내가 그런 것을 안 것은 아니었다. 처음 한두 번 나는 어머니의 부름을 기다리다가 허기를 참지 못해 연을 거둬 들고 집으로 들어간 적도 있

었다. 그러나 첫번째는 집에 남아 있는 사람이 없어 아무것도 찾
지 못한 채 부엌만 뒤지다가 암울스레 다시 연을 메고 나올 수밖에
없었고, 다른 한 번은 어머니가 계셨지만 까마득한 표정을 하고
앉아 있는 나를 보고 먹을 것에 대해서는 일언반구도 없이 짐짓 왜
연을 날리러 나가지 않느냐, 힘없는 눈길로 나를 돌아다보는 바람
에, 나는 이번에도 눈물이 나오려는 것을 참으며 다시 연을 들고
사립을 나서는 수밖에 없었다.

그래저래 이후로도 나는 더욱 빠지지 않고 날마다 연과 함께 보
리밭으로 나갔다. 그러나 아직도 나는 점심때 시장기가 찾아오면
혹시나 어머니가 불러주지 않을까 습관처럼 담벼락 너머로 귀를
기울이며 기다리곤 하였다. 그리고 그런 내 기다림은 오정 때가
훨씬 지나 허기가 슬그머니 사라지고 정신이 다시 말짱해질 때까
지 계속됐다. 그러나 어머니는 끝내 나를 불러주는 일이 없었다.
그런데 다행히도 오정 때가 한참 지나고 나면 웬일인지 그 허기가
거짓말처럼 사라지고 머릿속이 말똥말똥 맑아오며 몸까지 다시 가
벼워졌다. 그리고 그때부터 나는 비로소 담 너머로 보내던 내 기
다림과 주의를 거두고 다시 연날리기에만 집중하기 시작했다.

그러나 그런 시간도 그리 오래가지는 않았다. 연에서 손으로 전
해오는 바람의 압력과 긴장기를 즐기며 높은 연을 쳐다보고 있노
라면 사라졌던 허기가 서서히 다시 살아나기 시작했다. 그것은 이
제 내 몸이 중력을 잃어가는 것 같은 가벼움과 선뜩선뜩 한기가
느껴지는 기분에다 배에서 조금씩 날을 세우기 시작한 통증과 긴
장감 들 그런 것이었는데, 특히 그 통증과 긴장감을 견디는 것은

묘하게 짜릿짜릿한 쾌감까지 느끼게 했다.

나는 어느 때부턴가 그 허기를—, 그 허기로부터 시작된 뱃속의 통증을 이상한 쾌감으로 즐기게끔 되어갔다. 그리고 그런 은밀한 쾌감을 맛보면서 나는 오후 동안 내내 연을 쳐다보며 저녁을 기다렸다. 뿐더러 그 이상한 쾌감에 관해 내 연과 무척도 많은 이야기를 하였다. 나의 고마운 연은 나로부터 떨어져 나가버릴 듯 팽팽한 당김질로 나에게 끝없이 긴장을 고조시키면서, 내가 그런 쾌감에 젖는 동안 하염없이 나와 얼굴을 마주하고 나를 내려다보고 있었다. 그러다 보면 나는 바로 그 연의 얼굴에서마저 역력한 허기를 보게 되고, 그러면 나는 까닭 없이 마음이 창연해졌다. 그렇게 하여 나의 연은, 언제나 외롭고 슬픈 허공중의 나의 연은 어느 때부턴가 또 하나의 내 허기의 얼굴로 변해갔다. 그리고 나는 그 허기의 얼굴과 한 핏줄처럼 친해져갔다.

그렇듯이 나는 아무도 연을 날리지 않는 정월 보름을 지낸 뒤에까지도 여전히 연을 날렸다. 다른 아이들은 보름날 밤으로 연놀이를 끝냈다. 보름이 넘고도 연을 날리고 놀면 가난해진다고 어른들은 모두 연을 멀리 날려 보내라고 했다. 그래 아이들은 보름날 밤 주소와 이름을 적어서 연을 멀리 띄워 보내고 실을 거둬 감은 실패만 챙겨 돌아들 갔는데, 나는 이날도 연을 날려 보내지 않았다. 보름날이 지나고 보리가 훨씬 자랄 때까지도 나는 계속 연을 날리면서 지냈다. 허기를 견디는 짜릿짜릿한 쾌감과 긴장감을 쉽게 작별할 수가 없었다. 그 허기의 얼굴을 떠나보내기가 싫었다. 그것은 보름을 지나서도 여전히 외롭고 슬프게 나를 내려다보고 있었고 나를 위로했고 심지어 내가 무슨 부아가 났을 때마저도 그 심화를 풀리게 했다.

내가 연을 날리지 않게 된 것은 밭 귀퉁이에 노란 민들레가 피어나는, 봄이 무르익기 시작하는 3월 초순이 되어서였다. 나는 연을 떠워 보내는 대신 화장을 시켰다. 보름날 밤 귀양을 보내지 못한 연은 그렇게 화장을 하게 되어 있었다.

나는 그 시절에 관해 지금 이 정도를 기억하고 있을 뿐이다. 그런 겨울이 나에게 몇 해가 계속되었는지, 그리고 언제 연날리기를 그만두게 되었는지는 분명히 기억해낼 수가 없다. 다만 추측할 수 있는 것은 그게 내가 당시의 소학교도 입학하기 전 일이었으니, 그런 겨울을 두세 번 지나고 나서 8·15해방을 맞은 다음 초등학교 엘 입학하고 난 뒤부터가 아니었나 생각될 뿐이다—

대강 이것이 내가 나의 신문관 사내에게 수없이 되풀이해 진술한 바 있는 내 생애 최초의 기억 그대로다. 나의 생의 기억은 이 이상을 거슬러 올라가지 못한다. 신문관이 아무리 나를 다그쳐대도 내 기억의 한계는 절대로 거기까지뿐이었다. 그것을 나는 왕의 얼굴을 본 순간 그 얼굴의 허기를 느끼면서 다시 상기해내게 된 것이었다.

그런데 이날 밤 내가 왕의 얼굴에서 그 허기를 보았다고 말한 게 내 추단의 지나친 비약이 아니라는 사실은 아직 분명하게 증명이 되지 못했다. 그것을 나는 나중 세느에 새로 나타난 시인 윤일과 마담 아줌마로부터 확인해내려고 했지만, 이들은 그 왕의 허기에 관계될 만한 어떤 일도 알지 못하고 있었다. 하지만 내가 이들로부터 그에 대해 뒤늦게 들은 이야기는 그의 허기에 관해서보다 훨씬 더 놀라운 것이었다.

　9시쯤 해서 학생들이 자리를 비우기 시작했을 때 다방을 들어서는 계란색 잠바 차림의 한 청년이 있었는데, 그는 내가 『새여성』사에 나갈 때 그곳 원고 청탁 일로 인연을 지어 몇 번 만난 일이 있는 윤일 시인이었다. 윤일은 그저 우연히 이 세느엘 들른 손님 같지 않게 다방 문을 들어서자 입구 쪽 계산대에 앉아 있는 마담과 단골다운 인사를 주고받으며, 바로 그 계산대 아래 자리로 털썩 몸을 던져 주저앉아 담배를 빼어 물었다. 그러고도 그는 담배에 불을 붙일 생각을 않은 채 역시 단골다운 여유 있는 눈초리로 다방 안을 한 바퀴 등 뒤로 휘 둘러보다 뒤늦게 나와 눈이 마주치곤 잠시 손을 들어 아는 체를 해왔다. 나도 마주 손을 들어 답례를 보내니까 그는 곧 내 쪽으로 자리를 옮겨 올 듯한 낌새더니 다시 무슨 생각이 들었던지 그냥 몸만 고쳐 앉고 말았다. 내 맞은편 여학생들이 벌써 자리를 뜨고 없어 좌석이 비어 있는데도 윤이 그러고 마는 것은 아마 그에게 기다리는 사람이 있기 때문인 것 같았다. 아닌 게 아니라 곧 윤의 손님이 나타났다. 여름인데도 상복처럼 검은 투피스에 까장까장 흉하게 마른 체구의 여자가 다방을 들어섰고, 나는 대뜸 그녀가 윤의 손님일 거라고 생각했다. 왜냐하면 그녀 역시 나와 이미 인사를 나눈 적이 있는 얼굴로, 언젠가 다른 곳에서 윤일을 만났을 때 자리에 같이한 그녀를 정은숙인가 하는 이름으로 소개를 받은 일이 있기 때문이었다. 윤일과 같은 고을에 시골집이 있으며, 학교를 졸업했지만 마땅한 일자리를 얻지 못해 이곳저곳 밥걱정이나 덜러 다니고 있노라며 윤일이 자기 일처럼 걱정하던 여자였다.

그녀는 다방을 들어서자 역시 계산대 뒤의 마담과 고갯짓으로 인사를 하고는 으레 그곳에 자리가 정해져 있기라도 하듯 살피는 기색도 없이 곧장 윤일의 옆자리로 가 앉았다. 그러자 조명 불빛 아래선 희거나 어둡게만 보이는 계란색과 검정색 옷을 입은 두 남녀가 자리를 대좌하지 않고 나란히 앉은 것이 마치 만인에게 자신들이 한 쌍임을 강조하고 있는 것처럼 보였다. 하지만 둘은 여자가 들어오고 나서도 아직 말을 한마디도 주고받지 않았다. 남자는 이제 뒤로 몸을 기대고 게으름을 피우듯 천천히 담배 연기를 뿜어올려놓고 그것이 공중으로 흩어져가는 것을 쳐다보고 있었고, 여자는 어딘지 피곤하고 빈약해 보이는 어깨를 안으로 싸안으며 맞은편 벽 쪽만 응시하고 있었다. 그게 앞쪽에서라면 탈진한 두 사람의 얼굴을 보게 될지 모르지만, 뒤에서는 비둘기처럼 다정하고 애틋한 한 쌍으로 보였다.

나는 계속 자리를 지키고 앉아 왕과 윤일네 기색을 함께 살피고 있었다. 윤 쪽은 여전히 그 정겹고 애틋한, 어쩌면 탈진해 보일지도 모를 그런 자세를 바꾸지 않고 있었고, 왕 역시 좀처럼 자리를 뜰 기미를 보이지 않았다. 그는 아직도 손을 탁자 아래로 내린 채 어두컴컴 깊은 눈길을 유리창 쪽으로 돌린 그대로 굳어진 듯 앉아 있었는데, 그의 그런 요지부동한 자세는 이제 우유를 다 핥고 나서 탁자 위에 졸고 앉아 있는 고양이와, 언제까지나 치워주지 않는 두 개의 잔 때문에 그대로 어떤 기이한 구도를 이루고 있었다. 그는 아마 커피를 절반쯤밖에 마시지 않았으리라. 레지 아이가 탁자의 잔들을 치워주지 않은 것은 처음 잔을 가지러 갔을 때 그 잔 속에 아직 식은 커피가 남아 있는 것을 보아서였을 터였다. 두번째도 커피는 그대로 남아 있었고, 그래서 나중엔 아예 잔을 치울 생각을 단념해버렸거나 잊고 말았을 것이리라. 아니면 처음부터 그 레지 아이가 왕의 근처로 가는 것을 싫어했을 수도 있었다. 어쨌든 왕은 그 치워주지 않은 잔들에 대해서도 전혀 신경을 쓰고 있지 않은 게 분명했다.

"이 형이 어떻게 이곳을 다 나오셨어요?"

드디어 내가 윤일 쪽으로 갔을 때 그는 탈진한 자세에서 갑자기 힘을 얻은 듯 자리를 고쳐 앉았다. 미스 정—, 그 아가씨도 나를 알아보는지 잠깐 고갯짓 인사를 했다.

"저야 뭐 그냥 들른 것이지만 그보다도 느지막이 두 분이 나오셨는데 혹시 방해가 되지 않을는지요?"

"아 괜찮아요. 앉으세요. ……지금 우린 서로 상대 쪽을 은근히 못마땅해하고 있던 참이니까요, 헷."

윤은 왠지 싱거운 웃음기 속에 내게 움칫 자리를 권했다.

"서로 상대방을 못마땅해하다니요? 요즘처럼 서로 아껴주면서 살아도 모자랄 세상에 두 분이 이렇게 다정하게 함께 앉아 못마땅해하면서까지 살 거야 없지 않습니까?"

나는 두 사람의 분위기를 알지 못한 채 맞은쪽으로 자리를 잡아 앉으며 역시 농담 투로 말했다.

"이 형, 오해 마십시오. 아껴주면서 살다니, 우릴 마치 무슨 가까운 연인 사이쯤으로 여기고 계신 말투군요."

윤의 얼굴이 붉어졌다. 붉어진 얼굴이 그의 말과는 반대로 더 수상했다.

"그렇지 않다면 그렇게 나란히 앉아서 굳이 못마땅해할 일도 없을 거 아닙니까?"

"우린 서로 쓸 만한 애인을 한 사람씩 구해주기로 약속해왔거든요. 그런데 둘 다 아직 그 약속을 이행해주지 못해 그런답니다. 허헛. 이제 좀 아시겠어요?"

윤은 또 그 싱거운 실소를 흘리며 갑자기 터무니가 없는 일에 터무니없는 말로 열심히 설명했다. 게다가 그 어조까지 적잖이 진지했다.

"처음엔 사람을 빨리 구해주지 못한 걸 미안해하기도 하고 내쪽 사람을 빨리 구해주지 않는다고 화를 내기도 했는데, 아무래도 그게 잘되지 않으니까 우린 서로 이렇게 역겹고 미워지고 만 거랍니다. 네가 얼마나 못났으면 내가 이런 짓까지 해줘야 하고, 이렇게 앨 써줘도 일이 되지 않겠느냐 생각하니 그런 거죠. 그런데 더욱 화가 나게 된 게, 못난 건 저쪽뿐 아니라 이쪽도 마찬가지라는 데에 생각이 미친 거지요. 우린 둘 다 그런 사람들이에요. 생각해보십시오. 못난이 둘이 서로 그걸 알면서도 다른 상대를 구해 얻겠다고 기를 쓰다 그게 안 되니까 이제는 서로를 역겨워하고 미워하는…… 헤헷."

윤일은 말을 하다 말고 자신도 갑자기 우스워지는지 다시 헤헤

웃고 말았다. 여자도 그를 따라 쑥스럽게 웃었다. 왜 이런 소리가 나왔는가. 아무래도 둘 사이에 무슨 편치 못한 일이 있는 듯싶었다. 윤은 전에도 가끔 그의 탈진한 듯한 외모와는 다르게 터무니없는 일에 갑자기 열을 잘 올리고, 여느 때는 말이 없다가도 한동안 참았던 말을 한꺼번에 다 쏟아붓듯 다변가가 되는 것을 본 일이 있었지만, 이건 좀 어이가 없는 경우였다. 나도 그를 따라 웃을 수밖에 없었다. 윤일도 정말 어이가 없어지는지 그렇게 웃다 말곤 뒤늦게 비로소 화제를 바꾸고 싶은 눈치였다.

"그런데 이 형은 어떻게 여길 나오셨어요?"

그는 아까도 물었던 말을 멋쩍은 표정으로 다시 물었다.

"저 얼마 전에 이쪽으로 이살 해 왔어요."

나는 얼른 말을 받아주었다.

"아 그래요? 그럼 이제 자주 보게 되겠군요. 이 다방은 맨 학생들 판이어서 늘 생뚱스런 느낌이었는데 다행이에요."

"여긴 자주 나오세요?"

"자주라기보다 매일입니다. 9시지요. 9시면 매일 나와요. 그리고 이 친구는 9시 5분이구요."

"왜 무슨 그럴 일이 있습니까? 9시로 시간을 정한 게."

"9시면 다방이 좀 한산해지거든요. 요 여자 대학교 기숙사 문 닫는 시간이 9시예요. 학생들이 많을 땐 끼어들기도 쑥스럽고 해서……"

윤은 짐짓 상을 찡그려 보이며 말끝을 흐렸다. 그러다간 다시 나를 힐끗 쳐다보더니,

"하지만 그보다도 제가 여길 꼭 9시에는 나오는 건 9시 5분이 되어야 이 친구가 이곳에 나타나기 때문이에요."

뭔지 쑥스러운 것을 감춘 사람이 그것을 견디지 못한 것처럼 묻지도 않은 말을 털어놓았다. 어쨌든 그가 여자의 9시 5분보다 5분 이른 9시에 세느로 나온다는 말은 나름대로 흥미가 있었다. 어째서 여자는 꼭 9시 5분이 되어야 이곳에 나타나는가. 그리고 이들은 밤마다 그렇게 만나서 무엇을 하는가. 애인 구하기 운동의 경과보고? 그러나 나는 짐짓 관심을 나타내지 않았다. 아까처럼 윤이 또 터무니없는 곳으로 이야기를 끌고 가 피차간에 다시 쑥스럽게 될지 모른다는 생각이 들었기 때문이다. 나는 비로소 윤에게로 자리를 옮겨 온 목적을 생각하며 유리창 쪽의 그 검고 깊은 눈의 인물(실은 왕)에 관해 묻기 시작했다.

"매일 밤 이곳엘 나오신다니 마침 물어보고 싶은 게 있군요."

나는 청년을 한번 곁눈질해 보며 말했다. 윤의 자리에서 보니 유리창 쪽으로 돌린 청년의 얼굴은 보이지 않았지만, 머리며 목어깨 할 것 없이 요지부동 완강한 자세가 여전했다. 탁자의 찻잔도 아직 그대로였고 졸고 있는 고양이도 자리를 뜰 줄 몰랐다.

"무엇을 말이죠?"

윤일은 이 새로운 화제의 가능성에 그 특유의 길쭉한 얼굴을 앞으로 내밀었다.

"저 사람 말입니다. 저 유리창 쪽에 혼자 앉아 있는…… 아까부터 줄곧 저렇게 움직이지도 않고 창밖만 내다보고 앉아 있는데……"

"아, 저 왕 말입니까?"

윤일은 역시 그를 알고 있었던 듯 내 말을 가로막고 나섰다.

"알고 계시군요. 성이 왕입니까?"

"네, 성이 왕…… 이름은 모릅니다. 아마 이 다방 사람 중엔 아무도 그의 이름을 아는 사람이 없을 겁니다. 그냥 왕이라고만 알려져 있어요. 누가 통성명이라도 청하면 그는 왕이라고만 더듬더듬 말하고 제 이름은 잊어버린 듯 더듬더듬 망설이다 결국 입을 다물고 만답니다."

윤은 비로소 거리낌 없는 화제를 발견한 듯 이야기를 앞서나갔다. 나는 이때 처음으로 그의 성이 왕이란 것을 알았다.

"벙어리는 아닌 모양이군요. 임금 왕 자 왕이겠지요?"

"네, 임금 왕 자. 하지만 제 영토를 잃은 왕이지요. 아마 우리와는 다른 어떤 은하계의 행성쯤에서 자기 왕국을 잃고 지구로 유배 온 왕이라고 할까요. 어딘지 좀 그래 보이지 않아요? 저 앉아 있는 꼴을 좀 보십시오. 어디 제 땅에 군림하는 왕이 저렇습니까?"

시인이 되어 그런지 윤은 왕에 대해 제법 그럴듯한 환상의 의상을 입혔다.

"그 가엾은 왕에 대해 좀더 구체적으로 알려진 건 없습니까?"

나는 그의 비유가 재미있다고 생각하면서 이야기를 재촉할 겸 한마디 더했다. 그러나 나의 이 말에 윤일은 뜻밖에 자신이 없는 소리를 했다.

"자세히 알려진 건 아무것도 없어요. 그에 관해서는 모든 게 그래요. 위인의 이름만 해도 그렇지 않아요? 그래서 천상 제 땅을 잃고 쫓겨 온 다른 행성의 왕이랄밖에요."

"그가 어째서 이름을 대지 않으려고 할까요?"

나는 왕이 자신의 이름을 대지 않는다는 데에 새삼 의아했다.

"글쎄요. 아마 이름을 잊어버린 게지요. 그가 이름을 생각해내려는 것처럼 망설이는 표정이 꼭 제 이름을 잊어버린 사람 같다는군요."

"원, 제 이름을 잊어버린 사람이 어디 있겠어요. 무슨 이유론가 그걸 대주지 않으려는 거겠지요."

나는 웃으면서 말했다. 그러나 윤의 대답은 매우 뜻밖이었다.

"하긴 이름을 대주지 않는 것인지 못 대는 것인진 모르는 일이지요. 벙어린 아니지만 벙어리나 한가지니까요. 어쩌면 그의 왕국에서는 이름 같은 게 따로 필요가 없어선지도 모르구요."

윤은 계속 자기 별을 쫓겨난 다른 별의 왕으로 그를 빗대어 말하고 나서는,

"하지만 저 친구라면 정말 제 이름을 잊었다고 해도 곧이들릴 데가 있지요. 실상은 머리가 돌아버린 친구거든요. 미친 녀석이란 말이지요."

새삼 정색을 한 어조로 말해오고 있었다. 나는 윤의 그 말에 내심 다시 놀라지 않을 수 없었다. 그가 돌았다든가 미쳤다고 하는 말이 실없고 어처구니없는 행동이 잦다는 뜻이 아닌지 다시 물었을 만큼 왕이 미쳤다는 것은 나에게 의외의 사실이었다. 그러나 윤일은 자기 말은 실없고 어처구니없는 행동을 자주 한다는 뜻이 아니라 정말로 '큰 골에 이상이 있는 광인'이라는 뜻이라고 다시

한 번 분명히 못 박아 말했다. 이 세느에서는 누구나 그렇게 알고 있다는 것이다. 그리고 그런 소문이 거의 틀림없을 것이라는 증거로 윤은 왕에 관해 내가 아직 알지 못한 새 사실 한 가지를 이야기해주었다. 왕은 지금 겉보기처럼 요지부동하고 앉아 있는 것이 아니라 실상은 그 탁자 아래로 내린 손끝에서 무엇인가 열심히 작업을 하고 있댔다. 그의 상체를 보고는 전혀 그것을 알 수 없지만, 그는 언제나 그 탁자 아래서 여자의 나상 같은 걸 목각하고 있다는 것이었다. 자기 목각을 들여다보는 일도 전혀 없이 손끝 감촉으로만 은밀스럽게 작업을 하는데, 한 달이나 두 달씩 걸려 그렇게 만들어낸 작품이 또 제법 걸작이라는 거였다.

"조각칼도 뭐 좋은 것이 아닌 모양입니다. 그런데 그 좋지도 않은 손칼로 탁자 아래서 손짓작으로 만들어낸 작품이 꽤 괜찮거든요. 언제 기회가 나거든 가까이 구경해보십시오마는, 저기 지금 그의 좌석 근처 창틀 턱에 몇 점이 나열되어 있지 않아요? 그게 마담 아주머니가 구해다 놓은 게 아닙니다. 오히려 마담은 질색을 하지요. 하지만 마담도 어쩔 수가 없어요. 무슨 생각인지 모르지만 위인은 작품을 완성하면 저렇게 자기 좌석 가까운 창틀 턱에다 그것들을 모조리 진열해놓는데, 위인의 조각칼 때문에 마담이 무서워서 치우라고 할 수가 없대요. 마담은 정말 한번 그걸 잘못 손대려 했다가 소리 없이 떨고 있는 그의 눈길을 보고 기겁을 하고 말았다니까요. 그래 마담이나 학생들이나 그 부근엔 섣불리 잘 가려고 하질 않을 뿐이에요. 한데 어쨌든 그 작품들만은 볼만합니다. 말하자면 사람이 제정신을 가지고는 쉽게 해낼 수 없을 만큼 그는 손재주가 비상한데, 그게 바로 위인이 미쳤다는 증거가 아니겠어요? 그래 난 이렇게 생각해요. 말하자면 그 조각칼이 위험하지만 않다면 작자는 퍽 귀여운 미친놈이랄 수 있다는 거죠."

윤일은 결국 왕의 조각물들이 그렇듯 돋보이기 때문에 그가 미쳤을 거라는 결론이었다. 아닌 게 아니라 왕의 자리 근처 창틀에는 몇 개의 조그만 여인 나상물들이 놓여 있었다. 다방 장식의 일부거니 하고 무심히 보아 넘길 때는 몰랐는데, 이야기를 듣고 보니 그 목각품들은 왕의 구석 자리 주위에만 늘어서 있는 데다, 머리를 뒤로 젖혀 가슴을 곧추 쳐들었거나 두 다리 간의 요철이 몹시 강조된 그 여인상들은 윤의 말을 확인하기엔 거리가 너무 멀었지만 제법 조각품다운 모습들을 하고 있는 게 사실이었다. 뿐더러 옆으로 자세히 보니 탁자 밑에 내려진 그의 두 손도 고물고물 조금씩 움직이고 있는 것이 분명했다.

왕은 정말로 미친 것인가. 정말로 그는 영토뿐만이 아니라 자기 자신까지도 잃어버린 가엾은 왕인가. 그렇다면 나는 그의 얼굴에서 광기를 허기로 잘못 본 것일까. 아니 광기라는 것이 그렇게도 허기를 닮을 수 있을까. 아니다. 그는 미치지 않았을 것이다. 윤이 잘못 알고 있으리라. 그의 눈동자가 너무 조용하다. 너무 깊이 가라앉아 있다. 광인의 눈은 그런 것이 아니다. 그의 얼굴은 분명 허기의 그것이다. 자기 별의 왕국을 잃고 지구로 추락해 온 다른 은하계의 왕. 윤의 말대로 그는 아마도 이 지상에서 그의 양식을 구할 수가 없어 그토록 허기가 지는지도 모른다. 그러나 윤은 내가 잠시 생각에 잠기는 것을 보고 그의 이야기를 신용하지 않은 줄 알아차렸는지 이렇게 다시 덧붙였다.

"미쳤어요. 제 이야기가 분명합니다. 아까 저 친구 자기 이름을 잊은 것 같다고 한 것도 그렇지만 위인이 미쳤을 법한 증거는 그 정도가 아닙니다. 지금도 보세요. 고양이와 저렇게 친하게 지내고 있지 않아요. 사람이 사람을 피하고 고양이만 가까이한다는 게 벌써 이상하지 않아요? 고양이는 언제나 저 친구 탁자에 저러고 앉아서 졸고 있지요. 다른 사람에게는 갈 생각을 하지 않아요. 우유를 얻어먹기 위해서죠. 저 친구는 언제나 고양이 몫으로 우유를 따로 시켜요. 자신은 커피를 마시고. 이제 레지 아이가 아주 습관이 되어서 저 친구가 오면 말하지 않아도 커피에다 우유를 한 잔더 가지고 가게 되어 있어요."

"그렇다면 저 친구가 정신이 돌아버리게 된 이유에 대해선 뭐 알려진 것이 없습니까?"

나의 물음에 윤은 조금 안심한 얼굴이 되었다. 그러나 별로 자신 없는 목소리로 말을 이었다.

"글쎄요. 아까도 말했지만 위인에 대해선 알려진 게 너무 적어요. 통 입을 열려고 하지 않는다더라니까요. 그가 그렇게 된 이유에 대해서도 물론이구요. 다만 이런 추측들을 하더군요. 언젠가 그가 두어 차례 다른 사람 앞에 입을 연 일이 있었는데, 그게 그냥 말을 주고받는 여느 대화 투가 아니라 느닷없이 화를 내고 혼자서 소리를 질러대는 식이었다나요. 한번은 옆자리에 앉아 있던 여학생들이 무슨 이야기 끝엔가 '경찰'이란 말을 입에 올렸는데, 그 소리를 어떻게 들었던지 위인이 갑자기 화를 버럭 내며 불청객으로 뛰어들어선 거두절미 '민중의 지팡이'가 곤봉 체조나 좋아해서는 안 된다느니 어쩌느니 알 수 없는 소리를 중언부언 흥분하더라는 거예요. 그리고 두번째도 그를 알지 못한 누군가가 멋모르고 그 앞에 자리를 함께하게 되어 몇 마디 말을 주고받을 기회가 있었는데, 어떻게 되어선지 이때도 오래잖아 그 '경찰' 이야기가 나오고, 그러자 위인이 또 갑자기 흥분을 하며 전번처럼 민중의 지팡이가 어쩌고 곤봉 체조가 저쩌고 그답지 않게 한동안 게거품을 물고 덤비더라는 겁니다. 그러다간 또 매번 제풀에 기가 죽어 언제 그랬냐는 듯 중도에 돌연 입을 다물어버리고…… 그래 이곳에서들은 위인이 경찰서나 어느 순경 나리와 관련이 있는 일로 해서 심중에 큰 충격을 받고 그렇게 되었을 거라 추측이지요. 제 생각에도 그 추측이 꽤 옳을 것 같아요. 그 두 번의 일로 봐서 그는 어디서부터 말이 시작되든 결국엔 그 경찰이나 민중의 지팡이 쪽으로 이야기가 흐르게 되고, 거기 이르면 불시에 흥분을 해서 발작을 일으키고 마니까요. 그러니 위인이 평소엔 통 이야기를 하려 하지 않는 것도 본인이 자신의 증세를 알고 있어 무슨 이야기든 사람들 앞에선 애초 입을 떼지 않으려는 모양이라, 그런 추측들이지요. 아마 그럴 겁니다. 이 형도 그렇지 않겠어요? 무슨 이야기든 시작만 되면 결국 어느 한 골로 흘러가게 되고, 거기에 이르면 반드시 발작이 일어나고 만다는 것을 스스로 알고 있다면 말입니다."

윤일은 단정적으로 말을 끝내고 동의를 구하듯 나를 건너다보았다. 그러나 나는 이제 윤의 이야기를 듣기가 피곤해졌다. 처음과는 달리 그의 이야기가 너무 사실적인 데로 흐르고 있었다. 지구로 추락해 온 다른 별의 왕이었을 거다…… 그가 왕을 빗댄 말이었다. 그렇다면 그는 지구 사람들의 풍속에 우리처럼 익숙해 있을 수가 없었다. 지구인들의 말에 익숙해 있을 수도 없었다. 지구인들의 풍속의 민중의 지팡이ㅡ, 그 순경들의 지팡이에 그가 우리처럼 익숙해 있을 수가 없었다. 그래 그는 멋모르고 그놈의 지팡이에 뜻밖의 곤욕을 당한 일이 있었을지 모른다. 그것을 우리 지구인들처럼 쉽게 잊어버리거나 그 충격에서 벗어나지 못하고 있는지도 몰랐다. 그가 새기고 있는 여인 나상의 목각품들에 대해서도 그랬다. 그것은 실상 지구의 여자들이 아닐 수도 있었다. 그리고 그의 목각 작업은 어쩌면 그가 떠나온 별의 여인들, 그 여인들에 대한 그리운 꿈이자 그 꿈을 잃지 않으려는 끊임없는 노력의 몸짓일 수 있었다. 그는 그 서투른 지구의 말 대신 그 꿈의 조상(彫像)들로 지구에서의 그의 작은 영토를 지키기 위해 그것들로 주위를 둘러싸두고 있는지도 몰랐다…… 사실적인 이야기는 나를 언제나 절망스럽고 피곤하게 만들었다. 언제부턴지 그런 버릇이 몸에 배어들고 있었다. 나는 차라리 왕에 대해 꿈을 꾸고 싶었다.

윤일은 이제 내 쪽의 반응을 기다리다 지쳐버린 모양이었다. 한동안 혼자 생각에 젖어들다 건너다보니 그도 이제는 피곤기가 역력한 얼굴로 등을 뒤로 기대며 담배를 꺼내 물었다. 하지만 그 담배에 불을 붙일 생각을 않은 채 그냥 멀거니 천장만 쳐다보고 있었다.

그동안 왕은 이쪽에서 자기 이야기를 하는 줄도 모르고 여전히 그 자세 그대로 앉아 있었다.

위인이 드디어 자리를 일어선 것은 11시가 가까울 무렵, 나와 윤일의 쌍을 빼고는 그가 세느의 마지막 손님이 된 뒤로도 한참 더 자리를 지킨 다음이었다. 그는 한숨을 쉬듯 한번 어깨를 천천히 세웠다가는 엉거주춤 자리를 일어섰다. 그리고 한 손에다 그 조각 칼과 아직 미완성인 채의 여체 목각물을 거둬 쥐고 마치 눈을 감고 다른 감관의 작용으로 방향을 잡아가듯 천천히 계산대 쪽으로 걸어갔다. 그러자 탁자 위의 고양이도 비로소 자리를 내려와 그를 앞질러 가 아직도 계산대를 지키고 앉아 있는 마담의 품속으로 홀쩍 안겨 들었다. 그리고 그사이 왕은 계산대 앞을 지나며 물건을 들지 않은 손으로 주머니에서 찻값을 꺼내어 세어보지도 않은 채 마담 앞에 던져놓곤 그대로 출입문을 열고 나가버렸다.

"찻값을 미리 세어 담고 옵니다. 저 친구는……"

왕이 드문드문 나무 계단을 내려가는 발소리가 사라지자 윤일이 숨을 죽이고 있다가 말했다.

"집이 근첩니까?"

"이 아래쪽 어디쯤인가 보더군요."

"하숙인가요?"

"글쎄요. 따라가본 사람이 없으니까요."

그때 마담이 마지막 거북한 손님을 내보내어 시원하다는 듯 우리 쪽을 보고 웃었다. 그러자 윤일은 혹시 더 알고 싶은 게 있으면 마담에게 물으라는 듯 그녀를 눈짓해 보이며 말했다.

"어때요, 이 형. 그 친구에 대해 아직도 알고 싶은 게 많아요? 아마 제가 알고 있는 것 이상은 아니겠지만, 혹시 마담 아주머니가 뭐 좀 다른 걸 알고 있을지도 몰라요."

하지만 나는 이미 예상 밖의 일들을 한꺼번에 너무 많이 들은 때문인지, 또는 윤의 말을 신용하고 싶지 않았던 때문인지, 당장은 그 말에 긍정도 부정도 할 수가 없었다.

윤일이 재차 나의 의사를 떠보며 이번에는 마담에게 직접 말했다.

"아주머니, 지금 나간 왕 말이에요. 이 양반이 좀 알아보고 싶은 게 있대요."

윤일이 이번에는 내 의사를 무시한 채 직접 마담에게 말했다.

그러자 마담도 기다렸다는 듯 막소리 대꾸를 해왔다.

"미친 사람에 대해 알아봐선 뭐하시게요?"

그러니 사실을 말하자면 그걸로 나는 이제 내가 처음 알고 싶었던 것에 대해 이 사람들에게선 더 이상 기대를 할 수가 없을 것 같았다. 그러나 윤일이 다시 나를 다그쳤다.

"물어봐요. 뭘 알고 싶은진 모르지만 아주머닌 뭘 좀 알고 있는 것 같은 말투잖아요."

할 수 없었다.

"혹시 저 친구가 말예요……"

나는 누구에게랄 지목도 없이 자신 없는 어조로 말했다.

"저 친구가 혹시 뭘 잘 먹지 않고 지낸다든가 그런 걸 좀 알 수 있을지……"

별 기대를 걸지 않은 나의 말은 그러니까 그만큼 뜻이 정확할 수가 없었으리라.

"그게 무슨 말이지요. 갑자기?"

윤은 정말 무슨 말인질 알아듣지 못한 얼굴이었고, 마담 쪽도 역시 눈만 껌벅거리고 있었다.

"아까 나 그 친구 얼굴에서 무슨 시장기랄까 그런 어떤 심한 허기 같은 걸 보았어요. 그래서……"

나는 계속 자신 없는 소리로 더듬거렸다. 그러나 이번에는 윤이 비로소 내 말에 어떤 심상찮은 기미를 느낀 모양이었다.

"허기라구요? 이 형은 참 이상한 생각을 했군요. 남의 얼굴의 허기……"

그는 나의 생각이 재미있다고 했다. 그러나 그는 차츰 기가 죽은 얼굴이 되었다. 내 이야기의 비약이 그의 시인으로서의 자존심을 건드린 탓인가. 아니면 그 순간 윤이 왕의 얼굴을 상기하고 나의 말에서 정말 어떤 색다른 느낌이 지나갔던 것일까. 그는 오래잖아 그만 입을 다물어버렸다. 그리곤 무언가 좀 곤혹스런 듯한 눈길로 새삼 찬찬히 나를 바라볼 뿐이었다.

"갑시다."

끈질긴 인내로 계속 입을 다물고 있던 정은숙이 비로소 침묵을 깼다. 마담도 잘 알아들을 수 없는 이야기엔 흥미가 없는지 은근히 재촉을 하고 나섰다.

"선생님도 집이 가까우세요?"

물론 나를 보고 한 소리였다. 뒤에 들기로 다방 경영주에 종업원의 일까지 겸하고 있는 마담은 늘 다른 종업원들을 다 내보내고 난 다음까지도 세느의 남은 일을 정리해야 하는 마지막 일꾼이라는 소문이었지만, 하긴 밤 시간이 너무 늦기도 했다. 이날은 다른 레지 아이가 하나 남아서 벌써 커튼을 다 내린 다음이었고, 조명도 카운터 박스와 우리가 앉아 있는 벽 등을 하나만 남겨두고 있었다. 그러나 나는 미스 정의 재촉에도 움직일 기색이 없는 윤일과는 반대로 서서히 자신을 되찾고 있었다. ……하더라도 왕은 미치지 않았을지 모른다. 아마 미치지 않았을 거다.

"집이요? 네, 바로 이 아랩니다. 한데 아주머니께 한 가지 여쭙겠어요. 아까 그 왕 말입니다. 그 친구 혹시 언제 소금물을 청한 일이 없어요?"

마담은 내 갑작스런 물음에 다시 어이가 없어진 듯 말없이 나를 건너다보고 있더니, 그러나 어쨌든 그 물음이 어려운 것이 아님을 알고는,

"소금물요?"

반문을 하고 나선 잠시 기억을 더듬는 시늉을 했다. 그리고는 이내,

"없어요, 그런 일."

단호하게 부인해버렸다.

회사로부터는 아직 아무 기별도 와 있지 않았다. 기별이라야 국장과 일을 그렇게 확실하게 해놓은 터에 정해진 열흘이 지나기 전엔 따로 무슨 연락이 있을 턱도 없으려니와, 아깟번 집을 나선 해거름녘까지 아무 일이 없었는데 그사이에 누가 찾아왔거나 하는 따위의 일을 기대하기는 어려웠다. 하지만 국장 이외의 다른 동료들에겐 아무에게도 이야기가 없었으니 임갈태 그 녀석만은 오늘

밤으로라도 내 영문 모를 결근을 물으러 오지 않을까 싶었는데, 집에는 전혀 그런 기미가 없었다. 놈이 왔다 갔다면 필시 무슨 메모라도 남겨놓고 갔을 법했지만 주인아주머니 쪽도 그런 낌새가 없었다.

─녀석하곤, 내가 이대로 회살 아주 그만둬도 모른 체하겠단 말인가. 나는 터무니없이 갈태를 원망했다. 그는 그만큼 『새여성』사에서 이야기가 제법 통했던 동료 친구였다. 그러나 위인에 대한 나의 그런 원망은 어쩌면 그가 나를 찾아주지 않은 데 대한 허물이기보다도, 내 10일간의 유예 휴가(그것은 오히려 임시 퇴직이라 말하는 편이 옳을지 모르겠다) 첫날이 그런 식으로 아무 매듭도 짓지 못한 채 초조하게 끝나가고 있다는 증거에 가까웠다. 그래 나는 잠자리로 들어서도 그 초조감을 쫓기 위해 어쩔 수 없이 다시 왕의 일을 생각하기 시작했다. 왕의 허기 낀 얼굴, 그가 미쳤다는 윤일의 이야기, 그리고 그가 늘 나무조각에 (자기 고향 별의?) 여인들의 나상을 새기고 있다는 일 등…… 그러나 나는 그것으로도 끝내 그 초조감을 쫓지 못했다. 아니 오히려 왕에 대한 생각들은 이상하게도 더욱 초조한 상념을 부추겨 종당에 가선 그 초조감 끝에 찾아오게 마련인 나의 신문관 사내를 불러내고 말았다.

사내는 이제 그 퇴근길의 암울스럽고 음산하고 피곤한 차 중에서만 나타나지 않았다. 그것이 간밤에 이어 벌써 두번째였다. 그 동안 내 모든 진술이 끝나고, 끝내는 나에게 사형 형이 선언되고 그 극형 집행의 마지막 날을 기다리며 행여 그 형질(刑質)을 바꿀 만한 마지막 새 진술의 기회가 주어진 이후로, 사내는 아무 때 아무 곳에서나 나타났다. 특히 간밤처럼 잠자리에 들 시간이면 사내는 내 암울하고 망연한 초조감을 타고 어느새 불쑥 앞에 나타나 있곤 했다. 그러나 나는 오늘 밤 그 신문관 사내에 대해 조금은 자신을 가지고 있었다.

— 당신에 대한 선고를 번복할 만한 새로운 진술이 있습니까? 당신도 아마 대부분의 다른 사람들과 마찬가지로 당신에게 주어진 마지막 진술의 기회를 끝내 단념할 수 없는 모양인데 말이오.

나의 신문관이 언제나 그렇듯 침착하고 친절하게, 그러나 조금은 비웃음기를 숨긴 어조 속에 내 의사를 물었을 때 나는 벌써 그 왕의 얼굴의 허기와 식염수를 생각하고 있었다.

— 네, 그러나 새로운 이야기는 아닙니다. 벌써 몇 번이고 되풀이한 이야길 테지만 오늘도 그걸 다시 한 번 이야기하고 싶군요.

나의 말에 사내는 예상한 대로 별 신통치 않은 표정을 지었다. 사내는 대개 언제나 그런 표정이었다. 도대체 이 사내는 언제나 내 진술을 맘에 들어 하는 표정을 지을 수 있을 것인가. 하긴 나에 대한 그의 유죄 결정부터가 내 진술 속의 죄과가 따져지기 전에 바로 그 사내의 정체를 알 수 없는 아리송한 태도가 나를 휘둘리게 한 결과였다. 사내는 언제나 그렇듯 모호한 태도였다. 도대체 내심을 알 수 없었다. 그게 내 진술을 끊임없이 방해했다. 나를 망설이게 하고 내 진술을 그의 마음에 들게 하기 위해 자주 번복하게 하고, 그 때문에 결국 내 형량을 극형에까지 이르게 했다. 그의 정체를 절대로 알 수 없었다. 피의자가 신문자의 정체를 모른 채 진술을 하기란 참으로 어려운 일이었다. 더욱이 나와 같이 자신도 알지 못한 어떤 반역적 음모 사건의 관련 피의자에겐 말이다.

그러나 사내의 그런 태도가 내 진술을 아예 거부하는 것은 아니었다. 어차피 오늘 밤 나는 그 식염수에 관해 한 번 더 진술을 해보고 싶던 터, 나는 처음 생각대로 진술을 하기로 결심을 굳혔다.

—5·16군사혁명이 지난 뒤에 우리가 한·일 굴욕 외교 반대 단식 데모를 하던 때의 이야기입니다. 우리는 그때……

그러나 나는 이 첫대목에서부터 그만 진술을 중단하고 말았다. 사내가 바로 손을 저어 내 진술을 가로막았다.

—아아, 또 그 이야기로군요. 그건 몇 번이나 되풀이하지 않았소. 당신은 차라리 시간을 2년이나 3년쯤 더 거슬러 올라가 당신 표현대로 두 번의 혁명에 관한 진술을 하는 편이 낫겠소.

사내는 언제나 그 두 번의 혁명에 관한 진술을 들으려고 했다. 왜냐하면 나는 한 번도 사내가 원하는 대로 두 번의 혁명에 대해 시원한 진술을 한 적이 없기 때문이었다. 그러나 이 정체를 알 수 없는 사내에게, 더구나 반역 음모 사건의 관련 피의자로서 어떻게 그 두 번의 혁명에 대해 사내가 바라는 대로 부정 긍정의 이야기를 할 수 있을 것인가.

—네, 알고 있습니다. 그래 전에도 몇 번 되풀이한 진술이라고 미리 말씀드렸지요. 하지만 오늘 밤도 다시 그 이야기를 하게 해주십시오. 다른 이야기보다 그 식염수에 대해서만 말입니다. 어쩌면 지금까지 없었던 새로운 이야기가 있을지도 모르니까요.

그것으로 다행히 사내가 입을 다물어주었다. 그렇다면 할 수 없다는 듯 그는 헛일 삼아 한 번 더 들어보자는 표정 속에 편한 자세를 취했다.

—그 단식 데모는 첫날이 가장 힘든 것이었습니다.

나는 거기에 제법 희망을 걸어보며 말하기 시작했다.

—배가 제일 고픈 것이 그 첫날이니까요. 허기 때문에 거의 정신이 몽롱해질 정돕니다. 그러나 그때 뭐 음식을 먹고 싶었다고는 생각지 마십시오. 왜냐하면 그 허기와 긴장 속에는 그것을 견디는 괴상한 쾌감이 있었거든요. 기억하시겠지만 어렸을 때의 최초의 기억에서 말씀드린 그 허기의 즐거운 통증 말입니다. 그런 쾌감은 나 혼자뿐이 아닌 듯했지요. 모두 다 그 단식을 잘 이겨내고 있었거든요. 그런데 둘째 날부터는 허기가 조금씩 가시는 것이었습니다. 허기가 가시면 몸은 아주 가벼워지고 정신도 맑아지지요. 그러면 빈속에서는 그 통증 같은 허기가 사라진 대신 점점 높은 긴장기가 차오르기 시작했지요. 그 긴장기를 견디기란 더욱 기분 좋은 것이었습니다.

식염수를 마시기 시작한 것은 대개 사흘째부터지요. 아니 식염수라고 하지만 그건 끼니때 음식 대신 소금 한 줌과 물 한 컵을 마시는 것이었습니다. 우리는 시민들이 위문품으로 보내온 주스며 우유병들을 4월혁명 학생탑 앞에 결식아동 구호품으로 제단처럼 쌓아놓고 그 식염수로 단식을 해갔어요. 사흘째부터 우리 몸에는 이상한 현상이 일어났습니다. 사람에 따라 조금 늦거나 빠르거나 해서 다르기는 했지만 그때쯤엔 구역질이 시작되었거든요. 물론 처음엔 식염수 같은 걸 마시면 그런 구역질이 오지만 그것은 꼭 식염수 때문만이 아니라, 맹물을 마셔도 마찬가지였습니다. 아

46

니 아무것도 마시지 않고 그냥 가만히 있어도 조금씩 구역질이 느껴졌어요. 무슨 음식물 같은 걸 생각만 해도 영락없이 그런 구역질이 일어났어요. 그 학교 교정에는 수목이 꽤 울창했는데, 심지어는 그 싱그러운 나무 냄새까지도 코를 스치기만 하면 구역질이 났어요. 그러나 우리는 누구나 빠지지 않고 대개 식염수를 마셨습니다. 왜냐면 염분의 일정량은 우리 몸에 절대로 필요한 것이니까요. 우리는 그 식염수를 마시고 가마니때기 위에 드러누워서 구역질을 견디는 것이었어요. 그런데 이 구역질이란 생각해보면 썩 재미있는 것이지요. 그렇지 않아요? 실제로 입으로 들어오는 음식물뿐만 아니라 생각을 따라 들어오는 상상물까지 다 거부해버리는 내부의 자동 반응 같은 것이었으니 말예요. 어찌 보면 그건 우리가 계발해낸 깊은 심신 속의 어떤 숨겨진 본능처럼 생각되기도 했어요. 하여튼 나는 그때 그렇게 늘 식염수를 마시고 가만히 누워서 구역질을 견디어나갔어요. 물론 그 짜릿짜릿한 긴장과 쾌감을 즐기면서 말입니다. 하지만 그 구역질도 며칠이 더 지나면 끝나고 맙니다. 옆 친구들이 하나하나 실신해 쓰러지기 시작할 무렵부터는 구역질조차도 느낄 수가 없어졌어요. 원래 그런 구역질은 단식을 계속하면 사라지게 마련이라고 합니다만, 어쩌면 우린 나중 그 구역질마저 잊어버리게 된 것이었는지도 모릅니다. 다름 아니라 내가 그 구역질을 느끼지 않게 된 바로 다음 날 새벽 우리는 모조리 트럭에 떠실려 병원으로 옮겨져버렸기 때문에 그 엄청난 무력감과 노기 속에 구역질 같은 걸 느낄 만한 여유가 없었을 테니까요.

하지만 그런 것은 지금 이야기하고 싶은 일이 아닙니다. 지금 말하고 싶은 것은 그때 내가 식염수를 마시고 구역질을 견디면서 무엇을 보았느냐 하는 것입니다. 아시겠어요? 그때 난 다시 연을 보았던 겁니다. 어렸을 때의 내 방패연을 말입니다. 그런데 이상한 일이었지요. 그 연은 옛날보다도 훨씬 더 높이 까마득하게 솟아올라 나를 내려다보고 있었는데, 이번엔 아무리 보아도 그 연이 허기의 얼굴이 아니었단 말입니다. 그리고 그 연에서 나는 조금도 외로움과 슬픔을 볼 수가 없었어요. 연이 너무 높이 떠올랐기 때문인 것 같았습니다. 나는 연이 좀더 내게로 가까이 내려와주기를 바랐지요. 그러나 연은 갈수록 더 드높이 솟아오르기만 했어요. 위험할 만큼 말입니다. 지금도 똑똑히 기억할 수 있는데, 그때 나는 그런 생각을 하다가 얼핏 잠이 들어버린 모양이었습니다. 그런데 꿈속에서 그 연은 내가 염려했던 대로 실줄이 끊어져 날아가버렸어요. 나는 그렇게 안전하게 내게로 가까이 내려와주기를 바랐는데 말입니다. 결국 나는 연이 허공으로 솟아올라간 뒤론 거기서 한 번도 그 허기와 외로움과 슬픔을 보지 못하고 말았지요. ……식염수의 이야기에서 너무 멀리 떨어져 온 것 같군요. 하지만 그런 것도 다 그 식염수를 마시면서 겪은 일이니까요.
　나는 사내의 양해를 구하는 가벼운 사과 말과 함께 진술의 한 대목을 끝냈다. 그리고는 사내의 눈치를 살폈다. 사내는 한동안 아무 말이 없었다. 그리곤 이번에도 나를 적잖이 초조하게 만든 뒤에야 천천히 입을 열어오기 시작했다.
　─당신은 언제나 지나치게 관념적이거나 추상적인 이야기만 하

는군요. 그런 식의 진술은 당신의 형량이나 형질을 변경시키는 데
도움이 될 수 없어요. 차라리 당신은 그 단식 사건의 사실적인 면
을 진술했더라면 좋을 뻔했어요. 가령 그 단식 데모의 목적이라든
가 그때의 당국에 대한 감정一, 아까 당신은 그 단식 데모가 끝났
을 때의 구역질은 무력감이나 노기 때문에 잊어버렸을지 모른다고
했다가 필요 없는 얘기처럼 비켜 흘리고 말았는데, 오히려 그때의
무력감이나 노여움기가 어떤 것이었는지, 누구에 대해 어째서 그
런 걸 느끼게 됐는지, 그런 것들을 말입니다. 이런 추상적이고 관
념적인 진술一, 바로 그런 식의 진술이 당신의 피의 사실에 앞서
당신에게 그토록 무거운 극형을 선고받게 한 것 아니었습니까?
　나는 사내의 말에 대꾸를 하지 못했다. 그러자 사내는,
　—어떻든 각하께 당신의 오늘 밤 진술을 보고하지요.
하고 나서는 갑자기 생각난 듯 다시 내게 일러왔다.
　—그런데 참 오늘 밤 당신의 진술이…… 혹은 기회가 몇 번 더
있긴 하겠지만, 오늘 밤 진술이나 앞으로의 기회가 모두 헛되게
된다면 어제 말했듯이 당신은 열흘 뒤에 형을 집행당하게 될 것입
니다. 각하께서 당신에게 다시 한 번 날짜를 확인 통고하라는 말
씀이셨습니다.
　—열흘 뒤, 정말로 열흘 됩니까?
　나는 새삼 소스라치게 놀라며 사내에게 반문했다.
　—그렇습니다. 다시 한 번 말하지만 정확히 열흘 됩니다.
　사내는 단어 하나하나를 똑똑히 끊어 선언 투로 말했다.
　열흘 뒤一, 그것은 내가 『새여성』사를 아주 그만두거나 다시 출

근을 하거나 둘 중의 하나를 결정해야 할 10일간 유예 휴가의 마
지막 날과 일치하는 날짜였다.

제2일

다음 날 나는 아침을 끝내자마자 주인아주머니에게 혹시 나를 찾아오는 사람이 있으면 세느로 보내라 부탁해놓고 다방으로 나갔다. 학생들이 뜸한 아침 일찍부터 왕이 다시 나와 있으면 단도직입적으로 그와 부딪쳐보기로 마음을 정하고서였다. 왕의 얼굴은 내 모든 생각을 차단하고 방해했다. 내 회사 일에 대해 어떤 결정을 내려보려 해도 먼저 왕의 허기진 얼굴이 어른거려 그것을 방해했고, 나의 신문관 사내에게 선고를 번복할 만한 새 진술거리를 생각해보려 해도 먼저 왕의 얼굴이 떠올랐다. 그것은 마치 왕에 대한 내 추단을 증명하는 것이 다른 모든 문제의 해답을 암시해줄 수 있을 것 같은 착각마저 들게 했다. 어쨌든 나는 왕과 나의 문제들이 묘한 상관성을 지니고 있는 것 같은 착각을 굳이 부인하려 하지 않은 채 오히려 어떤 막연한 기대를 가지고 다방 세느로 들어섰다.

그러나 시간이 너무 이른 탓인지 왕은 아직 나와 있지 않았다. 하긴 위인이 직장을 가지고 있지 않으리라는 것도 별로 근거가 없는 예상이었는 데다, 그 어둡게 가라앉은 표정에서 막연히 그가 아침부터 다방엘 나올지도 모른다 상상했던 내 기대가 잘못이었는지 모른다. 다방에는 왕뿐 아니라 다른 아무도 나와 있는 사람이 없었다. 그러나 나는 별로 갈 곳이 없었으므로 왕의 주변에 대한 어떤 흔적 같은 거라도 살펴둘 겸 그를 더 기다려보기로 하고 간밤에 그가 앉았던 창문가 구석 자리 탁자 앞으로 자리를 잡아 앉았다. 좁고 옹색한 왕의 자리 근처의 창턱과 화분대 위에는 위인이 그대로 진열해놓고 간 목각 여인의 나상들이 마치 전시실의 조각상처럼 갖가지 포즈를 취하고 있었다. 그것들은 물론 어젯밤 윤이 감탄했던 것처럼 무슨 걸작 같은 것에 비길 만한 것은 못 되어 보였다. 희화적일 정도로 하복부 쪽이 강조되고 동체의 선들이 정성스럽고 곱게(그의 별의 여인들이 그랬을까) 잘 다듬어져 있다는 점 이외에 별달리 눈에 띄거나 찬탄을 보낼 만한 특색을 찾아볼 수는 없었다. 그러나 그 작품들은(작품이라고 한다면) 왕의 칼질이 얼마나 섬세하고 정성스럽고 끈질기게 계속되었는가를 충분히 느낄 수 있었고, 별나게 강조된 그 섹스 부위에 눈이 부딪치고 보면 누구라도 슬그머니 미소를 짓지 않을 수 없을 만큼 짓궂은 분위기를 자아내고 있었다. 그러니까 그것은 말하자면 작품이라기보다는 썩 그럴듯한 '손재주'라고 하는 정도가 옳을 듯한 물건들이었다.
　나는 그것들을 마치 살아 있는 사람의 몸에 손을 대기라도 하듯 조심스럽게 하나하나 돌아가며 만져보고 앞뒤와 위아래를 꼼꼼히 살펴나갔다. 아닌 게 아니라 왕은 무슨 취미로 이런 장난질을 하고 있는 것인가. 그리고 이것을 깎고 앉아서 작자는 대체 무슨 생각에 젖어드는 것일까. 그가 떠나온 별의 여인들에 대한 꿈? 아니면 이 지상에서의 서투른 말 대신 그의 작은 영토를 지키기 위한 말 없는 싸움?

그런저런 생각을 하고 있는데 마담이 다가왔다. 마담은 어젯밤을 뒤켠에 붙은 골방에서 자고 아침 뒤에 잠깐 바깥을 둘러보러 나온 듯 반잠옷 같은 차림이었다. 유행을 따르지 않고 조금은 나이티를 내어 점잖게 올린 파마머리가 그녀의 희멀끄럼한 얼굴 위로 흘러내려 있었다.

"일찍 나오셨네요? 집이 정말 가까우신가 봐요."

마담은 내 탁자 앞에 가볍게 발길을 멈추고 서서 한동안 안고 나온 고양이의 머리만 쓰다듬고 있었다. 그러다간 내가 그 목각들을 살피고 있는 것을 보고 생각이 난 듯,

"아 참, 어젯밤 그 왕이란 사람이 식염수 청한 일이 있느냐구 물으셨지요?"

새삼스럽게 물었다.

"네, 생각이 나셨어요?"

나는 갑자기 긴장하며 마담의 얼굴을 응시했다. 그러자 마담은 무엇이 우스운지 내 다급함과는 상관없이 한참 깔깔거리고 나서야 뒤늦게 털어놨다.

"글쎄, 하두 재미있는 걸 물으셨길래 나중에 아이들한테 혹시 그런 일이 있느냐고 했더니, 글쎄 한 아이 말이 그렇다는군요. 그

사람, 가끔씩 식염수를 가져다 달랜다는 거예요. 얼마나 재미있는 일이에요? 도대체 선생님은 그걸 어떻게 아셨어요? 어제 얘기 들으니 그 사람 아마 처음 보신 것 같던데?"

마담은 물색을 모른 채 신이 나 있었다. 그리고 한편으론 이상스럽고 궁금한 듯 나를 유심히 건너다보았다. 그러나 나는 마담의 물음 같은 건 이미 머리에 없었다.

"그 친구 낮엔 여기 나오지 않나요?"

"낮에도 나와요. 아주 자주 나오는 편이에요."

"그럼 오늘도 나오겠군요."

"그럴지 모르겠어요. 하지만 장담은 못해요. 어떤 날은 안 나올 때도 있으니까요."

하더니 이번에는 마담 쪽에서 뭔가 미심쩍어진 얼굴로 거푸 물어 왔다.

"도대체 무엇 때문이죠? 식염수를 마시는 건? 그리고 선생님은 그걸 어떻게 아셨어요? 전 선생님이 그 사람 일에 그렇게 신경을 쓰는 것도 이상해요."

마담은 오랫동안 사귀어온 친구의 일이라도 되듯이 나를 궁금해 했다.

"글쎄요. 좀 알아볼 일이 있어서요."

나는 대답을 얼버무려버렸다. 도대체 이 여자에게 어떤 대답을 해줄 수 있을 것인가.

마담은 시들해서 고양이의 머리만 쓰다듬고 서 있다가 이제 비로소 자기 용무가 생각난 듯 새삼스런 어조로 물었다.

"참, 내 정신 좀 봐. 이렇게 일찍 나와주셨는데 뭘 대접해드릴까."

그리곤 짐짓 호의 넘친 표정 속에 다시,

"아침이니 인삼차가 좋겠군요. 마침 우리 집에 좋은 것이 있어요."

일방적으로 결정을 지어버리고는 내 대답을 듣기도 전에 창틀 한쪽에서 먼지를 털고 있는 레지 아이를 불러 인삼차를 한 잔 '아주 잘 만들어' 가져오라 일렀다. 그리고 나서 마담은 때마침 출입문을 들어서는 두 여학생들을 맞으러 부산하게 자리를 떠나버렸다.

나는 다시 왕의 일을 생각하기 시작했다. 식염수에 관해, 왕의 허기에 관해 조금은 자신이 생기는 것 같았다. 그러나 생각을 길게 이어갈 수가 없었다. 더욱이 위인이 미쳐 있다는 데에 대해선 추리가 가능한 아무런 자료도 없었다. 나는 그가 자주 눈길을 내보내던 창밖 쪽까지 유심히 살펴보았다. 그러나 유리창 밖은 바로 밑으로 지나가는 거리와 디오르, 스브니르, 로얄, 몽블랑, 디쉐네…… 등등의 간판들과 그리고 지대가 조금씩 높아지는 거리와 가옥들의 지붕뿐이었다. 별로 눈길을 끌 만한 것이 없었다. 그런데 그나마 더 생각을 계속할 수 없게 된 것은 그때 마담이 다시 내게로 다가왔기 때문이었다. 마담이 이번에는 고양이 대신 손에다 커다란 스케치북 같은 것을 한 권 안고 있었다.

"아침이 돼서 차를 빨리 내오지 못하나 봐요. 재미없지요? 이거나 보세요. 심심풀이가 될 거예요."

마담은 안고 있던 그 스케치북 같은 것을 내 탁자 위에 올려놓았다. 그러더니 뭐가 못마땅한 듯 다시 그것을 집어 들며 말했다.

"이 선생님 이쪽 넓은 데로 오세요. 왜 그 좁은 데 앉아 계세요? 답답하게. 그건 그 왕이란 사람 자리예요. 이 선생님이 거기에 멍하니 앉아 있으니 이상해요."

마담은 그새 어디서 내 이름까지 알아뒀던지 이젠 아예 이 선생님 이 선생님 하고 성까지 얹어 부르고 있었다. 그러고 보니 마담은 오늘 아침 별나게 내게 싹싹하게(그것이 결코 나를 편하게 하는 것은 아니었지만 어떻든 관심을 가지고) 구는 것 같았다. 아마 어젯밤 뒤에 남은 윤이 무슨 이야기를 했겠지. 나는 그냥 버티고 앉은 채 말했다.

"왜 어때요. 아무 데나."

"하지만 안 돼요. 그건 그 사람 단골 자리거든요. 아무도 거기엔 잘 앉지 않아요."

마담에게마저 이미 그의 영토가 공인되어 있었던가?

"그 친군 항상 이 자리에만 앉습니까?"

"그래요. 그 발가벗은 여자들을 깎아 세워놓은 걸 보세요."

마담은 다른 자리의 탁자에다 스케치북을 내려놓고 재촉하듯 나를 건너다보고 있었다. 나는 어쩌면 위인이 곧 나타날지도 모른다는 생각에 결국 그 마담 쪽으로 자리를 옮겨 갔다.

"아주머닌 그 친구가 썩 마땅찮으신가 보군요."

"마땅찮은 게 뭡니까. 다방에다 저런 흉한 것들을 늘어놓구. 도대체 무슨 취민지 모르겠어요. 게다가 한번 와 앉으면 밤중까지 일어설 줄을 모르고 나비 녀석까지 항상 독차지하고 있는걸요."

"하지만 고양이는 제가 좋아서 간 게 아닙니까."

"우유를 주니까요. 처음엔 녀석도 잘 가지 않았어요. 그런데도 막무가내 식으로 뺏어 안고 가서는 우유를 먹이더군요. 난 녀석을 줄 수도 없고 안 줄 수도 없고…… 꼭 집 안에다 정체 모를 길손을 재우고 있는 것같이 불안한 기분이에요."

"이야길 해보지그래요?"

나는 일부러 권해보았다.

"왜 그런 생각 안 해봤겠어요? 하지만 섣불리 접근할 수가 있어야지요. 칼을 쥔 미친 사람이라지 않요."

그때 마침 인삼차가 왔기 때문에 마담은 이야기를 그치고 내게 차를 권했다. 그러곤 자신이 먼저 그 스케치북을 들추기 시작했다.

"그게 뭐지요?"

나는 마담이 귀찮아지기 시작했지만, 심심풀이가 된다는 말이 생각나 뭔가 싶어 물었다.

"낙서집이에요. 아주 재미있어요. 이 다방에 온 손님 여러분은 누구나 심심풀이로 들춰보기도 하고 생각 내키면 그림이든 뭐든 아무거나 한 가지씩 남길 수 있도록 한 것인데요, 손님을 기다리거나 할 땐 시간 보내기 안성맞춤이에요."

마담은 다시 신이 나서 설명을 시작했다.

"몇 년 전인가 크리스마스 날 밤 여러분들이 이 다방에서 밤샘을 하고 놀았는데, 그때 여러분들이 종이쪽지에다 여러 가지 낙서를 해놓았는데 그걸 모아봤더니 여간 재미있는 게 아니었어요. 그걸 보고 제가 생각해낸 아이디어예요. 한 권이 다 채워지면 다른 것을 새로 마련해놓고 먼젓번 것은 제가 모아서 보관을 하고 있는

데, 심심하면 그걸 들춰보기만 해도 시간 가는 줄을 몰라요. 뭐라고 할까요. 전 이 다방에서 오직 여러분들을 위해서만 봉사하고 있지만, 그래도 제게 뭔가 남는 게 있었으면 하고 늘 바랐는데, 이건 참 훌륭한 추억거리가 될 것 같아요. 제 생각의 보람이지요. 벌써 열 권 가까이나 모아졌답니다."

마담은 자기 집 손님들을 '여러분'이라고 부르는 습관이 들어 있는 것 같았다. 그녀의 '여러분'은 아마 학생들을 말하는 모양이었는데, 그녀가 '여러분'을 몇 번씩 되풀이해가며 말하는 것도 자신의 헌신적인 봉사를 암암리에 강조하기 위한 것 같았다.

"재미있겠군요."

나는 차를 한 모금 마시고 나서 마담이 펼쳐 보인 곳을 들여다보며 말했다. 그곳에는 정말 크고 작은 글씨의 낙서가 그림과 뒤섞여 가로세로로 빼곡히 들어차 있었다.

"네, 그런데 이런 곳에 낙서를 시켜보니 학생들의 속마음을 알 수가 있더군요. 학생들은 자기 부근에서 관심이 가는 사람들에 관한 낙서를 참 많이 해요. 그런데 일이 재미있게 된 것은 나중엔 아주 이 낙서장이 다방 안에서 학생들의 속마음을 주고받는 자연스런 서신판이 되어버린 거지 뭐예요. 시침 뚝 떼고 관심이 가는 사람에 대한 낙서를 해서 낙서장이 그쪽으로 가게 하거든요. 그래놓고는 또 모른 체하고 앉아 있는 거예요. 그쪽이 조금만 눈치가 있는 친구라면 금방 답장이 오게 마련 아니겠어요."

마담의 이야기는 끝이 없을 것 같더니 내가 찻잔을 내려놓자 문득 이야기를 그치고 자리를 일어섰다. 그러면서 여태까지 자기가

나에게 권한 말을 잊어버린 듯 그 낙서집을 반쯤 집어 들고는,

"구경하시겠어요?"

새삼스럽게 다시 물었다. 나는 마담의 말과는 다른 대목에서 그 낙서집에 관심을 느끼고 있었으므로 고개를 끄덕여 그것을 받아놓았다. 아침 기운도 아직 다 가시지 않은 것 같은데 여학생들이 벌써 하나둘씩 자리를 채우기 시작했다. 나는 낙서장을 첫 페이지부터 살피기 시작했다.

—당신이 다녀가신 흔적을 여기에 남겨주십시오. 당신의 마음의 문을 조금만 열고 그 한 조각을 이곳에 시나 그림 또는 다른 어떤 것으로든 마음에 드는 형식으로 남겨주시면 감사하겠습니다. 그 낙서는 지금의 당신처럼 무료한 시간에 이 책을 들추는 다른 친구들을 즐겁게 해줄 것입니다.

첫 페이지에는 매직펜 안내문이 굵은 글씨로 씌어 있었다. 왕은 이 안내문을 본 적이 있을까. 또는 어떤 친구가 이 안내문을 읽고 마음이 움직여 무엇을 남길까 생각하다 문득 왕의 모습에 눈이 끌려 위인에 관한 이야기로 자기 마음을 대신한 일은 없었을까.

나는 다음 페이지를 넘겼다. 그러나 그 페이지에는 내가 찾고 있는 것이 없었다. 해방 직후에 나온 포켓판 유행가집의 표지 그림 같은 능수버들 한 그루가 페이지를 가득 채우고, 그 나무 아래엔 속눈썹이 긴 소녀 하나가 졸고 있는지 사색에 잠겨 있는지 다리를 길게 뻗고 앉아 있었다.

그림의 여백에는 유행가 가사가 아닌 엉뚱한 저주가 적혀 있었다.

—빌어먹을! 하늘은 왜 저리 높기만 하다냐! 시시하게!

다음 페이지에는 글씨체가 다른 여러 사람이 맨 처음 한 사람의 말을 차례로 받아나갔다.

—김영숙에게 치근치근하게 굴거나 엉뚱한 생각 품는 놈은 죽여버린다!

한 녀석이 불쑥 갈겨놓고 있었다. 다음번엔 필시 그 김영숙이란 여자를 알지도 못할 다른 한 녀석이 아주 얌전한 글씨로 이렇게 받았다.

—나는 김영숙 씨와 데이트를 했다.

그러니까 그 밑으로 어중이떠중이로 줄을 이어나갔다.

—나는 데이트하면서 손도 잡아봤다. 김새더라!

—네놈에겐 맘을 안 주었으니까 그랬을 테지. 시시한 녀석. 손만 잡아보면 김이 새는지 어쩐지도 모른다. 나는 김새지 않더라. 푹푹 찌더라.

—김영숙은 내 품에서 울기도 했다……

이 릴레이식 낙서는 다음과 같은 핀잔 어린 자랑으로 간신히 끝이 나 있었다.

—얼치기 같은 작자들! 주둥이만 깐 걸 보니 모두 헛물을 켰던 게 분명하구나. 너희들은 내가 그 여자에게 어떤 말 못할 비밀을 만들어주었는지를 알면 그야말로 하늘이 노오래질 거다.

나는 잠시 페이지에서 눈을 뗐다. 내가 다니던 S대학 앞의 쌍과부집 풍경이 떠올랐다. 이를테면 이 낙서집엔 근처에 있는 세계 유수의 여자 대학 학생들이 모인 다방의 분위기가 담겨 있다면, S대학 앞의 그 쌍과부집 풍경은 그곳 분위기를 대변하고 있을 터였다. 그러나 그 분위기의 내용은 달랐다. 우선 그곳에서는 이렇게 글씨로 남기는 일이 없이 말로 이루어졌다가 사라지는 것들이었다. 그러니 별 재치도 없고 뒤에 웃을 일도 없는, 투박하기만 한 쪽이었다. 무엇보다도 쌍과부집은 대폿집이었으니 그곳 학생들은 술들을 억세게 마셨다. 얼치기 판잣집에 40대의 두 과부가 보잘것없는 안주를 끼어 대포를 팔았는데, 술값 싸고 맛 좋기로 꽤 평판이 나 있었다. 학생들은 거기서 데모를 할 때나 도서관에서 공부를 할 때나, 교정 잔디에서 철저하게 게으름을 부릴 때나 마찬가지로 매양 치열하고 극성스럽게 술들을 마셔댔다. 그곳에 가 있으면 마치 학생들이란 모조리 그곳으로만 몰려들어 술이나 마시고 객기를 부리고 지내는 것 같은 착각이 들 지경이었다. 한결같이 모두 얼굴이 벌겋게 취해 자기가 아니면 금방 하늘이라도 무너져 내릴 것처럼 기고만장 열변을 토하는가 하면, 한편에서는 방금 자살이라도 감행하기 직전 친구에게 마지막 유언을 남기고 있듯이 무엇인가를 심각하게 호소하고, 그러면 그 이야기를 듣고 있는 친구는 상대방이 취중이라 생각하면서도 무얼 열심히 공감하고 위로를 해주며—, 내일 세상을 구하겠노라 엄숙하게 선언하는 자가 있는가 하면, 불행한 시대에 불행을 안고 태어났다고 침통하게 엄살을 떠는 자가 있고—, 교수를 욕하고 선배를 경멸하는 소리가 요란하며, 아퀴나스와 니체와 원효가 어깨동무를 지으며, 듀이와 제임스와 박지원이 팔뚝을 걷어붙이고 싸우며, 칸트와 괴테와 다산 선생이 서로 양반이라 우기고, 포크너가 헤밍웨이의 멱살을 잡으며, 카뮈가 사르트르를 충고하고, 피카소가 쇼팽을 비웃으며, 도스토예프스키가 톨스토이를 공박하고 슈바이처가 고흐에게 묻고 루오와 장승업과 카프카와 케네디와 힐러리 경과 아문센과 이안 스미스와 카스트로가 한자리에 둘러앉아 스무고개 놀음을 하고…… 그리하여 술청은 그 여러 표정과 목소리들이 서로 혼잡하게 얽혀 쌓이고 다시 흩어져 홀 전체가 안개같이 자욱한 분위기를 이루게 되고, 그곳을 나올 때는 너나없이 모두 그 자욱한 분위기의 기억만을 가지고 술걸레처럼 문을 굴러 나왔다. 그래 내가 1년 반 동안 학보병으로 입영했다 돌아와 그 쌍과부집이 판잣집 철거 대상이 되어 자취를 감추고 없었을 때 나는 얼마나 기분이 허전했던가. 그리고 그땐 벌써 학생들마저 그렇게 맹렬한 기세로 술을 마시지 않은 탓에 학교 앞 거리엔 술집다운 술집이 하나도 없음을 알고 얼마나 더욱 심사가 허망스러웠던가.

나는 갑자기 허탈해지는 기분을 느끼며 주머니에서 만년필을 꺼냈다. 그리곤 그 릴레이식 낙서 끝에다 실없는 한마디를 덧붙여 넣었다.

—그거 오헬세. 그 여자에겐 그게 이미 비밀이 아니었어.

나는 장을 넘겼다. 이 페이지에는 무슨 뜻인지 모르겠지만, 고양이와 생쥐가 어깨동무를 하고 얼굴을 비비며 춤을 추고 있는 만화가 그려져 있었다. 그리고 그 아래쪽엔 '그대의 생이 아무리 슬플지라도……' 어쩌고 하는 푸쉬킨의 시가 2연까지 적혀 있었다. 나는 또 페이지를 넘겼다.

—어느 뜻 있는 분이 혹시 슈베르트의 연가곡 「Schöne Müllerin」을 소장하고 계시거든 가지고 나와서 이 다방에 좀 맡겨두실 아량을.

소생이 퍽 즐겨하는 곡인데 불행히도 이곳엔 그게 없질 않겠소.

그리고 같은 페이지에 아까 마담이 자랑스럽게 이야기했던 것으로 보이는 현장 통신문이 있었다.

—수염이 길어서 지저분한 남자여!

분명 여자의 필체였다. 그러나 남자는 여자의 이 버릇없는 말을 불쾌하게 여기지 않은 것 같았다.

—부끄럼이 많아서 아름다운 여자여. 은밀한 뜻을 못 알아보는 바 아니오나, 조금만 문을 더 열어 그 고운 '마음'을 '한 조각'만 더 엿보게 했으면 좋을 것을!

—잘들 논다!

그 밑에 굵게 갈겨쓴 야유는 제3자의 것이 분명했다. 또 이런 가련한 여학생의 독백도 있었다.

—오! 땅으로 떨어지기 싫어 하늘로 불타버리는 낙엽처럼 인생을 이대로 불태워버릴 수 있다면.

—내 가슴의 뜨거운 불길이 너를 통째로 불태우리라. 너를 항상 지켜보고 있는 기사.

그 독백 아래 갈겨진 한 남학생의 말. 또는,

—내 가슴에서 브래지어를 벗겨 간 분은 제발 돌려주세요. 어느 분 장난인지 분간할 수가 없어요. 돌려주신 분에게는 밀크를 사겠어요.

이런 용감하고도 익살맞은 광고문.

—애, 애, 맞은편 남자 생쥐눈이 아까부터 자꾸 한곳만 흘끔거리고 있다. 어딘 줄 아니?

—말도 마, 김일성이 남하 중이어서 그러잖아도 불안해죽겠는데 아까부터 계속 저 꼴이잖아.

—자리 옮길까?

—그래, 이 낙서는 그냥 두고 간다. 용용!

이런 여학생들의 속삭임도 있었다. 낙서장은 대개 그런 식으로 여자의 관심은 남자 쪽에 그리고 남자의 관심은 여자 쪽에, 종당엔 일종의 성희와도 같은 방종스런 분위기를 향해 80페이지 책자의 3분의 2가량이 채워져 있었다. 특히 낙서들에는 마담의 입에서 자주 튀어나오는 그 재미있다, 시시하다는 말들이 자주 눈에 띄었다.

그런 가운데에도 내가 찾고 싶었던 왕에 관한(것으로 보이는) 것은 다행히 세 곳이 있었다. 그 하나는—그것이 내가 이 낙서집에서 발견한 것 중 가장 확실하게 왕을 빗댄 것처럼 보이는 것으로—지팡이 모양의 무시무시한 쇠방망이 두 개가 신바람 나게 공중 체조를 하고 있는 그림에다 '민중의 지팡이— 이래서야 되겠습니까? —우리 흥분합시다!!' 따위의 낙서를 힘차게 덧붙여놓은 것이었다. 그건 의심할 여지 없이 왕이 보게 할 목적으로 그려 남긴 낙서였다. 둘째 번 것은 그린 지가 퍽 오래된 듯했는데, 왕으로 보이는 한 사내가 여러 나체의 여인들에 둘러싸여 멍하니 창밖을 내다보고 앉아 있는 그림이었다. 여인들은 마치 마귀들처럼 스케치되어 있었고, 사내 자신의 표정도 공포에 질려 있는 모습이었다. 사내가 나체의 여인들에게 둘러싸여 있는 데다, 그의 앞 탁자에 고양이가 버티고 앉아 있는 모습이 그 역시도 왕을 그린 것임에 분

64

명했다. 그러나 그 그림 속의 고양이는 웬일인지 작고 귀여운 것이 아니라 호랑이처럼 크고 무시무시하게 버티고 앉아 위인을 압도하고 있는 꼴이었다. 그림 이외엔 다른 말이 덧붙여진 게 없었지만, 그 고양이로 하여 그림의 주인공 얼굴에 어려 있는 어두운 공포감도 왕의 표정과 닮은 데가 많았다. 그리고 왕에 대한 맨 나중 번 낙서는—이것도 물론 단언할 수는 없지만, 그러나 왕에 대한 것임이 거의 분명해 보이는 것으로—내가 낙서집을 덮기 전에 마지막으로 본 것이었다. 거기엔 왕으로 보이는 한 남자에 대해 이런 야유 섞인 기록을 남기고 있었다.

　—미친다는 것만으로 불행은 충분하지 않다. 미쳐서 더욱 우울해지는 것…… 거기서 비로소 불행은 완성되는 것이다. 도대체 그렇게 미쳐버린 사람들에게 이 세상의 환락을 위한 모든 기구와 장치는 무슨 뜻을 지니는 것일까. 가령 그의 바지 앞단추 속에서 언제나 튀어나올 자세로 숨어 있는 것. 참 그것에게는 오줌을 누는 일이 있었지. 아, 저 끝없이 두려워하고 슬퍼하고 그리고 우울해하는 어두운 얼굴. 도대체 사람이 어떻게 그런 얼굴을 할 수 있단 말인가. 그것은 죄악이다.

　낙서의 장본인은 남잔지 여잔지 분명하지 않았다. 내용은 그렇지도 않았지만 글씨체는 여리게 그리고 또박또박 찍어 쓴 것이 여자의 것 같기도 했다. '저 끝없이 두려워하고 슬퍼하고 그리고 우울해하는 어두운 얼굴'이란 이 세느에서 왕 말고 또 누구를 말하겠는가. 독백의 끝에는 낙서자에게 동행이 있었던 듯— 자 이젠 가지, 하는 말이 추가되어 있었는데, 그것이 읽는 나에게까지 꼭 하품을 보는 듯한 나태감과 지루함을 유발시키고 있었다.

나는 그쯤에서 그만 낙서집을 덮었다. 더 뒤적여봐야 왕 자신의 낙서는 나올 것 같지 않았다. 그러나 나는 그 세 곳에서 왕이 모든 사람에게 미친 사람으로 알려져 있다는 윤일의 말이 사실이라는 것을 확인한 셈이었다. 윤일 이외엔 장난말로나마 왕을 어떤 다른 은하계의 별에서 제 왕국을 잃고 쫓겨 온 가엾은 왕쯤으로 보아준 사람이 아무도 없었다.

나는 낙서장을 덮어 놓아둔 채 일단 자리를 일어섰다. 왕은 아직도 나타나지 않고 있었다. 약속도 없는 그를 무작정 기다리고 있을 수가 없어서였다. 그러나 다방을 나온 나는 막상 가볼 만한 마땅한 곳이 생각나지 않았다. 거리와 아이스크림집과 그 외에 사람이 드나들 만한 곳은 벌써 학생들에게 모조리 점령당해버리고 있었다. 나는 발길을 하숙집으로 돌렸다. 그사이에 회사나 갈태로부터 엽서 같은 것이라도 와 있지 않은지 문득 궁금한 생각이 들었기 때문이었다.

하지만 그건 역시 내 막연한 기대에 불과했다.

집에는 역시 연락이 와 있지 않았다. 나와 회사의 일은 다시 연락 같은 것이 필요 없을 만큼 일단 확실하게 처리된 셈이니까. 한데도 나는 자꾸 어떤 막연한 기대감에 스스로 속아온 셈이었다. 나는 한동안 눅눅한 방바닥 위에 아무 생각도 없이 멍하니 드러누워 있었다. 그러다 끝내는 다시 그 왕의 얼굴의 허기가 떠올랐다. 이상한 일이었다. 왜 나는 그 위인의 허기를 증명해내지 않으면 안 되는가. 그 얼굴이 어째 이토록 나를 끄는 것인가. 그리고 그가

미쳐 있다는 윤의 말에 내가 우정 이토록 어깃장을 놓으려 들고 있
는가.

나는 결국 세느를 나온 지 두 시간도 못 되어서 다시 그 문을 들
어섰다. 이번에는 학생들이 다방의 거의 모든 좌석을 메우고 있었
다. 밤 시간과는 다르게 남자는 거의 없고 여학생들뿐인 것이 눈
에 두드러졌다. 왕은 아직도 나와 있지 않았다. 그의 구석 자리는
여전히 비어 있었다. 나는 정말로 누군가 사람을 찾으러 들어왔다
허탕이라도 친 것처럼 무의식중에 다시 발길을 돌리려고 했다. 그
런데 어느 틈에 보았는지 좌석들 사이로 나가 있던 마담이 쫓아와
발길을 막았다.

"왜 그냥 가려고 하세요? 더운데 좀 쉬었다 가셔야죠. 여러분이
오셨다가 그냥 가시는 것처럼 섭섭한 게 없다구요. 일루 오세요.
제가 자릴 만들어드릴게요."

마담은 예의 그 '여러분'을 내세우며 내 팔을 잡아끌어 한쪽 구
석 자리에다 주저앉혀버렸다. 나는 엉거주춤 엉덩이를 의자에 붙
이면서 마담을 쳐다보고 웃었다.

"뭐 시원한 걸로 땀을 좀 식히셔야요. 콜라를 한 병 가져올까
요? 얼음에 채워둔 게 있어요."

마담의 그런 물음에 대해서도 나는 물론 대답이 필요 없었다.
그녀는 일방적으로 레지 아이를 불러 큰소리로 내 콜라 주문을 이
르고는, 손에 쥔 물수건으로 자신의 콧잔등 땀방울을 훔쳐대며 곧
계산대 쪽으로 가버렸다.

그런데 이날 그 두번째의 세느 방문은 나에게 퍽이나 운이 좋지 못했다. 나는 그 연이은 세느행에서 왕에 관해 새로 무엇을 더 알아내기는커녕 전부터 내게 퍽 혐오스런 풍경 한 가지를 조우하고, 그 때문에 이 며칠 왕의 일로 하여 잊고 지내던 어떤 달갑잖은 기억들 속으로 빠져들고 만 것이다.

　마담의 겨드랑이 사단이었다. 그리고 그 마담의 겨드랑은 곧 미스 염의 지겨운 겨드랑을 연상시켜왔다. 마담이 시켜주고 간 콜라가 날라져 와 그것을 한 잔 따라 마시려고 머리를 들었을 때였다. 그때 나는 우연히 마담이 선풍기 앞에 바람을 받고 앉아 있는 것을 보았다. 그 선풍기 바람을 받고 있는 마담의 자세가 여간 해괴하지 않았다. 마담은 선풍기 바람으로 얼굴의 땀이나 가슴을 식히고 있는 게 아니라 어깨를 엉거주춤 벌리고 겨드랑이의 땀을 말리고 있었다. 그 순간 나는 멀리 떨어진 마담의 겨드랑이 아니라, 『새여성』사 미스 염의 그 터럭도 없이 너들너들 살주름이 깊은 겨드랑, 거기다 늘 두 골의 검은 땀줄기를 접고 있던 그녀의 거뭇한 겨드랑살을 본 것이었다. 나는 『새여성』사 이전에 재직했던 『내외(內外)』사를 그만둘 때나, 또 『새여성』사를 일단 그만두기로 마음을 정한 것이나, 별반 그럴 만한 이유가 있어 그런 게 아니었다. 나는 그때마다 공연히 그저 견딜 수가 없었고, 그냥저냥 회사 일에 매달려 지내고 있는 자신을 후회하며 막연히 늘 그만두어야지, 그만두어야지 혼잣다짐을 일삼다간, 바로 그런 기분에 쫓기듯 결국은 제풀에 일을 저질러버리곤 하였다. 심지어 나는 왜 자꾸만 직장을 뛰쳐나가고 싶어 하느냐는 내 신문관 사내에게 그건 아마 늘 나를

따라다니는 그 허기의 일종인 것 같다고 진술했을 만큼 나의 생리
나 습관처럼 되어 있었다. 하지만 그 생리나 습관과 같은 막연한
동기에서 정말 『새여성』사를 그만두기로 구체적인 마음을 다지기
시작하게 된 것은, 구태여 이유를 댄다면 바로 미스 염 때문이었
다. 이상하게 들릴지 모르지만 나는 미스 염 때문에, 미스 염의 그
털 없이 너들너들 언제나 땀에 찌들어 있는 겨드랑이 때문에 『새
여성』사를 그만둘 생각을 시작했고, 결국은 그 생각대로 일을 밀
어붙이고 만 것이다. 그리고 곰곰이 돌이켜 생각해보면 그 미스
염의 겨드랑이 때문에 회사를 그만두려 생각하기 시작한 바로 그
날 집으로 돌아오던 좌석 버스 안에서 나는 그 신문관 사내를 처
음 만났던 것이다. 미스 염이 그렇게 선풍기 바람에 제 겨드랑이
땀을 말리는 것을 끝내 더 견뎌내지 못하고 만 바로 그날 저녁 말
이다.

그러니까 그 미스 염의 겨드랑은 결국 나의 임시 퇴직과 신문관
사내에 대한 길고 지루한 진술과 그리고 그 진술 끝에 온 마지막
선고, 그 모든 것과 그렇듯 인연이 깊은 셈이었다.

이야기의 순서가 좀 바뀌었지만, 그리고 아마 좀 지루하겠지만,
나는 여기서 그 『새여성』사와 미스 염의 겨드랑과 나의 신문관에
대해 조금 더 자세한 이야기를 해둬야 할 것 같다.

내가 『새여성』사로 직장을 결정하고 그곳 편집국장 앞에 근무의
충실성과 회사 방침에 대한 복종을 맹세한 것은 1년 전 월간 종합
지 『내외』사를 그만둔 지 꼭 한 달 만이었다. 그러나 나는 편집국

장에게 내 충성심을 서약하던 바로 그 자리에서 벌써 후회를 하고 있었다. 왠지 그저 일자리를 잘못 잡아 온 것 같은 생각이 불쑥불쑥 솟아올랐다. 그것은『새여성』사의 일에 대한 내 새삼스런 의구심에다 무슨 자격지심처럼『내외』사에 대한 스스로의 배반감까지 한데 겸하고 있었다.『내외』사를 그만두고 나온 데 대한 자신의 배신감이 그때 비로소 의식되기 시작한 것은 이상한 일이었다. 사실을 말하자면 그때 나의『내외』사 퇴직에 대한 배신감은 전혀 불필요한 것이었다. 왜냐하면『내외』사 재직 때 역시 나는 오래잖아 이곳을 그만두겠다는 생각을 습관처럼 자주 되풀이했고, 더욱이 그곳에서의 퇴직이『새여성』사로 옮겨 오기 위해서는 아니었으니 말이다. 그러나 새 직장 상사로부터『새여성』사의 지나치게 거대한 판매 조직과 풍족한 경영 자금과 화려한 편집 내용을 듣고 보니, 나는 그 초라했던『내외』사의 퇴직이『새여성』사로의 전직을 전제로 한 일이었던 듯 막연히나마 생각이 달라지지 않을 수 없었고, 미구엔 그 전직이 후회스러워지기까지 한 것이었다.

그러나 앞서도 말했듯이 사정을 따지고 보면 그런 것이 아니었다. 물론 내가『내외』사를 그만둔 것은 7만 부 발행을 자랑하던 잡지의 발행 부수가 몇 차례의 반감기를 거쳐 드디어는 2천 부가 되고 난 다음의 일이었다. 그러나 나는 4만 부 선을 유지하고 있던 내 입사 당시부터 그곳에 들어간 것을 후회하고 있었고, 그때부터 나는 늘 기회를 보아 그곳을 그만둘 생각을 지니고 있던 터였다.

— 너무나 많은 산을 넘어왔다. 너무나 많은 늪지를, 잡목 우거진 들판을, 그리고 강을 건너왔다. 튼튼한 장비도 없이 독자 여러

분의 후원과 모세의 불기둥 같은 지표 하나만으로 발이 부르트면 절뚝거리며 쓰러지면 무릎으로 기어서, 할퀴이고 뜯기며 우리는 그 산을 넘고 늪지와 들판을 지나고 강을 건너 여기까지 왔다. 우리는 이제 또 건너야 할 거대한 강물 앞에 서게 되었다. 그러나 우리는 그 불패의 힘으로 이 강을 건너고 말 것이다. 지친 사람은 신념을 가다듬고 두려운 자는 용기를 다짐하고 실망한 자는 희망을 되찾아 이 강을 건널 것이다. 그러기 위해 우리는 우선 뗏목을 만들어야 한다. 튼튼한 뗏목을 만들어야 한다. 여기서 돌아서거나 익사해버릴 수는 없다……

4백에서 2백으로 페이지를 줄이고 발행 부수를 2만으로 떨어뜨리며 편집장은 대략 그런 내용의 편집 후기를 썼는데, 물론 나의 퇴직 결심은 그 이전에 표명되어 있었고, 그사이 사장은 '같이 싸웁시다. 이 전열에서 이탈하지 말아주시오'라고 여러 번 내 뜻을 번복하도록 설득했지만, 나는 끝내 내 고집을 관철하기로 버티었다. 40대 내외가 중심이 된 『내외』사 편집진의 그 풍상을 다 겪은 확고한 의지와 불퇴전의 용기와 투철한 애국심, 그런 것들이 내겐 오히려 견딜 수가 없었다. 그러나 나는 금방 그곳을 그만두지 못하고 있었다. 퇴사의 뜻을 쉽사리 바꾸지 않은 것처럼 그 퇴사의 결행도 쉽사리 저지르지 못하고 망설이다 또 한 번 임종의 비명 같은 편집 후기를 읽게 되었다.

—독자에게 미안하다. 그러나 언젠가는 반드시 보다 충실한 내용과 증면으로 오늘 이 같은 독자의 실망을 보상해줄 수 있으리라 믿는다……

면수가 2백에서 1백으로, 그리고 발행 부수 2만에서 8천으로 떨어지던 때의 편집 후기였다. 대학생들을 주요 독자층으로 하고 있던 『내외』지의 그 확고부동한 의지와 애국심과 충정으로 모든 일을 떠밀어 붙이고 나가려는 편집진은 새로 들어온 대학생이란 독서층이 이젠 그 데데한 정론과 원칙과 불패의 용기를 그리 달가워하지 않는다는 점을 고려에 넣지 않고 있었다. 지면이 다시 1백에서 50으로 반감되면서는 숫제 편집 후기를 쓰지도 않았다.

　나는 발행 부수가 2천 부까지 떨어졌을 때 드디어 『내외』사를 나왔다. 그러나 그것은 계산된 것이 아니었다. 어쩌면 너무도 계산이 되지 않은 행동이었다.

　하지만 그 한 달 뒤 내가 『새여성』사의 편집국장 앞에 스스로 어떤 배신감 같은 것을 느낀 것은 어쨌든 사실이었다. 아마 그것도 나의 생리와 습관이었을 터였다. 그리고 나는 『내외』사에서도 그랬듯이 그 후회스런 생각 때문에 곧 회사를 그만두지도 못했다. 그런데 그런 눈으로 보아 그런지 이후 『새여성』사의 근무 기간이 길어져갈수록 그 후회스러움은 더욱 뚜렷한 모습으로 자라갔다.

　『새여성』사의 모든 것이 그만큼 내겐 어처구니가 없었다. 우선 그곳 일이 도대체 마음에 들지 않았다. 이곳의 일거리란 가령 토마토에 관해 말한다면, 『내외』 쪽에선 우리에게 토마토가 모자란다는 아우성이었던 데 비해, 『새여성』사에선 토마토를 어떻게 더 보기 좋게 멋있게 만들어 먹을 것인가를 생각하고 그 방법을 보급시켜 소비 의욕을 북돋워주자는 쪽이었다. 『내외』에서는 토마토가 모자란다, 왜 당국은 토마토를 재배자들에게선 싸게 사들이려 하면서 시장 가격은 엄청나게 오르도록 내버려두느냐, 모자란 토마토를 손쉽게 외국에서 사들이려 하지 마라, 썩은 토마토를 팔게 하지 마라, 토마토의 결핍과 상한 토마토는 국민 위생과 기본 체위를 위태롭게 한다, 모자란 토마토를 수입까지 해가면서 굳이 먹기 좋은 것으로 가공하는 데 힘을 소모할 필요가 없다, 칼로리에 변화가 없는 한 그냥 날토마토를 먹고, 가공에 소모되는 관심은 모자라는 칼로리를 보충할 방도의 연구 쪽에 집중해야 한다, 보다 중요한 것은 토마토를 저렴한 식품으로 바꾸어 칼로리를 보충할 방도를 모색하는 일이다……, 그런 등등의 이야기를 하고 있다면, 『새여성』쪽은 모자란 토마토나 토마토의 가격 같은 것은 문제가 되지 않았다. 물론 국외 수입이나 칼로리의 고하도 문제 바깥이었다. 토마토를 어떻게 즐겁게 먹느냐는 것만이 관심거리였다. 전자는 토마토를 거론의 목적으로 삼고 있었고 후자는 수단으로 삼고 있었다. 즉 『새여성』사에서는 토마토가 유발할 수 있는 부정적인 생각이나 논의는 절대 용납되지 않았다. 토마토에 관해 그것이 아무리 모자란다는 이야기를 해도 결국 책이나 잡지를 사 보는 사람은 토마토가 모자라 야단인 사람들이 아니라, 토마토에 진력이 나 이제는 새 조리법을 알려주지 않는 한 다시 거들떠보려고도 하지 않는 사람들이기 때문이었다. 그래서 기사도 어차피 책을 사 보는 사람들을 위해서 토마토 조리법을 다루게 되었다. 그것은 물론 토마토에 한해서만이 아니었다. 『새여성』사는 그렇게 즐겁고 풍요로운 세상에 대해서만 공헌하려고 했다. 그래서 꽃꽂이를 보급시키고(사장의 말을 빌리면 그 꽃꽂이 기사야말로 전진 전위적인 『새여성』편집 아이디어 계발과 사회 기여의 가장 좋은 본보기였다), 자기 애장 보석을 자랑시켜(그때 필자들은 한결같이 모두가 자신의 다이아몬드를 자랑하겠다 나서는 바람에 품목을 배정하느라 얼마나 땀을 뺐던가) 보석 쇼핑을 즐기게끔 충동질하고, '자랑스런 어머니'라는 제목을 내걸고는 예외 없이 벼슬이 높은 관리나 군부 장성들의 어머니 사진들을 내보내고, 그리고 '정원이 넓은 아담한 주택' 사진들론 소위 상류층들의 은근한 부러움과 시샘질을 부추기고……

그러나 물론 그런『새여성』사의 편집 방침 때문에 내가 그곳으로 옮겨 온 것을 별스럽게 후회할 이유는 못 되었다. 나의 역겨움은 그 모든 일이 어김없이 여자에 관한 것뿐이라는 점이었다. 나는 언제나 여자에 관한 것만을 생각하고 여자를 만나서 여자에 관해서만 이야기해야 했다. 간혹 남자를 만나게 되는 수도 있었지만, 그런 경우도 이야기의 내용은 여자였다. 나로선 그것이 여간 견디기 어려운 일이 아니었다. 나중엔 나 자신에 대해서까지 어떤 두려운 느낌이 들어올 지경이었다.

하지만 그보다도 내게 그 후회스런 감정을 더 두드러지게 만든 것은 다름 아닌 그 회사의 염 사장 탓도 있었다. 염 사장에게는 한 가지 독특한 취미가 있었다. 사원들 앞에서의 연설 취미였다.『새여성』사의 사회 기여에 대해 남다른 소명감과 자부심을 가지고 있는 염 사장은 걸핏하면 근무 시간이 끝난 직원들을 편집 회의란 명목으로 한두 시간씩 붙들어놓고 긴 연설을 하곤 했다. 그런데 그 연설이라는 것이 말할 수 없이 지겹고 견디기 어려웠다. 염 사장은 연설에서 매번 같은 다짐을 되풀이했다. '전진 전위적이고 선구

적인 우리 『새여성』지의 편집 방침 쇄신'과 '발행 부수 10만 부 돌
파 달성을 위한 재결의'와 '사원 상호간 또는 상하 간의 가족적인
분위기 진작' 및 '적자 모면을 위한 경영 합리화에 따른 사원 처우
의 점진적인 개선 약속'이 변함없는 염 사장의 연설 골자였다. 염
사장은 한 번도 이 원칙에서 이탈한 일이 없었다. 우리는 같은 말
을 열흘 터울로 한 달에 세 번쯤은 들어야 했다. 그래서 나까지 네
사람의 남자 직원을 포함한 『새여성』사의 직원들은 대부분 그 연
설의 요지를 처음부터 끝까지 외우고 있을 정도였다.

하지만 그 모든 것은 순전히 염 사장의 연설 취미를 위해 동원된
허사에 불과할 뿐 사실은 전혀 내용이 없는 말들이었다. 왜냐하면
그 연설 골자가 언제나 변하지 않는다는 사실이 중요한데, 그것들
가운데는 분명 달라져야 할 내용들이 있는데도 한 번도 달라지는
일이 없었기 때문이다. '전진 전위적인 편집 방침 쇄신'만 해도 그
랬다. 우리는 처음 염 사장의 뜻을 받들어 새로운 편집 아이디어
를 열심히 짜냈다. 그러나 그것은 거의 채택되는 일이 없었고, 책
이 나오면 전달 책에 비해 내용이 조금도 새로워지지 못했다는 책
망의 연설이 되풀이될 뿐이었다. 전진과 전위 두 단어 중 어느 것
을 취하고 어느 것을 버리기가 아까운 듯 늘상 두 말을 한데 묶어
전진 전위적이라 자기 뜻을 곱빼기로 강조하는 염 사장의 연설에
서 그러니까 결과적으로 전진과 전위는 둘 다 가짜 노릇이 아니면
제구실을 못한 셈이었다.

그건 그렇다 하더라도 그럼 '10만 부 돌파 달성을 위한 재결의'
는 어떤가. 도대체 여기서 '10만 부'라는 것은 무엇을 뜻하는가.

그것을 영업주 측의 입장에서 보면 영업 이득의 어떤 척도이고, 독자 관계에서는 잡지의 영향력을 뜻할 것이다. 영업주가 자본금을 투입하여 그 이득의 증대를 독려하고 독자에게 더 큰 영향력을 행사하고 싶어 하는 것은 물론 나무랄 수 없는 일이었다. 문제는 염 사장이 이미 그 대망의 10만 부를 돌파했다는 말을 다른 기회에 몇 번이나 공언하고 나서도, 다음에는 '20만 부 돌파'라고 하지 않고 여전히 '10만 부 돌파'라고 하는 점이었다. 발행 부수 10만 부 돌파라는 사장의 공언이 공연한 허풍이 아니라는 것도 확실한 터에 말이다. 『새여성』사는 영업진이 뛰어난 조직력으로 그 위업을 달성했다고 했다. 『새여성』지는 그만큼 판매 방법이 특이했다. 그것은 저쪽 『내외』사에 있을 때부터 자주 들은 이야기였다. 외판이라는 마술이었다. 책이 발행되면 외판원이 각 직장을 돌아다니며 책을 외상으로 돌린댔다. 이 나라에서는 이상하게도 자기가 볼 잡지를 자신이 골라 사지 않고, 남편이 볼 잡지를 아내가 사주고 아내가 볼 잡지는 남편이 사주는 풍습이 있는 것 같았다. 직장의 남편들은 책값이 외상이겠다, 그 외판 잡지 구입을 한 달에 한 번씩 아내들에 대한 선심의 기회로 여겨 별 군소리 없이 자신 앞에 돌려진 잡지를 집으로 들고 간댔다. 그런데 대한민국의 일반적인 경제 수준으론 대개 한 집에 잡지 한 권꼴 정도밖에 소화할 수 없는 푼수여서 아내들은 남편을 위해 남자 잡지를 사주지 않을 뿐 아니라, 남편들도 다른 잡지 따윈 따로 볼 생각을 않기 때문에 아내 쪽에 그런 걸 바라지도 않는댔다. 그래서 한 집에 한 권꼴밖에 돌아가지 않는 잡지 구매력을 『새여성』 쪽에 다 빼앗긴 꼴이라며 『내외』사 쪽 영업부장은 한탄을 하곤 했다. 어떻든 그런 판매 방법으로 『새여성』은 발행 부수 10만 부 선이 벌써 돌파되었노라 영업부 쪽에서도 의기양양 확인해준 형편이고 보면, 염 사장의 연설에서 '10만 부 돌파'는 이제 사라지거나 '20만 부 돌파'로 바뀌어야 마땅한데 그게 그렇게 되지 않고 있었다. 그러니 이 말은 염 사장의 연설 가운데에 그 염 사장류의 다른 독특한 뜻으로 정착하고 만 것이 틀림없었다. 더욱이 그 10만 부 돌파의 '재결의'라는 데에 가서는 그 결의를 어떻게 고쳐야 할 것인지, 구체적인 방안이 논의된 적이 한 번도 없었다.

한편 사원 상호간의 '가족적인 분위기'에 대해서는 벌써부터 그 비밀이 모두 알려져 있는 터였다. 이런 것을 강조하는 기업주치고 자기 영업 이득 외에 사원 복지를 고려하는 사람은 거의 없었다. 규약이나 사칙을 '가족적'이라는 구실로 우물쭈물 얼버무려놓고는 불리할 때면 맹목적이고 무조건한, 소위 가족적인 단합을 강조하지만, 자신 쪽에 무슨 이점이 있다고 판단되면 그 애매한 사칙을 내세워 귀걸이 코걸이 식으로 비정스런 영업주 행세를 하고 나서는 부류들이기 십상이었다. 말하자면 얼렁뚱땅 부하 직원을 꾀어 부려먹으려는 수작인데, 그런 것을 알고 보니 우리는 차라리 그 염 사장의 장광설이 그의 별스런 연설 벽의 소산 이상의 다른 뜻이 없기나 바라야 할 형편이었다. 그러나 염 사장의 연설 중 다른 곳은 몰라도 이 '가족적인 분위기 운운'의 대목만은 결코 그의 연설 취미만으로 끝날 일이 아니었다. 그는 유독 이 대목에 대해서만은 앞서 말한 일반적인 상식에 충실한 인물이었다. 그것은 우선 회사

의 '적자 모면을 위한 경영 합리화와 사원 처우의 점진적인 개선'
에서 잘 증명되고 있었다. 월 4백만 원을 상회하는 광고 수입을
제외하고도 이젠 순전한 지대(誌代)만으로 적자를 넘어서서 몇백
만 원씩의 흑자를 보고 있다는 소문이 경리 실무자의 입을 통해 새
어 나온 지 오래였다. 한데도 염 사장은 줄창 그 가족적인 이해를
앞세운 적자 타령이었고, 더욱이 '경영 합리화'라는 명목의 근무
시간 연장에, 사원 처우의 '점진적인 개선 약속'은 언제나 말 그대
로 가족적인 양해 속의 '약속'으로만 그치고 있었다. 지난 연말에
는 크리스마스나 연말 보너스라도 몇 푼 얻을까 슬금슬금 눈치를
보다가 역시 새해에 들어가 급료를 인상하겠다는 '약속'의 재탕 앞
에 좋이 자신을 달래는 수밖에 없었다. 새해 1월에는 다시 그 가
족적인 분위기와 이해를 내세워 4월쯤 10만 부를 돌파하고 경영이
합리화되어 흑자 경영이 달성되는 대로 직원들을 절대로 다시 서
운하지 않게 하겠다는 일방적인 다짐과 함께 사원들의 '재결의'만
을 되풀이 요구당했다. 그러나 그게 실상은 염 사장이 일으킨 공
연한 평지풍파요 긁어 부스럼이었다. 왜냐하면 그 연말께에는 바
깥 시정 분위기가 들떠 있어 이번엔 정말 용돈이라도 몇 푼쯤 바랐
던 게 사실이지만, 그걸 모른 척한 사장이 따로 약속을 연장하지
않았다 한들 그런대로 그냥 체념하고 지나갔을 일이지, 누가 굳이
나서서 그걸 따지고 덤빌 위인도 없었을 터이니 말이다. 게다가
염 사장은 그 4월에 이르러 다시 그 약속을 7월께의 하기 유급 휴
가로, 벌써 2년 동안이나 계속 연장되어온(왔다는) '약속'의 재탕
으로까지 이어갔다. 그런데 염 사장이 자꾸 그런 식으로 약속을

되풀이하고 연장해가다 보니 사원들은(그건 대개가 남자들이었지만) 정작으로 자신도 모르게 그의 말에 일말의 기대를 지니기 시작했고, 아마 정말로 받아야 할 것을 받지 못하고 지내나 보다 생각하게 되어갔고, 언제까지나 약속만 연장해갈 뿐 새 실망감만 안겨주는 그 염 사장의 처사 앞에 드디어는 완연한 수모감과 노기까지 느끼게 되고 만 것이었다.

　그러나 염 사장은 여전히 변함없는 연설 취미로 재탕 삼탕 같은 약속을 되풀이했고, 나는 점점 그 연설을, 염 사장을 견딜 수 없게 되어갔다. 그것은 내가 그곳에서 언제나 여자의 일만 생각하고 여자만을 만나며, 가다가 남자를 만나서도 여전히 여자 이야기만 해야 하는 것보다도 더 견디기 어려운 일이었다. 그것은 아마 내가 알량한 대로 남자쪽지로 태어난 탓인지도 몰랐다. 『새여성』사 사원의 대부분을 차지하고 있는 여자 직원들은 그 어느 것도 물론 다 잘 견디고 있었다. 아니 그녀들은 오히려 『새여성』을 가장 자랑스런 일자리로 여기고 지내는 것 같았다. 그럴 법한 일이었다. 염 사장은 기회 있을 때마다 이들에게 한국 여성계를 이끌어나가는 엘리트로서의 책임을 잊어서는 안 된다 누누이 당부해왔고, 여자 직원들은 언제나 자부심에 넘친 얼굴로 한국 여성 사회의 상층부에 속하는 필자진과 취재 대상 인물들을 만나러 뛰어다녔고, 그들과 의논하고 그리고 도저한 책임감을 느끼며 그들 위에 군림했다. 독자들은 투고 편지로 이 여성 사회의 향도들을 극구 칭송했고, 이들의 노고에 늘 감사했으며, 그리고 될 수 있으면 자기 투고문이 활자로 찍혀 그 뜻을 모든 독자들과 함께하기를 소망했다.

물론 여자로 태어난 사람이 즐겨 여자들을 만나고 여자의 일을 생각하고 하는 것은 조금도 껄끄러워할 일이 아니었다. 그리고 여자 직원들에게는 『새여성』이 더없이 바람직스런 직장일 수도 있었다(내가 늘 그곳을 빠져나오고 싶어 한 것은 내가 여자로 태어나지 못한 것이 어쩌면 또 하나의 이유였을지 모른다). 그래서 그녀들은 큰 자부심 속에 분골쇄신 열심히 일을 할 수 있었고 그렇게들 지냈다. 5년 이상씩 근속을 해온 사람이 세 명이나 되었고, 이들은 그 장기근속의 공로로 국장을 제외한 편집국 편제상의 상좌를 모조리 차지하고 있었다. 그래 이들에겐 그 일에 대한 자부심과 보람이 충족되는 한 염 사장의 '약속' 같은 것은 아무리 연기되어도 상관이 없는 것이었다.

　하지만 어떤 이유에서든 한 가지 일에 대해 한쪽은 영 시들하기만 한데, 다른 쪽이 열을 올리게 되면, 시들한 쪽은 그 일에 더욱 시들해지게 마련이고 열심인 쪽에 대해서도 견딜 수 없게 되기 십상이었다. 나는 그 여자들이 영 견딜 수 없었다. 거기다 내가 그 여성 동무들을 더 견딜 수 없게 된 것은 이들 대부분이 너무 일에만 몰두한 탓에 결혼 같은 건 아예 잊어버린 것처럼 늙어가고 있다는 점이었다. 그녀들은 한결같이 결혼에 대해서는 관심이 없었다. 그리고 조금도 초조한 빛이 없이 당당하게 나이들을 먹어갔다. 신참 직원도 한두 명 있기는 했지만 대개가 20대 중반을 거침없이 넘어섰고, 그중에도 아까 말한 5년 이상 근속자들은 서른을 한두 해 정도 남겨놓았을 뿐이었다. 어찌 보면 여자가 결혼을 생각하지 않는 것처럼 매력 없는 일이 없었다. 이건 무슨 깊은 뜻을 얹어 하는 말이 아니라, 그 늙은 처녀들에게선 어떤 결핍감이나 알 수 없는 불결감 같은 것이 느껴져오곤 했기에 하는 소리다.

그런데 그런 결핍감이나 불결감과 관련하여 정갈스럽지 못한 분위기를 빚고 다니기로 말하면 도가 가장 심한 것이 미스 염이었다. 그리고 바로 그 미스 염이 회사에서 내게 가장 견딜 수 없는 여자로, 그녀는 다름 아닌 염 사장의 조카딸이었다. 그러나 미스 염은 다른 사원들 앞에 염 사장을 사장과 아래 직원 이외의 관계로 대하는 따위의 섣부른 짓은 하지 않았다. 그녀는 누구보다도 더 깍듯하게 숙부를 '사장님'으로 불렀다. 그리고 그 숙부를 사장님으로 썩 무섭고 어려워하는 체할 줄도 알았다. 염 사장도 좀체 미스 염을 조카딸로 대하는 따위의 부주의한 언동이나 내색을 내보이지 않았다. 그러나 미스 염의 사장과의 관계는 어딘지 모르게 그녀의 행동을 당당하게 만들고 있는 느낌이었다.

터놓고 말해 미스 염에겐 그만큼 역겨운 점이 많았다. 그녀 역시 아까 말한 5년 이상 근속자 그룹에 끼이는 것이 우선 그 하나였다. 그 그룹 가운데서도 나이가 스물아홉으로 선두를 달리는 데다, 그러면서도 좀처럼 시집갈 생각을 않은 채 자신의 나이를 초조해하지도 않는 따위. 그래서 그 여자에겐 예의 5년 이상 근속 경력이 누구보다 오만스런 자긍심으로 읽힐 수밖에 없었다. 둘째로, 이 여자는 지나치게 몸이 비대한 데다, 푸르스름하게 튀어나온 잇몸들을 제외하곤 온 얼굴에 늘 흥분한 사람처럼 벌건 혈색을 띠고 다니는 것도 거듭 내 심사를 불편하게 했다. 게다가 그런 허우대 그런 몰골로 연예부장 자리를 차고앉아서 언제나 일에 취해 정신없이 바쁘게 돌아가는 것, 그 꼴도 나는 왠지 늘 견디기가 어려웠다. 그 밖에도 그 둔해 보이는 허우대와는 딴판으로 신경이 썩 예민해서 다른 회사원들의 사정을 훤히 꿰뚫고 있다든지, 자기 책임 바깥 작업 진척도까지 머릿속에 속속들이 파악하고 있다든지, 장기근속 충성파로서 이 회사의 상후하박 관습에 따라 월급을 다른 사람의 두 배(그것도 따져보면 사립 중학교 단기 근무 평교사의 월급 남짓한 것이었지만, 그녀는 다른 동료의 두 배라는 데에 늘 만족해 있었다)나 받고 있으며, 옷가지나 신발 손가방 따위 차림새나 장신구류의 유행에도 적잖이 민감하다는 점 등등, 하여튼지 미스 염과 관련해선 거의 모든 일이 그렇듯 내게는 견디기 어려운 것이었다.

그러나 그 무엇보다 미스 염에게서 가장 견디기 힘든 것은 그녀의 겨드랑이었다. 그리고 그 겨드랑이야말로 내게는 가장 깊은 악연을 낳은 결정적인 수렁이었다.

그녀에겐 참으로 괴상한 버릇이 한 가지 있었다. 그것이 그 겨드랑과 관계가 있었다. 그녀는 몸이 비대한 만큼 누구보다 더위를 견디지 못했고 땀을 많이 흘렸다. 그래 그녀는 국장실 것을 빼고는 편집국에 단 한 대밖에 없는 선풍기를 혼자서 늘 독차지하다시피 하였다. 자신이 선풍기 쪽으로 가 바람을 쐬는 것이 아니라 아예 선풍기를 자기 책상으로 끌어다 놓고 지냈다. 때로 외출이라도 하고 돌아왔다가 선풍기가 다른 곳으로 자리를 옮기고 없으면 그녀는 마치 제 물건을 찾아가듯 허겁지겁 다시 빼앗아다 놓곤 했다. 그렇듯 그녀는 항상 그 선풍기 앞에 바싹 다가앉아 그만큼 또 열심히, 어찌 보면 가위(可謂) 전투적이라 할 수 있을 만큼 열성스레 일을 하기 때문에, 그러는 자신이 선풍기를 독차지하는 것을 당연시하는 것 같았고, 다른 사람도 감히 그걸 양보 받을 엄두를 내지 않았다. 그런데 그 미스 염의 괴상한 버릇이라는 것은 그녀가 그렇게 선풍기를 바투 다가놓고 앉아 바람을 받는 시간이 대부분 겨드랑 땀을 말리기 위해라는 것이다. 그녀의 겨드랑이에는 털이 나 있지 않았다. 앞서도 말했지만 털이 없는 대신 살집이 깊고 또 땀이 많았다. 너들너들 거무스레한 살주름에 늘 찐득찐득한 땀기가 젖어 있었다. 미스 염의 선풍기는 언제나 그 땀기를 말리는 데 사용되었다. 그러니 그렇듯 땀을 말리기 위해 의식 무의식중에 늘 어깨를 쳐들고 있었기 때문에 우리는 수시로 그 미스 염의 털 없는 겨드랑 땀과 살주름을 목도하지 아니치 못하게 되곤 한 것이었다. 그것이 얼마나 역겹고 견디기 힘든 것인지는 이제 더 이상 상상에나 맡겨야 할 일이지만 말이다.

하여튼 『새여성』사는 모든 것이 그렇게 견디기 어려운 일투성이였다. 그리고 내가 처음부터, 그 편집국장 앞에 내 성실성과 복종을 서약한 바로 그 첫날부터 얼핏 머리를 쳐들기 시작한 불온스런 생각들을 시간의 흐름에 따라 차츰 지워 없애지 못하고 점점 더 정도를 더해간 데엔 『새여성』사의 그런 점에 적잖은 허물이 있었음이 물론이었다. 만약에 갈태라는―, 그 덤벙덤벙 조심성이 없어 보이면서도 한편으로는 시원시원하고 매사에 대범스런 임갈태 그 친구가 없었더라면, 나는 그 모든 일에 내밀려 훨씬 이전에 벌써 『새여성』사를 쫓겨나고 말았을지 모른다.

이야기가 나온 김에 임갈태와의 일을 좀 짚고 가자면, 녀석은 넷밖에 되지 않은 편집국의 남자 직원 중 나와 가장 가까운 친구로 특히 개고깃집 단골이었다. 개고기란 물론 보신탕을 가리키는 말이지만, 갈태가 그 개고기를 먹었다고 할 때는 대개 다른 뜻이 있었다. 여자 사원들은 개고기를 먹는 남자 사원들을 기를 쓰고 징그러워했다. 어느 날 갈태와 나는 종로 3가 근방에서 하룻밤을 같이 지내고 바로 회사로 출근한 일이 있었다. 그런데 이날 아침 제일 먼저 사무실 문을 들어선 여성 동무가 왜 이렇게 일찍 출근을 했느냐, 세수를 하지 않은 사람들 같다―, 무슨 눈치라도 챈 듯이 꼬치꼬치 캐물었다. 그러자 불안해진 갈태가 느닷없이 그 미스의 손목을 덥석 붙잡으며,

―그래! 나 어젯밤 개고기 먹고 왔다!

하고는 껄껄 징그럽게 웃어댔다. 그런 일이 있은 뒤로도 갈태와 나는 이따금씩 함께 그 '개고기'를 먹으러 다녔고, 오늘도 개고기를 먹고 왔노라 여성 동무들을 놀려대곤 했다. 그러다 보니 끝내는 그 여성 동무들도 '개고기를 먹었다'는 말의 진짜 뜻을 알아듣게 되었다. 그런데도 그녀들은 여전히 아는 척 모른 척 우리 둘을 가리켜 '이 징그러운 개고기 친구들'이라 노골적인 허물을 일삼았고, 갈태 또한 그것을 조금도 난처해하지 않았다. 오히려 그렇게 징그러워하고 피하는 미스들을 '망할 년들! 진짜 개고기 맛도 모르는 년들이!' 어쩌고 마구 험한 소리를 서슴지 않았다. 그만큼 그는 말을 조심하지 않았다. 웬만하면 '망할 년' '죽일 년' '썩을 년'이었고 옆엣사람이 깜짝 놀랄 만큼 큰 목소리로 호령질이었다.

그리고는 누가 뭐라든 아랑곳하지도 않았다. 그렇듯 무엇이나 제 하고 싶은 대로 했다. 여자들만 만나야 하는 일에도 별로 신경을 쓰지 않는 듯 대범하게 일을 척척 해냈고, 사장의 연설 취미에도 대체로 무감각인 편이었다. 그 대신 하고 싶은 일이 있으면 누가 뭐래도 기어코 제 하고 싶은 대로 하고 마는 성미였다. 내가 평소 술을 많이 마시지 않는 것은 사람이 덜떨어져 그런다며 퇴근 후면 굳이 나를 술집까지 끌어다 곁에 앉혀놓고 일부러 말술을 마셔대는 위인이었다. 그리고 혹시 내가 무슨 잔신경 가는 소리나 견디지 못해 하는 얼굴을 보이면,

— 뭐, 세상일이 다 그렇고 그렇지.

— 썩을 새끼들! 누군 이뻐서 보나. 그저 모른 척해둬.

세상의 쓴맛 단맛을 두루 겪고 난 사람처럼 내 등짝을 툭툭 두드리며 다 같잖은 일이라는 듯 껄껄 웃어넘겨버리곤 했다.

그런데 그 임갈태 녀석마저 미스 염에 대해서만은 나 못지않게 곧잘 신경을 곤두세웠다.

— 염가 저것이 없어져야 일할 기분이 날 텐데…… 저 재수 없는 것이 남아 있으면 될 일두 안된단 말야.

그런 식이니 미스 염과 싸움질을 한 것도 한두 번이 아니었다. 한번은 공연한 시비 끝에 그 억척스런 미스 염을 그가 울려놓기까지 했다. 경리에게 몇천 원인가 월급을 가불하러 갔다가 거절당하고 와서는 그 분풀이를 애먼 미스 염에게 풀어 넘기려 한 때문이었다.

"너의 숙부는 우리 사원들을 모조리 개로 생각한다. 어때, 내가

개로 보이는지 찬찬히 한번 봐라."

느닷없이 미스 염에게 달겨드는 바람에 시비가 시작되어 '왜 그렇게 흥분하세요'만 연발하던 미스 염이 결국엔 선풍기를 밀어뜨리고 책상 위에 얼굴을 파묻어버린 거였다. 뿐만 아니라 갈태는 미스 염이 시큰둥해 있는 것을 보면 늙어 말라진 것이 그래도 가끔은 사내 생각에 팔자타령을 하는 모양이라 했고, 선풍기 앞에서 땀을 말리고 있는 것을 보고는,

"저년은 멘스도 없는 모양이야. 저렇게 땀을 흘리구. 다른 데로 나갈 것이 모조리 땀이 되니까 그렇지."

듣기 거북한 험구를 서슴지 않았다.

그 겨드랑이—, 그렇다. 확실히 그 겨드랑 땀이 문제였는데, 어느 날은 바로 그 미스 염의 겨드랑이 나를 정말 녹초로 만들어버린 일이 일어났다. 그날도 예의 그 퇴근 시각 편집 회의가 열리고 있었다. 그런데 웬일로 이날은 염 사장이 얼굴을 내밀지 않고 대신 편집국장이 사장의 연설을 대신해가던 참이었다. 알고 보니 그날이 또 한 번의 '약속'의 날이었고, 국장은 그 약속을 '마지막으로 한 번만 더' 연장하겠노라는 취지의 설득을 늘어놓기 시작했다. 그의 평소 버릇대로 검은 뿔테 안경을 벗어 한 손으로 가슴께에 받쳐 든 채였다. 편집국장은 그렇듯이 늘 두 가지 물건을 몸에서 떼지 않았는데, 그 뿔테 안경이 하나였고 다른 하나는 그가 틈 있을 때마다 뒤적여보는 일본 여성 잡지였다. 그러나 국장은 그 일본 잡지를 볼 때는 안경을 쓰지 않았다. 안경을 그냥 한 손에 들고 책을 보다가 찾아온 손님을 맞거나 부하 직원과 기사를 의논하려 눈

을 떼거나 할 때 비로소 그걸 사용했다. 하지만 안경이 필요할 때는 언제나 다시 낄 수 있도록 그는 늘 그것을 손에 들고 있었다. 그날도 국장은 여차하면 안경을 낄 수 있도록 그것을 손에 든 채 염 사장을 대신한 연설을 시작했다.

"……그동안 10만 부 돌파 목적 달성을 위해서, 그리고 회사 운영의 적자 모면을 위해서 여러분이 기울여주신 충정 어린 노고에 대해서는 뭐라 말할 수 없는 고마움과 신뢰를 느낀다는 사장님의 간곡한 감사 말씀이었습니다."

국장은 역시 '20만 부'가 되어야 할 것을 '10만 부'라고 했다. 그간 수차의 대행 연설에서 국장도 여러 가지로 사장을 닮아가고 있었다. 목소리도 사장 못지않게 지극히 낮고 가족적이었다.

"에, 그리고 그간 회사로서는 여러분의 처우 개선을 여러 차례 약속해왔고, 힘닿는 데까지 그 이행을 꾀해왔던바 번번이 회사 사정이 여의치 않아 지금까지 그 약속을 미루어온 형편으로, 회사 대표로서 사장님께선 송구스럽기 짝이 없으나 여러분이 그 점 십분 이해해주시고 변함없는 근무 의욕을 보여주신 데 대해 충심으로 감사하고 계시다는 말씀을 전해달라는 당부셨습니다."

그런데 그때. 사장의 연설 때면 으레 그랬듯이 나는 기분이 몹시 답답해지기 시작했다. 숨이 막힐 것같이 가슴속이 갑갑한 데다 느닷없는 저녁 열파(熱波)가 온몸을 휘감고 드는 느낌이었다. 거기다 난데없이 오줌까지 마려웠다. 나는 국장에게서 슬그머니 시선을 돌렸다. 그런데 그게 또 낭패였다. 윗사람의 연설 중에 미스 염이 선풍기를 켜놓고 에의 겨드랑 말림질을 하고 있었다. 사장의 연설 중엔 그녀가 선풍기를 껐는데, 이번에는 당돌스레 그걸 그냥 즐기고 있었다. 그러자 나는 내 기분을 그렇듯 답답하게 한 장본인이라도 찾아낸 듯 그녀가 새삼 지겹고 저주스러워지기 시작했다. 그러나 미스 염은 물론 그런 내 기분은 알 리도 없었고 상관할 일도 없는 여자였다. 그녀는 아예 두 팔을 책상 위에 개었고 눈을 지그시 감은 채 그 시원스런 겨드랑 말림질에 깊이 취해 들어 있었다.

"그런데 어쨌든 오늘이 7월 말일, 사장님을 비롯한 저와 회사 경영진이 여러분에게 약속을 드렸던 날입니다. 그래 저로선 더욱 이런 말씀을 드리지 않을 수가 없는데—, 여러분도 잘 아시다시피 회사 사정은 마음먹은 대로 한걸음에 개선될 수가 없는 모양입니다. 아직도 적자가 계속되고 있다고 합니다. 더욱이 지금은 여름철이 되어 독서 인구가 주는 바람에 판매 업무가 유례없는 고전을 겪고 있다는 것입니다."

나는 갈수록 숨결이 답답해져갔다. 팽팽해져 오른 요의도 더 참기가 힘들어졌다. 회의를 시작하기 전에 미리 다녀와둘 것을 잘못했다 후회하며 힐끗 건너다보니, 미스 염은 여전히 눈을 가늘게 뜬 채 그 겨드랑 말림질에만 정신이 팔려 있었다.

"이런 점을 이미 알고 계신 여러분에게 새삼 말씀드릴 일이 없는 줄로 압니다다만, 그러나 나로서는 아무쪼록 기왕의 가족적인 분위기와 배전의 결의로써 우리 다 같이 이 하절기의 비수기 불황을 무사히 극복해나가기 위해 오늘도 여러분의 분발을 한 번 더 당부하지 않을 수 없는 심경입니다."

이젠 영 더 견딜 수가 없었다. 숨이 막히는 것은 둘째 치고 오줌을 더 이상 참을 수가 없었다. 나는 마침내 자리에서 일어났다. 갈태가 핀잔기를 담은 눈초리로 나를 건너다보았다. 국장도 잠시 말을 끊고 그런 나를 걱정스럽게 바라다보았다. 그러나 내가 아무 말 없이 그냥 화장실로 통하는 문 쪽으로 걸어 나가자 그는 안심한 듯 다시 연설을 계속했다.

"그리고 여기서 덧붙여 말씀드릴 것은, 시월 호를 낼 때쯤이면 날씨가 선선해져서 10만 부 돌파가 가능해지리라는 회사나 사장님의 전망입니다. 그에 대해선 저 역시 같은 소견임이 물론입니다만, 그래서 오늘의 이 약속은 회사 형편이 차츰 풀리게 될 그때 가서 어김없이 이행하시겠다는 사장님의 말씀이시니 여러분은 아무쪼록……"

국장의 연설은 그쯤 화장실 문 뒤쪽으로 사라졌다. 아무쪼록 여러분은 아무쪼록……

나는 힘껏 오줌을 내쏘았다. 좁은 화장실의 변기 오른쪽 벽에 붙어 있는 거울을 바라보니 내 목줄기에 힘줄이 솟고 있었다. 용을 써가며 제법 많은 양의 오줌을 내보내어 그런지 이윽곤 뱃속이 텅 빈 것처럼 속이 허전해오기 시작하며 피곤기가 좌르르 온몸을 흘러내렸다. 그리고 그 공복감과 피곤기가 나를 한층 야릇한 기분에 젖게 했다. 그래 나는 오줌을 다 누고 나서도 그냥 바지 앞단추도 채우지 않은 채 흘끔흘끔 거울에 비친 내 옆얼굴을 한동안 곁눈질해 보고 서 있었다. 왠지 금세 몸을 움직이고 싶지가 않았다.

내가 화장실을 나와 다시 편집국으로 돌아온 것은 편집국 회의

장에서 걸상 부딪는 소리, 사람들 수군거리는 소리가 들려오기 시작했을 때였다. 회의가 끝나면 편집국 사람들은 으레 별 할 일이 없어도 일단 자리를 차고 일어나 한참씩 주위를 서성거리게 마련이었다. 국장의 대행 연설은 다른 때도 시간이 사장을 따르지 못했지만 이날은 의외로 더 일찍 끝나 그 소음이 나를 일깨운 것이었다.

그런데 무슨 착각이었던가. 편집국으로 돌아와보니, 회의는 정말로 끝이 나 있었다. 국장도 이미 자리를 뜨고 없었다. 그러나 내가 왠지 수런거리고 있는 줄 들었던 직원들은 예상과는 다르게 모두 자기 자리에 그대로 앉아 꼼짝도 않은 채 침묵을 지키고 있었다. 위인들은 숨도 쉬지 않는 것 같았다. 더운 선풍기 소리만이 실내를 가득 채우고 있었다. 그런 위인들 앞에 나는 다시 그 편집국 안에선 이미 들이마실 공기조차 남아 있지 않은 것처럼 숨이 막혀왔다. 그런데 무심결에 선풍기 소리 쪽을 보니, 그런 가운데에도 미스 염 한 사람만은 여전히 그 선풍기 바람 앞에 시원스럽게 겨드랑이를 말리고 있었다. 그리고 바로 그것이 결정적 계기였다.

그러니까 내가 그 『새여성』사 취업 이후 부단히 후회를 하고 필경 무언가를 잘못 선택한 듯한 오랜 시달림 끝에 정말로 그곳을 그만두자 최초의 구체적인 결단을 내리게 된 것은 다름 아닌 미스 염의 그 겨드랑 때문이었다. 왜냐하면 나는 그때 미스 염을 본 순간 바로 이 회사를 그만두어야겠다는 결심이 섰으니까. 그야 내가 그날 미스 염의 겨드랑을 그렇듯 못 견딘 데는 그 소변으로 인한 뱃속의 피로감이나 시장기 탓이 더 컸을지도 모른다. 하지만 그때

하필 내가 그런 결심을 하게 된 가장 직접적인 이유는 그 미스 염의 겨드랑이 결정적인 계기였던 게 확실하고, 그런 내 결단에 대해 내가 지금 생각할 수 있는 단 하나의 구체적인 이유도 그것뿐인 셈이니까.

다방 세느에서 그날 마담이 겨드랑을 말리는 것을 보았을 때도 나는 그런 생각이 들었다. 뿐만 아니라 바로 그 결단의 날 저녁 공교롭게도 나는 집으로 돌아오던 퇴근길의 좌석 버스 속에서 처음으로 그 정체 모를 내 신문관 사내를 만난 것이었다. 말하자면 미스 염의 겨드랑은 결국 내 『새여성』사 퇴직뿐만 아니라 나의 혐의를 추궁하는 신문관 사내와도 어느 면 그렇듯 깊은 인연이 있다고 할 것이었다.

지루하겠지만 그날의 이야기를 조금만 더 계속하자. 그날 내가 그 신문관을 처음 만났던 이야기 말이다.

그날 저녁 8시쯤 나는 여느 때처럼 집으로 돌아가는 좌석 버스 속에 앉아 있었다. 그런 시각, 퇴근길 버스 안은 언제나 조용했다. 아무도 말이 없이 서로 어깨를 기대고 앉아 피곤한 자기 상념들에 빠져 있었다. 나는 그 버스 속을 좋아했다. 서로 얼굴을 보지 않고 말없이 앞 사람의 피곤한 뒷모습을 보고 앉아 적당한 허기를 느끼며 나름대로의 생각에 젖는 것은 하루 중에 가장 즐거운 시간이었다. 그런데 그 우뚝우뚝 묵연스런 어깨와 뒷머리들만 정연한 차 속이 때로는 이상한 분위기를 자아냈다. 그게 무슨 미명의 수도를 향해 소리 없이 진군해 들어가는 새벽 혁명군 같은 분위기를 연상시킬 때가 있었다. 그리고 내게 문득 그런 느낌이 들고 보면 차 속은 갑자기 무거운 긴장감이 흐르기 시작하고 어떤 정체 모를 공포의 그림자가 그 우뚝우뚝한 어깻죽지들에 어려 들기 시작했다. 그뿐만 아니라 나는 까닭 없이 잔뜩 가슴을 조이며 낡은 차량의 평상적인 배기 음이나 옆 사람의 무심스런 잔기침 소리에도 깜짝깜짝 제물에 소스라쳐 놀라곤 했다.

그런데 그날은 내 심신이 너무 피곤하고 허기에 질려 있었기 때문인지 모른다. 나는 차를 타고 자리에 앉자마자 바로 어느 날보다도 깊은 환상에 빠져들기 시작했다. 그리고 시간이 흐를수록 더욱 깊은 환상의 장벽들을 지나 끝내는 한 번도 가보지 못한 그 금기의 영역까지 들어서고 말았다. 그런데 아아, 그로 하여 나는 대체 어떻게 되었던가. 나는 그때 잠시 정신을 차릴 수 없는 심한 혼란에 빠져 있었다. 그리고 그 낯선 환상 세계의 현실이 차츰 눈앞에 드러나기 시작했을 때 나는 이미 그 금기의 사슬에 붙잡힌 몸이 되어 있었다.

낯선 제복과 함께 내 앞에 서서히 모습을 드러낸 신문관 사내는 자신의 제복 이곳저곳에 나로선 뜻을 알 수 없는 여러 가지 견장과 낯선 패용물들을 매달고 있었다. 어찌 보면 그의 얼굴 표정까지도 여느 사람과는 전혀 다른, 그러면서 더욱이 호불호(好不好)와 희로애락의 감정 표현을 쉽게 읽어낼 수 없을 만큼 전체적으로 그 윤곽마저 매우 어둡고 애매하여 지금도 기억을 확실하게 드러낼 수 없는 모습이었다.

그러니까 나는 한마디로 그 사내에게 이미 '붙잡힌 자'의 신분으로 자신도 알지 못한 어떤 반역 음모 사건의 피의자로 신문을 받아야 하고, 또 이미 그런 상황에 처해진 처지였다. 나는 그 앞에 물론 내 혐의 사실을 부인했다— 나는 다만 평범한 월급쟁이일 뿐이며 어떤 음모나 반역 음모 같은 것은 상상조차 해본 일이 없고, 그런 것은 나와 아무 상관도 없는 일이라고, 무고한 혐의와 부당한 체포에 대해 조심스러우면서도 완강하게 항의했다.

그나마 다행스러운 것은 그 신문관 사내가 이전의 내 차 속 환상에 대해서는 알지 못하고 있다는 점이었다. 한마디로 그는 나의 혁명군 차량과 행군에 대해서는 말을 하지 않은 것이었다.

—당신은 아마 내 앞에서 자신의 혐의를 숨겨 넘어갈 수 있다고 생각한 모양인데……, 아니면 자신이 자신의 혐의를 모르고 있거나……

희미한 웃음 속에 그가 천천히 고개를 가로저으며 내게 말해왔었다. 아직 내 환상의 실상을 모르고 있음에 분명한 가벼운 추궁이었다. 하지만 그는 내 혐의에 대한 어떤 확증을 잡고 있는 사람처럼 말씨나 태도에 여유가 있었다. 나는 그의 그런 여유 만만한 태도가 은근히 더 두려웠다. 그야 사내가 나의 환상에 대해 무얼 알고 있다 해도 내가 혐의 사실을 부인하지 못할 것은 없었다. 환상 따위가 무슨 상관이란 말인가. 나는 내가 어떤 상태로 사내에게 체포되었는지 경위를 기억해낼 수 없었고, 내가 그 혼란 속에 다시 환상의 실마리를 붙잡았을 때는 불문곡직 이미 사내 앞에 끌려와 있었기 때문에 보다 조리 있는 항변을 시도할 수가 없을 뿐이었다. 나는 계속 사내에게 항의했다. 그런데 사내는 분명 나의 환상을 알지 못한 모양으로 몇 번 더 예의 음모에 대해서만 추궁을 계속하더니, 내가 끝내 부인으로 일관하자 그렇다면 이제부턴 아예 본격적인 신문을 시작하겠노라 선언했다.

그는 내가 일단 체포를 당한 이상 나의 혐의 사실이 명백히 증명되지 않으면 안 되며, 무엇보다도 중요한 것은 내가 이미 체포된 사실 바로 그것이라고 다짐해 말했다. 사내는 그러므로 내 혐의가 입증될 때까지는 피의자로서의 신중한 행동을 바란다고 결연스럽고 엄숙한 주의를 주었다. 그리고 그는 끝내 나의 혐의 사실을 입증해내고 말겠다는 듯 자신 있는 어조로 이렇게 말했다.

—당신은 아마 스스로 자백을 하지 않으면 안 되게 될 것이오. 나는 그 방법을 알고 있소.

그러나 사내는 그 당장 일이 어떻게 그렇게 될 수 있는지에 대해서는 말을 하지 않았다. 그만큼 여유가 있었던 탓일 게다. 그는 다만 나에게 나의 생애에서 가장 최초로 기억되는 일에서부터 현재까지의 모든 삶의 과정을, 말하자면 내 온 생애의 역사를 차례차례 정직하게 진술하라 요구했다.

나는 드디어 서서히 절망을 느끼기 시작했다. 그것은 이미 내가 어떻게 해도 나의 혐의와 사내의 손아귀를 벗어날 수가 없으리라는 낭패감이나 체념에서만이 아니었다. 도대체 그 많은 지난날의 일들을 지금 와서 어떻게 다 기억하고 이야기한단 말인가. 그래 나는 이게 다 무슨 엉터리 놀음질이냐, 불만에 찬 어조로 다시 사내에게 대들었다. 그러나 사내는 당신은 피의자요, 피의자라는 사실을 잊지 마시오 따위의 대꾸로 나를 계속 경고하며, 그 지난날에 대한 숨김없는 진술 속에 나는 내 반역과 음모의 혐의를 스스로 입증해 보이게 되리라는 장담이었다. 답답하고 억지스럽고 그리고 쉽게 납득하기 어려운 기묘한 방법이었다.

하지만 나는 결국 진술을 시작할 수밖에 없었다. 사내의 말마따나 어쨌거나 나는 이제 곡절을 알지 못한 채 불의에 체포당한 몸이었다. 그리고 사내가 줄기차게 그것을 요구했고, 그의 방법을 이해할 수는 없었지만, 나는 그 진술로써 거꾸로 사내를 실망시키고 필경엔 내 무고함과 결백을 증명할 수 있으리라 생각했기 때문이었다.

그래서 나는 내 최초의 기억, 그 연과 시골집의 보리밭에 관한 이야기를 시작했다. 물론 그 연에 관계된 만큼은 나의 어머니와 동네 아이들에 관해서도 이야기했고, 그때의 허기와 긴장기와 외로움에 대해서도 이야기했다. 나는 나의 무혐의에 자신이 있었으므로 될수록 자세히 그리고 정직하게 이야기했다.

사내는 줄곧 신중하게 나의 진술을 경청했다. 그리고 연에 관한 내 긴 진술이 끝났을 때, 사내는 그 연보다 좀더 앞선 이야기를 해달라고 요구했다. 하지만 나는 내 방패연 이전의 일은 물론 말하지 못했다. 나는 그 연 이전의 일은 더 이상 기억할 수가 없다고 했다. 그것은 사실이었다. 사내는 되풀이 그것을 요구했지만, 나는 끝내 그 방패연 이전까지 진술을 거슬러 올라갈 수가 없었다. 사내는 마침내 나를 이해한 듯 그쯤에서 그만 다음 일을 계속해나가라고 했다. 하여 나는 다시 그 연에 이어나갈 다음 이야기를 생각했다. 그런데 이상하게도 이번엔 그 방패연 다음 이야기마저 잘 생각이 나지 않았다. 왜냐하면 그때 내 머릿속에는 그로부터 몇 년이나 지난 다른 이야기가 바로 자리를 이어 잡고 있었기 때문이었다.

그것은 내 한참이나 뒷날 초등학교 4학년쯤 되던 무렵의 일이었다. 앞의 이야기에서 내가 그 허기에 관한 것을 너무 생각하고 있었기 때문일까. 사실 나는 사내에게 연에 관한 이야기를 하면서 지금도 정말 그 허기를 느끼는 것처럼 기분이 약간 좋아져 있었는데, 그 몇 년 뒤의 이야기도 바로 그것과 상관이 깊은 것이었다. 그러나 거기에 이르기까지, 그사이 몇 년 동안의 일은 아무래도 잘 생각이 나지 않았다. 몇 가지 토막토막 생각나는 일은 있었지만, 그것도 뭔지 얼핏 떠오르는 듯싶다간 이내 사라져가고, 내 머릿속은 다시 그 4학년 무렵의 어느 날 일로 채워져버리곤 했다. 나는 당황했다. 그래서 사내에게 사정을 이야기했다.

—이상하군요. 나는 지금 그다음 이야기가 영 떠오르질 않아요. 지금 자꾸 생각나는 것은 그보다 훨씬 몇 년 뒤의 일입니다.

그러자 이번에는 사내가 그런 나를 쉽게 이해한 듯 고갯짓을 보내왔다.

—좋습니다. 어렸을 때 일은 그렇게 순서가 잘 잡히지 않으니까요. 그사이의 일은 나중에 생각이 나겠지요. 우선 그 이야기를 해주시오.

그래 나는 결국 몇 년을 건너 뛰어넘은 그 이야기를 시작했다.

—그때는 아마 전쟁 초기의 일이었다고 생각됩니다. 6·25전쟁 말입니다. 그래서 전쟁터로 나가는 장정들의 환송회가 자주 있었지요. 그런 어느 날이었습니다. 그날도 우리는 아침부터 손에 손

에 태극기를 들고 장정들을 환송하러 면소에서 읍으로 나가는 찻길까지 10리 길을 걸어갔습니다. 우리는 그 찻길가에 한나절 내내 줄을 지어 서서, 무찌르자 오랑캐 몇백만이냐라든가, 전우의 시체를 넘고 넘어 같은 노래들을 끊임없이 불러대며 장정들을 태운 차가 나타나기를 기다리고 있었지요. 그런데 점심때가 넘을 때까지도 차는 나타나지 않았어요. 면소 장터거리에서 장정들의 환송 면민 대회가 거행되고 있는데 그것이 끝나면 차가 그곳을 지나가게 될 거라는 선생님의 말씀이었습니다. 우리는 점점 배가 고파오기 시작했어요. 선생님은 배가 고프면 노래를 더 힘차게 부르라는 것이었습니다. 그래서 우리는 그 배고픔을 잊기 위해서 목이 터져라 더욱 큰소리로 노래를 불렀어요. 어찌나 힘을 들여 열심히 노래를 불렀던지 나중에는 얼굴이 벌겋게 상기되고 눈물이 다 나올 것 같았습니다. 그렇게 노래를 부르고 또 노래를 부르고 있는데, 드디어 장정들을 실은 트럭이 멀리서부터 나타나기 시작했어요. 처음에는 앞에 선 학생들이 만세를 부르고 소리를 지르는 걸 듣고 우리는 그걸 알았지요. 오후 해가 서산으로 절반이나 기운 때였습니다. 장정들이 머리에 흰 수건을 동여매고 있는 것이 멀리서부터 보이기 시작했어요. 차들은 천천히 다가왔습니다. 그렇게 일부러 천천히 지나가는 무개화차 위에서 장정들도 우리와 함께 주먹 쥔 손들을 위아래로 힘차게 저어대며 무찌르자 오랑캐…… 벌건 얼굴로 힘차게 노래를 합창해주었어요. 차가 우리 앞으로 오자 우리는 태극기를 흔들며 더욱 기를 쓰고 노랠 불러댔구요. 그러다간 대열의 어디서부턴지 급작스럽게 만세 소리가 터져 나오기도 했고, 그러

면 장정들도 같이 따라서 만세를 부르고 그러다간 또 노래를 부르
곤 했습니다. 나중에는 아주 뒤죽박죽이 되는 것 같기도 했지요.
그러나 우리는 여전히 노래를 불렀습니다. 노래와 만세 소리를 한
번이라도 더 불러주려 서로 경쟁적으로 두 소리를 번갈아대는 바
람에 나중에는 아예 목이 메어버릴 정도였어요. 장정들의 차는 결
국 그러는 사이에 우리 앞을 멀리 지나가버렸고, 대열을 다 빠져
나간 차들은 앞쪽부터 갑자기 속력을 내어 순식간에 훌쩍 고갯길
을 넘어가고 말았어요. 그러자 뒤에 남아 선 우리는 일시에 힘이
죽 빠져나간 느낌이었지요. 그리고 정말로 배가 굉장히 고파오기
시작했어요. 아마도 그 때문이었을 테지만, 우리는 그러자 까닭도
잘 모른 채 제물에 공연히들 기분이 슬퍼져 이번에는 정말로 눈물
까지 나올 것 같았어요. 하지만 그때 저는 혼자 그 어린 날의 연을
생각했어요. 다른 아이들도 모두 배가 고파 했지만 연을 생각하지
는 못했을 것입니다. 나는 그 연이 한없이 고마웠어요. 연은 그때
도 물론 슬픈 얼굴이었지요. 그것이 나를 위로했어요. 나는 그 연
의 얼굴에서 내 배고픔을 잊고, 오히려 그것이 기분 좋은 느낌을
주었으니까요. 자릿자릿 살살 배가 조금씩 아파오면서 몸이 왠지
가볍고 상쾌해지는 것 같은 이상한 느낌 말입니다……

　나의 이야기는 일단 거기서 끝이 났다. 사내가 주의 깊게 내 이
야기에 귀를 기울이고 있다가 문득 이렇게 참견하고 나섰기 때문
이었다.

　─당신의 이야기는 모두 그 배가 고픈 허기하고 상관된 것뿐이
군요.

―글쎄요. 어떻게 그것만 자꾸 떠오르는군요.

나는 그렇게 말하며 사내의 얼굴을 살폈다. 그는 아무 표정도 없었다. 나는 갑자기 또 그런 사내가 걱정스러워졌다. 이 사내는 내 이야기를 어떻게 듣고 있는 것일까. 내 이야기가 이자의 비위만 건드려놓은 것은 아닐까. 기왕 진술을 할 바엔 사내의 맘에 드는 것을 맘에 들도록 이야기하는 것이 좋을 것. 그런 경우 내 혐의의 증거를 잡는 데 실패하더라도 그 피의자의 무고한 혐의 앞에 자신의 실패를 화내고 실망할 신문자는 없을 테니까. 사내가 내 이야기를 기분 좋게 들어야 할 이유는 충분했다. 그러나 이 사내가 내 어떤 식의 이야기를 맘에 들어 할 것인지, 무엇보다 나는 위인의 정체나 속내를 알 수가 없었다.

그리고 이날 저녁 나의 진술은 끝내 그것으로 끝이 났다. 버스가 나의 동네에서 멈춰 서고 차장이 나를 일깨워주기라도 하듯 큰 소리로 동네 이름을 외쳐댄 때문이었다.

그러나 그 신문은, 나의 진술은 내가 『새여성』사의 사직을 결심하고도 어슬렁어슬렁 출근을 계속하며 아직 마지막 사직서 제출을 망설이고 있는 동안, 다음 날에도 또 다음 날에도 똑같은 방법으로 계속되어나갔다.

이날 내가 세번째로 세느로 나간 것은 밤 8시를 훨씬 지난 시각이었다. 혹시 갈태 녀석이 찾아오지 않을까 저녁을 먹고 한참이나 나뒹굴고 있다가 결국 옆방 아가씨들의 소란에 쫓겨, 누가 찾아오면 세느로 보내달라는 부탁을 주인아주머니에게 남기고 다시 집을 나와버린 것이었다.

이때쯤엔 어쩌면 왕이 나와 있으리라 싶기도 했다. 위인이 나와 있으면 이번엔 직접 한번 맞닥뜨려보리라. 그래서 그의 정체를 밝혀내고, 아마도 헛소문에 틀림없을(그게 내 확신이었다) 그의 정신 이상 유무를 캐어보고, 그리고 위인의 얼굴에 어린 표정이 광기 아닌 허기임을 확인하리라.

그러나 세느의 2층 문을 들어선 순간 나는 그런 내 생각을 당장 실행에 옮길 엄두를 낼 수 없었다. 예상대로 마침 왕은 나와 있었다. 위인은 마담의 말대로 그의 자리에 혼자 앉아 손을 탁자 아래로 내린 채 시선을 유리창 쪽으로 돌리고 있었다. 그의 손이 정말로 탁자 아래서 작업을 하고 있는지 어떤지는 잘 알아볼 수 없었다. 그러나 어쨌든 그의 모습은 모든 것이 어젯밤 그대로 전날의 연장이었다. 탁자 위에 커피와 우유 두 개의 잔이 놓여 있는 것도 전날 밤대로였고, 접시의 우유를 이미 다 핥아 먹은 고양이가 졸고 앉아 있는 것도 그랬다.

하지만 나는 당장엔 위인의 곁으로 갈 생각을 단념했다. 다방에 학생들이 너무 많았다. 만약 내가 그에게로 다가갔다간 다방 안의 모든 눈길을 받게 될 게 분명했고, 그렇게 되면 내 쪽에서 차근차근 이야기를 꺼낼 수도 없으려니와, 왕도 순순히 나를 대해줄 것 같지가 않았다. 나는 학생들과 재즈 음악으로 혼잡스런 실내를 살피고 돌아가다 간신히 다른 자리를 하나 찾아 앉았다.

앉고 보니 왕을 건너다보는 방향이 우연히 전날과 같은 자리였다. 거기 앉아 나는 왕의 눈치를 살폈다. 하룻밤쯤 더 왕의 거동을 살피기로 마음먹었다. 윤일과 그 아가씨는 아직 나타나지 않고 있었으므로 나는 우선 그의 눈길이 쏠리고 있는 유리창 밖으로 그를 따라 시선을 옮겼다. 그러나 아무것도 눈에 띄는 것을 찾아낼 수가 없었다. 나는 별로 다른 일이 없었으므로 계속 그쪽에다 시선을 보내고 있는데, 언제 보았는지 마담이 또 다가와 곁으로 붙어섰다.

"취미가 참 재미있지요?"

마담은 내가 문득 고개를 돌리는 것을 보고 무엇인지 얼핏 알아들을 수 없는 것을 재미있다 낮게 웃고 있었다.

"네? 재미있다구요?"

내가 영문을 몰라 물으니 마담은 짐짓 더 목소리를 낮추며 아리송한 말을 했다.

"아니, 그럼 이 선생님은 여태 무얼 보고 계셨어요?"

그리고 나선 뭔지 짓궂은 장난기가 밴 얼굴로 내가 내다보고 있던 유리창 쪽으로 머리를 디밀었다.

"난 이 선생님이 벌써 알고 계신 줄 알았어요. 저 미스터 왕 말이에요. 선생님이 좋아하시는 분이니까 실례가 될지 모르겠지만, 그분 좀 점잖지 못한 취미를 갖고 있어요. 만날 저기 앉아 창밖을 내다보고 있는 이유 말예요."

마담은 계속 창밖 어느 곳에 눈길을 둔 채 귓속말처럼 속삭였다. 나도 호기심이 일어 그녀의 시선을 뒤좇아 다시 그 창밖을 내다보았다. 그러나 아무것도 찾아낼 수가 없었다.

"거리 쪽이 아녜요. 저 위쪽 불이 켜 있는 2층을 보세요."

마담이 내게 일러주며 자신은 창에서 시선을 떼어냈다. 나는 마담이 가리키는 쪽으로 시선을 끌어올렸다. 세느보다 훨씬 지대가 높은 방향에 마담이 말한 곳인 듯한 2층 창문이 있었다. 아니 그 2층은 근방에서 가장 조명이 어둡고 걸상이 좁고 그리고 저학년 학생들이 드나들며 과부댁인 마담이(듣기로는 세느의 마담도 과부라고 했다) 자주 술을 마시고 들어와 주정을 부리곤 한다는 다방 아이네 클라이네의 창문이었다. 하지만 지금 불빛이 보이는 곳은 그 다방의 홀이 아니라 화장실 창문이었다. 오래전 언젠가 나는 그곳 화장실엘 들어갔다 그쪽 창문으로 우연히 이쪽 세느를 내려다본 일이 있었다. 그런데 방금 그 화장실에는 두 개의 창문 중 안쪽 것으로 여자 한 사람이 서 있는 모습이 보였다. 유리창이 높아서 그녀는 상체만 보였지만, 머리를 숙여 아래를 내려다보는 모습이나 팔소매의 움직임으로 보아 그녀는 방금 내렸던 옷을 올려 추스르고 있음이 분명했다. 한동안 그 여자가 동작을 계속하다 바깥 창문 쪽으로 문득 모습을 감추어버리자, 이번에는 또 다른 아가씨가 새로 들어서서 재빠른 팔 동작과 함께 승강기라도 타고 내려가듯 밑으로 쑥 모습을 감춰 사라졌다. 그리곤 또 금방 상체를 솟구쳐 일어서더니 이번에는 옷가지도 추스르기 바쁘게 바깥쪽 창문으로 냉큼 모습이 사라졌다. 그리고 나자 화장실에는 다시, 이번에는 사내한 녀석이 들어섰다. 그리고 이 녀석은 물론 그 바깥쪽 창문을 통해 마치 세상 구경이라도 하려는 듯 무연한 자세로 버티고 섰다.

"호호, 어때요?"

마담의 소리에 흠칫 놀라 돌아보니 그녀가 아직도 뒤쪽에 붙어

서서 그런 내 거동을 지켜보고 있었다.

"어때요. 이제 저 미스터 왕이 창문만 내다보고 앉아 있는 이유를 아시겠어요? 나도 첨에는 까닭을 몰랐지요. 뭐, 정신이 이상한 탓이리라, 미친 사람의 집념이리라 생각했죠. 깜박 속았지 뭐예요."

그녀는 짐짓 왕 쪽을 흘끔거리며 까닭 없이 신이 나 있었다.

"하지만 귀여운 미치광이 아닌가요? 저 보이지 않는 조각칼 때문에 위험스럽지만 않다면 말이에요."

"목소리 좀 낮추세요. 그러다 들리겠어요."

나는 목소리가 다시 커지는 마담에게 주의를 주었다. 그러나 마담은 잠시 전 자신의 조심성은 부러 한번 그래봤노란 식이었다.

"음악 소리에 묻혀 잘 들리지 않아요. 하긴 들리더라도 상관없구요. 저 사람 평소에도 학생 여러분이 곁에서 자기 이야기를 하는 걸 다 듣고도 우정 못 듣는 체하는걸요."

그가 정말 외계인의 후예라면 지구인의 말을 알아듣기가 어렵겠지— 하지만 마담은 이제 그 왕에겐 더 이상의 관심을 보낼 일이 없었다. 그녀는 그쯤 왕에게서 곧장 내게로 눈길을 옮겨 왔다.

"아 참, 이 선생님도 뭘 좀 드셔야죠?"

그녀가 갑자기 생각났다는 듯 목소리를 더 크게 높여 말해왔다. 그리곤 이번에도 내 쪽 의사는 묻지도 않은 채 멋대로 무엇을 내보내려는 듯 계산대 쪽으로 휑하니 되돌아가버렸다. 이번엔 또 무슨 차가 올 것인가. 나는 차를 기다리는 동안 잠시 더 아이네클라이네의 화장실 창문 쪽을 지켜보았다. 왕이 그 창문을 건너다보기 위해 늘 바깥으로 시선을 내보내고 있으리라곤 생각되지 않았다. 가끔은 그게 눈에 띌 때도 있을 것이다. 하지만 나는 왕이 가령 그런 걸 보기 위해 일부러 그런 자세를 취하고 앉아 있다 해도 그것이 별로 중요한 뜻을 갖는 것은 아니라는 생각이 들었다.

어쨌거나 왕의 시선이 금방 가 닿는 곳에 그런 풍경이 연출되고 있다는 사실을 알게 된 것이 내게 전혀 흥미가 없는 일은 아니었다. 왕에 대해서는 조그만 것이라도 미리 알아두고 싶으니까. 그런 광경에 왕이 혹시 어떤 흥미라도 느낀다면 그것이 얼마나 자연스런 현상이며, 그에게의 접근에 도움이 될 수 있는 일인가— 그런 생각을 하면서 나는 다시 한 번 왕을 건너다보았다. 그는 여전히 창문 밖으로 시선을 내보낸 채였다. 그 시선이 건너편 화장실 유리창에 닿아 있는지 어쩐진 전혀 알 수 없었다. 이를테면 그게 사실이라 해도 위인이 거기서 무슨 생각을 하고 있는지, 어떤 호기심이나 혹은 반대로 불쾌감 따윌 느끼고 있는진 더욱 알 수 없는 일이었다.

나는 결국 그쯤에서 혼자 추리를 중단하고 다른 쪽에서 상상의 끈을 찾아보기로 했다. 하지만 이내 적당한 생각거리가 나타나지 않았다. 나는 다방 안을 한번 휘 둘러보았다. 어느 틈에 들어왔는지 계산대 아래 자리에 윤일과 그의 여자 정은숙이 나란히 앉아 있었다. 그들은 역시 불빛에 흰색으로 보이는 노란 점퍼와 검정색 투피스로 대조를 지어 앉아 있었는데, 그게 어젯밤처럼 가난하고 가엾고 그래서 더욱 정다운 비둘기들처럼 보였다. 그때 레지 아이가 차를 가지고 왔다. 이번에는 코코아였다.

—이번엔 코코아를 들어보시겠어요? 우리 집에 있던 좋은 것입니다. 밤이니까 아마 커피로 잠이 안 오시면 안 되시겠기에.

마담이 차를 가지고 왔더라면…… 아마 그녀는 그렇게 말했겠지. 그런데 조금 뒤 자리가 좀 한산해지고 나자 마담은 또 무슨 말이 하고 싶은지 한 손에 걸레를 들고 내 쪽으로 건너왔다. 나는 마침 무료해진 시간을 메우기 위해 윤일네 쪽으로나 자리를 옮겨볼까 하던 참이라 잘되었다 싶었다. 하지만 마담이 또 무슨 색다른 이야기를 건네오려니 싶던 내 예상은 빗나간 것 같았다.

"코코아 맛이 괜찮아요?"

그녀는 탁자 위를 훔치면서 내가 이미 머릿속에서 대신한 한마디를 던지고는 이내 걸레를 쥐지 않은 손에 빈 잔을 거둬들고 돌아서려고 했다.

"어때요? 윤일 씨…… 그 친구들 지금도 서로 지겨워들 하고만 앉았어요?"

마담을 불러 세울 양으로 나는 언뜻 윤일네 쪽을 눈짓했다.

"지겨워하고 있다구요? 호호호……"

그녀는 돌아서려다 말고 혼자 깔깔대며 말했다.

"재미있는 말씀이군요. 하지만 지겨워하긴 왜 서로 지겨워해요?"

"그 친구가 어제 그러더군요. 서로 애인을 구해주기로 했는데 그걸 이행하지 못해서 서로가 지겹고 역겨워 죽을 지경이라구요."

"애인요? 하지만 이젠 소용없는걸요."

마담은 여전히 웃음 띤 얼굴로 말했다.

"왜요. 하룻밤 사이에 벌써 애인들이 생겼나요?"

"아니에요. 난 이 선생님과 친구분이시라기에 아시는 줄 알았더니. 두 사람은 지금 살림을 내고 있는걸요."

거동새로 보아 윤이 보통 단골이 아닌 모양이긴 했지만, 마담은 그런 접객업소의 여자 주인들이 가게 손님들에 대해 알고 있는 것보다 윤에 대해선 훨씬 많은 것을 알고 있는 듯했다.

"그래요? 놀랐습니다. 그럼 저 친구가 날 속였군요."

"정말 서로 애인을 구해주기로 했다고 저도 들었어요. 하지만 힘들었던 모양이죠. 결국은 시시하게 저희끼리 애인이 되어버리고 말았으니까요. 꽤 오래된걸요. 살림 냈다는 게."

"어쨌든 축복할 일이군요. 비둘기처럼 정답겠습니다."

나는 정말로 축복해주고 싶었다. 가난하고 가여운…… 그런 어떤 흔치 않은 느낌이 드는 비둘기 같은 한 쌍이 연상되었다. 그러나 어쩐 일인지 마담은 갑자기 걱정스런 얼굴이 되었다.

"그런데 농담이 아니라 이젠 정말로 서로들 못마땅해하고 싸워대서 탈이에요."

그녀는 다시 빈 찻잔을 탁자 위에 내려놓고 맞은쪽 비어 있는 좌석으로 아예 자리를 잡고 앉았다.

"싸워대다니요? 왜 뭐가 잘못 틀렸습니까?"

나는 심상찮은 마담의 표정을 살피며 물었다.

"그래요. 비둘기처럼 정다우면 오죽 좋겠어요. 보세요. 지금도 저렇게 아무렇지 않은 듯이 하고 앉아 있지만, 마음으로는 서로 싸우고 있는 중일 거예요."

마담은 윤일네 쪽을 돌아보며 자기 시동생 일이나 되듯이 정말
로 걱정스럽게 말했다.

"그래요? 전혀 그렇게 보이지 않는데요. 정말 그렇담 탈이군요."

"어젯밤에도 이 선생님이 가신 다음에 얼마나들 싸웠다구요. 통
행금지 시간이 다 돼 내가 보다 못해 쫓아내고 말았지만, 아마 집
에 가서도 싸웠을 거예요."

"도대체 무엇 때문이죠?"

나는 막연히 어떤 실망기를 느끼며 물었다. 마담이 모든 사연을
알고 있을 것 같았기 때문이었다. 마담은 잠시 대답을 머뭇거렸다.
이야기를 하고 싶은 충동과 혼자만 알고 있는 사실을 털어놓아도
좋을까, 두 가지 생각을 저울질해보는 표정이었다. 그러다가 그녀
가 드디어 입을 열었다.

"서로 피곤하니까 그러는 거죠 뭐. 젊은 사람들이 뜻대로 일은
되지 않고 하니……"

한번 입을 연 마담은 잠시 말을 끊고 뭔가 생각을 다시 하는 듯
싶더니, 이번에는 두 사람의 일에 대해 아예 처음부터 이야기를
다시 시작했다.

그 마담의 이야기는 대략 이런 것이었다.

윤일과 정은숙(마담도 물론 정은숙이라는 그녀의 이름을 알고 있
었다. 그러나 마담은 이름을 부르지 않고 한사코 그녀를 아가씨라고
했다)은 세느의 손님 중 가장 오랜 단골이었다. 그래서 마담은 두
사람에 관한 일이라면 간밤에 꾼 꿈까지도 알아맞힐 정도가 되었
는데, 그녀에 의하면 정은숙은 요즘 낮 직장을 못 얻어 놀고 지내

는 형편이랬다. 하지만 그녀는 음악 대학 성악과를 나온 덕분에 밤 시간엔 오히려 특기생 중학 진학을 원하는 초등학교 6학년생 집을 두 곳이나 돌아가며 피아노 개인 교습을 해주고 있어, 그 사례로 두 사람의 새살림을 꾸려가고 있는 중이라고. 그래 직장을 갖지 않고 무일푼으로 하루 종일 이곳저곳을 떠돌아다니는 윤일은 그녀가 밤일을 끝내고 집으로 가는 길에 세느에 들르는 시각인 9시 5분보다 조금 먼저 다방으로 와 기다렸다가 정은숙과 함께 집으로 들어가곤 한다는 것. 그러기를 벌써 여섯 달 동안이나 계속하고 있다고 했다. 함께 살림을 내기 전에는 시각이 조금 불규칙했지만 두 사람이 같은 집으로 잠자리를 찾아가게 된 이 6개월 동안은 그 것이 어김없이 지켜지고 있다고. 그런데 그 정은숙이 요즘 들어 부쩍 전에 없던 짜증을 부리곤 한다는 거였다.

마담의 기억으로 정은숙은 대학을 나와 꽤 여러 곳으로 일자리를 옮겨 다녔다고 했다. 하지만 그 일자리라는 것이 하나같이 그닥 일자리다운 곳이 없었다고. 예산도 없는 국립 오페라단이나 그저 뜨내기로 잠시 모여 연극이나 한 편 하고 마는 사설 극단, 이름만 그럴싸했지 생활이 전혀 되지 않는 합창단 따위…… 그러나 정은숙은 꿈이 컸고, 자신의 전공을 살리고 싶어 줄곧 그런 데로만 찾아다녔다는 거였다. 그러면서 점점 나이를 먹다 보니 애초엔 더 없이 곱고 선명하던 그 성악에의 꿈조차 차츰 빛이 바랜 데다, 이 젠 생활이라도 좀 제대로 꾸려나가고 싶어 했는데, 그땐 이미 다른 데 직장을 얻어들기엔 시기가 늦은 뒤였댔다. 그렇다고 그제서야 늙은 홀어머니 혼자 계신 고향집으로 초라하게 내려가기도 싫어 이런저런 방황 끝에 결국 낙착된 것이 피아노 교습 선생. 그 무렵 정은숙은 윤일을 만나면 푸념처럼 자주 이런 소리를 하더랬다.

—무대의 문화뿐이에요. 그래요. 가수가 휘황찬란한 의상을 입고 눈부신 조명을 받으며 청중 위에 군림해 노랠 부르고, 무대 아래 청중은 장내가 떠나갈 듯 박수로 앙코르 곡을 청하고…… 그런 것은 다 똑같아요. 바다 건너 저쪽 나라들과 말이에요. 하지만 그 무대에서 한 걸음만 걸어 나와 무대 뒤로 돌아가면 거기서부턴 아주 딴판이에요. 무대 뒤엔 아무것도 없는 거예요. 저쪽 사람들은 그 무대 뒤에서 다른 공연의 힘을 공급받는데, 우리에겐 아무것도 없어요. 허기와 피곤뿐이에요. 무대 뒤가 다른 거지요. 앞쪽에서 보면 아무것도 다르지 않아요. 무대의 문화요. 모든 게 무대 위에서 끝나버리거든요. 가수는 어쩌다 노래를 한 번 부르면 그걸로 그만이구요. 그 한 번으로 자신의 모든 것을 바치듯 노래를 부르고 나면 곧 무대 뒤로 돌아가 그 길로 사라져 없어져버리는 거예요. 허기와 피로에 지쳐서. 하지만 그 한 번이라도 노래를 부를 수 있는 가수는 다행이지요. 우리 같은 가난뱅이들은 무대 위로 한 번 올라가보지도 못하고 그 무대 위만 쳐다보다 도중에서 쓰러지고 말아요. 애초부터 무대로 올라가기를 단념하는 것이 차라리 현명하지요. 나 같은 건 말예요. 하지만 난 원망하지 않아요. 원망할 사람도 없지만, 그걸 원망해야 할 사람은 나뿐만이 아니라 자기 노래의 무대를 꿈꿔온 다른 사람들도 다 마찬가질 테니까요……

"저야 무슨 얘긴지 잘 알아들을 수도 없었지요. 어쨌든 그런 말을 자주 했어요. 아가씨는 야무진 데가 있었거든요. 하지만 아가씨는 그러면서도 피아노 개인 교습으로 생활비를 조금씩 벌어들이자 그걸 아주 대견스러워했어요. 특히 윤일 씨와 살림을 내면서부터는 피아노 선생을 천직으로 여기고 만족하며 노래 같은 건 이제 잊고 지내는 것 같았지요. 그런데 그러던 아가씨가 얼마 전부터 갑자기 달라졌어요."

잊은 줄 알았던 옛날의 노래에 대한 꿈 이야기를 다시 시작했고, 예의 그 '무대의 문화'에 대한 푸념을 쏟아놓고. 평소와 다름없이 정다운 듯 피곤한 듯 윤일과 나란히 등을 대고 앉아서도 오가는 이야기가 늘 그런 식이랬다. 그리고 그런 때 윤일은 대개 허공으로 담배 연기나 뿜어 올리며 듣는 듯 마는 듯 딴전이나 피우고 앉아 있는 게 예사라고.

"그런데 그런 두 사람 사이에 요즘 들어 진짜 문제가 생겼지 뭐예요. 중학교 입학시험이 추첨제로 되어버렸지 않아요. 어젯밤엔 둘이서 그 얘기로 싸우더군요."

특기생 입학을 바라고 피아노들을 시켰는데, 입학시험이 갑자기 추첨제로 바뀌자 보수가 좀 나았던 한 집에서 곧바로, 이제 몇 달간 쉬었다 다시 시작하자며 그녀를 가차 없이 해고해버렸다는 것이다. 그런데 당장 생활 방편이 문제가 된 정은숙이 그 난데없는 추첨제 입학안을 저주하자, 당연히 그녀를 다독여줘야 할 위인이 정작 그 여자 쪽 걱정은 외면한 채 그 추첨 입학제 용단을 내린 문교 당국자들을 거꾸로 비호하고 나서는 바람에 이번에야말로 진짜 시비가 시작되었다고.

"문제는 바로 그거예요. 윤일 씨 저 양반 자기 아가씨에게 무슨 일이 일어나도 속수무책이거든요. 무슨 구체적인 생활 방도를 궁리해보기는커녕 당장 아가씨를 위로할 말조차 생각할 주변머리가 없는 위인이에요. 여자 쪽으로 보면 참 시시한 사람이지요."

마담은 이야기를 마치고 아직도 걱정스런 얼굴을 한 채 자리를 일어섰다.

"어떻든 지금 그렇게 서로가 지겨워들 하고 있으니 조금 있다가 말리러나 가야 할까 봐요."

"안 가시는 게 좋겠어요. 형세가 상당히 험난한 것 같아요. 그리구 남의 부부 싸움엔 섣불리 끼어드는 게 아니거든요."

마담은 비로소 웃으면서 돌아갔다.

나는 윤의 자리로 건너갈 생각을 단념하고 그냥 자리에 버티고 앉아 있었다. 나름대로 왕에 대한 추리나 좀 계속해보고 싶었다.

그러나 나는 끝내 그 왕이나 윤일네 쌍과 함께 이날 밤 다방의 마지막 손님으로 남게 된 것을 알고는 새삼 회사 일이 궁금해졌다. 그리고 그 바람에 왕이나 윤일네를 남겨둔 채 먼저 자리를 일어서고 말았다.

"이 형, 오늘도 아마 여태까지 같은 일로 남아 계셨던 것 같은데 소득이 좀 있었어요?"

다방을 나가기 위해 윤일네 곁을 지나며 내가 잠시 알은체 인사를 건넸을 때 윤이 짐짓 왕 쪽을 눈짓하며 그렇게 말했다. 그만큼 위인은 나를 반기는 기색이었다. 무슨 이야기든 나와 자리를 좀 함께하고 싶은 얼굴이었다. 그러나 여자 쪽은 아니었다. 그녀는 눈을 얼핏 치떠서 내게 고갯짓 인사만 보내곤 다시 꼿꼿한 표정이 되어버렸다. 아닌 게 아니라 심사가 썩 편치 않은 얼굴이었다. 나는 그 윤일의 속내를 모른 척 그냥 다방을 나올 수밖에 없었다.

집에는 역시 아무 연락도 와 있지 않았다.

나는 일찌감치(실은 그다지 이른 시각도 아니었지만) 잠자리에나 들 수밖에 없었다. 그리고 나는 그 잠자리에서 다시 내 신문관 사내를 만났다. 그러나 나는 이날 밤 그에게 아무것도 새로운 진술을 하지 못했다.

— 이틀이 지났습니다. 앞으로 8일 안에 당신은 새로운 결단을 내려야 합니다. 마지막 진술을 위해서 말입니다.

사내가 걱정스럽게 내 주의를 환기시켰을 때 나는 아무 대꾸도 할 수 없었다.

아, 왕으로 인한 이 긴장이 빨리 끝나줬으면!

나는 초조하게 그것만을 생각하고 있었다.

제3일

다음 날 내가 잠자리에서 일어난 것은 오후 5시가 지나서였다. 밤새도록 기억되지도 않는 환몽 속을 헤매다 새벽녘에야 간신히 곤한 잠에 들었는데, 첫번째로 눈이 뜨인 것이 아침 9시경이었다. 밖에선 비가 내리고 있었다. 나는 눈을 감고 한참 처맛물 떨어지는 소리를 듣고 있다가 다시 잠이 들고 말았다. 빗소리는 다음번에 간간이 다시 잠이 깼을 때마다 들려왔다. 나는 계속 누워 있었다. 잠결에도 기분이 썩 괜찮았다. 아주머니가 좀 이상한 생각이 들었던지 중간에 방문을 두드렸으나, 내가 나갈 때까지 내버려두라 말해주니 다시는 재촉을 하지 않았다. 내가 아주 눈이 뜨인 것은 오후 1시가 조금 지났을 때였다. 그러나 나는 아직도 자리를 빠져나오지 않은 채 뱃속의 시장기가 흐트러지지 않도록 계속 누워서 빗소리를 듣고 있었다. 왕을 보러 세느로 나가야겠다는 생각이 들 때도 있었지만, 전날 아침 낭패를 본 일이 있는 데다 오늘은 비까지 내리고 있어 그가 아직 나와 있을 것 같지가 않았다. 그렇게 조금만 더 조금만 더 한 것이 5시까지 가버렸다. 이번에는 아주머니가 정말 안 되겠다 싶었는지 아예 방문을 열고 문지방까지 들어서버린 바람에 할 수 없이 자리를 빠져나오게 된 거였다.

"원, 화장실 한번 다녀오는 일 없이 놀랍게도 자대시네요. 쯧쯧."

아주머니는 창문을 활짝 열어젖히며 혀를 차댔다. 밖에서도 방안 기적을 엿본 사람이 있었던지 아주머니의 말에 킥킥 웃음소리가 들려왔다.

"비가 와서 그러나 봅니다."

나는 멋쩍게 중얼거렸다.

그럭저럭 아침과 점심을 겸해 이른 저녁까지 함께 몰아 먹고 세느로 나온 것은 7시가 가까워질 무렵이었다. 학생들이 한창 붐비고 있었다. 나는 다방을 들어서자 먼저 왕의 자리 쪽부터 살폈다. 다행히 이날은 때맞춰 그가 나와 있었다.

"이 선생님 나오셨군요. 오늘은 늦으셨네요? 퇴근하는 길이세요?"

마담이 다가왔다. 그녀는 내 직장을 잘 알고 있는 듯이 말했다.

"퇴근? 직장 있는 사람이 어젠 하루 종일 여기서 버텼겠어요?"

나는 웃으면서 대꾸했다.

"원, 선생님 농담두! 그렇게 쉬는 날도 있어야죠."

마담은 가당치 않은 소리라는 듯 말하고는,

"친구분 보시려면 어제 그 자리가 좋으시겠죠?"

웃음기를 띠어 보이며 앞장서 가서는 나를 위해 일부러 지켜놓기라도 했듯이 마침 비어 있는 전날의 자리를 가리켰다. 맞은편 좌석에 앉아 있는 학생이 있었기 때문에 나는 고개를 꾸벅해 보이곤 자리로 앉았다. 마담이 수건을 내밀었다.

"빗물을 좀 닦으세요."

그리고는 이내 차를 주문받고 돌아갔다. 이번에는 마담이 말을 꺼내 일방적으로 권하기 전에 내 쪽에서 커피를 시켰다.

마담이 돌아가자 나는 비로소 왕을 차분히 살피기 시작했다. 그런데 이상한 일이 있었다. 왕은 여전히 그 여인 목각들에 둘러싸여 얼굴을 창문 쪽으로 돌린 채 줄곧 비 오는 바깥 거리를 내다보고 있었다. 하지만 웬일인지 그의 앞 탁자엔 우유를 핥거나 위인을 향해 쭈그리고 앉아 졸고 있어야 할 고양이가 보이지 않았다. 어떻게 된 것인가. 궁금증이 솟았지만 당장 어떻게 알아볼 도리가 없었다. 그래 우선은 왕의 표정부터 좀 자세히 살피려고 했다. 그런데 그도 이날따라 위인이 유달리 얼굴을 깊게 돌리고 있었기 때문에 쉽게 기미를 살필 수가 없었다. 그때 마침 마담이 커피를 가지고 왔다. 나는 대뜸 그 마담에게 물었다.

"고양이가 어찌 된 일이지요? 오늘은 보이질 않네요?"

그러자 마담은 갑자기 얼굴빛이 침통해지더니 찻잔을 내려놓을 생각도 않은 채 한숨기를 섞어 대답했다.

"아, 그러게 말이에요. 가엾게도 오늘 아침 녀석이 그만 죽고 말았지 않겠어요."

"네? 어째서요? 어젯밤까지 저기서 우유를 먹고 있던걸요."

"그놈의 우유 때문이지 뭐겠어요. 녀석이 갑자기 배탈이 났다니까요. 글쎄 그 조그만 고양이에게 우유를 그렇게 먹여댈 게 뭐예요!"

마담은 심한 힐난기를 띤 눈초리로 왕 쪽을 노려보았다. 나도 무의식중에 그 마담을 따라 왕 쪽으로 눈길을 돌렸다. 그런데 왕이 그 마담의 힐난 투를 들은 것일까. 그 순간 그가 고갯짓처럼 문득 얼굴을 이쪽으로 돌렸다. 아, 그런데 나는 그 왕의 얼굴을 보자 소스라치게 놀랐다. 그는 이쪽의 시선을 의식한 듯 이내 다시 얼굴을 돌려버렸다. 그러나 그 일순간 나는 어떤 형언할 수 없는 충격 속에 그의 얼굴빛과 만나고 있었다. 분명히―, 그것은 분명 헤아릴 수 없을 만치 깊은 공복감을 견디고 있는 허기의 얼굴이었다. 그의 짙은 눈썹, 깊고 검은 눈, 두꺼운 입술, 그리고 어둡게 굳어진 얼굴 모든 곳에 그의 뱃속의 허기가 배어 나와 독물기처럼 짙게 번져 있었다. 나는 그것을 알 수 있었다. 나는 그 허기의 얼굴을 알고 있었다. 어렸을 때의 그 연의 외롭고 서글픈 얼굴, 출정 장정들을 환송하고 돌아오던 날의 그 눈물 나도록 지친 허기의 얼굴들, 그리고 오랜 단식 시위 끝에 군용 트럭에 떠실려 병원으로 옮겨지던 동료 학생들의 그 허기에 찌든 얼굴들―, 그 얼굴들을 나는 이미 내 신문관에게 수없이 되풀이 진술했었다. 마치 내 온 젊은 생애가 모두 그 허기의 얼굴의 연속이었던 것처럼……

마담이 돌아간 뒤 나는 끝없이 혼자 상념 속으로 끌려 들어가고 있었다. 이어진 상념 속에 그 얼굴들이 다시 지나갔다. 그리고 그 신문관 사내의 얼굴이 지나갔다.

그래…… 난 아무래도 여기서 그 신문관에게 행한 내 진술에 관

116

한 이야기를 마저 다 해야 할 것 같다.

그 첫번 날 이후로 나는 하루의 피로감 속에 집으로 돌아오는 좌석 버스 안에서 매일처럼 그 신문관을 만났고, 그리고 그때마다 내 진술을 계속해야 하였다. 그러면서 아직도 미련 없이 회사를 그만두지 못하고 어물어물 출근을 계속하고 있었다.

—자식! 정말 그만둬? 기다려봐. 어쩌다 무슨 좋은 일이 생길지도 모르니까. 좋은 일이 생기지 않으면 한번 속는 것뿐이지 뭐. 속았다고 생각할 때는 벌써 견뎌내고 난 다음 아니야. 그런 식으로 지내는 거야. 누군 너만 못해서 끽소리 않고 있는 줄 알아?

퇴직 결심을 말했을 때 갈태는 덮어놓고 나를 말렸다. 갈태의 그런 말 때문만은 아니었지만 하여튼 나는 사직 의사를 비치고 나서도 당장 회사를 그만두지 못했다. 다른 데로 옮겨 가봐야 결국 또 마찬가지라는 생각도 나를 망설이게 한 이유의 하나였다.

그런 식으로 미적미적 회사를 나가고 있는 동안 나는 날마다 퇴근길의 버스 속에서 그 사내의 신문에 시달렸다. 게다가 나는 그 첫날 이후부터 진술에 몹시 애를 먹었다. 아무래도 사내의 정체를 알 수 없어 어떤 이야기로 위인의 맘에 맞는 진술을 계속할까 망설여지는 것도 그랬지만, 도대체 나는 그 허기와 연관된 일을 제외하고는 아무것도 다른 기억을 찾아낼 수가 없었다. 환송회 이후의 초등학교 시절과 중·고등학교 6년에서 나는 아무것도 다른 행적을 진술할 수가 없었다. 머릿속에 떠오르느니 그저 허기의 얼굴뿐이었다. 그러나 신문관이 그런 세월의 비약을 용납할 리 없었다. 신문관은 집요하게 내 중·고등학교 시절의 진술을 요구했다. 그러나 나는 어쩔 수가 없었다. 하다못해 나는 종당 사내를 내 편에서 한번 설득해보기로 마음먹기에 이르렀다. 그리고 그로부터 내진술은 위인과의 힘든 논쟁과 망설임과 불안 속에 어렵게 진행되어갔다.

─나는 아무래도 그 중·고등학교 6년에 대해선 다른 기억이 불가능한 것 같습니다.

─그 긴 6년 동안의 일이 아무것도 생각나지 않는다는 것은 당신의 고의임에 틀림없을 거요.

사내는 믿으려 하지 않았다.

─그렇지만 생각나지 않는 걸 어떻게 합니까. 그리고 생각기로는 그 시절의 이야기는 전혀 무의미하다고 여겨집니다. 고등학교 시절까지의 진술은 어렸을 때의 것으로 충분할 것 같으니까요.

─그건 어째서요?

─최초의 기억, 그 최초의 의식이 중요하니까요.

─어떻게 중요하다는 것입니까.

─가령, 알에서 최초로 깨어난 올챙이가 이삼 일 동안 구름 낀 날씨만 보고 지내게 되었다고 합시다. 아마 그 올챙이는 한동안 세상의 날씨라는 것을 그렇게 늘 구름이 끼어 있는 것으로만 여길 게 아닙니까. 며칠 뒤에 구름이 걷히고 햇빛이 나면 그놈은 오히려 이상해할 것입니다. 그놈은 당분간 그 최초에 의식된 경험을 중심으로 세상일의 모든 것을 이해하게 될 테니까요. 내게도 그 최초의 경험이 줄곧 내 소년 시절을 지배해왔을 게 틀림없습니다. 중·고등학교 시절의 이야기를 해도 그것은 그 첫번 경험과 상관

되는 것이거나 그렇지 않으면 별다른 의미가 없는 것이 아니겠습니까. 그것은 말하자면 햇빛이 나는 날씨를 보고 이상하게 여기는 올챙이의 생각과 같은 것일 테니까요.

—하지만 어느 땐가 그 올챙이는 햇빛이 나는 날을 자주 보게 되고, 꼬리가 떨어져 뭍으로 올라가 개구리가 될 때쯤 해서는 결국 날씨라는 게 햇빛이 나는 것이 정상이고 구름이 끼는 것은 아주 가끔뿐이라는 것을 알게 될 게 아니겠소.

사내의 그런 반론은 오히려 나를 도와준 셈이었다.

—그렇습니다. 개구리가 되면 그렇게 되겠지요. 그러나 그것은 정말 당신의 말대로 올챙이가 개구리가 된 다음의 일이지요. 즉 의식 속에 깊이 뿌리가 박힌 그 첫번 경험을 번복할 만한 판단력이 생겼을 때에 가서야 말입니다. 그것은 수동적으로 의식된 경험적 지식이 아니라 사물 현상을 판단하는 적극적 의지가 전제가 되는 것입니다. 나는, 아니 나뿐만이 아니라 사람은 누구나 대학쯤 입학하게 되는 나이에 가서야 비로소 자신과 세상일에 대한 적극적 판단 의지가 형성되기 시작한다고 생각되거든요.

말을 하고 보니 나는 자신이 생각해도 사리가 제법 그럴듯했다.

사내는 과연 고개를 끄덕였다.

—결국, 당신은 대학교 1학년 때의 이야기를 하고 싶은 모양이군요. 10년 가까이, 적어도 6년을 건너뛰어서 말입니다.

이렇게 해서 나는 가까스로 초등학교 4학년 이래의 첫번째 기억, 그 대학 시절 이야기를 시작할 수 있었다. 나는 먼저 첫 입학 시험을 치르던 날의 점심시간 이야기부터 시작했다.

……바람이 몹시 차갑던 겨울, 그 이른 봄날의 S대학교 문리과 대학 동편 뜰 강당 옆, 나는 그 강당 벽 아래의 따뜻한 양지쪽에서 바람을 피하며 점심시간을 보내고 있었다. 오전 시험이 끝나고 한 시간 반 동안의 점심시간이 주어졌을 때 나는 근처의 음식점으로 갔으나, 식당 안은 이미 먼저 와 자리를 잡고 기다리는 사람들로 끼여 앉을 틈이 없었다. 나처럼 미리 자리를 잡아줄 사람이 없는 수험생들이 이리저리 뛰어다니고 있는 틈을 뚫고 나는 할 수 없이 다시 교정으로 돌아오고 말았다. 그리고 강당 동편 벽께의 양지쪽을 발견하곤 그 아래 아무 생각 없이 햇볕을 쬐고 앉아 있었다.

—시장기가 조금 들었지만 그게 더 좋았어요. 몸이 가볍고 정신이 하얗게 맑아오는 것 같았거든요. 오후 시험을 치기엔 차라리 그게 안성맞춤이라고 생각했지요.

그러나 그 같은 내 진술을 듣고 있던 사내는 차츰 탐탁지 않은 얼굴을 하였다.

도대체 이 사내는 어떤 이야기를 맘에 들어 할 것인가— 나는 이야기를 하다 말고 문득 다시 불안한 생각이 들었다. 다른 이야기를 시작해보자고 마음먹고, 그 이야기는 그쯤에서 대충 끝을 맺고 말았다. 나는 곧 다음 이야기를 시작했다.

—입학식을 하고 나서도 나는 아직 거처할 집을 정하지 못하고 있었어요. 천상 가정교사를 구해 들어가야 할 형편이었는데 그게 금방 구해지지가 않았거든요. 그래서 저녁이 되면 일찍 국수를 하나 사 먹고 학교 수위가 문을 채우기 전에 교정 안 강의실로 숨어 들어갔어요. 그리고는 날이 어서 어두워지기를 기다리는 것이었지

요. 밤이 되면 나는 책상을 모아 자리를 만들고 그 위에 누워 다시 기다렸습니다. 난 아직 잠을 자서는 안 되었거든요. 왜냐하면 밤이 어두워진 다음 한참이 지나고 나면 경비 수위가 다시 한 번 교실마다 전짓불을 비추며 순찰을 돌았으니까요. 수위에게 들키면 난 두말없이 쫓겨나게 될 판이었지요. 나는 그러고 기다리고 있다가 수위가 다가오는 기척이 있으면 재빨리 그가 오는 쪽 창턱 밑으로 몸을 납작 엎드린 채 작자가 지나기를 기다렸습니다. 수위는 그때마다 밖에서 손전짓불로 교실 안을 획획 둘러보곤 하였지요. 그 전짓불빛이 내겐 얼마나 큰 두려움이었는지 모릅니다. 사람은 보이지 않고 불빛만 번쩍거리는 그 비정스런 전짓불빛이 말입니다. 그것이 기다랗고 곧은 장대처럼 교실 안의 어둠을 이리저리 재빠르게 들추고 다닐 때 나는 금방 숨이 끊길 것처럼 긴장이 되곤 했어요. 벌써 배가 고파진 나는 뱃속에서 들려 나오는 꼬르륵 소리조차 그 불빛에 들키고 말 듯이 조마조마했어요. 사람의 얼굴이 보이지 않는 전짓불은 정말 끔찍했지요. 나는 그런 전짓불을 한 가지 더 기억하고 있는데, 그 역시도 저 초등학교 4학년 무렵 마을 청년들이 자주 군대로 끌려가던 때의 일이었지요. 그 무렵 경찰들은 밤낮으로 마을로 들어와 징집영장도 받지 않은 청년들을 마구 붙잡아다 입영을 시키는 일이 많았지요. 그 때문에 마을에서는 자주 소동이 일어났어요. 쫓고 쫓기고 하느라고 말예요. 한데 어느 날 밤이었습니다. 어머니와 내가 막 잠을 자려고 불을 끄고 누워 있는데 집 뒤쪽 골목에서 갑자기 우둥퉁퉁 발소리가 요란하더니, 바로 우리 집 뒤쪽에서 쿵 하는 추락 소리가 들려왔어요. 그리고 그 소리가 이내 사람 발소리로 변하여 앞쪽으로 돌아오더니 후닥닥 우리가 자고 있는 방문을 열고 안으로 뛰어드는 것이었어요.

—아주머니 접니다. 지금 지서 순경에게 쫓기고 있어요.

황급한 목소리와 함께 그는 다짜고짜 다락 속으로 기어 올라갔습니다. 그 목소리는 우리가 잘 아는 마을 청년이었는데, 그러자 어머니는 사태를 짐작한 듯 아무 말 없이 숨을 죽이며 방문을 고쳐 닫았습니다. 나는 벌써부터 가슴을 두근거리고 있었습니다. 아니나 다를까 어머니가 막 문을 고쳐 닫고 자리로 돌아오는데 예상대로 금세 또 하나의 발소리가 청년을 뒤쫓아 왔어요. 소리는 어김없이 우리 방문 앞에서 딱 멎어섰습니다.

—실례합니다!

날카로운 재촉 소리와 함께 창문지에 불빛이 번쩍였습니다. 나는 그저 부들부들 떨고만 있었어요. 그런데 어머니는 그 소리에 막 잠이 깬 사람처럼 졸리는 목소리로,

—게 누구요?

눈을 비적비적 하며 문을 열었어요. 그러자 바깥 사람은 전짓불을 방 안으로 뻗쳐 들이대며 방금 사람이 들어오지 않았느냐는 거예요.

—이 밤중에 누가 와요? 그런 사람 없는디요.

나는 새파랗게 질려 숨이 막힐 지경인데, 어머니가 그렇게 태연히 잡아떼버리더군요. 그래도 그 추적자는 못 믿겠다는 듯 새하얀 전짓불로 구석구석 방 안을 한차례 더 훑어보고 나서야 겨우 발길을 돌이켜 집을 나갔어요. 그 전짓불빛이 내 얼굴을 지나 다락문

께까지 자세히 비춰보는 것 같았지만, 어느새 숨어버렸던지 청년
은 용케 흔적도 들키질 않았구요……

하여튼 그런 일도 있고 해서 나는 그 전짓불이 별나게 두려웠어
요. 무엇보다 그 불빛 뒤에 선 사람의 얼굴이 보이지 않는 게 그랬
지요. 하지만 수위 아저씨의 전짓불빛은 바로 그 창턱 밑에 엎드
려 숨어 있는 나를 한 번도 찾아내질 못했어요. 그래 그 전짓불이
지나가고 나면 나는 그제서야 마음 놓고 내 책상 잠자리 위로 올
라가 어두운 창문을 통해 바깥 하늘의 별들을 바라보며 차분히 그
시장기를 즐기기 시작하는 거였지요……

여기까지 진술을 하고 나도 사내는 역시 별로 신통한 표정을 보
이지 않았다. 나는 기가 죽을 수밖에 없었다. 그래 자신이 썩 덜한
목소리로 다시 이야기를 이어갔다.

—시장기는 물론 아침까지 그대로 남아 있곤 했어요. 말하자면
내 알량한 대학 시절은 바로 그 배고픔이라는 것으로 첫출발을 시
작한 셈이었지요. 나는 그 허기의 알 수 없는 쾌감으로 대학 시절
의 초년을 장식한 격이었구요. 그런데 그 허기가 폭발이라도 할
것처럼 내 뱃속에 미만하게 된 때가 닥쳐오고 말았어요. 4·19혁명
시위가 시작됐거든요.

그런데 나의 이 마지막 한마디는 사내에게 뜻밖의 효과를 나타
냈다.

—4·19요? 아, 당신은 그해에 대학 입학을 했습니까?

사내는 완연한 반가움기 속에 새삼 유심스런 눈초리로 나를 바
라보며 물었다. 나는 모처럼 머리를 크게 끄덕였다.

—그렇군요, 알겠습니다. 그러니까 당신은 아까 당신 말대로 바야흐로 그 새로운 판단의 의지가 생기기 시작한 시기에 매우 중요한 사건을 겪게 된 셈이군요.

사내는 뭔지 꽤 기대에 찬 목소리로 다가들었다.

—그 이야기를 해주시오. 당신의 그 4·19의거 경험을 말이오.

그런 사내 덕분에 나는 다소간 자신감을 얻은 목소리로 다시 진술을 계속해나갔다.

—그러니까 시위를 시작하던 날부턴 자연 허기가 더 심해졌을 게 아닙니까? 거리를 뛰어다니고 구호를 외치고 계속 노래를 불렀으니까요. 그땐 특히 3·1절 노래를 많이 불렀습니다. 그 노래는 묘하게 비장감이 일게 하거든요. 구호를 외치고 노래를 부르며 거리를 행진하다 보면 나는 그 옛날 초등학교 4학년 때의 환송회 장면이 떠오르곤 했어요. 그때 허기를 쫓기 위해 눈물이 나도록 목청을 돋우며 만세와 무찌르자 오랑캐 노래를 부르던 일이 말예요. 그러다 밤이 되어 그 강의실로 돌아오면 허기가 온몸으로 독기처럼 번져들었습니다. 그래 어떤 땐 아예 그 강의실로 돌아가지 않고 거리에서 그냥 시위로 밤을 밝히고 말 때도 있었어요. 그 시장기를 견디고 그걸 쫓기 위해 그러는 것처럼 말이지요.

—당신은 그 4·19의거까지도 허기라는 것으로 진술하려 하는군요.

사내는 다시 못마땅해하는 얼굴이었다.

—나는 그때 언제나 그 허기를 의식하고 있었고, 그것이 문제였으니까요. 하지만 그 허기는 곧 끝나고 말았습니다.

—어떻게요?

그러나 나는 이날 사내에게 그 대답을 해주지 못했다. 그쯤에서 나는 그만 차를 내려야 했기 때문이었다.

그리고 그 이튿날. 나는 차를 타자마자 바로 또 사내를 만나, —어떻게요? 그가 다시 묻는 질문에 전날에 이어 그에 대한 대답부터 내 진술을 시작했다.

—나는 가정교사를 구해 들어갔거든요. 혁명이 끝난 뒤 나는 운 좋게 어느 민주당 정객 집으로 일자릴 얻어 들어가게 되었어요.

—그렇겠군요. 하지만 데모는 여전했지요. 민주당 시절은 데모 만능이었으니까.

—아, 난 하지 않았어요. 많은 사람들이 데모를 하긴 했지요. 그러나 나는 하지 않았습니다. 4·19혁명 시위에 나섰던 우리 친구들은 이후엔 별로 데모를 하지 않았어요. 그때 우리는 오히려 허기에 지친 사람이 갑자기 많은 포식거리를 만났을 때처럼 이것저것 집어삼키는 일에 몰두해 있었어요. 그때부터 거침없이 쏟아져 들어오기 시작한 외서들을 읽어대고 유명 인사를 초빙해다 강연을 듣기도 하고, 우리들끼리 토론판을 벌이기도 하고. 그러느라고 통 눈코 뜰 새가 없이 분주했어요. 그러다 웬만큼 느긋한 기분이 되었을 땐 농촌 계몽이다 사회 정화다 해서 현실에 대한 직접적 기여를 다짐하며 실천에 나서보기도 했지요. 결과야 뭐 만족할 만한 것은 못 되었습니다만, 우린 정말 세상을 좀더 나은 것으로 만들어보려는 의욕에 불타 있었어요. 그런 의욕의 실현 가능성을 우리는 4·19혁명 성공에서 얻을 수 있었거든요. 아까도 말했듯이 그

결과는 여하간에 우리는 그런 가능성과 자부심을 누리고 살았지요. 그런데 그 꿈과 의욕이 5·16으로 좌절을 당하고 말았어요.

—그렇군요. 4·19의거 1년 뒤에 5·16혁명이 있었으니까. 그런데 왜 좌절을 했지요? 5·16은 4·19정신의 계승일 텐데?

사내는 뭔가 시치밀 떼고 있는 듯했다. 나는 조금 사내를 경계하면서 말했다.

—정신은 어떻든 방법이 무리했던 거지요. 5·16의 주체는 거꾸로 우리가 미숙하다는 것이었지만요. 하긴 우리도 그 꿈이나 의욕만 가지고는 무리였겠지요. 하지만 내가 아까 좌절이라고 말한 것은 어쨌거나 우린 그때 이 세상을 자기들 손으로 개선해나갈 수 있다고 기고만장했는데, 누가 그게 안 된다고 앞을 막아섰을 때의 자기 실망감 같은 걸 말한 것이에요. 자기 자신에 대한 내적 좌절이라 할 수 있겠지요. 하지만 지금 와서 말할 수 있는 것은 그 1년 동안 나는 그래도 어떤 흔치 않은 가능성과 자긍심 속에 살고 있었다는 겁니다. 그것만은 확실하고 소중한 것이었지요. 그리고 그 1년 동안엔 나도 희한하게 그 허기를 잊고 지낸 셈이었구요.

—그럼 당신은 5·16혁명 후에는 다시 그 허기를 느끼기 시작했습니까?

사내가 모처럼 그 허기에 관해 질문을 했다.

—그렇지요. 난 다시 가정교사 집에서 쫓겨나고 말았으니까요. 5·16 뒤에 주인이 체포당해 간 집엔 더 머물러 있을 수가 없었거든요. 나는 다시 허기를 느끼기 시작했지요.

—또 데모를 시작했나요?

사내는 무슨 속셈이 있는 듯, 또는 그쪽으로 진술의 방향을 바꾸어가고 싶은 듯 다시 데모에 관해 물었다.

—그랬지요. 하지만 당장은 하지 않았습니다. 나는 5·16 후에 얼마 있다가 군대로 입대해 갔으니까요. 그간 다른 사람들은 한·미협정 조속 체결 데모를 했지만. 나는 그 군대에서 제대를 하고 나와서부터였습니다. 그러니까 그건 한·일회담 반대 시위였지요. 그리고 그때부터 나는 또 지독한 허기를 겪기 시작했구요. 이번엔 단식 데모를 했으니까 말입니다. 우스운 얘기지만 그건 그때까지의 내 모든 허기의 경험을 완성하는 것 같은 가장 지독한 것이었습니다.

여기서 나는 그 단식 시위와 허기, 그리고 그 식염수에 관한 내 앞서의 경험을 진술했다. 그리고 그것으로 그날의 진술은 일단 끝이 났다.

그런데 다음 날, 나는 다시 사내를 만났을 때 몹시 당황했다. 왜냐하면 이날 내가 다시 그 단식에 관해 미진한 부분을 좀더 진술하려고 했을 때, 사내는 어떻게 4·19와 5·16에 관한 이야기가 한결같이 그 단식과 허기 타령뿐이냐 다시 핀잔을 해온 때문이었다. 나는 또 한 번 사내의 비위를 건드린 데 대해 두려움을 느꼈고, 위인의 감춰진 기분을 알지 못한 채 진술을 해가야 하는 데 대한 어려움을 절감했다. 더욱이 나는 사내가 무의식중에 그러는지 어쩐지 내 '4·19혁명'이라는 말에 이따금 '4·19의거'라 고쳐 말하던 것도 뒤미처 신경이 많이 쓰였다.

그러나 진술은 중단할 수가 없는 것이었다. 사내는 이제 거의 강압적으로 4·19와 5·16에 관해 그 단식과 허기 이외의 다른 진술을 요구했다. 나는 그를 거스를 수도 설득할 수도 없었다. 나는 결국 그의 요구대로 두 사건에 관해 그 단식과 허기라는 걸 뺀 다른 진술거리를 생각해보는 수밖에 없었다.

—그럼 4·19의거와 5·16혁명에 관한 내 나름의 해석을 말해보겠습니다.

나는 사내의 표현을 따라 눈치를 살피면서 공손하게 말했다. 나로선 그게 퍽 용기가 필요한 내용이라 여겨졌지만, 사내가 내 의중을 쉽게 읽어내자면 필시 그런 식의 진술을 선호하리라는 생각에서였다. 그러나 사내는 대뜸 퉁명스럽게 말했다.

—해석 같은 것은 필요 없소. 당신이 경험한 구체적인 경험이나 감정을 말하면 돼요.

—그 시기의 이야기에서 감정 같은 것은 별로 중요하지 않지 않을까요? 왜냐하면 이때는 전에 말씀드린 대로 적극적인 의지와 판단 해석의 나이니까요. 그 해석과 판단이 중요하지 않겠어요? 말하자면 경험과 감정은 그 판단의 자료에 불과할뿐더러, 판단과 의지의 형태를 보면 거기서 무엇을 보고 어떻게 느꼈는지는 저절로 드러나게 마련일 테니까요.

나는 그를 달래듯 조심스럽게 설득했다. 그러나 사내는 아직도 납득하려 하지 않았다.

—그렇다면 판단과 해석이 아닌 그 대학 시절 이전까지의 당신의 진술도 다 부질없는 것이라 생각하오?

—그건 그 판단의 나이가 될 때까지의 의식 세계가 어떤 것이었

는지를 알아보는 데 도움이 되겠지요. 하지만 대학 시절 이후의 진술을 경험과 감정만으로 한다는 건 역시 이상하지 않겠습니까?

그러나 나는 이 말 속에서 다시 사내에게 꼬투리를 잡혔다.

— 하지만 당신은 단식과 허기에 관한 어제의 이야기, 시위와 허기에 관한 이야기를 할 때 순전히 경험과 감정으로만 말했습니다. 그것도 해석과 판단에 관한 것이었습니까? 왜 당신은 생각이 바뀌지요?

그것은 사실이었다. 속내를 알 수 없는 사내의 비위에 맞는 진술을 하려다 보니 제풀에 어느새 그렇게 되어버린 것이었다. 나는 기가 죽어 잠시 말을 하지 못했다. 하지만 이 본색을 알 수 없는 사내에게 4·19와 5·16에 대해 어떤 구체적인 감정을 이야기할 것인가. 그것은 불가능했다. 두 가지 진술 방법은 어차피 구할 수 없게 된 셈이었다. 어느 쪽 한 가지를 선택해야 할 입장이었다. 숨은 감정을 함부로 드러낼 수는 없었다. 감정은 순수한 일차 사고에 속했다. 그리고 그것은 나를 흥분시키기 십상이었다. 흥분기가 실린 말로 4·19와 5·16을 진술했다간 내 혐의에 불리하게 작용할 꼬투리를 내보이기 쉬웠다. 그렇다면 전날의 진술을 버리는 수밖에 없었다. 사내에게 내 혐의 사실의 확증을 최소한으로 방지할 수 있도록 생각을 미리 정리한 다음 나는 그 '해석' 쪽을 택할 수밖에 없었다.

— 그러니까 어제의 진술은 이 두 사건의 인식과는 별로 상관이 없는 것이라고 할 수 있겠지요.

나는 완곡하게 한쪽을 부인해버렸다. 그러자 사내는 빙긋이 웃었다. 그러다간 무엇이 우스운지 모처럼 소리를 내어 웃고 나서 선선히 말했다.

— 나도 알고 있소. 감정보다는 당신의 판단을 듣는 것이 내게 더 손쉽고 유리하다는 걸 말이오.

— 그런데 왜 아깐 반대를 했습니까.

— 그건 당신이 나를 속이려 하는 한 오히려 감정의 진술보다 더 번거로워질 것이기 때문이오. 당신은 가끔 나를 속이려 하는 눈치였으니까요.

— 당신을 속이려 하다니요?

나는 가슴이 철렁 내려앉는 걸 느끼며 항의 조로 말했다.

— 알고 있어요. 하지만 당신은 결국 나를 속일 수가 없지요. 그리고 그건 당신이 바라는 것관 반대로 오히려 당신에게 불리하게 작용할 수도 있어요. 그 조작 사실이 드러났을 때 말입니다.

나는 어리둥절 당황할 수밖에 없었다. 사내는 그런 나를 꿰뚫어 버릴 듯 찬찬히 응시하며 말을 이어갔다.

— 내 방법에 대해 한 가지만 비밀을 말해줄까요? 사람은 감정보다 해석 쪽이 훨씬 조작하기가 쉽지요. 그것은 감정의 기억이 잘 변하지 않는 대신 해석은 조건이 달라지면 편의에 따라 변하기가 쉽다는 이야기지요. 그건 또 만약 당신이 진술을 속이려고 한다면 '해석' 쪽을 택할 것이라는 얘기가 되기도 하구요. 그럴 경우, 나는 당신에게 이 진술을 수없이 되풀이시킬 작정인데요…… 만약 당신의 그 '해석' 쪽 진술에 어떤 조작이 낀다면 당신은 몇 차례 변경된 상황 속에 그 진술을 거듭 되풀이하면서 스스로 그 모

순을 드러내게 마련이라 이거지요. 조작은 결국 드러나게 되어 있어요. 그러니 당신은 그런 점을 깊이 염두에 두고 당신의 '해석'을 정직하게 진술해주길 바랄 뿐이오. 나 역시 감정의 진술을 듣고 그걸 다시 해석하기보다는 당신의 해석을 바로 취하게 되는 쪽이 손쉽고 편할 테니까요. 모쪼록 당신의 진술을 몇 번씩 되풀이시켜가며 숨은 조작을 밝혀내고 진심을 캐내야 하는 번거로움을 겪게 하지 마시오. 그건 결국 사태를 더 나쁘게 만들게 될 뿐이오.

사내의 말 속엔 엄중한 경고가 담겨 있었다. 나는 갈수록 억눌린 기분이었다. 그러나 한편으로 당장의 진술에 대해선 크게 염려할 필요가 없을 것도 같았다. 왜냐하면 그때 사내에게 말하려 한 두 사건에 대한 나의 생각, 그 해석과 판단은 전혀 조작된 것이 아니기 때문이었다. 그것은 내 나름으로는 확신이 있는 생각이었다.

—알겠소.

나는 사내의 경고를 무시하듯 응답하고 나의 진술을 시작했다. 그것은 우리들이 대학 초반기에 4·19와 5·16을 1년 간격으로 거의 동시에 경험함으로써 우리들에게 특징지어진 의식 구조에 대한 것이었다. 나는 그 이야기를 세대의 구분에 관한 소견부터 말하기 시작했다.

—우리는 보통 30년 정도를 한 세대 단위로 구분하고 있지요. 그것은 물론 출생과 성장 그리고 2세 출산과 노쇠 사망 같은 인간 생명의 자연적인 변화에 따른 구분이지요. 물리적인 세대론이라고 할까요. 또 어떤 연령층에 다다르면 자연적으로 나타나는 생리적인 특성이나 그 연령에서 누구나 경험하게 되는 일반적인 사고의

특징을 중심으로 세대를 구분하는 수도 있지요. 10대라든가 20대라든가 하는 구분이 그런 것이겠지요. 말하자면 어떤 연령층의 집단 말입니다. 그러나 나는 그걸 뜻있는 세대 구분이라고는 생각하지 않습니다. 그건 누구나 자연적으로 어느 한 세대에 속하게 마련인데다, 모든 사람은 유아기에서부터 시작하여 나이가 되면 10대를 살고, 그리고 10대의 연배를 다음 세대에게 물려주고 나면 20대나이 대의 일반적인 특징을 경험하고, 그렇게 하여 결국 한평생 동안 모든 세대를 두루 살아가게 마련이지요. 하지만 그것이 무슨 의미가 있겠어요. 물론 생물학적인 의미는 있겠지만, 그것을 세대라는 말로 이름하고 나면 내가 생각하는 세대라는 것은 달리 부를 말이 없습니다. 내가 생각하고 있는 세대란 말하자면 이런 겁니다. 일반적으로 어떤 나이 대의 사람들이 그들만의 어떤 특수한 경험 세계를 지니고 그것 위에 생각하고 판단하고 행동하는 공동의 의식 집단을 이루는 경우 말입니다. 전후 세대라든지 50년대, 60년대 하는 것들이 그런 경우지요. 그러나 어떤 특정 시대의 사건이나 환경을 동일하게 경험했다는 것만으로 한 세대를 규정하는 것은 여전히 막연하고 획일적인 데가 있습니다. 어떤 한 사람이나 나이의 집단이 50년대를 살면서는 50년대 세대가 되고, 60년대에 들어가선 다시 60년대 세대 사람이 될 수는 없는 노릇 아닙니까. 물론 일상적인 생활 의식 같은 것은 시대의 흐름에 따라 자주 변할 수도 있겠지만, 그 나이나 세월과 함께 변할 수 없는 공동 의식의 틀, 그것이 형성되는 공통의 뜻깊은 체험 시기, 그게 내가 말한 세대 개념의 기준이 되어야 한다는 겁니다. 결국 하나의 세대라는 것은 아까 말한 어떤 특수한 사건이나 환경이 어떤 시기에 어떻게 뜻깊게 경험되었느냐는 것이 중심 문제라는 것이지요. 어떤 한 사건이 스무 살 먹은 사람들에게는 한 세대를 형성하는 데에 굉장히 뜻깊은 체험이 되지만 쉰 살 먹은 사람들에게는 아무 작용도 못한다는 그런 경험 시기의 문제 말입니다. 가령 A라는 사건의 경험으로 그때 마침 스무 살 안팎의 사람들이 어떤 특수한 공동의 사고 체계를 지닌 한 세대를 형성한다면, 이들은 다음 시기에 B라는 더 큰 사건을 만나서도 그것을 이미 A 위에 형성한 기성의 사고 체계 안에서 해석하려 할 뿐, 그때 갓 20대가 되는 사람들과는 다른 반응을 보이게 마련이다 이런 말입니다. 그런데 나는 어떤 한 사건이 어떤 특정 세대를 형성시킬 수 있는 경험 시기를 편의상 사람의 의식 발달 과정을 빌려 말해 대개 대학 시절의 초입 무렵이라고 생각합니다. 왜냐하면 이때가 전에도 말했듯이 유·소년기의 소극적인 경험 세계에서 비로소 실제 현실 세계에 대한 능동적인 이해와 판단의 의지가 형성되기 시작한 시기거든요. 그러니 이 시기에 어떤 사건이 경험된다는 것은 그 판단 의지의 형성에 결정적인 작용을 할 게 아니겠습니까. 그리고 이미 나름대로의 세대를 형성한 기성층들이 그 사건을 신선한 새 체험으로서가 아니라 각기 기성의식의 틀 속에 여러 가지 형태로 받아들이는 데 반해, 이 시기의 사람들은 그 사건의 원의적 의미를 순수하게 받아들여 그 해석과 판단 의미를 좇아 거의 공통된 한 무리의 의식 집단을 이루게 될 거라 이겁니다. 즉 그것이 한 세대 집단이지요. 따라서 이들은 당연히, 아직 한 사건을 소극적 경험으로만 받아들이는 차세대 연령층과 또 이미 의식이 경직된 기성의 연령층과는 전혀 같은 세대가될 수 없는 거지요. 그러니 이 같은 세대 간의 시간 층위는 10년, 20년 식으로 일정하게 구획할 수가 없고, 그 사건이나 특수한 분위기가 얼마나 심층적인 공통의 경험 내용이 될 수 있느냐 하는 점과 그 시기의 길고 짧음에 관계되는 것이어야겠지요. 그것이 1년동안 지속되면 1년, 한 세기가 계속되면 한 세기에 이르는 세대가형성되는 식으로 말입니다. 사건이라 말하니 이상합니다만, 그러니까 그런 뜻에선 우리가 말하는 사건다운 사건이 없는 시기, 그것도 말하자면 일종의 사건, 즉 한 세대를 형성해낼 수 있는 특수한 분위기를 지니게 되는 셈이지요. 다시 말해 어느 한 나이 집단이 일생을 통해 모든 연령층의 물리적인 세대를 살아간다 하더라도, 먼저 간 연령층이나 뒤에 오는 연령층의 세대 감정을 경험하지 못한 채 오직 자기 세대만의 독자적 감각과 사고로 일관한다면, 그것으로 그들도 그들만의 한 세대를 이루어 갖게 되는 것이지요. 그래 세상엔 위로 아래로 그런 여러 세대의 겹이 존재해 있어 하나의 같은 사건이라도 이렇게저렇게 여러 내용과 형식으로 경험되고받아들여지는 것 아니겠어요. 그런 한편으론 그래서 또 전혀 자기세대를 이루어 살지 못하는 사람들이 생겨나기도 하구요. 남들과같은 사건을 경험하고 살면서도 그에 대한 해석이나 판단의 의지를 지녀보지 못한 사람들 말입니다. 그들은 자기 세대가 없는 사람들이지요. 그래서 어느 한 시대도 제값을 살아가는 사람들이 못되구요.

　—도대체 당신은 무슨 이야기를 하려는 것이오?

사내가 갑자기 참지 못한 듯 퉁명스럽게 끼어들었다. 나는 그 서슬에 잠시 말을 중단했다. 아닌 게 아니라 이야기가 너무 중언 부언 혼란스러웠다 싶었다.

—아, 이제 본론을 말하겠습니다.

나는 사내에게 사과하듯 말하고 나서 이내 다시 이야기를 서둘 렀다.

—그런데 바로 우리는 그 경험 세계에 최초의 판단을 가하고 그 판단을 통해 의지의 틀이 지어지려는 바로 그 대학 초입기의 1년 동안에 가능성과 좌절을 의미하는 두 개의 사건 즉 4·19의거와 5·16혁명을 겪었다는 것입니다.

—그래서 당신은 그 시기에 당신들의 새로운 세대가 형성되었 다고 말하고 싶은 거로군요.

사내가 말했다. 그는 역시 내 이야기를 다 알아듣고 있는 것 같 았다.

—그렇지요. 우리는 그 중요한 시기에 두 개의 사건을 거의 동 시에 겪었으니까요.

—당신들의 세대는 그럼 그 1년의 폭밖에 지니고 있지 못하겠구 려.

—그렇지요. 매우 짧긴 합니다만 그러나 분명 그것은 특수한 시 기였으니까요. 한 세대를 위해선 그것으로 충분했지요. 연령층으 로 따지자면 위로는 대학을 이미 졸업했거나 4학년쯤에나 가서 비 로소 자각적인 의지 활동이 싹튼 사람에서 아래론 고등학교 3학년 때 벌써 그런 정신 활동이 시작된 예외들이 많아서 폭을 좀더 넓게

갖겠습니다만.

—그렇다면 당신들의 그 짧은 세대를 중심으로 바로 앞에서 한 세대가 끝나고 뒤에서도 곧 다른 세대가 시작되었다는 이야기가 되겠는데, 그 세대들과는 뭐가 어떻게 다르다고 생각한 일이 있소?

—물론 있지요. 우선 그 한계를 분명히 해두지요. 우리 앞 세대란 4·19라는 충격적인 사건으로 하여 그 의식 작용의 형식을 완성해버린 사람들이고, 다음 세대는 4·19의거가 그저 소극적 경험 세계의 한 기억 내용일 뿐 적극적 해석이나 판단 의지의 발아는 1년 뒤의 5·16혁명과 그 혁명이 만든 분위기 속에서 시작된, 그러니까 그 의지나 판단 구조의 형식이 5·16혁명에 더욱 밀접하게 상관되고 아직도 그렇게 완성되어가고 있는 사람들이지요.

—특징적인 차이는?

사내는 흥미를 느끼는 듯 진지하게 물었다.

—그것은 4·19와 5·16을 각각 어떻게 받아들였느냐를 보면 알수 있습니다. 우리 앞 세대 사람에게 상관되고 있는 4·19는 가능성을 의미하는 우리들에게서와는 달리 선택의 문제였습니다. 그 사람들은 늘 어떤 선택이 불가피한 사회 조건 속에서 그 선택을 부단히 요구받으며 살아온 사람들입니다. 그런데 이 선택의 불가피성은 몇 가지 다른 형태로 우리 이전 세대들을 긴 세월 동안 일관되게 강압해온 한 공통 인자였습니다. 일정 때의 사람들은 일제 권력과 민족 양심 앞에서, 6·25전란 중에는 국가와 개인, 죽음과 생존 간에서, 그리고 6·25 후의 혼란 속에서는 돈—, 그 새로운

인간의 조건과 인간 자체 사이에서, 자유당 말기에는 사회 정의와 불의한 권력 앞에서, 그들은 각각 자기 시대의 선택을 끊임없이 강요당하며 살아온 것입니다. 그리고 한번 선택이 이루어지면 이들은 그 선택을 좇아 열심히 권력을 추구하고 돈을 모으고 애국을 하고 불의와 투쟁하는 자기들 나름의 투철한 삶을 구축해왔습니다.

　우리의 바로 앞 세대 사람들은 그것을 보아왔고 또 그들 역시 자신의 시대에서 그 선택을 요구받고 있었습니다. 그런데 4·19가 일어났습니다. 그것은 처음엔 투쟁과 승리를 그들에게 보다 많이 의미했습니다. 그러나 그들은 그 4·19를 지내고 나서도 근원적인 문제, 즉 최종적인 것의 최종적인 쟁취는 이루어지지 않은 채 또 다른 선택 앞에 서게 된 것을 발견했던 것입니다. 그 최종적인 것이 획득되지 않은 한 미완의 투쟁과 승리는 의미를 잃어버립니다. 결국 4·19는 그들에게 정세의 급변 이상의 의미를 지니지 못하게 되어버렸고, 그것은 이들에게 보다 신중하고 재치 있는 선택을 생각하게 했거나 적어도 새로운 선택을 생각하도록 요구했습니다.

　그런데 우리는 우리 사회의 여러 세대 중에 그 선택의 문제와 관련하여 이들과 매우 유사한 세대를 또 하나 가지고 있습니다. 그것은 8·15해방을 뜻깊고 중요한 시기에 경험한 사람들입니다. 내가 『내외』사에 근무할 때 그곳 사람들이 그렇다고 생각되는데 그 조건이 비슷했지요. 그들도 결국 8·15민족해방이 최종적 승리와 완결성보다는 새로운 선택의 계기로 더 많이 의식되었던 것 같았어요. 사정이 비슷했거든요. 그 선택의 불가피성 속에 8·15라는 사태의 급변을 계기로 다시 새로운 선택 앞에 서게 되었으니까 말입니다.

그런데 여기 참 재미있는 현상이 있습니다. 이 선택과 관련된 모든 세대들은 어떤 식으로든 한결같이 진지함과 엄숙성을 공통으로 지닌다는 것입니다. 아마 선택이 그들을 그렇게 만든 것 같습니다. 선택이란 사람을 긴장시키고 엄숙하게 만드니까요. 그리고 자신이 행한 선택 사안에 대해서도 사람들은 당연히 진지하고 엄숙해지게 마련이지요. 나아가 엄숙하고 진지한 만큼 선택이 행해진 일에는 더없이 행동이 투철해질 수밖에 없구요. 그래서 이들은 각각 자신의 선택에 따라 엄숙하게 돈을 벌고 결사적으로 권력을 사모하며 애국도 누구보다 열렬히 하게 되지요. 일테면 『내외』사 사람들은 그렇듯 사람의 근본 가치를 깊이 사랑하고 애국애족을 온몸으로 뜨겁게 실천하는 사람들이었지요.

하지만 이와 대조되게 우리의 다음 세대, 그러니까 5·16을 최초의 판단과 인식 재료로 체험한 사람들은 전혀 그 선택이 주어지지 않았습니다. 5·16혁명이 너무도 정밀하고 완벽한 방법으로 그들의 선택을 대신해준 탓이지요. 5·16은 그들 자신의 선택의 여지를 남겨주지 않았습니다. 그들은 다만 자신들에게 선택되어진 것을 따르기만 하면 그만인 그런 상황을 살게 되었지요. 그래서 이들은 또 하나의 새로운 세대를 형성했고, 이 5·16의 뜻이 지속되는 한 그 분위기 속에 이 세대는 끝이 나지 않고 있는 것입니다. 그러니까 이들에겐 우리들에게 좌절을 의미하는 그 5·16혁명이 '무선택적인 적응'으로 받아들여진 것인데, 그러므로 자신의 선택 앞에 서본 일이 없고 스스로 선택한 것을 지녀보지 못한 이들은 모든 엄숙한 것, 진지한 것, 고귀한 것들을 알 수 없을 뿐 아니라, 그런 건 그저 외면을 하고 싫어하고 배척하려고만 하지요. 엄숙한 것을 파는 『내외』지가 이들에게 전혀 팔리지 않은 것도 바로 그런 이유에서가 아닌가 생각합니다. 『내외』지를 끼고 다니는 것을 자랑으로 알던 다른 앞 세대들과는 달리 『내외』지를, 아니 『내외』지뿐만 아니라 모든 '엄숙하고 진지한' 책을 읽는 것을 비웃고 역겨워하는 그들 나름대로의 새로운 풍조를 만들어가면서 말입니다.

나는 잠시 숨을 가다듬었다. 사내는 묵묵히 듣고만 있었고, 나는 이제 그쯤 이날의 진술을 마무리 지어가기 시작했다.

—우리들은, 그 '4·19와 5·16세대'는 말입니다. 이젠 그걸 말씀드려야겠는데요. 두 세대의 특징은 지금까지 이야기로 경계가 다 드러난 것 같습니다만, 다시 말해 우리들은 우리 앞 세대의 그 엄숙하고 진지한 선택 결정성과 그런 엄숙 진지성이 배제된 우리 다음 세대의 무선택적 적응성 두 요소를 다 아울러 지니게 된 것이지요. 앞뒤 두 세대를 각기 따로 특징지어준 4·19와 5·16 두 사건을 우리는 가장 중요한 의식기의 경험으로 한꺼번에 겪었고, 그것을 첫 해석과 판단의 자료로 삼았으며, 그것 위에 우리의 의식 형태가 완성되면서 동시에 두 가지 인자를 함께 지니게 되어버렸으니까요. 그래 우리들은 자신의 선택 앞에 매우 진지해지기도 하고 나라나 민족의 일로 흥분할 줄도 알지만, 다른 한편으론 그런 것을 비웃으며 개인적인 삶을 보다 쉽게 상황에 적응시키려는 영민한 계산성을 동시에 지니고 있는 것입니다. 더욱이 그 선택에 대해서는 우유부단 언제까지 망설이고만 있는 꼴이구요. 왜냐면

우리가 겪어 지닌 그 4·19와 5·16은 앞뒤 시기의 사람들에서와는 달리 가능성과 좌절을 따로따로 혹은 복합적으로 함께 의미하기 때문입니다. 그 가능성과 좌절이란 두 요소가 실은 우리가 앞에 한 선택의 내용과 맞먹는 것이겠습니다만, 불행히도 바로 그렇기 때문에 우리들의 선택이 더욱 망설여지게 되는 것이지요. 아시겠습니까. 우리는 언제나 이 가능성과 좌절을 동시에 느끼며, 그래서 어렵게 용기를 냈다가도 금방 회의하고 끝내 그 결단을 유보해 버리는 것입니다. 방황하고 있다고 할까요. 혹은 갈등 상황이라고도 할 수 있겠지요. 그래서 엄숙한가 하면 그걸 거꾸로 비웃고, 선택하여 싸우려는가 하면 단념하고 적응하려 하며, 뭔가를 좀 진지하게 읽어보려 했다가도 금세 그것이 역겨워지고 마는, 그래서 늘 허둥대다 체념기가 앞서버리는 요령부득의 무기력한 한 세대가 된 것입니다. 한마디로 4·19의거와 5·16혁명은 그런 세대를 하나 만들어낸 것입니다. 그 층위가 매우 엷고 짧지만 말입니다. 두 사건에 대한 내 관심이나 해석은 대개 그런 것입니다.

나는 말을 마쳤다. 그리고 이마의 땀을 씻으며 사내의 눈치를 살폈다. 이야기의 어느 부분에서 사내의 비위를 거슬러놓았다면 내 진술은 헛수고보다도 더 못한 결과가 될 염려가 있었다. 그래서 나는 진술 중에도 무척 신경을 쓴 셈이었다. 나는 4·19에 대해서도 5·16에 대해서도 긍정적이거나 부정적인 말은 될수록 입에 담지 않았다. 하지만 그가 나와는 반대로 늘 '4·19혁명' 대신 '의거'라 칭하던 일이 계속 신경을 쓰게 하였다. 그래 마침내는 나 역시 그를 따라 '4·19의거'라 고쳐 불렀을 정도였다. 그래 그랬던지 사내는 처음 비교적 만족한 표정이었다. 그러나 위인은 이미 그런 내 속내를 다 꿰뚫어 보고 있었던지, 종당엔 다시 미심쩍은 얼굴이 되며 말했다.

—알겠소. 하지만 당신의 두 사건에 대한 진술은 끝까지 모호한 추상 관념 일색이군요. 그래 내게는 오늘 당신의 이야기가 그 허기에 관한 단식 데모 때의 진술보다도 도움을 주지 못할 것 같소.

나는 다시 이마의 땀을 닦았다.

—하여튼 알겠소. 그것은 이담에 또 되풀이해서 들을 수 있을 테니까요. 그럼 이번에는 4·19와 5·16을 따로 떼어 이야기를 해 주겠소? 이번처럼 한꺼번에 꺼말지 말고 말이오. 그런 식으론 이번에도 진술이 모호한 추상적 관념성에 흐르기 쉬울 테니 말요.

이자는 분명 나의 속셈을 알고 있구나— 나는 새삼 정신이 번쩍 들었다.

—따로따로라는 것은 내겐 무의미합니다. 나에겐 두 사건을 한꺼번에 경험했다는 것이 중요하니까요. 두 사건의 의미란 내겐 그게 전부인 셈이거든요. 무엇보다도 내겐 두 사건의 개별적인 해석이나 인식이 불가능한 일입니다.

그러나 사내는 쉽사리 물러설 기세가 아니었다.

—굳이 사건의 해석을 바라는 게 아니오. 당신 말대로 하면 꼭 해석을 하려 하니까 각각의 개별적인 진술이 불가능해지는지 모르지요. 그냥 단순한 감정적 경험의 진술이라면 개별적인 것도 가능하겠지요. 내가 바라는 것은 오히려 그쪽이오. 그리고 당신은 늘 자신이 피의자라는 사실을 잊지 말아주었으면 좋겠소.

사내는 다시 강요기 섞인 어조가 되었다. 그러나 나는 더욱 굴하지 않았다.

—아까도 말했지만 도대체 그 감정적 진술이라는 것이 무슨 소용이 있는 것입니까. 두 사건에 대한 앞서의 내 해석 조 진술 속에도 이미 경험적 사실의 일부분이 포함되어 있지 않았습니까. 그리고 무엇보다 나는 지금 그런 감정적 경험의 기억을 되살릴 만한 것이 없습니다. 그 단식과 허기의 기억밖에는요. 그것을 다시 되풀이하라는 것입니까?

그런데 혼자서 무슨 생각이 들었던지 사내는 그런 내 완강한 태도에 갑자기 또 허허 웃고 말았다. 그리고는 알겠습니다, 알겠습니다를 연발하며 더 이상 길게 추궁할 기미를 보이지 않았다.

그리하여 나는 내 진술 가운데서 가장 불안하고 난처하고 힘들었던, 그래서 그 진술의 방향을 갈팡질팡 망설였던 중요한 한 고비를 간신히 넘어갔다. 그리고 그게 내 진술의 내용이나 절차상 일차적인 종결이기도 했다.

제4일

　다음 날은 점심때가 되어갈 무렵에 세느로 나갔다. 이날은 아침부터 잠이 깨어 있었으니 좀더 이른 시간에 집을 나갈 수도 있었다. 하지만 이젠 고양이가 죽어버린 마당에 왕이 그렇게 일찍 나타날 것 같지 않아 미적미적 시간을 기다리며 위인의 허기 어린 얼굴을 즐기고 있었는데, 어느새 점심때가 다 되어갔다. 나는 자주 끼니를 거르는 버릇인 데다 하숙집에선 애초 휴일까지도 낮잠을 내놓지 않게 되어 있어 점심시간은 나와 별 상관이 없었다. 하지만 남의 취사 시간에 혼자 계속 방 안에 죽치고 누워 있자니 다른 방 사람들 눈치가 보여 그쯤에선 어차피 나도 집을 나오는 게 편했다.

　세느에는 예상과 달리 벌써부터 왕이 나와 앉아 있었다. 웬일인가 생각하며 위인을 바라보기 적당한 자리를 찾아 두리번거리고 있는데, 그새 벌써 마담이 달려왔다. 그녀는 다짜고짜 나를 한 곳으로 끌어다 앉히고는 긴장한 얼굴로 속삭여왔다.

"이 선생님, 오늘 이 선생님께 드릴 말씀이 있어요."

"무슨 일인데요?"

나는 또 무슨 수다가 시작되려나 싶어 천천히 왕 쪽을 바라보며 대꾸했다. 그런데 마담은 이날따라 첫 대면부터 바로 그 왕에 대해 말하기 시작했다. 그야 마담은 이제 왕에 대한 내 관심을 익히 알고 있었다. 하지만 그녀는 왕에 대해 늘 이죽거리는 태도였고, 나의 관심에 대해서도 좀 어이없어하는 쪽이었다. 그런데 오늘은 그녀의 태도가 달랐다. 마치 자신의 절실한 관심사를 말하는 것 같았다. 게다가 그녀는 아심찮게도 그 왕에 대해 내가 미처 예상치 못한 사실을 전했다. 아니 그것은 내가 언제부턴가 벌써 예감을 하고 있던 일이었다. 예상 밖이라고 한 것은 그 예감이 너무 쉽게 적중하고, 너무 빨리 확인되고 있기 때문이었다.

"왕이 말이에요. 왕 저 사람이 오늘 또 식염수를 청했답니다."

마담은 이제 곧 큰 사건이라도 터질 것처럼 긴장하고 있었다.

"그래요?"

대답하는 나 역시 어조와는 달리 속으론 좀 긴장이 되기 시작했다.

"그런데 커피를 시켜가던가요?"

나는 계속 왕 쪽을 건너다보며 물었다. 그 옆얼굴에는 분명 어제보다 한층 더 짙은 허기가 끼어 있었다. 그의 앞 탁자에 어제와 똑같이 커피 잔이 놓여 있었다.

"네, 그건 언제나처럼 시키기 전에 먼저 가져가니까요. 식염수는 커피를 가지고 갔을 때 부탁했대요. 그런데 커피는 입에도 대보지 않은 채 그대로 식혀버렸어요. 지금도 커핀 아마 그대로 있을 거예요."

말을 마친 마담이 나를 한동안 쳐다보고 있었다.

"지금도 두 손은 탁자 밑에서 목각을 하고 있어요?"

"그럼요. 그건 그 사람이 숨을 쉬는 거나 마찬가진걸요."

"고맙습니다. 차부터 한 잔 주시죠. 커피루요."

나는 마담이 무얼 기다리고 있는 것 같아 그렇게 말하고 다시 왕을 살피기 시작했다.

차를 마시고 났을 때, 나는 드디어 왕에게로 건너가 부딪쳐보리라 작정하고 자리에서 일어섰다. 마침 다방 안은 한산했고 왕의 주변에는 자리가 모두 비어 있었다. 나는 일부러 길을 돌아 그의 뒤쪽으로 해서 위인 곁으로 다가갔다. 하지만 위인은 내가 곁으로 다가서는 기미에도 유리창 쪽에서 계속 얼굴을 돌리지 않고 있었다.

"실례합니다."

나는 우선 부드럽고 공손한 목소리로 그의 주의를 돌려보려 했다. 그는 겨우 무슨 기척을 느꼈는지 마치 잠에서 깨어나는 사람처럼 맹한 눈길로 나를 잠시 돌아다보았다.

"자리에 좀 앉아도 되겠습니까? 좀 드릴 말씀이 있습니다만……"

나는 그 순간을 놓치지 않고 재빨리 말하곤 대답도 듣기 전에 곁으로 나란히 자리를 잡아 앉았다. 그는 약간 경계하는 눈빛으로 한번 나를 쳐다보더니 마음대로 하라는 듯 얼굴을 다시 유리창 쪽으로 돌려버렸다. 두 손은 탁자 아래서 시종 목각질을 계속하고 있는 낌새였다. 나는 잠시 그대로 앉아 위인이 내게로 관심을 돌려주기를 기다렸다. 그러나 위인은 좀처럼 얼굴을 되돌려올 기미가 없었다. 어쩌면 이미 나의 존재를 잊어버리고 있는 것 같기조차 했다. 그런 생각이 들자 나는 갑자기 조급해져서 조금 높은 목소리로,

"저……"

그의 주의를 다시 내 쪽으로 강요한 다음,

"전 이준이라고 합니다."

일방적으로 자신을 소개하고 나섰다.

그런데 그게 뜻밖에 효과가 있었다. 위인이 모처럼 다시 나를 정면으로 쳐다보았다. 그리곤 이제 그도 더 어쩔 수가 없어진 듯,

"왕…… 왕입니다."

앞도 뒤도 없이 퉁명스런 목소리로 자신의 성을 말했다. 그저 그 왕이란 성뿐이었다. 윤일의 말대로였다. 그리고는 마치 자기 남은 이름이라도 생각해내려는 듯이 몇 차례 두 눈을 껌벅대다간 그대로 다시 표정이 굳어지고 말았다.

하지만 나는 이제 그런대로 그를 좀더 가까이 관찰할 수가 있었다. 무엇보다 아직 경계의 빛이 여전하면서도 이따금 조심스럽게 나를 곁눈질해 보는 그의 깊고 검은 눈을 가까이 볼 수가 있었다. 그 눈은 멀리서 볼 때보다도 훨씬 더 깊고 어둡고 고요하게 가라앉아 있었다. 그런데도 어둠에 싸인 호수의 수면이 그 어둠을 뚫고 차갑고 희미하게 번쩍이고 있는 것처럼 어떤 강렬한 빛이 쉴 새 없이 그 눈 속을 지나가고 있었다. 이 지상에서 아직 자신의 양식

을 구하지 못한 때문일까. 그것은 역시 분명한 허기의 빛이었다. 내가 그를 보게 된 후로 한 번도 깎지 않은 턱수염, 그리고 빗질을 해본 일이 없는 머리가 그 얼굴에 내밴 허기를 빨아먹고 자란 듯 무성했다. 나는 그가 미친 사람이 아니라는 것을 속으로 또 한 번 확신했다. 그리고 그 얼굴과 눈동자 속의 허기를 응시했다. 나는 자릿자릿 마음의 전율을 느끼며 말했다.

"커피를 마시지 않으셨군요?"

그러나 이 말에 그는 다시 나에게서 얼굴을 돌려버렸다. 그러곤 어디 무슨 수작이냐, 너 하고 싶은 대로 놀아보라는 듯 아무 관심도 없는 맹한 얼굴로 자신의 목각 일만을 계속했다. 그런 그의 육신이 살아 움직이고 있는 것은 오직 그 손끝 한 곳뿐인 것 같았다. 그의 모든 생각과 신경선이 오직 그 탁자 아래의 손끝으로만 뻗혀 있는 것 같았다. 나는 그의 손이 마치 뇌수와 눈과 귀를 가진 듯한 착각 속에 그 손길을 내려다보며 말했다.

"전에도 단식의 경험이 있으셨나요?"

이 갑작스런 질문에 그는 다시 나를 돌아다보았다. 그 순간 그의 손끝에 몰려 있던 모든 신경선이 갑자기 머리 쪽으로 되돌아간 듯 동작을 멈춰버렸다. 그러나 그뿐 아무 대꾸도 없었다.

"이건 좀 뭣한 이야깁니다만, 난 이 며칠 동안 형씨를 무척 주의 깊게 살펴왔어요. 뭐 별다른 목적이 있어선 아닙니다. 뭔가 끌리는 데가 있었다고 할까요. 공연히 혼자서 궁금한 것도 있었구요. 그런데 아까 식염수를 마신 걸 보고 형씨가 단식을 하고 계신다는 걸 알았지요."

나는 아주 솔직하게 그러나 조심스럽게 말했다. 식염수에 관해서는 마담에게 들었다고 하려다 그냥 직접 본 것처럼 말했다. 얼굴을 계속 유리창 쪽으로 돌리고 있었을 그가 언제 내가 다방으로 들어섰는지를 알 턱이 없겠기 때문이었다. 그는 여전히 아무 대꾸가 없었다. 대신 그의 손끝이 다시 움직여 작업을 시작하고 있었다. 하지만 나는 이제 그가 단식을 하고 있음에 분명하다고 단정했다. 그리고 그의 반응이 적어도 광인적인 폭발성을 숨기고 있는 건 아니라는 확신으로 다소 안심하고 말을 계속했다.

　"단식은 여간 조심스럽게 행하지 않으면 안 되지요. 주제넘은 이야기 같습니다만 이건 제 경험으로 드리는 말입니다."

　여기서 또 한 번 그의 손동작이 정지했다. 그의 손이 탁자 아래서 짧은 순간 정지했다 다시 움직이기 시작했다. 그러나 나는 그것을 놓치지 않았다. 나는 내 단식의 경험을 좀더 계속하기로 마음먹었다.

　"아마 형씨도 그 무렵 어쩌면 단식을 경험했고, 그래 이미 그런 점에 대해선 잘 알고 계실지 모르겠습니다만…… 내 단식은 학생 시절, 그러니까 학적 보유자로 1년 반 동안 단기 복무 군영 생활을 마치고 나와 옛 교정에서 재학생들과 단식 데모를 벌였을 때였지요. 그때 아마 우리의 단식 이유가 한·일 굴욕 회담 반대, 학원 자유 수호였던 것 같습니다. 그때 6일 동안인가 그런 경험을 했어요. 화장실에 가면 가끔 달걀 껍질이 버려져 있었던 걸로 보아 남모르게 뭘 먹고 나온 친구도 있었던 모양입니다만, 그 녀석들은 단식을 모르는 놈들이었어요. 순전히 그 단식의 효과만을 얻어내려는 친구들이었지요. 하지만 대부분은 잘 견디어냈어요. 아마 우리는 아직 단식을 며칠 더 계속할 수도 있었을 것입니다만, 그때……"

여기서 나는 문득 다시 이야기를 중단했다. 그때 왕도 다시 손의 움직임을 정지하고 있었다. 하지만 내가 말을 그친 것은 그 때문이 아니었다. 그보다는 때맞춰 윤일의 말이 떠오른 때문이었다. 왕에게 발작을 일으키게 한다는 그 위험스런 어휘가 방금 입을 튀어나오려 했기 때문이었다. 윤의 이야기는 아닌 게 아니라 썩 잘 들어맞는 데가 있었다. 왕과의 이야기는 늘 어찌어찌하다 결국 한곳에 이르게 되고, 그 고비에서 위인은 필경 발작을 일으키고 만다 했다. 그런데 방금 전 내 이야기의 흐름이 바로 그랬다. 더욱 묘한 것은 그게 왕의 입을 통해서가 아니라 나 자신의 입을 통해 그리된 점이었다. 왕은 한마디도 대꾸를 하지 않고 있는 채 말이다.

하지만 잠시 뒤 나는 다시 생각을 바꾸었다. 나는 그것이 어쩌면 우연일지도 모른다는 생각이 뒤따랐고, 무엇보다도 위인이 그렇듯 자주 발작을 일삼는 진짜 미치광이론 믿고 싶지 않았기 때문이다. 그래 어느 정도 위험을 각오하고 나는 다시 말을 이어갔다.

"그러나 우리들의 단식은 그걸 더 바랐더라도 오래 계속될 수가 없었지요. 무장 경관들이 현장을 급습해 와선 우리를 짐짝처럼 트럭에 던져 실어버렸으니까요. 우리는 반항할 힘이 없었구요. 그 억세고 잘 훈련된 민중의 지팡이들에게 말입니다."

나는 오히려 그 윤일이 주의한 경찰이나 '민중의 지팡이'란 왕의 말까지 슬그머니 입에 담고 있었다.

할 말을 마치고 나서 나는 조심스럽게 왕의 얼굴을 살폈다. 그런데 웬일인가. 왕의 그 어둡고 허기 긴 얼굴이 뜻하지 않게도 웃음기를 머금고 있는 것이 아닌가. 웬 뜻을 모를 웃음기가 입꼬리에서 시작해 눈꼬리께까지 소리 없이 번져 올라가고 있었다. 도대체 왕이 웃을 줄을 알고 있었다니! 나는 무슨 환각에라도 사로잡힌 듯했다. 그러나 그것도 잠시뿐이었다. 나는 이내 그 위인의 웃음기 속에 알 수 없는 경멸기와 비소(鼻笑)의 빛이 담긴 것을 발견하곤 다시 당황스러워지지 않을 수 없었다.

왕은 말없이 그렇게 나를 잠시 바라보다간 다시 창문 쪽으로 눈길을 돌려버렸다. 나는 그의 기세에 눌려 더 말을 잇지 못했다. 더 물을 수도 없었다. 위인은 어째 그 말에 미친 발작기 대신 경멸적인 웃음기를 머금었을까. 왜 나를 그렇게 비난기 어린 눈초리로 바라보았을까. 아마 그 민중의 지팡이란 말이 빌미였음에는 틀림없으리라. 그러나 왜 그것 때문에? 자기를 시험하려는 듯한 눈치를 보였기 때문에? 자기를 농해보려는 수작이라고 생각했기 때문에? 그렇지도 않다면 발작을 일으키기 전의 어떤 특유한 징조? 나는 아무래도 소이를 알 수 없었다. 그리고 그는 좀처럼 위험한 발작 따위는 일으킬 것 같지가 않았다.

나는 이윽고 그만 그의 곁을 물러나오고 말았다. 그 웃음의 내력이나 목각 일에 대해선 더 이상 이야기를 꺼낼 엄두도 내보지 못한 채였다. 다만 한 가지 확신은 있었다. 왕은 분명히 지금 단식 중에 있고 전에도 그런 경험이 있으리라는 것이었다. 그는 내가 실례를 했노란 인사 소리와 함께 자리를 일어설 때에야 겨우 고개를 조금 비틀었다간 발길을 떼기도 전에 다시 눈길을 창 쪽으로 돌

려버렸다. 이미 웃음기가 사라진 그의 얼굴에선 그 순간 눈동자가
가늘게 흔들리는 듯싶었을 뿐이었다.

왕의 곁을 물러나 혼자 자리로 건너오려니 나는 새삼 멋쩍은 느
낌이 들어 그대로 아예 다방을 나와버렸다. 하지만 왕이 식염수를
청해가는 일이 있으면 일러달라는 부탁을 마담에게 남기고 다방의
2층 계단을 내려오며 나는 그 왕의 단식이 아마 나흘은 되었을 것
이라 혼자 확신하고 있었다.

내가 다시 세느로 간 것은 밤 9시가 가까울 무렵이었다. 왕은
여전히 그 자리에 앉아 있었다. 나는 다방이 아직 붐비고 있는 것
을 보고 다행스럽게 늘 한쪽이 비어 있는 내 단골 자리로 건너갔
다. 일단 왕과 지면을 튼 처지에서 위인과 쉽게 눈길이 마주칠 자
리에 앉기는 뭣했지만, 실내조명이 어두운 데다가 왕은 몇 시간을
앉아 있어도 얼굴을 한 번이나 돌릴까 말까 했으므로 별 상관이 없
을 듯싶었다.

맞은편 자리에는 이번에도 여학생 두 사람이 앉아 있었고, 탁자
위에는 예의 그 낙서용 스케치북이 펼쳐져 있었다. 방금 학생들의
눈길이 머물렀던 페이지엔 굵은 매직펜 글씨가 가득 채워져 있었
지만, 나는 거기 별 관심이 없었으므로 우선 왕부터 살피기 시작
했다. 왕은 언제나처럼 같은 분위기와 자세 그리고 어두운 조명
속에서 더 뚜렷해 보이는 허기진 얼굴을 하고 앉아 있었다. 하지
만 나는 그런 적막스런 왕의 모습을 확인하고 나니 그에게선 당장
더 할 일이 없었다. 때마침 마담이 또 자리까지 건너와 차를 주문

받고 돌아갔지만 그녀에게서도 식염수 따위 왕에 대한 별다른 이야기는 들을 수 없었다. 그래 내 무료한 시선이 다시 머무른 곳이 그 탁자 위의 낙서집이었다. 나는 자신도 모르게 어느새 그 굵직굵직한 매직펜 글씨의 낙서를 읽고 있었다.

—난 참 이상하단 말야. 영 주의력이 없거든. 도대체 연나흘째나 계속 내 맞은편 자리에 앉아 있는 사람들의 얼굴을 몰라보다니.

낙서를 읽다가 나는 슬그머니 좀 수상쩍은 생각이 들었다. 낙서가 처음부터 내 쪽에서 읽을 수 있도록 펼쳐져 있었던 것도 심상치가 않았다. 나는 그 낙서들에서 시선을 거두고 맞은편 좌석의 두 아가씨를 건너다보았다. 그러고 보니 전에도 늘 그 자리엔 비슷한 옷차림의 같은 여학생들이 앉아 있었던 것 같았다. 잠옷과 임신복을 겸해 만든 것 같은 물색 원피스의 아가씨와 빨간 미니스커트 두 사람이 두꺼운 책 표지로 함께 얼굴을 가린 채 아까부터 소곤소곤 목소리를 죽이고 있었다. 나는 시선을 옮겨 낙서의 내용을 좀더 확인해나갔다.

—아마 저 아가씨들이 그걸 알면 무척 화를 냈겠지만, 하긴 난 내 맞은편이 어떤 여자들인지조차 염두에 없었으니까. 하지만 이렇게 무관심할 수 있다니, 난 아마 제대로 된 남자가 아닌가 봐. 어쨌든 저 아가씨들에겐 신사의 도리가 아니로다. 기회가 주어진다면 뒤늦게나마 사괄 구하는 게 옳겠지. 이준……

버스 칸이나 다방 같은 데서 흔히 여자들이 곁엣남자들 들으라는 듯 일부러 큰소리로 이야기를 주고받는 일이 종종 있었다. 일종의 간접 대화 방법일 텐데도 곁에선 별 엿들을 만한 흥미가 없어 관심커녕 실소만 사고 마는 시시껄렁한 이야기들. 그 대책 없이 서투른 여자들에 비하면 이 아가씨들은 얼마나 솔직하고 당돌한가.

낙서는 두 아가씨가 나를 겨냥한 것임에 틀림없었다. 어떻게 알았던지 문미엔 분명하게 내 이름 두 자까지 서명되어 있었다. 이것들이 대체 나를 어떻게 알길래! 나는 속으로 혼자 웃음을 참으며 붉은 책뚜껑에 가려진 맞은편 얼굴들을 잠시 상상했다. 제법들이로군! 아마 네년들은 지금 소리 없이 웃음을 참고 있겠지. 그런데 학생들이 영 책뚜껑을 얼굴에서 내리지 않았다.

"뭘 부끄러워하고 있는 건 아닐 텐데요?"

나는 혼잣말처럼, 그러나 그녀들이 알아들을 수 있도록 조금은 정색을 한 목소리로 말했다. 그러자 순간 기다리고 있었던 듯 책뚜껑이 걷히고 바로 눈앞에 두 개의 얼굴이 나타났다. 그 얼굴들은 짐작대로 책 뒤에서부터 벌써 웃고 있었다.

"왜 사과를 하시려구요?"

빨간 미니스커트가 초롱초롱한 목소리로 물었다. 그래놓고 둘은 정말 재미있다는 듯 소리를 내어 마구 깔깔댔다.

"사과? 첫 대면부터 웬 사과라…… 하지만 굳이 그쪽에서 그걸 원한다면요."

나는 자꾸 반말이 튀어나오려는 것을 참으며 말했다.

"아니에요. 우리가 원한 게 아니라 선생님이 지금 속으로 그러시지 않았어요? 기회가 있으면 사괄 해야겠다고 말예요. 우린 그냥 그 기회를 드리겠다는 것뿐이에요."

이번에는 물색 원피스 쪽이 말을 받았다. 그리고 나서 두 아가씨는 까닭 없이 또 한바탕 크게 웃어댔다.

보통들이 아니구나―

"그러지요. 내가 진 것 같네요. 사콸 하지요. 그런데 내 이름은 어떻게 알았지요?"

두 아가씨는 비로소 웃음을 멈추고 서로 얼굴을 마주 보았다. 그러다간 뭔가 눈짓 약속을 하고 난 듯 미니스커트가 말했다.

"우린 말예요. 이 선생님의 이름을 진작부터 알고 있었어요. 『새여성』 잡지를 보거든요."

"『새여성』을요? 그건 솥뚜껑 운전사들 보라는 잡진데 어떻게 숙녀들이?"

나는 농을 섞어 말했다.

"우리도 솥뚜껑 예비 운전사들이니까 그렇죠. 별수 있어요?"

그러나 이야기를 하다 다시 생각해보니 그들이 전부터 내 이름을 알고 있었다 해도 얼굴까지 알아본 것이 또 이상했다. 『새여성』지의 기사에 내 이름이 붙어 나간 것은 있어도 사진까지 나간 적은 없기 때문이었다.

"이름을 가지고 어떻게 얼굴을 알아보죠? 무슨 그런 재주가 있어요?"

그러자 여자들은 또 잠시 망설였다. 다시 한차례 둘이 서로 마주 보며 눈웃음을 짓다가 미니스커트 쪽이 갑자기 생각난 듯 말을 받았다.

"마담 아줌마에게서죠 뭐. 벌써 나흘째나 여기 지켜 앉아서 아줌마와 얘기하신 걸 들었으니까요."

딴은 그렇다. 하지만 언제 내 이름이 나온 적이 있었던가. 그건 확실히 알 수 없지만 하여튼 아가씨들의 눈웃음 속엔 뭔가 다른 감춘 것이 있는 것 같았다.

"어쨌든 퍽 재미있는 분들이군요."

"그래요, 우린 재미있는 걸 좋아해요. 선생님처럼 만날 따분한 얼굴을 하고 앉아 남 커피 마시나 안 마시나 살피고 식염수 마시는 거나 지키고…… 우린 그런 따분한 건 질색이거든요."

역시 미니스커트의 대꾸. 나는 그럴듯한 말이라고 생각했다. 이 세느에서는 모든 일이 재미있다, 시시하다 식의 두 갈래 뜻으로밖에 말해지지 않는 것 같았다. 모든 일의 뜻이 재미가 있느냐 없느냐로만 가려졌다. 마담도 그 말을 자주 했고 낙서집에도 그 재미없다, 시시하다는 말이 유난히 많았다. 윤일까지도 그런 말을 쓴 일이 있었던 것 같았다. 도대체 이곳에선 진지하다든가 엄숙하다든가 하는 따위의 말은 용납이 되지 않는 것 같았다. 그런 것 모두가, 아름답다든지 난처하다든지 하는 말들이 다 그렇듯이, 그 재미있다 없다 식으로 간단히 말해졌다. 하지만 나는 아가씨들의 그런 말투엔 그리 구애를 받지 않았다. 이 아가씨들에게서라면 혹시 왕에 대한 다른 이야기를 들을 수 있을지 모른다 싶어 나는 자신도 모르게 조금 정색을 하며 물었다.

"그럼 댁들도 저 왕을 알고 있어요?"

그러자 이번에는 물색 원피스가 마담의 목소리를 흉내 내며 대답했다.

"조각칼 때문에 위험하지만 않다면 귀여운 미치광이죠."

나는 다시 웃을 수밖에 없었다.

"내가 한 대 먹었구만."

"그러니까 우린 따분한 거 싫어한다고 미리 말했지 않아요."

"그런데 무슨 그런 따분한 책 같은 것을 가지고 다니죠?"

나는 분명 삽지로는 보이지 않는 그 붉은색 커버의 두툼한 책을 가리켰다.

"이 책이요?"

책을 안고 있던 빨간 미니스커트가 나섰다.

"오해 마세요. 이런 따분한 책을 누가 읽어요? 명작 소설 같은 것도 영화로 보는 시대인걸요. 이건 액세서리예요. 전공과목 책을 고르는데 그런 책은 무턱대고 딱딱하기만 해서 어차피 읽지 않을 거니까 표지나 고운 것으로 산 거예요. 어때요. 제 스커트 색과 잘 어울리죠?"

그러면서 그녀는 책을 가슴께에다 대보였다.

그때 얼핏 출입구 쪽에서 윤일이 들어서는 것이 보였다. 나는 잠시 화제를 잃어버렸다. 아가씨들도 갑자기 이어갈 말이 생각나지 않는 듯 한동안 입을 다물고 있었다. 그러자 이번엔 내가 다시 따분한 말을 꺼냈다. 사람들이 대개 초면의 여자와 만나 화제를 잃었을 때 무심스레 꺼내기 쉬운 말.

"그런데 학교에선 무슨 공부들을 하세요?"

나는 두 사람의 학과를 물었다. 그런데 그녀들은 내 따분한 물음을 역시 재미있는 이야깃거리로 만들어갔다.

"고아원학과…… 전 문리대 고아원학과예요. 이 친구는 같은 문리대 관상쟁이학과구요. 관상학과 아시겠어요? 동양철학과 말예요. 둘 다 3학년."

미니스커트가 말했다.

"고아원학과는요?"

"사회사업과도 모르세요?"

그녀는 눈을 흘기는 시늉을 했다.

"어떻게 재미있는 것 좋아하는 분들이 학과는 별로 재미있는 학과가 아닌 것 같은데요. 재미있습니까?"

"재미없이 따분하기만 하면 좋게요? 이건 터무니없이 엄숙하기까지 하다니까요."

이번에는 동양철학과라는 물색 원피스가 나섰다.

"그런데 어떻게 그 재미없는 곳을?"

"누가 가고 싶어서 갔나요? 1차는 좀 재미있는 곳이었지만 재수없게 미끄러지고, 좋은 데 시집가려면 이 학교 배지는 달아야겠는데 할 수 없다 보니까 그렇게 되었지요. 이 친구도 같은 신세지 뭐예요."

원피스는 거침없이 털어놓았다. 너무 그렇게 툴툴 털어놓는 바람에 나는 또 대꾸를 잃어버리고 말았다. 그래 아깟번 공식의 순서에 따라 이번에도 또 따분한 소릴 물었다.

"기숙사에 지내세요?"

"기숙사는 9시에 문이 닫혀요. 지금 9시 15분이지 않아요?"

다시 한 대를 얻어맞은 셈이었다. 그러나 이런 땐 으레 남자 편에서 얻어맞게 마련.

"그럼 두 분이 함께 계신 모양인데 집이 근천가요?"

그러자 아가씨들은 또 한 번 저희끼리 비밀스런 시선을 교환하며 웃었다.

"네, 함께 하숙을 하고 있어요."

한쪽이 먼저 대답하고 다른 한쪽이 덧붙였다.

"집은 바로 요 아래예요. 근데 옆방 남자가 너무 굴너구리 같아서 영 재미가 없어요. 끼니도 잊고 낮잠만 자는가 하면 겨우 잠이 깨면 다방으로 달려 나가 들어박히구. 그래서 우린 어제부터 작자를 좀 혼내주려고 미리 이곳에다 자리를 잡아놓고 기다리고 있던 참이었어요."

그래놓고는 둘이 함께 합창하듯 또 까르르 웃었다. 나는 처음 영문을 몰랐으나 이내 앞뒤 사정을 짐작했다. 다방으로 나왔을 때마다 혼잡한 속에서도 이 자리만은 꼭꼭 비어 남아 있었던 것이 생각났다.

"아 그랬어요? 이것 참 모질게 당하는군요."

나는 비로소 아가씨들을 따라 웃으며 머리를 긁적였다.

"이제 겨우 아셨어요? 우린 어제부터 별러왔는데 오늘에서야 비로소 기회 잡았단 말이에요. 처음엔 우리도 맞은편 좌석의 미남 청년, 『새여성』사 기자 이준 씨가 한집 하숙 이웃일 줄은 몰랐어요. 그런데 하루 종일 낮잠을 주무시던 날, 그러니까 어제 낮이군요. 아주머니의 얘길 듣고 우린 얼굴 한번 내밀지 않는 데다 칠칠치까지 못한 하숙 이웃의 이름을 좀 알고 싶어 아주머니에게 물었지요."

미니스커트 쪽이 좀더 힐난을 계속할 기세로 말을 잠시 끊었다. 그러나 내게 뭐 별난 허물이 있는 것은 아니었다. 그러다 보니 우리는 그런 식으로 10시가 넘을 때까지 이것저것 이야기를 계속했다. 나는 두 사람에게 시골에 고향집이 있느냐 물었고, 그 시골집이 어디냐 거듭 물었다. 물색 원피스 쪽은 충청도 어느 고을 생이었고, 미니스커트는 서울에 집이 있지만 분위기가 따분해서 졸업이 가까워오기 전에 학교 친구들과 좀 재미있게 지내보려 몇 달째 하숙을 나와 있다 했다. 그래서 왜 자기 집 분위기가 그렇게 따분하게 느껴졌느냐 다시 물으니, 미니스커트가 망설임 없이 아버지 때문이라 나섰다. 아버지가 어떤 보험 회사 사장이어서 돈은 제법 벌어들이는 편이지만, 껄껄한 수염을 빼고 나면 매력이라곤 없는 데다 걸핏하면 사기꾼처럼 엄숙하고 진지한 얼굴을 지어대어 영 질색이라고. 자기는 그런 엄숙한 얼굴이나 터무니없이 진지한 표정은 정말로 시시해 견딜 수 없다고. 그럼 아버지가 딸자식이 그렇게 집을 나가게 내버려두더냐니까, 아버지가 그런 데는 '머리가 좀 튄 분'이어서 별로 힘들이지 않고 '이해'를 구하여 '합의하에' 그렇게 한 것이라고 했다.

그런저런 이야기를 하다 보니 시간이 어느새 10시 반을 넘어 있어 우리는 그쯤 함께 자리를 일어섰다. 왕에 관해선 이날 밤 아무것도 살피지 못한 것이 좀 개운치 못한 기분이었지만, 하숙 동료로서 '인사를 나눈 기념'으로 이날은 꼭 셋이 함께 집으로 가야 한다는 아가씨들의 반강요에 어물어물 나도 자리를 따라 일어서고

만 것이었다.

　그렇게 함께 다방을 나오다 보니 윤일과 아가씨가 언제나와 같은 모습 같은 표정으로 앉아 있는 게 보였다. 하지만 이날 밤엔 정은숙의 얼굴에 웬 눈물 자국까지 번져 있는 바람에 두 사람에겐 알은체 인사조차 건넬 수가 없었다.

　무슨 일일까— 무슨 일로 또 싸운 걸까. 윤의 일에 자주 주제넘은 동정이 가는 까닭을 나도 알 수 없었다. 그러나 나는 2층 계단을 내려오면서도 내심 그 윤일 들의 일이 은근히 걱정스러웠다. 게다가 알고 보니 내 두 하숙 이웃들도 어느새 그 여자 쪽의 눈물기를 훔쳐본 모양이었다. 두 사람을 보고 난 뒤 내가 말이 없어진 기미를 알아챈 원피스가 등 뒤에서 재미있다는 듯 익살스럽게 말했다.

　"오늘 밤은 눈물로나 보낼 거냐. 나두야 간다—? 어찌 된 일이지? 그렇게 정답게 앉아 눈물을 다 흘리게?"

　"눈물 안 흘리게 됐어? 그렇게 만날 따분하게 앉아 있으니, 따분해서 그럴 거야."

　미니스커트가 말을 받더니 이번에는 내게 무슨 허물이 있는 것처럼 따지듯 덧붙여왔다.

　"그 남자 시인이라죠? 이 선생님도 아는 사인가 보던데. 시인이 뭐 그렇게 시시해요. 만날 따분한 얼굴만 하고 앉아서."

　추궁 투 끝엔 또 은근한 충고까지 서슴지 않았다.

　"선생님은 그 시인하고 친구하지 마세요. 똑같이 돼요. 귀여운 미치광이하고도 마찬가지예요. 그러지 않아도 요즘 세느에서 따분

160

한 사람들로 소문나 있는 사람이 누구누군 줄 아세요? 지금 그 시인 짝꿍하고 선생님이 좋아 죽는 그 귀여운 미치광이, 그리고 마지막 한 사람이 미안하지만 바로 선생님이셔요. 모두가 선생님의 친구들 일당이지요? 판이 박혀 있어요. 시시하구 따분한 사람들이라구요."

벌써 그렇게 되었던가. 나는 웃을 수밖에 없었다. 그러나 나는 그녀의 말에 꽤 속이 찔린 느낌이었다. 알고 그랬든 모르고 그랬든 그녀의 그런 장난 투엔 무언지 옳은 대목이 있는 듯싶기도 했기 때문이었다. 그러나 나는 여전히 웃으면서 그런 내색을 보이진 않았다. 그리고 그럭저럭 골목 안 하숙집 대문 앞에 함께 서게 된 우리는 초인종을 누르고 대문 빗장이 풀리기를 기다리는 동안 비로소 세 사람 간에 남아 있던 다른 한쪽의 통성명을 끝냈다.

"참, 우린 선생님의 이름을 알지만, 선생님은 아직 우리 이름을 모르시잖아요. 전 이윤선이에요. 쟨 현수미구요."

물색 원피스의 아가씨가 윤선이고 빨강 미니스커트 쪽이 현수미였다.

제5일

　다음 날도 다시 12시가 가까워올 무렵에야 자리에서 일어난 나는 주인아주머니가 간밤엔 깜박 잊었노라며 내주는 갈태의 엽서를 받았다.
　ㅡ병신 같은 새끼야. 뭐가 어쩌고 어째? 결근이 계속되기에 웬일인가 했더니. 궁금한 걸 어디서 알아볼 수가 있었어야지. 아무도 네놈 일을 모르고 있으니. 오늘사 미스 염이 잔뜩 생색을 내며 알려주더라. 그런데 얼씨구! 회사를 아주 그만두게 될지 모르는 임시 휴가를 받고 있다고? 무슨 알량한 유예 휴가? 그나저나 넌 도대체 어떻게 할 셈이야? 너라는 놈은 어떻게 되어먹은 녀석인지 통 종을 잡을 수가 없으니. 하여튼 한번 나와라. 자초지종이나 좀 들어보게.
　엽서를 읽고 나서 나는 한참 멍청하게 앉아 있었다. 망할 자식. 제 쪽에서 좀 찾아와주면 어때서. 요즘 회사 형편도 좀 알려줄 겸…… 나는 이제 그렇듯 혼자서는 자신이 없어진 꼴이었다. 일의 실마리가 아무래도 잘 잡혀나가지 않았다. 왕의 일에만 자꾸 정신이 쓰이고, 그것이 결말나야 내 회사 일도 해결될 수 있을 것처럼 아무 때나 방해를 해왔다. 갈태 놈이라도 만나서 그 시원시원한 얼굴을 보면 생각이 좀 트일 것 같기도 했다.

—나더러 나오라구? 내버려둬. 소식이 없으면 설마 제 놈이 찾아오겠지. 그런데……

나는 문득 내 휴가가 벌써 닷새째로 접어들고 있음을 생각했다. 그러자 기다렸다는 듯 그 허기진 왕의 얼굴이 다시 떠올랐다. 이젠 더 의심할 바 없는 그의 단식 역시도 그간의 형색으로 보아 닷새쯤은 족히 지나고 있음이 분명했다. 도대체 그 왕의 단식은 며칠이나 계속될 것인가. 그리고 어떤 식으로 끝이 날 것인가.

나는 그쯤에서 집을 나섰다. 그리고 위인의 단식이 내 유예 휴가가 끝나기에 앞서 무슨 결말이 나주기를 바라는 막연한 기대 속에 그 닷새째의 얼굴을 보러 세느로 갔다. 위인에게 당장 무슨 새로운 기미나 단서를 찾아볼 순 없을지 모르지만, 나는 왕의 그 닷새째로 접어든 허기라도 바라보지 않고는 견뎌 배길 수가 없었기 때문이다. 나는 그 위인 곁에서 그의 단식의 마지막 결과를 함께 기다리고 싶은 때문이었다.

하지만 세느에는 아직 왕이 나와 있지 않았다. 어젯밤의 아가씨들, 내 하숙 이웃 수미와 윤선을 찾았으나 그들도 아직 보이지 않았다. 나는 기회를 얻어 마담에게 왕이 그사이에 또 식염수를 청한 일이 없었느냐는 것과 지난 밤 윤일 들이 무슨 일로 다퉜는지를 물었다. 마담은 두 가지 다 잘 모르겠다고 했다. 마담이 알기론 어젯밤 왕은 다방을 나갈 때까지 다시 식염수를 청한 일이 없었다 했고, 윤일 들은 그리 크게 다투는 것 같지도 않았지만, 여자 쪽이 눈물까지 찔끔거린 건 다른 때처럼 그저 이일 저일 속이 많이 상해서였으리라는 가벼운 추측이었다.

마담이 카운터 박스로 돌아간 다음, 나는 차를 마시고 나서 다방을 나갈까 망설이던 참인데, 때마침 수미와 윤선이 나란히 출입문을 들어섰다. 둘은 으레 그러리라고 여겼던 듯 다방 문을 들어서자마자 내 쪽부터 살피면서 곧바로 내 쪽으로 건너왔다.

"오늘도 같은 자리시군요. 오늘은 이 선생님이 우리를 기다리셨죠?"

수미가 활짝 웃었다. 그런데 수민가 했던 그 빨간 미니스커트 쪽은 어젯밤 물색 원피스를 입고 있던 윤선이었다. 수미는 또 자신의 빨간 스커트 대신 윤선의 물색 원피스를 입고 있었다. 키가 거의 비슷한 두 아가씨가 아침에 옷을 서로 바꿔 입은 모양이었다. 혹은 어제 바꿔 입은 옷을 다시 찾아 입은 것인지도 몰랐다.

"글쎄요……"

나는 그 옷들이 용케도 서로 잘 맞는다 생각하며 자리를 비키는 시늉을 했다. 하긴 잠옷과 임신복을 겸해 만든 듯한 그 물색 옷은 어울리고 말 것도 없었지만.

"보니까 선생님의 친구분도 아직 나오지 않은 모양인데 따분하셨겠네요."

맞은편으로 두 사람이 자리를 잡아 앉으며 진짜 수미 쪽이 단정하고 나섰다.

"우리가 이렇게 와준 거 반갑지요? 그러지 않았다면 선생님은 꼭 6·25전쟁이라도 치른 사람처럼 침통한 얼굴을 하고 앉아서 그 친구 생각을 하고 있었을 거예요. 아니세요?"

"6·25를 기억해요?"

나는 수미의 말에 무심결에 반문했다.

"몰라요. 네 살인가 다섯 살 때 일이었으니까요."

"전 조금 아물아물 생각이 나요."

윤선이 눈을 가늘게 뜨며 당장 기억을 더듬어내려는 듯이 말했다.

"그런 건 모르는 거나 마찬가지지 뭐."

수미가 자존심이 상한 듯 냉큼 부정해버렸다.

"그럼 8·15해방 같은 건 깜깜이겠군."

"선생님은 또 무슨 말을 하려고 그런 거창한 말을 꺼내세요? 우린 그런 8·15, 6·25 같은 거창하고 엄숙한 거 싫어한다니까요."

수미는 대답 대신 나를 공박했다.

"그게 뭐 거창한 얘긴가. 그저 물어보는 거지."

"갑자기 진지해지는 선생님 얼굴이 그렇다고 말하고 있는걸요."

나는 웃음으로 얼버무릴 수밖에 없었다. 그러나 이번에는 윤선에게 다시 얻어맞기 시작했다.

"난 알아요. 선생님이 그 말 물으신 거."

듣고만 있던 윤선이 생글생글 웃으며 엉뚱한 소릴 했다.

"선생님은 우릴 철부지 어린애라고 하고 싶은 거죠."

도대체 이 아가씨의 잽싼 입술도 뽀뽀를 할 수 있을까. 이 아가
씨들의 젖가슴도 부끄럼을 탈 줄 알까? 나는 속으로 그런 엉뚱한
생각을 숨긴 채 윤선을 바라보며 우선 시치밀 떼어 보였다.

"천만에, 내가?"

그러나 이번에는 다시 수미에게 붙들렸다. 두 아가씨는 마치 하
나의 입을 둘이 함께 나눠 가진 것처럼 말하고 있었다.

"거봐요. 지금도 그러지 않아요? 내가? 하신 말 말예요. 이런
거지 그런 거지, 이러겠군 저러겠군, 자꾸 반말이 튀어나오는 것
이 그 증거 아니에요?"

"자꾸 공박만 당하니까 정말 재미없어지는데?"

나는 그녀들의 말을 흉내 내며 웃어버릴 수밖에 없었다. 그런
데 수미 들은 차를 마시고 나자 의외로 가볍게 자리를 일어서려
고 했다.

"왜, 오늘은 벌써 가려고?"

"네, 내일부터 기말 시험이 시작되거든요."

수미가 갑자기 엄숙한 얼굴을 흉내 내며 대답했다.

"시험 때문예요? 거 정말 시시하군. 시험 같은 것에 차도 잘 못
마시고 쫓길 정도라니."

"워낙 공부를 하지 않았거든요. 그렇다고 뭐 떨리는 건 아니지
만 시험 전날 차를 마시고 있으면 미안하니까요. 마음이 편하지
않아요. 오늘이라도 뭘 좀 들여다보는 척해둬야지요. 죽을 지경이
지만 시험만 끝나면 방학이 기다리니까요. 그때 맘 편하게 놀 수
있어야지요."

윤선의 말에 수미가 맞장구를 치고 나섰다.

"정말 죽을 지경이에요. 전에는 데모 덕분에 시험이 방학 뒤로 연기된 때도 있었는데 올해는 꼼짝없이 당하게 됐지 뭐예요."

"데모를 하지그래요?"

나는 짓궂게 웃으며 말했다.

"그런데 올해는 그럴 눈치들이 없대요. 남자 대학들두 잠잠하구요."

"뭐 남자 대학 눈치 볼 거 없지요. 그렇게 시험 치르기 싫은 판에!"

"하지만……"

수미는 웃고 말았다.

"그럼 데모 못한 죄로 시험공부나 하러 가요."

"왜 선생님은 더 계시겠어요? 참 친구분을 기다리셔야지. 그럼 우리 먼저 가겠어요."

그러면서 수미가 먼저 일어섰다.

"그럼 이젠 우리들 없으니까 맘 놓구 심각하세요."

윤선도 기어이 한마디 더 하고 수미를 따라 일어섰다.

그러나 나 역시 그 수미 들이 다방을 나가고 얼마 지나지 않아 자리를 일어서고 말았다. 앞자리가 비고 다시 혼자가 되고 보니 하릴없는 시간이 새삼 무료해져서였다.

내가 근처 다방을 구경 삼아 몇 곳 돌아보고 다시 세느로 온 것은 3시경이었다. 왕은 아직도 보이지 않았다. 이번엔 내 지정 좌석을 선점한 학생들이 있어 나는 할 수 없이 더운 볕이 드는 서쪽 창문 아래 자리로 가 앉았다. 커튼으로 햇볕을 가리긴 했지만 그 속치맛감 같은 얇은 천이 볕발을 제대로 막아낼 수 없어 앉은 엉덩이까지 후끈거렸다. 더구나 스피커의 재즈 음악까지 복작대는 실내는 숨이 막힐 지경이었다. 나는 다시 다방을 나가려고 했다. 그런데 그때 다행히 창문에서 조금 떨어진 곳에 자리가 하나 난 걸 보고 우선 그곳으로 볕을 피해 옮겨 갔다. 하지만 대신 나는 거기서 마담의 그 망측한 꼴을 다시 보고 말았다. 그곳에선 왕의 자리도 함께 살필 수 있었지만, 그보다 계산대 쪽이 더 가까운 위치여서 나는 자리를 옮겨 가자마자 자연 눈길이 그쪽으로 흘러 아까부터 선풍기를 켜놓고 겨드랑이 땀을 말리고 있는 마담을 마주하게 된 거였다. 미스 염이 팔을 엉거주춤 벌린 채 제 겨드랑일 말리듯이, 그렇게 언젠가도 그녀가 자기 겨드랑이로 그 시원한 선풍기 바람을 즐기고 있었듯이.

나는 반사적으로 금세 시선을 돌렸다. 그녀의 겨드랑 속까지 들여다보인 건 아니었지만, 마담의 그런 모습에서 대신 그 찐득찐득한 미스 염의 겨드랑이 생각난 때문이었다. 그러나 머릿속에 한번 떠오른 미스 염의 겨드랑은 마담을 보지 않아도 금세 다시 지워지질 않았다. 오히려 마담의 방해를 받지 않게 되자 오히려 나를 더 깊은 망념의 밑바닥으로 끌어들이려 했다. 나는 애원하듯 다시 마담 쪽을 건너다보았다. 그녀는 여전히 겨드랑을 벌린 채 선풍기 앞에 서 있었다. 이번에는 아예 눈까지 감고 있었다. 그 마담보다 더 가까운 거리에 미스 염의 겨드랑이 어른거렸다. 그럴수록 나는 불안했다. 미스 염의 그 겨드랑이 내게 또 하나 되새기고 싶지 않은 일을 떠올리려 하고 있었다.

최근의 몇몇 내 달갑잖은 일들은 모두 그 미스 염의 겨드랑과 관련이 있었다. 이상한 일이었다. 미스 염의 겨드랑이 나를 아주 참을 수 없게 만든 날이면 내가 두고 망설이던 일에 어떤 결단을 내리게 되곤 하였다. 회사를 그만두려 마음먹기 시작한 날도 그랬고, 퇴직 의사를 비치고 나서도 계속 망설임만 일삼다 국장에게 드디어 정식 사의를 전하고 이런 식의 유예 휴가로 잠정 타협을 지었던 것도 바로 그 미스 염의 겨드랑을 본 날이었다. 내 중요한 결단들은 늘 그렇게 미스 염의 겨드랑과 아름답지 않은 인연을 맺고 있었다. 더욱 불가사의한 것은 그런 결정이 있던 날은 또 신문관 사내를 만나거나 그 진술에 모종 중대한 매듭을 짓게 되곤 한 일이었다. 국장과 잠정 타협을 하고 10일간의 유예 휴가를 받고 돌아오던 그날 내가 드디어 모든 진술을 매듭짓고 사내로부터 유죄와 사형 형을 통고(사형 형은 애초 그 해괴한 이름의 형벌 내용을 바꿔 선택한 결과였지만, 그리고 그도 아직은 일종의 예비 선고 상태에 있는 셈이지만) 받게 된 것도 그런 사례의 하나였다.

그날도 『새여성』사에서는 이른바 편집 회의라는 것이 열렸다. 이날의 편집 회의에서는 자주 쓰지도 않는 안경을 가슴께에 엉거주춤 받쳐 든 국장으로부터 한 가지 괴상한 지시 사항이 시달되었다. 이후부터 편집국 직원 전원은 반드시 명찰을 부착한 회사 제복을 착용하고 근무에 임하라는 염 사장의 지시였다. 국장은, 회의가 끝나는 대로 경리 사원이 일괄적으로 주문해둔 제복을 사무실로 찾아오기로 했으니, 각자는 자기 옷을 찾아뒀다가 다음 날부터 빠짐없이 그걸 입고 집무에 임하라는 말도 함께 덧붙였다. 하긴 제복 착용이 그날 갑자기 결정 나 하달된 것은 아니었다. 전부터도 종종 제복 착용설이 나돈 일이 있었다. 회사 명예와 단결력의 과시, 그리고 작업 능률 향상이 제복 제정설의 취지였고, 그런 취지와는 별 상관이 없었지만 사복은 거추장스럽다든가 입고 지낼 여름옷이 없던 참에 시원한 옷이라도 한 벌씩 지어주면 좋겠다는 식으로, 직원들도 대체로 회사의 제복 제정설에 찬성을 해왔다. 그런 정도 이야기가 가끔 회사를 떠돌아다니다 다시 유야무야가 되곤 하더니, 한번은 정말 재단사가 줄자를 가지고 와서 전 직원의 몸 사이즈를 재어갔다. 하지만 그러고도 한동안 소식이 없어 이번에도 흐지부지 그냥 잊어버리고 있었는데, 그날 드디어 그런 지시가 내려졌고 더구나 명찰까지 부착한 제복을 전원이 의무적으로 착용하라는 주문이었다.

말하자면 그것이 그날 내가 비위를 상한 최초의 사단이었다. 왜냐하면 나는 제복 착용설이 처음 나왔을 때부터 몹시 못마땅했고, 그래 그런 소문이 나돌 때마다 번번이 반대를 해온 터였으니까. 회사 명예니 단결력 과시니 그럴듯한 명분에도 불구하고 내겐 왠지 그 제복 제정의 목적이 전혀 다른 데에 있을 성싶은 석연찮은 느낌 때문이었다. 아니 회사의 취지가 어떤 것이든 도대체 나는 애초부터 제복이라는 것을 싫어하는 성미였다. 얼핏 보기에 제복이라는 것은 썩 질서감이 있어 보여 사람의 눈을 즐겁게 해줬다. 사람들은 대체로 통일된 질서를 좋아하니까. 그러나 그 통일과 질서 속의 개인은 얼마나 괴로운 고통을 감내해야 했던가. 하나의 통일된 질서를 만들어내기 위해 그 질서에 참여한 사람들은 얼마나 많은 땀을 흘려야 하는가를 나는 알고 있었다. 나는 군 복무 중에 있을 때 키가 좀 큰 덕분으로 의장대 요원으로 뽑힌 일이 있었다. 그래서 국군의 날 행사 때에 기념 열병과 시가행진을 한 일도 있었다. 사람들은 그 열병 행사를 보기 좋아했을 것이다. 그 정연한 질서, 통일된 동작들이 유쾌했을 것이다. 그때의 그 질서, 통일을 이루어내기 위해, 그 전체에 자신을 맞추려고 우리가 얼마나 땀을 흘리는지는 아무도 상상하지 못했을 것이다. 그러나 그때 나는 절감했었다. 통일과 질서라는 것이—, 그것 뒤에 숨은 개인이 얼마나 고통스러운 억압을 견뎌야 하는지를. 그 무렵 내가 어떤 로마 노예선을 찍은 영화를 보고 처음부터 충격을 받은 것도 바로 그 비밀을 알고 있었기 때문이었다. 노예선의 옆구리에서 수십 개의 노들이 정연한 동작으로 지중해의 푸른 물결을 헤쳐 나가는 모습이 겉으론 몹시 아름답게만 보였다. 하지만 아니나 다를까. 조금 뒤엔 그 배의 아랫선창에서 하나하나 거대한 노에 매달려 땀을 뻘뻘 흘리는 수많은 노예들의 얼굴이 어두운 화면을 지나갔다. 선두 통솔자의 일정한 북소리에 맞춰 죽을힘을 다해 노를 움직이는 군상들. 지쳐서 혹은 감독관의 매질에 못 이겨 쓰러지는 자도 있었고, 죽어 넘어질 때까지 노의 움직임에 매달려 죽음의 동작을 되풀이하기도 했다. 아직 힘이 남아 있는 자들도 한결같이 감독자들의 매질에 공포가 어린 얼굴이었고, 몸들은 땀에 절어 번들거리고 있었다. 그것은 한 사람의 북소리에 움직이는 정연하고 아름다운 질서 뒤의 숨은 비밀이었다. 도대체 어떤 질서란, 통일이란, 제복이란 하나의 구령이나 신호가 전제된 것이었고, 그 하나의 군호나 구령으로 움직이는 통일 속에, 억압적인 질서 속에, 그리고 획일화된 제복 속에 개인이나 개성이란 질식 상태가 되거나 존재하기가 어려웠다. 존재할 수도 없고 존재해서도 안 되었다. 그래 제복 앞에선 개인이나 인간이 보이지 않는 것이었다. 제복이 제복에게 말하고 명령하고 벌을 주는 것뿐이었다. 그리고 그래서 사람은 누구나 제복을 보면 그 제복에게 명령을 하고 싶은 충동을 느끼게 마련이었다. 제복은 애초 그 명령에 복종하도록 창조된 운명의 산물이니까.

염 사장이 그런 명령을 즐기고 싶어진 것인가. 제복 제정의 진짜 목적이 거기 있었던 것이 아닐까. 그가 그렇게 생각하지 않았더라도 결국은 그렇게 되기가 쉬웠다. 제복은 개인을 위해서가 아니라, 사람을 위해서가 아니라, 통일된 질서로서 복종만을 전제로 그 명령을 기다리게 마련이니까. 아니 그런 확실한 이유가 아니더라도, 나는 그런 이유로 제복을 싫어할 수 있는 것보다 훨씬 더 마음 깊이 그것을 혐오했다. 굳이 뿌리를 캐자면 유년 시절 어머니가 자주 협박을 당하던 일본 순사의 제복, 시위를 막으려 덤비던 4·19 때의 검은 제복, 그리고 학교 교문에서 등교를 막아섰던 푸른 제복, 그 제복들이 나를 그렇게 만들었을 터였다.

하여튼 나는 그렇듯 뿌리 깊이 제복을 싫어했는데, 끝내 그 제복 착용이 확정되고 만 것이었다. 재단사가 와서 몸을 재어 가던 날만 해도 적잖이 화를 냈던 나는 국장의 전달과 지시가 떨어지자 속이 무척 언짢을 수밖에 없었다. 게다가 국장은 명찰까지 부착해서 의무적으로 그것을 착용해야 한댔다. 회사의 그 같은 일방적 요구엔 그즈음 계속 나를 신문해온 그 퇴근길 버스의 사내 역시 일종의 제복을 입고 있던 기억까지 떠올라 나를 더욱 불안스럽게 해왔다.

그러나 국장의 지시뿐이었다면 나는 그런대로 그냥 참아 넘어갔을지도 모른다. 하지만 미스 염의 겨드랑이 더 문제였다. 미스 염은 이날도 회의가 시작될 즈음부터 줄곧 선풍기를 켜놓은 채 두 팔을 엉거주춤 쳐들고 겨드랑을 말리고 있었다. 나는 그 미스 염 때문에 더욱 속이 답답했고 숨이 막힐 듯했다. 거기다 국장의 입을 통해 염 사장의 지시 사항이 전달되자, 내가 제복 착용을 반대해온 것을 알고 있던 그녀는 짐짓 나를 힐끔거려 보기까지 하였다. 그 얼굴에 어떤 노골적인 표정이 드러나진 않았지만, 그러나 속으론 필시 나를 고소해하고 있음에 분명했다. ―용용, 이젠 너도 찍소리 말고 제복을 입어야겠지? 그러나 미스 염이 그런 얼굴로 나를 건너다본 것도 그저 잠깐씩뿐. 그녀는 갈수록 겨드랑을 더 높이 치켜 벌리며 시원스러워죽겠다는 듯 눈을 지그시 감곤 하였다. 나는 그럴수록 숨이 막힐 것 같았다. 더위가 울컥울컥 속으로부터 치밀어 올랐다. 국장의 말 같은 건 이제 귀에도 들어오지 않았다. 더위와 미스 염만이 나를 견딜 수 없게 하였다.

그러나 나는 회의가 끝날 때까지 계속 자리에 앉아 있었다. 회의가 끝날 무렵엔 이미 모든 것이 결정 난 뒤므로 오히려 숨을 조금 돌리고 있었다. 회의가 끝나곤 경리 직원이 정말로 그 제복을 한 아름 안아다 놓았다. 제복들엔 아예 각자의 이름까지 수놓여 상자에 들어 있었다. 그것을 본 사원들이 우르르 옷 더미로 몰려들어 자기 이름을 찾고들 있었다.

"허허, 올 여름엔 남방셔츠 하나도 사 입지 못했는데 그래도 회사가 제일이구먼."

정말 좋아 그런지 비웃음인지 모를 갈태의 소리가 그 속에 섞이고 있었다. 나는 내 이름표의 제복을 찾을 생각을 않은 채 국장실로 곧장 편집국장을 따라 들어갔다. 그리고 한동안 혼자 망설여오던 사직 의사를 국장 앞에 정식으로 말해버렸다. 며칠 전부터 이미 내 뜻을 알고 있던 국장은 그러나 새삼 의외라는 표정 속에 완강하게 나를 만류했다. 그것은 물론 그의 진심이 아닐 수도 있었다. 『내외』를 그만둘 때도 사장이 그랬으니까. 그건 아마 기어코 회사를 그만두기로 결심한 아래 직원에 대한 상사로서의 마지막 배려였기 쉬웠다. 국장은, 직장 생활이란 어디를 가거나 별 차이가 없으며 『새여성』보다 비교가 안 될 만큼 좋은 곳이 있으면 굳이 말리지는 않겠댔다. 그러나 직장은 자주 옮기지 않는 편이 좋으니 다시 생각을 해보라는 등 몇 차례 만류해보다가, 결국은 그 유예 휴가라는 것을 제안해온 것이었다. 나는 물론 그 10일을 지나고 나서도 내가 회사엘 나가지 않을 경우 국장이 다시 나를 부르리라 곤 생각하지 않았다. 하지만 그런 것은 그때 당장엔 내게 아무 문젯거리도 아니었다. 나는 그것으로 회사에 대한 내 모든 일이 끝났다고 생각했다. 다만 그 열흘간의 유예 휴가 절차가 형식적이나마 내게 마지막 의미 없는 숙젯거리로 남겨졌다뿐. 어쨌거나 내가 다시 국장실에서 나왔을 때 미스 염은 벌써 제복을 껴입고 계속 그 선풍기 앞에 지켜 앉아 소매 끝을 통해 제 겨드랑을 말리고 있었는데, 그렇게 해서 그날 미스 염의 겨드랑과 나의 결단은 또 한 번의 악연을 맺게 된 것이었다.

그런데 그날 그 미스 염의 겨드랑과 나와의 악연은 알고 보니 그것으로 끝이 아니었다. 바로 그날 귀가 버스 속에서 나는 그 신문관 사내로부터 며칠 동안 계속돼온 내 진술에 대한 마지막 심판을 받게 된 것이었다.

나의 진술은 4·19와 5·16을 고비로 사실상 그전에 벌써 끝이 나 있었다. 하긴 4·19와 5·16의 진술 이후에도 한두 가지 진술이 있긴 했었다. 우선 한 가지 생각난 것은 최근 몇 년간의 내 직장 생활에 관한 것, 특히 늘상 이놈의 회사를 그만두어야겠다고 별러 대는 몹쓸 버릇, 직장을 옮겨서도 다시 후회를 하며 또 다른 일자리를 생각하는 내 대책 없는 심리 상태 등에 관한 부연 진술이었다. 그것은 비교적 쉽게 진행되었고, 사내도 대체로 수긍하는 눈치로 나중엔 제법 농담 투까지 건네왔을 정도였다. 나는 처음 그 앞에 내가 『내외』를 그만둔 것은 매사에 투철하고 의심이 없으며 일사불란하게 한 방향 일로만 매진해가는 그곳 사람들의 도저한 분위기를 견디지 못해서였다고 털어놨다. 사내는 그럼 그런 생각을 하면서도 왜 좀더 빨리 그곳을 나오지 못했느냐 물었다. 이번에는 내가 다시 말을 바꿔 때로는 그런 『내외』의 분위기가 맘에 맞는 때가 없지 않았기 때문이라고 앞뒤가 모순되는 듯한, 그러나 나로선 가장 정직한 대답을 했다. 한데도 사내는 아마 나에겐 그것이 사실일지 모른다 쉽사리 수긍하며, 『새여성』사에 와서도 역시 마찬가진 걸 보면 당신이라는 사람은 아예 그게 체질이 되어버린 모양이라고 앞선 이해를 보였다. 그러면서 위인은, 이번에는 내가 또 그것을 허기에까지 관련짓고 싶은 게 아니냐, 농담 반 진담 반으로 나를 놀렸다. ……그런 한두 가지 외에는 별로 진술다운 진술이 없었다. 아니 도대체 생각나는 일이 없었다. 생각난 것은 군데군데 징검다리처럼 내 과거를 연결 지어주는 그 허기와 상관되는 일들뿐, 그 밖엔 기억해낼 수 있는 일이 없었다. 사내가 그런 나를 한동안 더 채근하고 들었음은 물론이었다. 그는 절대로 그럴 리가 없다고 했다. 그러나 진술을 더 계속할 수 없는 것은 어쩔 수 없는 노릇이었다. 그러자 사내는 언젠가 내가 이미 군영 생활을 치르고 나왔다 한 말을 기억해내고, 이번엔 그 군대 경험을 진술해보라 먼저 요구해오기까지 했다. 그러나 나는 거기에도 쉬응할 수 없었다. 사실을 말하자면 군대 경험에 관한 것은 내가 일부러 진술을 회피하고 있던 유일한 것이었다. 군대에 대해서라면 나는 그 제복과 통일성과 구령과 복종에 관해서밖에 진술할 것이 없었다. 나에게 남아 있는 기억은 오직 그런 것뿐이었다. 그러나 나는 그걸 진술할 수는 없었다. 사내가 제복을 입고 있기 때문이었다. 그 제복이 내 주의를 일깨워온 것이었다. 사내의 추궁을 당하다 그 군대 시절이 생각났을 때 나는 위인의 제복이 아니었으면 하마터면 그런 진술을 털어놓을 뻔했었다. 그때 아무것도 정체를 알 수 없는 사내가 종류 불명이었지만 제복을 입고 있는 사실을 알게 된 것이 얼마나 다행스러웠던지. 나 자신의 진실을 배반하지

않으면서 동시에 사내의 비위도 건드리지 않으려 끊임없이 조심스
런 노력을 계속해왔지만, 결국은 그의 본색을 알 수 없다는 점 때
문에 그간의 진술에 수없이 낭패를 거듭해온 나였다. 군대의 제복
에 대한 그런 내 혐오증이 진술되었더라면 사내의 반응은 내게 참
으로 감당하기 어려운 것이었을지 몰랐다. 그래저래 나는 국군의
날 행진도 노예선의 이야기도, 어렸을 적 일본 순사 이야기나 최
근의 『새여성』사 사복 착용에 관한 일까지 제복에 대한 이야기는
일절 진술에서 제외키로 마음먹어온 터였다. ……나는 결코 사내
의 요구에 응할 수가 없었다. 사내는 물론 곧이듣지 않았다. 도대
체 오래되지도 않은 그 1년 반 동안의 기억이 그렇게 깡그리 사라
질 수가 있느냐 나를 더욱 의심했다. 그러나 제복을 빼고 난 내 1
년 반은 아무것도 다른 이야기가 없었다. 사내의 집요한 추궁과
의심 끝에 한 가지 일이 떠오르지 않았더라면 나는 아마 사내의
의심으로 하여 제복에 관한 진술을 해버린 것보다 더 나쁜 결과
를 가져왔을지도 모른다. 그런데 그때 다행히도 한 가지 일이 생
각났다.

　어느 가을날 야간 훈련을 나갔을 때의 일이었다. 완전 군장을
꾸려 메고 산에서 밤을 새운 나는 새벽이 되자 몹시 심한 시장기를
느끼기 시작했다. 배낭 속에는 시장기를 달랠 보급품이 아무것도
없었다. 나는 가을 새벽의 한기와 시장기에 지쳐 나무 밑에 드러
누워 날이 새기만을 기다렸다. 날이 새면 부대로 돌아가 아침을
먹기로 되어 있었다. 그동안 시장기를 달랠 수 있는 것이라곤 오
직 어렸을 적 연을 날릴 때와 초등학교 시절 출정 환송회를 나갔다

만난 기분 좋은 허기의 기억뿐이었다. 나는 시장기를 쫓기 위해 나뭇잎 사이로 연처럼 먼 별을 쳐다보며 그 허기의 기억들을 더듬었다. 그러고 있노라니 나는 얼마간 기분이 좋아졌고 시장기도 차츰 견딜 만한 것이 되어갔다. 허기는 달콤한 외로움이었고 슬픔이었고, 그리고 고통스런 쾌감이 되었다.

그런데 그때—, 이웃 초소를 지키고 있던 한 녀석이 어둠 속을 기어 내게로 다가왔다. 무슨 일인가 싶어 일어나보니, 녀석이 주머니에서 생고구마 두 개를 꺼내놓았다.

"씹어봐."

배가 고파 산 아래까지 기어 내려가 고구마밭에서 몇 알 캐 왔다는 것이었다. 그는 주머니에서 따로 간직한 고구마를 하나 꺼내어 자신도 그걸 베어 먹기 시작했다. 나는 잠시 그냥 고구마를 들고만 있었다. 뱃속의 허기를 한 번 더 재어보기 위해서였다.

"왜? 먹어보라니까. 흙을 털구 말야. 나무에다 문지르면 흙은 털어져."

가만히 있는 내가 이상했던지 녀석이 어둠 속으로 잠시 나를 응시해 보다간 다시 아삭아삭 고구마를 씹어댔다. 나는 그가 시키는 대로 나무줄기에다 껍질을 문질러 흙을 턴 다음 천천히 고구마를 씹기 시작했다. 흙이 가끔 씹혔지만 그걸 그대로 삼켜가며 한동안 말없이 고구마만 먹고 있었다. 내가 그 한 개를 절반쯤 먹고 났을 때 이젠 안심한 듯 아삭아삭 입소리만 내고 있던 녀석이 목짓을 한 번 꿀꺽 하고 나서 다시 한마디 던져왔다.

"이렇게 밤을 새우며 생고구마를 씹어보지 않은 새끼들은 세상

맛을 모르지."

그리고 나선 다시 아삭 남은 고구마를 베어 물었다. 그 소리에 나는 입속에 씹던 것을 머금은 채 한동안 멍하니 앉아 있기만 했다. 어찌 된 일인지 코가 찡하니 아파왔다.

사내의 질긴 채근 끝에 마침 그때의 일이 생각났다. 그래 나는 사내에게 그 이야기를 털어놨다.

하지만 사내는 이번에도 그런 이야기로군요, 여전히 못마땅해하며 집요하게 또 다른 진술을 요구해왔다. 그러나 이젠 정말로 더 생각나는 일이 없었다. 나는 끝내 고개를 가로저었다. 사내도 더 이상 어쩔 수가 없었던지 마침내 내 군대 시절의 진술을 단념했다. 그러나 그걸로도 내 진술을 모두 단념한 것은 아니었다. 이후 며칠 동안 그는 그간의 내 모든 진술을 다시 한 번 되풀이시켰다. 그러면서 내 최초의 연에 대한 기억 이전 일들을 다시 한 번 상기해 보기를 원했고, 내가 일차 진술에서 건너뛴 많은 시간분의 보충 진술을 요구했다. 그러나 나는 도대체 사내의 그런 요구엔 거의 응할 수가 없었다. 정말로 나의 생애는 허기로 시작되고 허기로 끝나고 그사이의 연결도 모두 허기의 징검다리로 이어지고 있는 것 같았다. 여전히 그런저런 허기의 기억밖에 생각나는 일이 없었다. 그 밖의 일들은 내 기억권 밖으로 멀리 떠나가버리고 없었다. 다만 한 가지, 그 군대 시절의 제복과 관계된 몇 가지 일들 외에는. 나는 사내의 요구에 계속 내 연과 입대 장정 환송회와 4·19와 5·16, 그리고 한·일 굴욕 회담 반대 단식 데모 따위로만 근근이 대응해나갔다. 그런 이야기에선 사내가 경고한 앞뒤의 모순을 범한 일도 없었다.

사내는 그런 식으로 내게 몇 번 같은 시도를 되풀이하다간 아무래도 새 진전이 없는 것을 알아차린 듯 또는 그간의 내 진술에 나름대로 어떤 심증이 굳어진 듯 드디어 그 지겹고 긴 신문을 마감했다. 그리고 그것으로 이젠 각하의 최종 결심(結審)과 심판을 기다리랬다.

그러고도 사내는 다시 며칠 동안 그 결심의 결과를 아무 하회도 없이 침묵 속에 미뤄둔 채 나를 잔뜩 초조하게 만들더니, 그 초조감이 껌껌한 공포로까지 변하여 내가 더 이상 견딜 수 없게 되어갈 무렵, 그러니까 내가 그 미스 엄의 겨드랑으로 하여 당장 퇴직을 단행하려다 국장으로부터 10일의 유예 휴가(다시 말하지만 그 당시 그건 내게 아무 뜻도 있을 수 없었다)를 얻어 돌아오던 날 마침내 그 마지막 선고가 내려졌다.

그날—, 극도로 지쳐 좌석 버스에 끼여 앉아 있는 내 앞에 모처럼 사내가 다시 나타났다. 그리곤 대뜸 이렇게 통고했다.

—오늘 각하께서 당신의 혐의 사실에 대한 형벌을 확정 지으셨습니다. 각하께서는 당신의 진술을 매우 신중하게 검토하신 끝에 오늘 드디어 심판을 내리신 것입니다.

나는 긴장하며 사내의 입을 주시했다. 그러나 어찌 된 일인지 이날따라 사내의 형체는 더욱 흐릿했다. 말하는 입이 대략 위치로만 짐작될 뿐 얼굴조차 윤곽이 뚜렷하지 않았다. 어딘지 위압적인 그 사내의 말소리가 우렁우렁 허공에 메아리를 지으며 이어졌다.

—우선 각하께선 당신의 진술을 면밀히 검토하신 끝에 당신의

유죄 확증을 결론지으시고, 그러나 당신에게는 퍽 다행스런 형벌을 선고하셨다는 것을 말씀드립니다. 그런데 그 같은 각하의 결정 과정에는 당신의 진술 내용이 전혀 채택되지 않았다는 점도 아울러 말씀드려둡니다. 우리는 물론 당신의 모든 진술을 근거 자료로 당신의 혐의 내용을 정확히 밝혀내어 마지막 평결을 내리려 노력했습니다. 아울러 그 진술 도중 당신 스스로가 자신의 삶의 오류와 유죄 사실을 깨닫게 되기를 기대했었지요. 그러나 우리는 그것이 불가능했고, 당신 자신도 스스로의 과오를 깨달을 기회를 갖지 못했으며, 무엇보다 우리에겐 군이 당신의 진술 내용으로 평결의 자료를 삼을 필요가 없게 되었습니다. 사실 당신의 혐의에 대한 각하의 결정은 전혀 당신의 진술 태도에 의한 것이었습니다. 당신에 대한 심판의 근거는 그것으로 충분했습니다. 그 이유는 다음과 같습니다. 첫째로 당신은 우리에게 이미 체포당한 사람이라는 사실입니다. 전에도 말했듯이 당신이 우리에게 체포당했다는 사실 그 자체로 당신의 혐의는 충분한 것이고, 우리에겐 당신을 신문할 권리가 생긴 것입니다. 당신이 체포당한 이유나 경위 따위는 전혀 문제가 되지 않습니다. 당신은 승복하기 싫을지 모르지만 우리에게 그것은 중요하지 않습니다. 어쨌든 당신이 우리에게 체포되었다는 사실—, 모든 것은 거기서부터 시작되는 것입니다. 그러니까 당신의 최초의 혐의는 당신이 우리에게 체포되어 있다는 바로 그것인 것입니다. 그런데 당신은 자신이 체포당한 사실에 대한 혐의를 인정하려고 하지 않았습니다. 당신은 자신의 피체(被逮)의 부당성을 주장하려 했고 진술의 의무를 부인하려 했습니다. 당신

은 결국 그걸 단념하고 말았지만, 그것은 전혀 우리들의 노력의
결과였습니다. 그 모든 것이 우리에겐 훌륭한 유죄 심증의 이유가
됩니다. 둘째로, 당신은 무단히 우리의 정체를 의심하고 그걸 부
단히 밝혀내려고 했습니다. 그리고 우리에게 쉽게 승복하지 못했
습니다. 그것이 당신의 또 다른 큰 과오였습니다. 우리의 비밀은
영원한 것입니다. 어쩌면 우리 자신도 그것을 모르고 있을 수 있
습니다. 당신은 우리를 무조건 신뢰하고 성실히 순응해야 했습니
다. 그런데 당신은 자주 우리의 눈치를 살피며 자신의 진술을 망
설였습니다. 때로 당신 스스론 정직한 진술을 하려 해도 그런 자
신이 방해가 되어 결국엔 당신 자신도 자신의 진술에 정직할 수가
없었습니다. 당신은 이미 자신에게마저 정직해질 수가 없어진 것
입니다. 그 결과 당신은 자신을 진술함에 있어 우리가 평결 자료
로 삼을 수 있는 모든 구체적인 경험을 회피하고 추상 관념으로만
일관했습니다. 그리고 그 추상 관념이 당신에게서는 구체적인 현
실에 앞서 지나치게 비대해 있다는 것도 밝혀졌습니다. 구체적 생
활 경험은 시간의 축적에 의해 무의식중에 그 의미나 내용이 변색
될 수 있습니다. 그래서 그것들을 모든 사안 판단의 근거로 채택
하기에는 부적당한 점이 많습니다. 게다가 우리들 세계에서는 과
거라는 것이 별문제가 되지 않습니다. 가령 우리가 처음 당신에게
혐의를 건 모종의 반역 음모가 있었다고 해도 말이지요. 그 음모
가 사실이었다고 해도 우리는 다른 방법으로 당신에 대한 구원의
방책을 찾았을 것입니다. 이젠 밝혀도 상관없을 것 같아 말입니다
만, 우리는 실상 그때 당신에게 꼭 어떤 음모가 있었다고는 믿지

않았습니다. 정말 그런 것이 있었는지는 아직도 분명히 밝혀지지 않았지만, 우리가 당신에게 그런 반역 음모 혐의를 걸어 진술을 요구한 것은 우리의 신문 방법이었습니다. 우리는 누구나 처음엔 그 '음모 혐의'로 신문을 시작합니다. 그러면 피의자들은 대개 무거운 공포감 속에 제 스스로 쫓기며 그 혐의에서 벗어나려 안간힘을 쓰다가 불의에 다른 숨은 혐의 사실을 드러내게 됩니다. 그런 사람은 물론 수가 많지 않지만, 그러나 그 몇 되지 않는 사람의 색출을 위해서는 모든 사람들이 일차로 그 음모 혐의자가 될 수밖에 없는 거지요. 어쨌든 '음모 혐의'는 우리의 가장 좋은 신문 방법입니다. 그래 당신에게도 같은 방법을 취했을 뿐인데, 뜻밖에도 당신은 스스로 그 음모의 가능성을 드러내준 것입니다. 우리들에 대한 부단한 의심과 불복 그리고 당신의 그 끝없는 망설임과 스스로에게마저 정직해질 수 없는 위험한 추상 관념, 이를테면 그런 것이 당신의 용서받을 수 없는 음모의 가능성을 확인시켜준 것입니다. 그래서 우리는 굳이 당신의 진술 '내용'까지 이번 심판의 근거로 삼을 필요가 없었구요.

사내는 차근차근 길게 선고의 이유를 말해갔다. 나는 내 진술이 내용이 아닌 형식과 태도로 채택되었다는 사내의 말에 놀랐고, 하나하나 열거해가는 유죄 이유엔 놀라움에 앞서 절망을 금치 못하고 있었다. 사내의 말은 사내 쪽에선 제법 타당한 것처럼 보였다. 그러나 내 쪽으로 보면 그것은 어느 하나도 온전한 승복이 힘들었다. 내가 체포당했다는 사실만으로 바로 피의 사실이 발생하며 내게 그 혐의에 대한 진술의 의무가 지워진다는 것은 말할 것도 없지만, 나의 의혹과 망설임과 추상 관념들에 대해서도 느낌이 마찬가지였다. 나는 물론 사내의 정체를 의심하고, 그가 자신의 본색을 드러내준다면 내가 얼마나 편해질까 생각하며 진술에 신경을 쓰고 망설임을 되풀이했던 것은 사실이었다. 그러나 그것이 어째서 유죄의 근거가 될 수 있단 말인가. 허물을 따지자면 마음 놓고 진술을 하지 못하도록 본색을 드러내주지 않는 쪽이 더한 것이었다. 진술 상대에 대한 의심 때문에, 그 불안한 정체불명의 상대 때문에 진술을 망설인다는 것은 오히려 당연한 일이 아닌가. 그리고 그 망설임으로 말하면 나는 유독 사내 앞에서만 그런 것이 아니었다. 『내외』나 『새여성』을 그만두기 위해 나는 얼마나 많은 망설임을 되풀이했던가. 『내외』와 『새여성』 역시 내 젊음의 에너지를 기꺼이 쏟아 바칠 만한 곳인지 어떤지 판단이 잘 가지 않는 의구심과 불확실성 때문이었기 쉽지만, 어쨌든 거기서도 나는 수없이 망설임을 되풀이했고, 그것은 이미 내 습관이나 생리처럼 되어 있었다. 그런데 어떻게 그 정체불명의 상대 앞에서 내 쪽에서만 그저 허심탄회해지란 말인가. 그것이 과연 무슨 죄과란 말인가. 의심과 망설임으로 하여 스스로에게마저 정직해질 수 없게 된 고통스러움은 저들이 아니라 오히려 내 쪽이 아닌가.

추상 관념이란 허물에 대해서는 더욱 절망적이었다. 나는 처음 그 상대에 대한 의구심으로 하여 많이 망설이기도 했고, 위인의 마음에 들 만한 진술을 하려 애를 쓴 것도 사실이었다. 사내의 말대로라면 그게 그들을 속이려 했다는 것이겠다. 그러나 나는 끝내 사내의 정체를 알아내지 못했고, 그래 결국엔 내 모든 기억을 빠짐없이 더듬어내려 애를 쓰게 되었다. 구체적이고 사실적인 경험의 기억도 가림 없이 다 떠올리려고 했었다. 그러나 어찌 된 셈인지 내 머릿속에는 그 허기와 관계된 일밖에 남아 있는 기억이 아무것도 없었다. 그것이 추상 관념의 조작을 위한 내 계략이었던가. 그것이 어떻게 저들을 속이려는 음모와 반역 가능성의 확증이 되어 내 유죄의 이유가 된단 말인가.

그러나 이 모든 나의 생각은 이미 아무 소용이 없는 것이었다. 형은 이미 결정된 것이었고, 이 마당에 그런 불복 이유를 말해봐야 저들은 이제 그 선고 자체가 다시 모든 것의 시작이라고 말할 것이고, 오히려 그런 불복 의사를 새로운 음모나 유죄 이유로 삼으려 들지도 몰랐다.

나는 입을 다물고 사내가 '그러나 퍽 다행스런 형벌'이라고 표현한 그 선고의 내용을 묵묵히 기다리고 있었다. 사내는 이제 결론을 내리려는 듯 잠시 말을 쉬었다가 계속했다.

—그러니까 당신의 혐의를 유죄로 확정시킨 이 모든 이유들은 대체로 당신의 대뇌 기능의 허물입니다. 당신의 대뇌 활동은 그처럼 불필요하게, 우리로서는 추호의 가치도 인정할 수 없을뿐더러 오히려 가장 경계해 마지않는 어떤 음모나 반역의 가능성에만 봉사하고 있었으니까요.

그리고 나서 사내는 드디어 선고 내용을 말했다.

—그래서 각하께서는 당신에게 '대뇌 기능 제거 수술 형'을 결정하셨습니다.

나는 사내의 이 선고 문구에 일순 귀가 의심스러웠다. 대뇌 기능 제거 수술 형……? 도대체 그런 괴이하고 잔인한 형벌이 어디 있단 말인가.

─대뇌 기능 제거 수술 형이라고요?

─그렇소. 그것은 당신의 뇌수 중 대뇌 기능의 일부를 제거하여 불필요한 사고를 중지시키는 수술이 될 것이오.

─그것이 당신이 말한 그 다행스런 형벌입니까?

나는 막바지 처지에 몰린 사람답게 거친 어조로 대들었다. 그러나 이내 어지러운 현기증 같은 것이 느껴져 눈을 감은 채 사내의 목소리를 들었다.

─그렇습니다. 당신의 사고 기능의 일부가 제거되면 당신은 오히려 편안한 일상생활을 누릴 수 있을 것입니다. 그래서 각하께선 자주 이런 판결을 내리시는데, 우리에게 그 대뇌 기능 제거 수술을 받고 마음 편안하게 살아가는 사람들이 많습니다.

아아! 이젠 더 어쩔 수가 없게 된 것인가…… 나는 완전히 절망의 나락 속으로 빠져들어가고 있었다. 아마도 끝내 어쩔 수가 없겠지. 기계처럼 차갑고 승냥이처럼 노회한 저들의 결정을. 나는 다시 눈을 떴으나 그것으로 이미 내 대뇌가 제거당해버린 듯 멍하니 사내를 쳐다보고만 있었다. 사내가 그런 나를 들여다보며 조금 걱정스럽게 물었다.

─왜 선고의 내용이 맘에 들지 않습니까?

─교활한 악마들!

나는 신음하듯 낮고 힘없는 소리로 누군가를 저주했다. 그러나 사내는 이해할 수 없다는 듯 그러나 제법 동정기 어린 목소리로 말했다.

—안됐군요, 당신은 좀 다른 모양입니다. 하지만 어쩔 수 없지요. 당신의 유죄는 어쨌든 바뀔 수 없으니까요.

각하라고? 도대체 그가 누구냐! 이따위 교활하고 무도한 짓을 일삼는 자가. 얼굴 한번 내밀지 않고 뒤에 도사려 앉아 더러운 연극을 꾸며 즐기고 있는 그 각하라는 자가 누구냔 말이다.

사내는 머뭇머뭇 계속 나를 내려다보고 있었다. 그러다 아무래도 안심이 안 됐던지 생색기 섞인 어조로 은근히 다시 말해왔다.

—각하의 선고 내용이 그렇게 정 마음에 들지 않는다면 꼭 한가지 다른 길이 있긴 합니다만…… 이 대뇌 기능 제거 수술 형의 경우, 각하께선 모든 반역 음모 죄인들에게 단 한 가지 방식에 한해 예외적으로 그 수형을 바꿀 수 있는 마지막 선택의 은전을 베풀어오셨으니까요.

사내의 그 뜻밖의 소리에 나는 일순 다시 귀가 번쩍 띄었다. 내 수형 방식을 내가 바꿀 수 있다고?

—그것이, 그 한 가지 다른 수형 방식이란 무엇이오!

하지만 그런 내 희망도 짧은 한순간뿐이었다.

—사형으로 가는 길입니다. 사형의 길과는 바꿀 수 있습니다.

사내가 냉랭하게 대답했다.

—당신의 대뇌 기능 제거 수술 형은 오직 사형밖에 다른 것으로는 바꿀 수 없습니다. 그리고 원한다면 당신은 지금 그런 기회를 가질 수 있습니다. 당신은 사형을 선택하겠습니까?

사내는 덧붙이고 나서 이윽히 나를 건너다보았다. 위인과 나 사이에 짧지 않은 침묵이 흘렀다.

—사형을…… 나는 사형을 택하겠소!

이윽고 내가 침묵을 깨고 결심을 말했다.

—이상하군요. 대뇌 기능 제거 수술 형을 사형과 바꾼 사람은 당신이 처음입니다.

사내가 다시 걱정스럽다는 듯 고개를 갸웃거렸다.

—그러나 할 수 없지요. 후회는 않겠지요? 내가 각하께 보고를 끝내고 나면 이후 또 다른 선택의 기회는 없으니까요.

나는 온통 탈수(脫水)가 된 느낌으로 그러나 결연하게 고개를 끄덕였다. 그러자 사내는 들고 있던 서류 파일에 무언가를 기입한 다음 나에게 내밀었다.

—이것이 당신의 수형 결정서요. 여기 서명하시오. 사형을 선택한다는 환형 확인란에.

나는 사내가 시키는 곳에 아무렇게나 서명을 했다. 이번에는 조금도 망설이지 않았다.

—됐습니다. 그럼 당신의 사형 집행은 10일 후에 있을 것입니다. 그 10일 동안 특별한 일이 일어나지 않는 한 당신은 10일 후에 처형될 것입니다.

사내가 선언했다.

—특별한 일이란 어떤 일이오?

나는 별 기대를 걸지 않은 채 이제는 퍽 가라앉은 기분으로 여담 삼아 물었다.

—아, 참 한 가지 그걸 빠뜨렸군요. 최후 진술 말입니다. 내가

보기에 당신은 이후로 무슨 새 진술거리가 생길 것 같지 않을뿐더러, 당신의 죄증이 진술의 내용 아닌 형식 쪽에 근거해 있어 별로 소용이 없을 것 같아 잊고 있었습니다만, 사형 집행 전에 최후 진술이라는 것이 있지요. 일종의 형식적인 절차에 불과하지만, 당신에게도 어쨌든 그 10일 동안 계속 그런 진술의 기회는 주어질 것입니다. 하지만 당신은 역시 그 기회를 이용할 의사가 없겠지요?

사내의 예상은 옳았다. 도대체 나는 이제 새로운 진술을 할 수도 없으며 또 그럴 생각도 없었다. 그래서 역시 담담한 객담 투로 되물었다.

—그 최후 진술이란 것으로 형이 달라진 사람도 있었나요?

—아주 가끔은요. 그러나 그건 매우 희귀한 예외일 뿐이었습니다.

나는 고개를 끄덕였다. 내게 그런 건 역시 있으나 마나였다.

—그러나 당신에겐 어쨌든 그 진술의 기회가 주어져 있고, 나는 당신의 사형 집행 날까지 계속 그 마지막 진술에 대한 당신의 의사를 물을 것입니다. 형 집행이 10일 뒤니까 원한다면 당신은 아마 그사이 몇 번의 기회를 가질 수 있겠지요.

그러나 이미 나는 사내의 말을 듣지 않고 있었다.

그리고 말을 끝낸 사내는 잠시 뒤 소리 없이 사라져가고 없었다.

그런데 이상한 일이었다.

그날 밤 나는 어찌 된 일인지 이미 생각을 굳힌 회사 일로 심사가 다시 복잡해지기 시작한 데다, 국장실을 물러나오며 깨끗이 무시해버린 그 유예 휴가라는 것까지 새삼 머릿속을 어지럽히고 들던 참인데, 그때 그 사내가 다시 나타난 것이었다. 그것은 사내가 그 퇴근 좌석 버스 이외의 곳에서 나를 찾은 최초의 일이었다. 그리고 다음 날, 그러니까 그 유예 휴가가 시작되던 첫날 아침 나는 자신도 모르게 회사로부터 어떤 전갈을 기다리며 갈태가 찾아와주기를 기다리게 되었고, 바로 또 그날 저녁엔 왕의 얼굴과 그 허기를 보고 자신도 모르게 그 마지막 진술이라는 것에 대해서도 제풀에 초조한 불안감을 느끼기 시작한 것이었다. 그래 그날 밤 나는 사내에게 그 식염수에 대한 이야기를 얼마나 열심히 늘어놓고 있었던가. 그러기를 오늘이 벌써 닷새째—

계산대 쪽에선 아직도 마담이 겨드랑이로 선풍기 바람을 받고 있었다. 그런데 왕은 이날 좀처럼 모습을 나타내지 않았다. 나는 그사이 몇 번이나 그만 자리를 일어서려 했지만 그 왕의 얼굴을 보지 않고는 영 그럴 수가 없었다. 조금만 조금만…… 조금만 더 기다렸다 일어서자고 한 것이 어느새 바깥날이 어두워지고 있었다. 그러나 기다리면 기다릴수록 나는 더욱 위인의 얼굴을 보지 않고는 자리를 뜰 수가 없었다. 나는 오후 5시경이 되자 다방이 잠시 한산해지고 때마침 그 유리창가 단골 자리가 빈 것을 보고는 아예 그쪽으로 차분히 자리를 옮겨 앉아버렸다. 그리곤 저녁 끼니때가 될 때까지 계속 그 자리를 지키고 앉아 있었다. 시장기가 조금 돌았지만 그것은 오히려 왕을 기다리기에 안성맞춤이었다.

그런데 밤 8시경이 되자 기다리는 왕은 나타나지 않고 시험 준비 시늉이라도 하겠다던 수미 들이 다시 나타났다. 하지만 난 이번엔 그들을 응대할 여유가 생기지 않았다. 수미와 윤선을 앞에 앉혀놓고도 나는 줄곧 출입문 쪽으로만 시선을 보내고 있었다. 수미 들은 그러는 나를 집적대기도 하고 내버려두는 척도 했지만 그들이 어떤 식으로 내 주의를 건드리든 나는 거기에 반응할 수가 없는 상태였다. 다만 꼭 한 번 수미가 윤선의 엉덩이를 철썩 때리며,

"니 히프는 너무 음탕해서 안되겠다. 엉덩이가 나처럼 이렇게 적당히 살이 쪄야지 넌 맷방석처럼 너무 심해."

흰소리와 함께 제 엉덩이를 비쭉 한쪽으로 내밀었을 때 나는 빙긋 웃어줄 수밖에 없었다. 그리고 불시에 엉덩이를 호되게 얻어맞은 윤선이 그런 내 기색을 눈치채고는,

"얘얘. 이 선생님이 웃으셨어. 심각한 남자도 그런 소리에는 별수 없나 보지."

짐짓 목소리를 낮춰 속삭이다 저희끼리 깔깔댔을 뿐이었다. 그것뿐이었다. 나는 계속 출입구 쪽에 눈을 둔 채 왕을 기다리고 있었다. 그러자 결국엔 자리가 싱거워진 수미 들도 그 시험 준비 흉내라도 내러 가는 모양으로 일찍 다방을 나가버렸다.

왕이 나타난 것은 두 사람이 다방을 나가고, 그리고 이날 밤엔 웬일인지 9시가 되어도 나타나지 않던 윤일과 정은숙이 서로 반시간씩 간격을 두고 다방 문을 들어서고 난 10시를 지나, 드디어는 늦손님들까지 모두 자리를 뜨고 나와 윤일네 세 사람이 남게 된 11시경이었다.

그가 다방을 들어서자 나는 버릇처럼 긴장하기 시작했다. 그리고 그가 자신의 단골 자리로 건너가며 얼핏 얼굴을 돌려 보았을

때 나는 자신도 모르게 혼자 탄성을 삼키지 않을 수 없었다. 그 짙은 그늘 속의 안공과 야윈 볼, 그리고 형체가 뚜렷하지 않은 메마른 입술, 그런 것들이 그의 드문드문 비척거리는 듯한 거동새와 함께 무슨 유령 같은 형상을 연상시켰다. 나는 그런 위인의 모습에서 눈을 떼지 않은 채 숨을 죽이고 있었다. 위인은 그런 모습 그런 거동새로 이미 텅텅 빈 좌석들 사이를 전혀 중력이 없는 사람처럼 천천히 걸어가 그 유리창가의 자리에 조용히 앉았다. 계산대에 앉아 있던 마담과 윤일네도 왕의 그런 거동새에 온 신경을 모으고 있는 듯 말없이 눈치를 살피고 있었다.

자리를 잡아 앉고 난 왕은 마치 그동안 무슨 변화라도 있었는지 확인을 해보듯 주위를 한번 유심히 살펴보고, 그리고 창문 커튼을 들추고 잠시 바깥 어둠을 내다보았다. 그러면서 이따금 이쪽으로 향해진 그의 안공에선 분명 그 허기의 빛이 깊숙이 번쩍이고 있는 것 같았다. 그 눈은 마치 빛을 내쏘기만 할 뿐 아무것도 받아들일 수가 없는 듯 내가 넌지시 한번 인사를 보냈을 때도 그것을 전혀 알아보지 못한 채 시선이 미끄러져버리는 식이었다.

그렇게 그는 다시 한동안 가만히 앉아 있었다. 습관대로 이미 그 목각물과 조각칼을 손에 쥐고 있었지만 밤늦게 일을 시작할 것 같지도 않았다. 그러더니 이윽고 뭔가 머릿속에 떠오른 일이 있는 듯 그가 천천히 다시 자리를 일어섰다. 그리곤 아까처럼 어딘지 비척거리는 듯한, 그러나 전혀 중력을 느끼지 않은 사람처럼 소리 없이 계산대 쪽으로 건너가 마담에게 뭔지 낮은 소리의 말을 건넸다.

"네에, 식염수요! 조금만 기다리세요."

이쪽에선 잘 들을 수 없는 그 왕의 말에 마담이 부러 큰소리로 대꾸하곤 재빨리 주방으로 달려 들어가 유리컵에 식염수를 하나 가득 풀어가지고 나왔다.

"이상하네요? 왜 식염수를 마시세요?"

그녀가 식염수 컵을 건네주자 왕은 그 마담의 말 따윈 들은 척도 않은 채 컵부터 입으로 가져갔다. 나는 얼어붙은 듯 숨을 죽이고 계속 그걸 지켜보고 있었다. 왕은 두어 모금 그것을 마시다 말고는 입에서 컵을 떼었다. 그는 컵을 든 손을 미처 다 내리지도 못한 채 무엇을 기다리듯 엉거주춤한 자세로 한동안 가만히 서 있었다. 그러다간 다시 컵을 입으로 가져가려다 말고 갑자기 경련을 일으키듯 배를 두어 번 쿨렁거렸다.

그런데 바로 다음 순간. 그는 갑자기 손에 든 컵을 계산대 위에 던져놓고 후닥닥 다방 문을 나가버렸다. 나는 소스라치듯 자리를 차고 일어나 그를 뒤쫓아 갔다. 마담이 뭐라고 말하는 것도 듣는 둥 마는 둥 나는 이미 그를 뒤따라 출입문을 빠져나가고 있었다.

왕은 벌써 계단 아래쪽 문을 나가 건물 그림자가 져 있는 어둠 속 벽에다 머리를 기대고 서 있었다. 나는 미행을 들킨 사람처럼 그 자리에 우뚝 발길을 멈춰 섰다. 왕은 그러고 서서 가끔 가는 구역질을 하며 아까 마신 소금물을 토해내고 있었다. 그가 이제 마침내 구역질을 하고 있는 것이었다. 나는 그 구역질을 알고 있었다. 그 슬프도록 통쾌한 구역질을. 그것은 모든 음식물과 냉수와 향기와 머릿속 생각까지도 남김없이 모두 토해내는 자기 비움질이었다. 단식의 마지막 조건이 되어 있는 그 식염수까지도.

왕은 잠시 뒤 구역질이 조금 멎은 듯했다. 그러나 재차 치솟아 오르는 토악질을 참으려는 듯, 아니면 그 구역질의 쾌감을 즐기고 있는 듯 한동안 머리를 벽에 기댄 채 움직이지 않고 있었다. 그러면서 곁에 서 있는 나는 알아보기조차 못한 것 같았다. 하지만 그가 끝내 다시 구역질을 참지 못해 하는 기미를 보고 나는 양해도 구하지 않은 채 그의 어깨를 부축해주며 말했다.

"구역질이 멎질 않는군요."

그런데 왕은 이미 내 기척을 알고 있었던 듯 그대로 간신히 구역질을 견뎌내고 나서 나를 힘없이 쳐다보았다.

"맑은 하늘을 생각하세요. 높은 밤하늘의 별 같은 걸……"

나는 가만히 말해주었다. 그러나 그 말에 왕은 심히 반발하듯 내 팔을 뿌리치며 소리쳤다.

"할 수 없어요. 내버려두세요. 제발."

그리고 그는 또 구역질을 시작했다. 하지만 이미 헛구역질만 되풀이할 뿐 더 이상 아무것도 토해내질 못했다. 이윽고 또 한 번의 고비를 참아내고 나를 쳐다보는 왕의 기진한 눈가엔 어둠 속으로 맑게 빛나는 눈물이 맺혀 있었다. 그는 잠시 뒤 나를 내버려둔 채 혼자서 발걸음을 옮기기 시작했다.

"댁이 근첩니까. 내가 부축해드리지요."

나는 다시 그의 어깨를 잡으며 말했다.

"소용없어요. 혼자 가게 내버려둬요."

그가 다시 내 부축을 뿌리치며 쫓기듯 걸음을 재촉했다. 그의 말은 차라리 애원에 가까웠다. 그러나 그의 태도는 아깟번보다는 퍽 부드러운 것 같았다. 나는 여전히 그의 발걸음을 천천히 뒤따라갔다. 자기 왕국을 잃고 고향 별을 떠나온 한 가엾은 외계의 사나이가 이 지상에 마련해 숨기고 있는 그의 은밀스런 영토를 엿보려는 듯. 그러나 아아, 그가 그의 별에의 꿈과 추억을 위해 지상에 마련한 한 조각 영토가 이 비좁고 남루하고 어두운 골목 속이라니!

그는 얼마 가지 않아 나를 한 번 뒤돌아보곤 어느 한 좁은 골목길로 들어섰다. 나는 비로소 걸음을 멈추고 그가 그 골목길의 어둠 속으로 조금씩 사라져가는 것을 조용히 지켜보고 있었다.

그가 이윽고 깊은 어둠 속으로 자취를 숨겨버렸다.

—당신의 처형은 5일밖에 남지 않았습니다. 새로운 진술거리가 아직 생각나지 않았습니까?

이날 밤 나는 사내에게 아무 진술도 못했다.

제6일

다음 날도 왕은 밤 10시가 넘어서야 세느로 나왔다.

나는 이날도 전날처럼 하루 종일 다방에 나와 앉아 그 왕을 기다리고 있었다. 오후 들어서 수미네들이 한 차례 나타났고, 그 둘은 저녁참 뒤에도 잠시 얼굴을 다시 내밀었지만, 년들은 그저 재미없다 시시하다 소리만 몇 번 주고받다 곧 다방을 나갔고, 나중 번엔 아예 내 앞자리까지는 건너와보지도 않았다. 어쨌든 그 수미 들과 한두 차례 친절을 과시하고 간 마담 이외에는 하루 종일 면대하는 사람도 없이 나는 그냥 그러고 앉아 왕을 기다렸다. 윤일네 쌍도 거의 10시가 가깝도록 나타나지 않았기 때문에 나는 결국 왕이 나타날 때까지 끈질기게 버틴 셈이었다.

그런데 다방을 들어선 왕을 보니 어찌 된 일인지 그는 간밤보다 안색이 한결 나아져 있었다. 극도로 기진하고 위태롭던 어젯밤보다는 동작이 훨씬 안정돼 보였고, 더욱이 이날은 자리로 건너가 앉자마자 언제나처럼 얼굴을 창 쪽으로 돌린 채 곧 목각 일까지 시작했다.

하지만 그는 작업을 시작한 지 얼마 되지 않아 다시 또 구역질을 시작했고, 그걸 견디느라 전날처럼 안색이 자주 긴장을 하는 낌새였다. 나는 그런 그의 얼굴의 변화를 작은 찡그림 하나 빠뜨리지 않고 세세히 살피고 있었다. 그러면서 나는 알 수 없는 흥분기에 몸을 떨고 있었다. 그리고 위인의 조그만 움직임에도 제물에 새삼 긴장을 하곤 했다.

─도대체 왕의 단식은 언제까지 계속될 것인가. 그리고 어떻게 종말을 맞을 것인가.

그러나 나는 이날 밤 그 흥분과 긴장을 오래 즐길 수가 없었다.

어느 참쯤인가, 윤일이 헐레벌떡 다방을 들어서는 것이 보였다. 그는 다방 문을 들어서자 전에 없이 긴장한 얼굴로 급히 실내를 한 바퀴 둘러보더니 이내 내게로 다가왔다.

"이 형! 나와 계셨군요."

그의 목소리가 가쁜 숨결 속에 떨리고 있었다. 나는 좀 심상치 않은 느낌이었지만 영문을 알 수 없어 잠시 그를 바라보고만 있었다. 그러자 가쁜 숨결을 마저 가라앉히고 난 그가 내게 불쑥 물어왔다.

"이 형, 돈 좀 가진 것 있소?"

"네, 돈이요?"

무슨 일이 일어났음에 틀림없었다. 담배가 떨어지면 몇 시간이고 그냥 앉아 참아내는 윤이었다. 아무리 목이 말라도 주머니가 비어 있으면 커피를 시키지 않는 윤이었다. 그는 돈을 꾸는 일이 없었다. 돈을 꿀 만한 비위짱조차 지니지 못한 위인이었다.

"무슨 일이오? 무슨 일이 있어요?"

"네, 돈을 좀 급히!"

윤은 같은 소리를 되풀이하다간,

"약을 먹었어요."

갑자기 풀이 죽으며 요령부득의 한마디를 했다.

"네? 누가요. 누가 무슨 약을 먹었어요?"

앞뒤 사정을 알 수 없는 내 채근에 위인이 비로소 흘깃 계산대 아래쪽 자리 근처를 한번 건너다보았다. 나는 이내 사태를 알아차렸다. 정은숙─, 거기 그 두 사람의 단골 자리에 아직도 그녀의 모습이 보이지 않았다.

"그래 지금 어때요. 형세가 위급해요?"

나는 부지중 주머니로 손을 가져가며 물었다.

"글쎄, 대단한지 어떤지두 잘 모르겠어요. 사람이 깨어나질 않으니까요. 그러니 우선 당장 돈부터 좀……"

그러나 내 주머니에 사태에 대처할 만한 돈이 들어 있을 리 없었다.

"그래 환자는 지금 어떻게 했소?"

"그냥 집에 있지요. 글쎄 돈이 한 푼이나 있어야 병원에라도 어떻게……"

윤은 말하다 말고 무언지 제물에 멋쩍어진 표정으로 히죽이 웃고 말았다.

"예끼, 이 양반아!"

나는 갑자기 그의 가슴께를 떠밀며 자리에서 일어났다.

"우선 환자한테로 갑시다!"

나는 아직도 머뭇머뭇 어정쩡해 있는 윤일을 앞장서 곧 다방을 나섰다. 그런 내 속내를 짐작한 윤일도 나중엔 헐레벌떡 서둘러 뒤를 쫓아오며, 이쪽이요 저쪽이요, 방향을 번갈아가며 계속 둘의 행로를 이끌어가기 시작했다.

그러던 윤일이 차츰 앞서거니 뒤서거니 나와 발걸음을 같이해가며 한마디씩 변명처럼 주워댄 이날의 사정은 그러니까 대충 이랬다. ……윤일과 정은숙 두 사람 간엔 요즘 들어 우연찮게 그 9시와 9시 5분 사이의 약속을 어긴 일이 한두 번 생겼다. 두 사람 사이에 실은 그럴 만한 일이 있었댔다(윤일의 말이 아니더라도 그것은 나도 이미 아는 일이었고, 그 이유에 대해서도 얼마간 짐작이 갔다. 하지만 윤일은 뒤에 가서 굳이 다시 그것이 둘 사이의 어떤 괴로운 불화 때문이었다고 솔직하게 덧붙였다). 그래 그 때문에 윤일은 이 며칠 더욱 그 정은숙의 집에서 밤을 함께 지내게 됐노랬다(이 부분은 둘이 함께 살림을 냈다는 소문과 조금 다른 데가 있었지만 그건 내가 굳이 괘념할 일이 아니었다). 하지만 그것으로도 둘 사이의 불화, 그 난처한 사정은 어떻게 할 수가 없었다는 거였다. 그런데 이날 아침 윤일이 집을 나올 때 여자가, 오늘은 다방으로 가지 말고 가능하면 조금 일찍 집으로 돌아오면 좋겠다며 유난스레 더 서글픈 눈빛으로, 그러면서도 어딘지 정다움기가 밴 미소로 그를 배웅해주더라는 것. 그런데 윤일은 하루 종일 그 일을 무심히 잊고 지내다 10시경에 비로소 세느엘 들어서려다 바로 그 문 앞에서 생각이 떠올랐다고. 그리고 그때부턴 갑자기 왠지 모를 불안감에 쫓기며 서둘러 발길을 되돌려 그녀에게로 쫓아갔다고.

"그렇게 간신히 셋방집까지 이르러보니 방문이 잠겨 있더군요. 방 안엔 불이 켜 있지 않았지만 분명 은숙이 안에 있는 듯싶은데 말이에요. 혹시 피곤해 잠이라도 들어 있나 싶어 소리를 쳐봐도 대답이 없어요. 갈수록 불길하고 다급해진 느낌에 할 수 없이 문을 부수고 들어갔지요……"

윤의 말이 끝나갈 무렵 우리는 인적조차 띄엄띄엄한 그 정은숙의 산비탈 셋방집까지 이르렀다.

그러나 때가 이미 늦어 있었다. 아니 애초부터 때가 늦고 말고 할 일도 없었다.

"한참 전에 벌써 숨이 간 사람이에요."

주인집 아주머니라는 사람이 혼자 방문 앞을 지키고 있다가 우리가 들어서는 것을 보고 일어서며 담담하게 말했다.

그 아낙의 말은 들은 척 만 척 윤일은 황급히 방으로 뛰어들어 담요에 덮여 있는 아랫목의 여자를 들췄다. 여자는 정말로 죽어 있었다. 아낙의 말대로 죽은 지가 한참이나 된 것 같았다. 윤일이 그녀를 건드릴 때마다 굳어진 몸뚱이가 발끝까지 함께 따라 움직였다. 그러나 윤일은 아직 그걸 모르는 것 같았다. 아니 아깟번 집을 나올 때부터 이미 그걸 알았으면서도 사실을 인정하기가 싫었던 것인지 모른다. 그는 다짜고짜 그 여자의 식은 시신을 안아 일으켜 등 뒤로 들쳐 업으려 하였다.

"뭐하려고 그래!"

나는 소리를 버럭 질렀다.

"병원엘 가야지, 응! 병원엘요."

그는 낑낑거리며 혼잣말처럼 중얼거렸다.

"그만둬요. 이미 늦었잖아요."

그러나 윤은 들은 척도 않은 채 기어코 시체를 들춰 업으려다간 힘이 부쳐 여의치 않자 다시 앞으로 끌어안으며 역시 혼잣말처럼 중얼거렸다.

"아냐. 아직은 몰라요. 아직은. 병원엘 가봐야 한단 말요."

나는 대체 이 친구가 어떻게 하려나 싶어 한동안 그냥 멍청히 위인의 행작만 바라보고 있었다. 그런데 윤일은 정말로 그것을 끌어안은 채로 방문을 나갔다.

"에이구. 방 하나 잘못 내놨다가 이런 꼴까지 당하다니……"

나는 아낙의 말을 등 뒤로 들으며 급히 그 윤을 뒤쫓아 나갔다. 대문을 나서니 위인은 어디서 그런 힘이 나오는지 그 무거운 시신을 안은 채 비호처럼 비탈길을 달려 내려가고 있었다. 검은 하늘에서는 빗방울이 떨어지고 있었다. 나는 목덜미에 그 빗방울의 한기를 느끼며 계속 어둠 속으로 사라져가는 윤의 그림자를 뒤쫓았다. 위인은 다행히 멀리 가지 못하고 아직 큰 동네가 시작되지 않은 길목에 시신을 내려놓고 식식 어깨를 들먹이고 있었다. 그러다 그는 나를 보자 급히 다시 그 뻣뻣한 시신을 안아 일으키려 했다. 나는 불문곡직 그의 먹살을 끌어 잡고 안면을 힘껏 갈겼다. 그는 그 한 대에 벌렁 젖은 길 위로 나자빠져버렸다. 그리곤 기절이라도 한 것처럼 다시 움직일 줄을 몰랐다.

　나는 빗방울이 좀더 심해짐을 느끼며 대신 여자의 몸을 안았다. 차갑게 굳어진 시신은 다루기가 쉽지 않았지만 워낙 마른 몸피여서 별로 무겁지 않은 게 다행이었다. 나는 아직도 길가에 쓰러진 채 꼼짝도 않고 있는 윤일을 내버려둔 채 다시 길을 올라갔다.

　내가 다시 여자를 안고 대문을 들어서자 주인 아낙은 왜 한번 집을 나간 망자를 다시 떠메고 들어오느냐 문을 걸어 잠그고 야단이었지만, 나는 아랑곳하지 않고 여자를 방 안까지 안아다 아랫목에다 뉘었다.

　내가 그러고 난 다음에야 윤이 어슬렁어슬렁 문간을 들어섰다. 나는 여자를 그 윤에게 맡기고 다시 집을 나왔다.

　"내일 아침 돈을 가져올 테니 기다리고 있어요."

　윤일은 아무 대꾸도 않은 채 죽은 여자 곁에 앉아 멍청하게 천장만 쳐다보고 있었다.

　나는 혼자 대문을 나서다 어둠 속으로 팔목시계를 들여다보았다. 11시 반이 가까웠다. 빗방울이 이제 완전히 심한 빗줄기로 변해 있었다. 나는 비탈길을 뛰어내리기 시작했다. 어디서든 오늘 밤 안으로 돈을 좀 만들어야 했다. 내가 가지고 있는 돈은 고작 집에 둔 3천 원이나 4천 얼마 정도. 도대체 그것으론 일이 치러질 것 같지 않았다. 무엇보다 우선 시신의 화장부터 시킬 수 있어야 했다. 화장터까지 망자를 운구해 가고 화장을 시키고, 그리고 어떻게든 그 화장 재를 처분할 수도 있어야 했다.

　나는 그 길로 다시 세느로 찾아갔다. 마담은 하루 일을 다 정리하고 계산대에 앉아 여태도 자리를 지키고 있는 왕을 기다리다 허둥지둥 다시 다방 문을 들어서는 나를 보고 어찌 된 일인가 싶어 자리에서 벌떡 일어나 맞았다.

"아주머니, 돈 좀 꿀 수 있어요?"

나는 아깟번 윤이 하던 것처럼 다짜고짜 용건부터 말했다.

"왜 무슨 일이에요? 이 밤중에 갑자기?"

예상대로 마담은 내 느닷없는 돈 이야기에 전혀 뜻밖이라는 표정이었다. 아니, 내가 이 여자에게 돈을 꾸어달래도 괜찮은가―, 나는 비로소 조금 입이 머뭇거려졌다. 그러나 길게 망설이고 있을 일이 아니었다. 나는 단김에 불가피한 사정을 말했다.

"미스 정―, 그 여자가 오늘 죽었어요. 집에서 혼자 약을 먹고 말예요."

당연히 마담은 충격을 받은 모양이었다. 입을 커다랗게 벌린 채 한동안 말을 못하고 나를 건너다보기만 하더니, 이윽고 그 놀란 표정을 지우지 못한 채 자초지종을 물었다.

"맙소사! 도대체 어째서 그런 일이 생긴 거예요?"

"아까 윤일 씨가 여기 온 것도 그 때문이었어요. 돈을 구할 수 있을까 하구요."

"그래, 병원에두 데려가보지 않았어요?"

"글쎄 그 친구, 돈이 없다고 여기부터 쫓아오지 않았겠어요."

"쯧쯧! 그 사람 주변머리가…… 그렇다니까요. 위인 주변머리가 그러니 아가씨 일두 짐작이 가요. 세상에 약 먹은 사람을 놔두고 돈부터 구하러 나온 사람이 어디 있어요. 아가씨가 가엾어요."

마담은 진짜 사정도 알지 못한 채 윤일을 저주했다.

"하긴 병원엘 갔어도 소용이 없었겠어요. 숨이 끊긴 지가 오랜 것 같던데요."

마담은 한동안 이것저것 더 물었다. 그러고 난 다음에야 내가 찾아온 용건에 대해 먼저 말을 꺼냈다.

"그런데 참, 그 일로 돈이 필요하시댔지요……?"

그러나 마담은 이날 낮 금고의 돈을 거의 다 꺼내 썼기 때문에 수중에 그럴 만한 여유가 없어 걱정이라는 소리부터 늘어놓곤 제물에 난감한 표정을 지었다.

"이 선생님도 자기 일이 아니면서 이렇게 수고를 하시는데 어떻게 하지요? 사정이 일이백 원이나 며칠씩 기다려 쓸 돈도 아니고 말예요."

하지만 끝끝내 두 사람의 불행을 외면할 수도 없는 마담의 처지였다. 그녀는 이윽고 계산대 너머의 꼬마 금고에서 신중한 표정으로 돈을 집어냈다. 그러나 마담의 손에 집혀 나온 돈다발은 그녀의 염려보다 훨씬 많은 부피였다. 그 정도면 내가 오히려 마담의 걱정을 안심시켜야 할 정도였다. 마담이 그 돈을 세었다. 5천 원이 조금 모자랐다. 마담의 얼굴에 낭패의 빛이 역력했다.

"도대체 얼마나 가져가시면 될까요?"

그녀가 한 손에 돈다발을 쥔 채로 다소 당황기 어린 소리로 물었다. 낌새를 짐작한 내가 웃고만 있으니 마담은 거기서 3천 원을 따로 떼어내고 2천 원 정도를 내 앞에 내밀었다.

"이건 내일 아침 꼭 지출하도록 몫이 지어진 돈인데, 어떻게 여기다 함께 놔둔 모양이네요."

"만 원은 있어야 할 텐데 그냥 제게 주세요. 지금 제게 있는 돈
이라곤 톨톨 털어서 천 원뿐입니다."

나는 윤의 사정에 대해선 다른 군말 제하고 마담에게서 나머지
를 빼앗아왔다.

"아주머닌 내일 아침 어떻게 좀 따로 알아보시구요."

"큰일 났네요. 내일 아침 딴 데도 좀 알아보시려지 않구요. 이
선생님 회사나 다른 친구분들한테두요."

마담은 이러지도 저러지도 못해 잔뜩 울상이었다.

"회사―, 거기도 지금 휴가 중이에요. 얼굴을 잘못 내밀었다간
다 놀지도 못하고 다시 일에 붙잡히게요."

나는 내심 회사를 그만두었노라 하지 않고 적당히 얼버무렸다.

"하지만 걱정 마세요. 일주일만 지나면 꼭 갚아드릴게요. 이건
제가 빌려가는 거니까요."

내가 한마디 더 덧붙이자 마담은 이제 어쩔 수가 없다는 듯,

"그럼 사천팔백 원 이 선생님께서 가져가시는 겁니다. 다시 말
씀드리지 않더래도 일주일 꼭 실수 없도록 해주세요."

힘없는 웃음 속에 한 번 더 분명히 다짐을 해왔다. 그리곤 다시
동정인지 넋두린지 정은숙의 이야기를 꺼내려 했지만, 나는 그만
그쯤에서 발길을 돌이키고 말았다. 문을 나오려다 생각나는 게 있
어 돌아보니 자정이 10분밖에 남지 않은 시각인데도 왕이 아직 자
리를 지키고 있었다. 그리고 위인도 무슨 심상찮은 기미를 느꼈는
지 밤부엉이처럼 전에 없이 목이 움츠러들어 있었다.

하숙집 대문을 들어서면서 나는 어디선지 자정을 알리는 벽시계 소리를 들었다. 마침 아주머니가 대문을 열어주었으므로, 그녀에게도 좀 사정을 좀 해볼까 하다가 밤이 너무 늦은 데다 다음 날 아침에도 기회가 있겠지 싶어 그대로 곧 방으로 들어갔다.

내게 남아 있는 것이 마침 4천 원쯤 되었다. 그러나 나는 아직도 돈을 얼마쯤이나 더 마련해야 할지 알 수 없어 자리에 누워서도 다시 돈 궁리를 시작했다. 마담에게서 융통한 것에 내 주머니를 다 털어 보탠대도 아직 만 원이 채 못 되었다. 갈태 놈에게 가면 무슨 남의 일에 지랄이냐 악을 떠지르면서도 얼마쯤은 마련해내겠지만, 사정이 너무 급해 위인을 찾아갈 시간도 없었다. 내키지는 않지만 불가피 알아보자면 그나마 주인아주머니와 이웃 수미네들뿐이었다.

제7일

그러나 다음 날 나는 더 다른 마련은 단념한 채 아침이 새자마자 바로 윤에게로 달려갔다. 바깥은 밤새 내리던 비가 조금 뜸해진 날씨였지만 아직도 구름장이 낮게 걸려 있었다.

윤일은 조금도 눈을 붙여보지 못한 듯 벌겋게 충혈이 된 눈으로 나를 맞았다.

우리는 곧 일을 시작했다. 밤새 윤일은 마음을 차분히 다진 듯 몹시 허탈해 보이면서도 그런대로 썩 침착했다. 정은숙의 가족에 겐 사정을 알려야 하지 않느냐는 내 참견에 그는 시골 어디에 그녀의 어머니가 살곤 있지만 거긴 그럴 필요가 없다고 했다. 이대로 조용히 화장을 시켜 깨끗한 곳에 유골을 뿌려주면 그만이랬다. 하여 우리는 주인아주머니에게 부탁하여 깨끗한 옷을 한 벌 새로 갈아 입혔을 뿐 일체의 상례 절차를 생략한 채 여자를 곧 시 북쪽 외곽 의 화장터로 싣고 갔다.

그리고 긴 시간 차례를 기다려 마침내 화장이 끝나고, 그녀의 유골이 몇 줌의 재로 빻아져 나왔을 땐 오후 해가 거의 다 기울어 갈 무렵이었다. 우리는 미리 생각해둔 듯싶은 윤일의 결정대로 그녀의 유골을 안고 가까운 한강변으로 나갔다. 그리고 강가에 이르러 우리는 조그만 주막으로 들어가 소주를 마시면서 날이 마저 어둡기를 기다렸다. 화장이 끝난 그녀의 유골을 받아 안은 뒤부터 윤일은 거의 말이 없었다. 말없이 술잔만 들이켜며 바깥날이 얼마나 어두워졌는지 이따금 창밖을 내다보곤 했을 뿐이었다.

드디어 강심이 천천히 어둠으로 가려지기 시작할 무렵 우리는 남은 소주병과 유골 상자를 거둬 들고 보트를 한 척 빌려 탔다. 윤이 유골 상자를 안고 내가 노를 저었다. 나는 될수록 깊은 강심으로 배를 저어 나갔다. 궂은 날씨 때문인지 여느 때는 그 들끓던 보트들이 띄엄띄엄했다. 나는 배를 강심 한가운데까지 저어 나가 비스듬히 물 흐름과 맞춰놓고 노를 멈췄다. 윤은 그동안 말없이 상자를 안고 앉아 한 손에 쥔 술병에서 한 모금씩 술만 마시고 있었다.

이윽고 강변의 불빛이 상류 쪽으로 멀어지고 주위에 어둠만 남게 되자 윤일은 다시 술을 한 모금 마신 다음 상자를 열고 맨손으로 그녀의 재를 한 줌 쥐어냈다. 그리고 다시 한동안 강물을 물끄러미 들여다보다가 씨앗을 뿌리는 농부처럼 잔잔한 물결 위로 그녀의 유골 가루를 뿌렸다.

윤의 손길은 한동안 그렇게 상자 속을 드나들었고, 그는 그 유골 가루가 손에서 빠져나가는 것이 아까운 듯 그때마다 조금씩 천천히 아껴가면서 뿌렸다. 축축하게 젖은 바람이 그 잿가루를 검은 강상에 넓게넓게 날려주었다. 아아 아아, 그럴 때마다 윤의 입에선 무슨 노랫가락이나 비탄의 신음 같은 소리가 조용히 흘러나오고 있었다. 그는 몇 줌 그렇게 재를 뿌리고 나서 다시 술병을 입에 대고 한 모금 들이마셨다. 그리고는 또 천천히 남은 재를 뿌리기 시작했다. 그의 그런 작업은 강물에다 긴 그림자를 끌고 서 있던 강안의 불빛들이 시야에서 아주 사라질 때까지 오래오래 계속되었다. 도중에 다시 비가 내리기 시작했으나 그는 그 손길에 조금도 속도를 더하는 법이 없었다.

드디어 상자 속에서 더 집어낼 것이 없게 되자 윤일은 이제 가뭇없이 그의 여자를 삼킨 채 계속 의연하고 거대하게 흘러가고 있는 강물에서 무슨 흔적이라도 찾아보려는 듯 한참 더 수면을 들여다보고 있었다. 그러다간 마지막으로 그가 안고 있던 빈 상자를 가만히 강면 위로 내려놓았다.

나는 비로소 노를 쥐고 강물을 거슬러 올라가기 시작했다.

빗줄기가 세차게 두 사람의 어깨를 두들겨대고 있었다.

세느로 돌아와서도 윤은 말이 없었다. 그는 예의 그 계산대 아래 자리께서 마치 여자가 곁에 앉아 있을 때처럼 피곤하고 멍한 눈으로 계속 천장만 쳐다보고 있었다. 하지만 나는 그를 가만히 그대로 둬두는 수밖에 없었다. 지금 그에게는 그렇듯 조용히 혼자 있게 해주는 것이 가장 좋은 위로였다. 나는 부러 윤일과 등을 돌려 앉은 내 자리 쪽으로 마담을 손짓해 불러 이날의 자초지종을 간

단히 일러준 다음, 그녀에게도 당분간 부질없는 아는 체나 참견을
삼가라 당부를 건넸을 정도니까.

하지만 내가 제풀에 다시 그 윤에게로 자리를 건너 옮겨 간 것은
그로부터 한 시간쯤이나 시간이 더 지난 뒤였다. 이날은 마담이
하루 종일 왕의 얼굴을 볼 수 없었다는 데다가 밤 9시가 지난 시각
까지도 아직 위인의 얼굴이 나타나지 않고 있었다. 무작정 위인만
기다리고 있기가 따분했고, 더욱이 나까지 윤일을 너무 오랜 시간
혼자 버려두는 것도 민망스러웠기 때문이다.

하지만 윤일은 내가 다시 맞은편 자리로 건너오는 기척에도 눈
한번 깜짝하지 않은 채 계속 천장만 응시하고 있었다.

"윤 형, 담배라도 한 대 피우구려."

나는 불쑥 담뱃갑을 꺼내어 그 윤 앞으로 내밀었다. 그런데 이
번엔 좀 뜻밖이었다. 그사이 그는 꽤 심사가 가다듬어진 듯 몸을
새로 고쳐 앉으며 천천히 담배를 한 대 뽑아 들었다.

그래 나는 내친김에 그의 담배에 성냥불을 켜 붙여주며 가볍게
제안했다.

"그리고 우리 다시 술이나 한잔하러 갑시다. 기분도 너무 축축
하고."

"그러죠."

이번에도 대답이 퍽 쉬웠다. 그리고 그런 자신이 좀 쑥스러웠던
지 싱긋 실없는 웃음기까지 지었다.

그래 우리는 다시 세느를 나왔다. 바깥은 여전히 비가 내리고
있었다. 우리는 별다른 말이 없이 근처 역 앞 판잣집 술 가게로 발

길을 옮겨 갔다.

찐득찐득한 더위를 쫓아내려는 듯 트랜지스터라디오 노랫소리가 가득 찬 술집으로 들어서자 나는 잠시 주머니 사정을 계산해본 다음 조금 조용한 방으로 자리를 잡아 들어갔다. 그 돈에서 아직 그쯤 술값은 남아 있었다.

"그래 통 눈치를 채지 못했어요?"

나는 술을 가지고 들어와 앉으려는 아가씨를 내보낸 다음 손수 한 잔씩을 따라 마시고 나서 불쑥 윤에게 물었다. 그가 이젠 차츰 침착을 되찾아가는 듯싶어 그쯤은 안심이 되었기 때문이다. 그는 이제 사태의 실태와 맞서 자신을 이겨나가는 것이 필요했고, 나는 아직도 그간 두 사람 간의 일을 거의 이해할 수가 없었기 때문이다.

"몰랐어요. 전혀 몰랐어요."

윤일은 자신의 빈 잔에 새로 술을 채우며 서둘러 대답했다.

"하지만 지금 생각해보면 내가 눈치를 못 챈 것뿐이었어요. 조금만 주의했더라면 나는 나름대로 일을 미리 막아볼 생각을 했겠지요. 그런데 난 그 여잘 괴롭히는 데만 정신이 팔려 미처 그런 눈치를 몰랐어요."

"괴롭히다니요. 당신들은 둘이 살림을 냈다고 들었는데, 살림을 내어 함께 살면서 그렇게 지냈어요?"

나는 며칠 전엔가 그가 서로 다른 좋아할 사람을 구해주기로 한 약속을 이행하지 못해 서로간의 처지를 역겨워하고 미워하노라던 말이 생각났다. 하지만 나는 물론 그런 소리가 그의 진심이라곤 생각지 않았었다.

"그럴 거예요. 그런 소문이 났을 거예요. 하지만 우리는 정식으로 살림을 내진 않았습니다."

윤일은 은근히 소문을 부인하려 들었다.

"솔직히 말하면 같이 살림을 낸 편이 나았을지 모르겠어요. 정말은 늘 그러고 싶어 했으니까요. 그러나 우리는 그럴 수가 없었어요. 정말 서로가 역겹고 지겨웠거든요. 살림을 내고 싶으면 싶을수록 서로의 처지가 참을 수 없었어요. 아니, 그토록 서로 기를 쓰고 미워하려 했다는 편이 옳겠군요. 우린 어째 서로 그렇게 미워하려고만 애를 썼는지 지금도 잘 모르겠어요. 그건 물론 그 자조적인 우리 희망이나 약속처럼 서로 다른 사람을 만나지 못해서도 아니었으니까요. 그러나 이건 사실입니다. 저쪽에서도 나처럼 자신과 내 모든 것을 함께 지겨워하고 못 견뎌 했다는 것 말입니다. 아니 그건 오히려 그녀가 나보다 더했지요. 아시겠습니까. 우린 그렇게 서로를 미워하고 못 참아 하며 함께 살림을 내고 싶은 생각을 이기려고 했어요. 하지만 우리가 살림을 내어 산다는 소문이 전혀 틀린 것만은 아니에요."

윤일은 횡설수설 어느덧 말이 많아지고 있었다. 그가 이번에는 다시 소문의 일부를 시인하고 나서 잠시 말을 쉰 채 자작으로 술을 한 잔 따라 마셨다.

"어떤 점이 말이오?"

나는 그를 기다리지 않고 물었다.

"어떤 점이냐구요?"

윤이 술잔을 다 비우고 나서 말을 이었다.

"나는 가끔 그쪽 집으로 가서 함께 밤을 지내곤 했으니까요. 지겨워하고 미워하다 그런 자신을 더 견디지 못하게 되는 날엔 말이지요. 둘이 함께 밤비에라도 젖으며 그쪽을 집까지 바래다주러 갔다가 방이 연탄불로 미리 따뜻하게 덥혀져 있는 걸 알았을 때, 그런 날 밤 난 더 이상 그 여잘 미워할 수가 없게 되곤 했거든요. 그뿐만이 아닙니다. 나는 그쪽 집 부엌에 연탄이 몇 개쯤 남아 있는지, 며칠분의 쌀 뒷박이 남아 있는지 따위도 대개 다 알고 있었어요. 살림을 내고 있는 거나 마찬가지였지요. 어떤 날엔 그 여자가 내 양말에서 냄새가 난다고 그걸 벗겨가지고 나가 빨아주기도 했구요. 그러면서도 우리는 여전히 서로 미워하려고만 했어요. 도대체 왜 그랬는지 모르겠어요."

그러나 나는 이제 그것을 어슴푸레 짐작할 수 있을 것 같았다. 그런데 그가 다시 느닷없는 소리로 나를 놀라게 했다.

"그러니까 그런 날 밤 나는 그 여자와 늘 간통을 하는 거였지요."

"네? 간통이라니요. 그건 또 무슨……"

"네, 간통을 했어요. 간통 말이에요."

내가 말을 다 잇지 못하는 사이에 윤은 그 어휘가 맘속에 그리 설지 않은 듯 거침없이 되풀이해가며 혼자서 말을 이었다.

"그 여자와 나는 수없이 간통을 되풀이했어요. 생각해보십시오. 그런 날 밤 우리는 그렇게 서로 역겨워하며 미워하려던 것도 다 잊어버리고 세상의 누구보다도 격렬한 밤을 보냈거든요. 하지만 말입니다. 그리고 나서도 다음 날 아침이 되면 우리는 다시 그 간밤의 일을 잊고 서로를 미워하기 시작하는 거예요. 그 간밤의 일 때문에, 그것까지 더욱 역겹고 지겨워하면서요. 마치 둘이 함께 살림을 내는 일이 절대로 있어선 안 된다는 듯이, 그런 일이 없게 하려고 기를 쓰듯이 말입니다. 그러니 그건 영락없는 간통일 수밖에요. 함께 살림은 내지 못하고 그렇게 늘 숨어 지내야만 하는 우리의 밤이 말입니다. 내가 지금 가슴 아픈 것은 무엇보다 그 점입니다. 그 여잔 나와 수없이 간통을 하고, 이상하게 들릴지 모르지만 내 수치스럽고 못난 간통의 상대로 내내 간통만 당하다 죽어간 거니까요."

윤은 그쯤에서 말을 그치고 갑자기 주머니를 뒤지더니 봉투를 하나 꺼내놓았다.

"보세요. 이걸 보시면 그 여자가 얼마나 가엾게 간통만 당했던가를 알 수 있을 겁니다."

그가 봉투의 알맹이를 뽑아 내게 내밀었다.

"유서예요. 그 여자가 내게 쓴 유섭니다."

나는 잠시 그것을 보아도 좋을지 어쩔지 망설였지만, 윤일이 계속 손을 내밀고 기다리는 바람에 더 이상 길게 사양할 수가 없었다.

─나의 윤일, 당신에게.

여자의 유서는 별로 조심성 없는 글씨체로 그렇게 서두를 시작하고 있었다.

─이런 글 남기는 것 늘 어쭙잖게 생각한 나였는데 이젠 내가

214

그 이상한 짓을 하게 되는군요. 아직 남길 말이 남아 있으면, 남아 있는 일이 있으면, 그 남아 있는 일을 마저 살 일이지 왜 죽느냐 생각했거든요. 아무것도 더 남은 일이 없을 때 죽음을 맞게 되는 거라고 말예요. 그런데 막상 내가 당하고 보니 안 쓸 수가 없군요. 더욱이 당신에게는 말이에요. 행여라도 당신에겐 부질없는 궁금증을 남기고 싶지 않고, 적어도 당신에 대해서만은 내 죽음에 어떤 이유를 갖고 싶어선지도 모릅니다. 당신에게조차 그런 걸 갖지 못한다면 나 너무도 가엾은 여자가 아니겠어요? 그래서 이 글을 쓰는 거예요.

견딜 수가 없었어요. 다른 적당한 말이 생각나질 않는군요. 어째서냐구요? 아마 당신도 대충은 짐작이 있으실 테지요. 하지만 지금 굳이 그런 걸 따지고 들다 보면 공연히 구차하고 남루한 말들만 나서고, 그러고도 별반 이유다운 이유는 찾아내지도 못할 거예요. 그러니 진실(!)은 그냥 당신의 짐작 속에 묻어두고 우선은 대충 그쯤 여겨두세요. 그 여자는 왠지 자신과 세상을 견딜 수 없어 일찍 그렇게 되었을 거라고 말예요. 견디지 못한 일이 무엇이었는진 모르지만 어쨌든 이유가 없다는 건 전 싫으니까요. 하지만 내가 견딜 수 없었다는 것만은 거짓 허풍이 아니에요. 언젠가 말씀드린 내 시골 어머니(전생의 업보가 무척 큰 분이신가 봐요. 참, 내 이번 일 그분께는 알리지 마세요)는 과일주를 참 잘 담그셨어요. 매실이나 딸기 같은 것을 넣어 자주 술을 담그셨는데, 나는 어렸을 때 한번 그 술을 훔쳐 마셔본 일이 있었어요. 이상하게 어깨가 내려앉는 것처럼 속이 무겁고 온몸이 뒤틀려왔어요. 근육이 쑥쑥 아린다는 말 아시겠어요? 그랬어요. 게다가 머릿속마저 몹시 흐리고…… 영 견딜 수가 없었어요. 내가 견딜 수가 없다는 건 일테면 그런 비슷한 거예요.

기왕 이런 글 남기게 되었으니 당신의 사랑에 대한 고마움도 말씀드려야겠어요. 어쩌면 이 말이 가장 하고 싶은 것이었는지 몰라요. 그동안 정말로 고마웠어요. 특히 세느를 나와 우리 집으로 오는 길에서의 당신을 잊을 수가 없군요. 세느에선 그렇게 무관심하고 피곤하고 지겹게, 당신의 말대로 죽이고 싶도록 미워하며 서로 외면을 하고 앉았다가도 그곳을 나와 어둔 밤길로 접어들면 당신은 늘 내 어깨 위로 가만히 손을 얹어오곤 했지요. 그 부드럽고 따스한 손길을 잊을 수가 없어요. 그러면서도 당신은 늘 누가 우리를 보고 비웃기라도 하듯이 조심스러웠지요. 그리고 그건 실상 저도 마찬가지였어요. 그래 우리는 그 늦은 밤길에서처럼 아무의 눈길도 뜨이지 않는 곳에서나 그럴 수 있었지요. 우리에겐 마치 그런 게 용납되어 있지 않은 것처럼, 그런 권리가 애초 주어지지 않은 사람들처럼 숨어서만 말이에요. 밤을 같이 지내면서도 우리는 늘 그런 기분이었지요. 난 이유를 알 수 없는 그런 기분이 싫었어요. 그래 그토록 피차간의 처지가 원망스러웠는지도 모르구요. 그러나 그런 당신은 내게 다른 무엇보다도 누구보다도 소중했습니다. 당신도 그걸 다 알고 있었겠지만, 나도 또한 그렇듯 당신에게 소중해지고 싶었으니까요. 당신이 아니면 나 아무에게서도 다른 사람에겐 소중해질 수가 없었으니까요. 그런데도 우리는 어찌 된 일인지 그걸 서로 시인하거나 그런 자신조차 용납하려 들질 않았지요.

그것뿐이었을 거예요. 자신과 서로를 용납할 수 없는 것—, 내가 그토록 견딜 수 없었던 것도 어쩌면 바로 그 때문이었는지 모르구요.

그러나 이젠 다 잊어버리세요. 난 어쨌든 더 견딜 수가 없어졌고, 이젠 이걸로 끝이 난 거예요. 잊어버리고 당신만이라도 견디어내세요. 그걸 믿고 빌어드리며 난 이제 가보겠어요.

그럼 안녕히. 내 사랑!

당신의 이름을 마지막으로 불러보며 은숙이 씀.

유서를 쓴 날짜와 시간은 적혀 있지 않았다. 밖에선 트랜지스터 라디오가 아직도 유행가를 부르고 있었다.

보슬비 오는 명동의 거리

가로등 불빛 아래……

나는 비로소 유서에서 눈을 떼어 윤일 쪽을 향했다. 윤일은 새삼 은숙의 생각에 젖어들었던지 그새 눈길이 축축하게 젖어 있었다.

"어때요? 아시겠어요? 내가 언제나 간통을 하고 있었다는 기분 말입니다."

윤일은 코가 좀 막힌 소리로 말하고 나서 한차례 거친 한숨을 내쉬었다. 그리곤 새삼 더 차분해진 목소리로 다시 두 사람의 일을 회상해나가기 시작했다.

"일찍부터 재학생 커플 격이었던 그 사람과 나는 학교를 졸업하고 나서부터 서로 그때까지의 가당찮은 꿈들을 부숴주는 잔인한 작업을 시작했어요. 그녀의 꿈은 나보다도 훨씬 화려하고 단단한 것이었지요. 그러니 그녀가 그 꿈의 껍질을 벗는 아픔도 그만큼 컸구요. 하지만 우리는 기어코 그걸 해내고 말았어요. 그러고 나니 자신들의 현실이 좀 제대로 보이는 듯싶고, 누추하기 그지없는 생활의 실상도 제법 담담하게 받아들일 수 있게 되더군요. 이젠 무슨 일이 일어나도 우리는 쉽게 들뜨거나 실망하는 일이 없을 것 같았지요. 초라해진 상대를 경멸하기보다 우린 서로 위로를 해주었습니다. 그러나 그건 서로가 다른 삶의 길을 가기로 마음먹었을 동안뿐이었어요. 우리가 결국 다른 가능성을 단념하고 종당엔 둘이 함께 다시 같은 삶의 길로 돌아올 수밖에 없게 된 걸 알았을 땐 사정이 달랐지요. 그때부터 우리 사이엔 진짜 파국이 시작됐어요. 그럴 수밖에 없게 된 초라한 처지까지 더하여 내심으로 공연히 서로 상대 쪽을 한심해하고, 그런 자신을 견딜 수 없을 만큼 역정스러워하고…… 하지만 아직도 우리는 잘 견뎌나간 편이었어요. 아르바이트를 해가면서도 말입니다. 아무리 서로 그래봐야 우리는 어차피 거기서 다른 길이 불가능하다는 걸 알고 있었으니까요. 서로를 한심해하고 역겨워했다는 건 일종의 몸짓에 불과했던 셈이지요. 그런데 한번은 생각잖은 말썽이 생겼어요. 지금 생각해보면 이번 일이 혹시 그때 받은 충격 때문이 아닌가 싶기도 한데요, 그리 오래지 않은 일이에요. 참, 이 형도 그 무렵부턴 세느엘 나오기 시작했어요. 어느 날 내가 그 사람 앞에 무심히 어떤 이야기를 꺼냈는데, 그게 그 사람의 숨은 상처를 건드린 모양이었어요. 나로선 뭐 대단치도 않은 얘기였어요. 이번에 그 중학교 무시험제 발표가 있지 않았습니까. 그래 그 사람은 일자리를 한 곳 잃어버렸구요. 하지만 그 사람도 무시험제 채택만은 백번 옳은 결정이라고 했지요. 그렇다고 걱정이 안 될 수는 없었지요. 그래 이것저것 너무 피곤해 보이길래 별 깊은 생각도 없이 차제에 음악 공부를 좀더 해보는 게 어떠냐 권했지요. 그런데 그 한마디에 그 사람이 졸지에 폭발을 하고 만 거예요. 처음엔 예의 무대의 문화니 뭐니 그녀가 전에 입에 담아오던 넋두리를 누구에겐가 몇 마디 거칠게 내뱉는가 싶더니, 그것도 잠시 자신의 흥분기를 이기지 못하고 갑자기 자신의 머리를 감싸고 엎드리며 괴로운 오열을 터뜨려버리지 뭡니까. 전에 없던 일이라 참으로 뜻밖이었지요. 하지만 난 차츰 곡절을 알았어요. 그 사람의 상처가 조금도 아물지 못하고 그대로 감춰져 있었던 거예요. 그 사람의 그 느닷없는 폭발과 아픈 오열 소리—, 나는 거기서 그 여자의 아물지 않은 상처를 보았어요. 그 꿈의 껍질을 벗을 때의 아픔이 남긴 상처 자국을 말입니다. 그러나 설마 그런 일로 이런 사태까진 상상이나 했겠어요?"

윤의 사설은 끝이 없을 것 같았다.

"그래, 아까 유서엔 다른 단속 말이 있습디다만 은숙 씨의 시골 어머니에게는 어쩔 작정이오?"

나는 이야기를 좀더 현실적인 문제로 돌리기 위해 그렇게 물었다. 이제부터 윤일은 주위에서 죽은 여자의 그림자를 하나하나 지워가는 가운데에 자신을 이겨나가는 힘을 얻을 수밖에 없기 때문이었다.

"그건 알리지 말아야죠. 그 가엾은 노인도, 그 사람 이야기로는 아마 이승에 길게 머무를 수 없을 거랍니다. 그동안만 참으면 되는 거예요. 살아 있다 여기는 편이 궁금하고 답답한 대로 이런 소식보다는 나을 테니까요. 알려서는 안 됩니다."

윤은 단호하게 말했다.

"그런데 왜 윤 형은 처음 음독을 알았을 때 먼저 병원부터 가지 않고 세느로 뛰어왔어요?"

나는 비로소 알 듯 말 듯 짐작이 가면서도 확실치 않았던 것을 물었다. 그러자 윤은 이제 자신도 그게 쑥스러운지 겸연쩍은 표정으로 피식 웃었다.

"글쎄, 돈이 없어 돈부터 구하자는 생각이었겠지만 그게 나도 이상해요. 아마 돈이 없으면 병원에서 치료를 거절당할 것 같아서였던가? 왜 그런 이야기가 많지 않아요. 아니면 엉겁결에 혼자선 무얼 어찌할 줄 몰라서였든지. 그런데 마침 이 형이 나와 있더군요. 내 딴엔 구세주를 만난 기분이었어요. 이번 이 형의 도움은 평생 잊지 못할 겁니다."

나는 그 윤일의 솔직한 말에 잠시 마담에게 꾼 돈 생각이 났지만, 이젠 그만 자리를 일어서면서 남의 일처럼 말했다.

"그건 그저 우연이었을 수도 있지요. 자 그럼, 이제 나가볼까요."

윤일도 그쯤에선 술기운이 어지간한 듯 군말 없이 비적비적 자리를 따라 일어섰다.

밖에는 여전히 비가 내리고 있었다. 술기가 온통 습기와 범벅이 되어 정신을 차릴 수가 없었다. 술집의 트랜지스터라디오 소리가 바깥 거리까지 흘러나오고 있었다. 방송국에서도 비가 오는 것을 염두에 둔 것인가.

　비 오는 거리에서

　어두운 거리에서……

　우리는 다시 세느 쪽을 향해 걸었다. 누가 그렇게 하자고 한 것도 아닌데, 질척거리는 길을 이리저리 피해가며 둘은 어느새 세느로 가고 있었다.

　잠시 뒤 둘이 세느로 들어섰을 때는 11시가 거의 가까워져 있었다. 그렇듯 밤이 늦었는데도 윤일은 또 자신의 단골 자리를 찾아 새삼 말을 잃기 시작했고, 나는 뒷자리에 그와 등을 대고 앉아 마담에게 자리가 비어 있는 왕의 일을 물었다. 그런데 내게 무슨 용무라도 있듯이 금세 계산대를 건너와 자리를 마주해온 마담이 뜻밖의 귀띔을 해왔다. 이날 밤 느지막이 모습을 나타낸 왕이 식염수를 한 컵 청해놓고 몇 차례 구역질을 일으키다 조금 전에야 다방을 나갔다는 것이었다. 그런데 그보다 내게 뜻밖인 것은 마담의 다음번 전갈이었다.

　"그런데 그 사람이 오늘은 웬일로 이 선생님을 다 찾던데요? 선생님이 오늘은 다방엘 나오지 않았느냐고요. 그 위인이 선생님께 웬 볼일일까요?"

　그날 밤 나와 왕과의 일을 알지 못한 마담은 미상불 그걸 몹시 궁금해했다. 하지만 왕 쪽에서 먼저 나를 찾았다는 덴 나 역시 뜻밖이 아닐 수 없었다.

　"참, 이 형. 요즘도 그 왕이란 친구의 일로 머리를 썩입니까?"

　그때 윤일이 갑자기 혼자 생각에서 벗어난 듯 등 뒤로 우리의 이

야기에 끼어드는 바람에 내내 그의 눈치만 살펴오던 마담은 이내
그쪽으로 자리를 옮겨 가 이번에는 그를 위로하기 시작했다.

　─무슨 일일까. 왕이 나를 찾다니?

　나는 그 마담에게 윤일을 맡겨둔 채 이번에는 내 쪽에서 혼자 생
각을 좇기 시작했다. 이 이틀 윤일의 일로 왕 쪽엔 관심을 두지 못
했던 나는 이것저것 모든 일이 한꺼번에 궁금해졌다. 오늘쯤 그의
얼굴은 어떻게 변해 있을까. 그리고 앞으로 위인은 얼마나 더 견
딜 수 있을 것인가. 혹시 그는 지금 그만 단식을 끝내려고 하는 것
이 아닐까. 그렇다면 그건 어떤 식으로 끝날 것인가…… 그나저
나 그는 구역질이 너무 길어지는 것 같기도 했다. 대개의 경우 단
식기의 구역질은 2,3일 정도로 끝나는 게 보통이었다. 그런데 그
는 벌써(아마도) 단식 시작 7일째가 아닌가. 그런저런 생각을 하
다가 나는 11시 반이 되었을 때에야 자리를 일어섰다.

　윤일과 마담은 아직도 이야기를 계속하고 있었다.

　집에서는 뜻밖의 일이 나를 기다리고 있었다.

　무심히 방 마루로 올라서려다 보니 어둠 속에서 불쑥 눈앞을 가
로막고 일어서는 그림자가 있었다. 불시에 놀란 내가 얼핏 한 걸
음 물러서며 찬찬히 살펴보니, 아 이게 어찌된 일인가. 부엉이처
럼 더 이상의 움직임이 없이 어둠 속으로 가만히 나와 마주 서 있
는 그 그림자는 왕이 분명했다. 나는 다시 한 번 놀라지 않을 수
없었다. 하지만 왕 앞에 그런 내색을 보일 수는 없었다.

　"아니 이거 왕 형이 아니오?"

나는 당혹감과 반가움을 숨긴 채 짐짓 아무렇지 않은 듯 그를 응대하고 나섰다. 그러나 왕은 아직 자신의 어둠 속을 헤쳐 나오지 못한 사람처럼 가만히 나를 바라보고만 있었다. 나는 뭉글뭉글 피어오르는 궁금증을 눌러 참으며 마치 오랜 친구를 대하듯 말했다.

"일이 있어서 좀 늦었더니…… 오래 기다리셨어요?"

왕은 이 말에도 묵묵부답이었다. 대신 어디선가 킥킥거리는 여자들의 웃음소리가 들려왔다. 나는 왕을 손짓으로 안내하며 먼저 방으로 들어가 형광등불을 켰다.

"들어오세요. 비를 맞았지요?"

그런데 내가 그렇게 말하면서 왕을 돌아보았을 때 그는 이미 나를 따라 들어와 등 뒤에 바짝 다가서 있었다. 나는 그에게 자리를 권한 다음 담배를 꺼내놓았다. 그러나 그는 자리에 앉아서도 담배 따위는 거들떠보지도 않은 채 계속 물끄러미 나만 건너다보고 있었다.

나는 우선 내 담배부터 성냥불을 켜 붙이며 잠시 혼자 생각했다. 무슨 일인가. 도대체 이 친구가 내게 무슨 용무가 있는 것일까. 그렇게 사람을 기피하던 위인이 제 발로 이렇게 사람을 찾아왔을 땐 필경 무슨 곡절이 있으리라.

그런저런 생각 속에 나 역시 한동안 왕을 바라보고만 있었다. 그의 얼굴은 이제 죽음의 가면처럼 어둡게 오그라붙어 있었다. 밤올빼미처럼 이따금 두 눈만 뒤룩거리고 있는 위인의 얼굴에선 그 깊은 허기 이외에 다른 어떤 표정도 읽어낼 수가 없었다. 어찌 보면 그는 지금 자기가 어째 이곳에 와 있는지 혹은 자신이 찾아와

하려던 말이 무엇이었는질 잊어버리고 기억을 되살려내려 애를 쓰고 있는 것 같기도 했다.

"어떻게 구토증이 좀 가라앉았습니까?"

나는 견디다 못해 여태까지 하던 이야기를 계속하듯 자연스럽게 물었다.

그런데 그 소리에 왕이 처음으로 반응을 보였다. 그가 한두 번 천천히 고개를 가로저었다. 하지만 그뿐 여전히 입은 열지 않았다. 나는 다시 할 말을 잃어버렸다. 그래 한동안 애꿎은 담배 연기만 허공으로 뿜어 올려놓고 하릴없이 그걸 좇고 있을 때였다.

"당신은 왜 나를 감시하고 있소?"

이윽고 모처럼 왕의 한마디가 들려왔다. 소리에 놀라 나는 다시 그 왕 쪽으로 눈길을 돌렸다. 그의 말은 짧았지만 매우 정색을 한 목소리였다. 형광등불빛에 짙은 그림자를 짓고 있는 음울한 얼굴과는 어울리지 않게 정연하고 분명했다. 하지만 내가 다시 시선을 그에게로 향했을 때 그는 방금 한 말이 자신의 것이 아닌 양, 그 말이 자기와는 아무 상관도 없는 양 무표정한 얼굴을 하고 있었다.

나는 왕의 그런 얼굴을 보자 얼핏 대꾸할 말이 생각나지 않았다. 이 위인이 내가 자신에 대해 줄곧 무엇인가를 알고 싶어 한다는 것을 눈치챈 것인가. 그는 지금 그걸 내게 따지러 오기라도 했단 말인가? 아닌 게 아니라 자기 별의 왕국을 잃고 지구까지 쫓겨 온 외계의 사내라서? 그래 이 지구인의 감시가 두려워서?

왕은 무표정하게 계속 나를 바라보고 있었다.

"아, 무슨 감시라니요? 하지만 행여 그런 생각이 드셨다면 그건 아시다시피 형이 단식을 하고 있었기 때문이지요."

나는 그 왕의 무표정한 침묵에 쫓겨 위인을 안심시킬 겸 솔직하게 속을 털어놓기 시작했다.

"그때도 말씀드린 기억이 납니다만 난 단식의 경험이 있어요. 왕 형의 얼굴을 보고 대뜸 그것을 알아냈거든. 그리고……"

나는 중간에서 말을 잠시 멈추고 기다렸다. 어디선가 벽시계 소리가 열두 점을 치고 있었다. 왕도 그 소리를 들은 모양이었다. 위인도 그 시계 소리에 귀를 주고 있는 동안 표정이 더 적막스러워져 있었다.

"그리고 형에 대한 여러 가지 추측과 소문 때문입니다."

시계 소리가 끝나기를 기다려 나는 다시 왕이 좀더 관심을 보일 만한 말을 해놓고 한 번 더 그의 반응을 기다렸다. 나로선 아무래도 그를 만족시킬 만한 대답을 찾을 수가 없었기 때문이었다. 하지만 왕은 물론 그런 내 대답이 만족스러울 리 없었다. 그것으로 내게 대한 의구심이 풀릴 리는 더욱 없었다. 그는 표정이 여전했다. 그것은 내게 대한 말 없는 추궁과 재촉의 계속이었다.

"나는 지금 그 소문과 추측들에 관해 확신을 가진 것도 있고 그러지 못한 것도 있지요."

나는 왕의 말 없는 주문에 이끌려 스스로 설명을 이어나갔다.

"언젠가 나는 왕 형께 경찰관 이야기를 꺼낸 일이 있었지요. 솔직히 고백하자면, 용서하십시오, 그건 왕 형을 한번 시험해보자는 거였지요. 나는 물론 그 시험의 해답을 얻을 수 없었구요. 하지만 형에 관한 이런저런 추측과 소문들에 대해 나는 곧 나름대로 한 가지 확신이 생겼지요. 왕 형의 단식을 알게 되면서 말입니다……"

나는 그가 정말 지구로 유배를 온 외계의 사내인 듯한 착각 속에, 이 땅에서의 그의 양식과 불안한 쫓김을 생각하며 이런 소리 저런 소리를 좀 길게 늘어놨다. 그리고 내가 위인에게 터무니없이 너무 일방적으로 몰리고 있는 것 같은 새삼스런 느낌 속에 다시 그 왕의 반응을 기다렸다.

그러나 왕은 여전히 아무 반응이 없었다. 이번에야말로 그쪽에서 어떤 반응을 보여와야 할 차례임에도 위인은 계속 그저 입을 꾹 다문 채 끝내 침묵만 지키고 있었다. 도대체 여느 인간의 행티가 아니었다. 위인은 한밤중에 남의 집을 찾아온 사람이었다. 그러고도 시종 입을 다문 채 자기를 상대로 어떻게든 이야기를 이어보려는 나의 노력까지 깡그리 무시하는 식이었다. 아무래도 내 배려가 정도를 넘고 있는 듯싶었다. 더 이상 위인에게 쫓기기만 해서는 안 될 것 같았다. ……그래 이번에는 나도 한번 위인과 같은 방법을 써보기로 했다. 나도 위인처럼 입을 꾹 다문 채 무작정 멍청하니 천장을 쳐다보다 그를 바라보다 하였다.

하지만 왕은 그러거나 말거나 상관이 없었다. 그는 어느 쪽도 만족할 수 없다는 듯 계속 그저 침묵뿐이었다. 이젠 차라리 그 침묵을 줄기차게 견뎌내고 있는 형국이었다. 그가 이 오밤중에 나를 찾아온 목적이 마치 그 침묵으로 나를 굴복시키기 위해서인 것처럼. 그런 위인이 그 세느의 유리창가에라도 앉아 있듯이 새삼 눈에 익어 보이기까지 했다.

그런데 왕은 그 침묵 놀음 따위엔 애초 관심이 없었던 듯 뜻밖에 갑자기 입을 열고 나섰다.

"내 단식은 언제쯤 끝나게 될까요? 그리고 이 노릇이 어떻게 끝이 날까요?"

위인이 나에게 무엇을 묻고 있는가? 나는 불시에 역습이라도 당한 느낌이었다. ―어떻게 된 일인가. 작자가 이제는 단념을 하려는 것인가? 보다도 그는 자신의 단식에 대해 내가 끊임없이 묻고 싶어 해온 것을 거꾸로 내게 묻고 있었다. 그것은 이미 작자에 대한 내 관심의 이유와 상관된 물음이 아니었다. 하지만 그의 얼굴은 이제 당연한 것을 묻고 나서 나의 대답을 기다리는 표정이었다.

"왜 구역질이 아직도 사라지지 않지요? 이건 끝까지 계속되는 것입니까?"

대꾸를 머뭇거리고 있는 내게 왕이 다시 물었다. 물론 그것도 나로선 쉽게 대답을 해줄 수 없는 일이었다. 나 역시 그 구역질이 끝날 때까지 단식을 경험한 일이 없었다.

나는 침을 한 번 삼키고 나서 새 담배에 불을 붙였다. 밖에서는 여전히 빗소리가 요란했다. 왕은 대답을 재촉하듯 계속 나를 지켜보고 있었다.

"그런 건 오히려 내가 왕 형에 대해 궁금하게 생각해온 일인걸요. 내가 왕 형 쪽에 묻고 싶었던 것들이란 말입니다."

나는 아예 솔직하게 말했다. 그러자 위인도 이번에는 정말 그럴거라는 듯이 머리를 끄덕여 알 수 없는 이해를 표해왔다.

"당신 역시 아무것도 알지 못하고 있군요. 그렇지요……"

이야기의 입장이 갈수록 반대가 되어가는 꼴이었다. 그러나 어쨌든 이젠 왕 자신도 자신의 단식에 관해 별로 분명한 것을 알지 못하고 있다는 것이 밝혀진 셈이었다. 어쩌면 그는 그 단식의 끝을 어슴푸레 느끼고 있을지도 몰랐다. 그리고 그걸 지금 두려워하고 있는 것인지 몰랐다. 그것은 나 역시 이따금씩 상상해온 일이었고, 그로 하여 은근히 혼자 가슴을 떨어온 일이기도 하였다. 위인 또한 그런 내 속내를 모를 리 없었다.

나는 이제 그만 이야기가 끝났으면 싶었다. 위인에겐 이제 더 물을 것이 별로 없었다. 문득 한 가지 머리를 스쳐가는 궁금증이 남아 있기는 하였다. 왕이 세느의 창가에 앉아 여인들의 나상을 새겨 늘어놓는 그의 숨은 곡절과 사연— 하지만 이제는 그도 부질없는 일인 듯싶었다. 그걸 굳이 알아보자면 대답을 못 얻어낼 것도 없었지만, 내겐 이미 그 일에 대한 짐작(그는 유배당해 온 다른 별자리의 왕이 아니던가. 그것은 필경 그가 떠나온 별의 여인들에 대한 추억이자 꿈일 수 있었다)이 있었는 데다, 왕에게서 행여 어떤 다른 대답을 듣는대도 이제 와서 그게 내 생각을 바꿀 수는 없었기 때문이다. 그리고 무엇보다 중요한 것은 왕과 나 사이엔 이미 서로 할 말이 없다는 것이었다. 하고 싶거나 듣고 싶은 말이 없다는 것이었다. 이제 그것은 왕 쪽도 실상 마찬가질 수밖에 없었다. 그걸 서로 알고 있다는 점이 중요했다. 하지만 한번 입을 열고 난 왕은 아직 무슨 아쉬움이 남았던 것일까. 위인은 어딘지 한동안 더 이야기를 계속하고 싶은 표정이었고, 그게 뜻대로 되지 않아 초조해하는 기색이었다. 아무래도 진짜 하고 싶은 이야기가 생각나지 않아 답답하고 안타까운 얼굴이었다. 나는 그런 그를 그저 묵묵히 기다려주고만 있었다.

그러던 어느 참이었다. 왕이 문득 내 숨은 심중을 읽고 제풀에 대답을 대신하려는 듯 갑자기 한 손으로 자기 주머니 속을 더듬었다. 그리고 거기서 뜻밖에 자그마한 목각 하나를 꺼내었다. 그는 말없이 그것을 내 앞에 세워놓고는 다시 한참 묵묵히 나를 바라보고 있었다.

그 목각은, 지금까지 세느에서 왕이 새겨온 다른 것들과는 달리 무지하고 우악스런 양물을 치기만만하게 쳐들고 있는 남자의 형상이었다. 아직 작업이 다 끝나지 않은 듯 다듬질이 거칠었지만, 중요한 부분은 그런대로 호기롭기 그지없어 보이는 놈이었다. 모처럼 보기 드문 남자의 형상임에도 성기 부위를 유난히 강조한 점은 예외가 아니었다.

"아, 이건 남자를 새겼군요."

나는 그 목각을 들여다보며 모처럼 감탄조로 말했다.

"내 목각은…… 내 목각들의 모습은…… 세느와 이 동네에서 내가 본 남자와 여자들의 전부인 거요……"

왕도 비로소 더듬더듬 한마디 하였다. 현실과 몽상 간의 차이라 할까. 그것은 내가 그의 조각물들에 대해 상상해온 것과는 상당한 거리가 있는 소리였다.

하지만 그 왕 역시 이제는 그도 저도 모두 부질없는 노릇임을 깨달은 것 같았다. 그는 거기서 문득 다시 입을 다물어버렸다. 그리고는 느닷없이 빼앗아가듯 목각을 집어 들고 자리를 일어섰다. 내가 그의 기미를 알아차리고 한두 마디 발길을 끌어 잡아보았지만,

위인은 더 들은 척도 않은 채 훌쩍 그 길로 방문을 나가버렸다. 그리고 내가 어두운 문간께까지 그를 뒤따라갔을 땐 위인이 벌써 저만큼 비 오는 골목길을 혼자 사라져가고 있었다.

제8일

　다음 날 아침에도 또 한 가지 전혀 기대 밖의 소식이 나를 기다리고 있었다.

　눈을 뜨자 문틈에 끼여 있는 조간신문을 끌어당겨보니 거기 한 가지 희한한 일이 일어나 있었다. 상단 기사를 다 읽고 무심히 하단 광고란을 훑어 내려가다 나는 한 신간 문예지 목차에서 신통하게도 나의 이름을 발견한 것이다. 여남은 달 전에 투고를 해놓고 한두 달 결과를 기다리다 지쳐 끝내는 지레 단념을 하고 있던 내 단편소설이 추천을 받은 것이었다.

　지금까지 말하지 않았지만, 나는 대학 시절 문학부를 졸업했고, 거기다 한동안은 소설 창작에 제법 열을 쏟은 적이 있었다. 많은 습작을 한 것은 아니었지만, 그래 나는 1년에 서너 편씩의 작품을 꼭꼭 써가지고 있었는데, 그중 한 편을 골라 투고를 해두고 한동안 결과를 기다려도 영 소식이 없었다. 나는 필시 낙방을 먹은 것이라 생각했다. 실망 때문에 이후론 새 습작조차 시도하지 않고 지냈다. 내 소설에의 관심은 이를테면 그것으로 끝이 난 셈이었다. 하지만 그건 사실 그 한 번의 투고가 내게 가져다준 실망 때문만이 아니었다. 그런 사정뿐이었다면 나는 아마 더 기를 쓰고 작품에 매달렸을지도 모른다. 대체로 나에게는 스스로도 의식될 만큼 그런 오기가 있었다. 내가 소설에서 관심이 멀어진 것은 그러나 그 낙방의 실망과는 별로 상관이 없는 일일 수도 있었다.

그럴 만한 다른 사정이 있었다. 내가 그 결과를 두어 달쯤 기다리다 일시 실망에 젖게 되었을 무렵 한두 가지 달갑잖은 문학판 구경거리가 생겼다. 어떤 작가의 작품이 이 나라의 한 신문기자를 심히 부정적으로 묘사함으로써 우리 사회의 기자 일반에 대한 인식을 크게 저해시켰다 하여 그 작자와 발표 기관으로부터 정중한 사과를 받아낸 사건이 그 하나였다. 그리고 두번째 사단의 주인공은 의사들이었다. 의사들은 그 협회의 이름으로 어떤 주간지에 연재 중이던 소설이 무단히 의사상을 그릇 묘사하여 자신들을 비하하고 불신감을 조장한다는 주장과 함께 소설의 연재 중단과 작가의 사과 그리고 그의 직장 추방까지 요구하고 나섰다. 소설은 결국 의사들의 주장대로 연재가 중단되고 그 앞날은 문학 종사자가 아닌 신문 윤리 위원회에서 운명을 심판받게 되었다.

나는 직장이 명색 잡지사가 되어 주위에 글을 쓰는 이들이 많은 편이라, 그들의 이야기를 듣고 생각한 것이 대략 이런 것이었다. 말하자면 그런 상황에서는 문학이 거의 불가능한 일이 되고 말리라는 쓰디쓴 소회— 문학예술 활동은 당사자 자신의 자기 검열 과정을 제외하고서도 늘상 다른 두 부류의 감시자들로부터 시달림을 당해오고 있었다. 하나는 거의 언제나 그것을 달갑게 생각지 않는 정치권력이었고, 다른 하나는 의식이 오염된 소시민 대중의 자의적 일방적 간섭과 퇴영적 무관심이었다. 물론 전자의 감시는 오늘날 대부분의 문학예술인들의 오랜 싸움(이 경우 예술 활동을 싸움이라고 말한다면)을 통해 그 최소한의 권리와 역할의 확보가 가능해지고 불편스런 갈등상도 점차 해소의 길이 틔어가는 조짐이었다. 문학예술은 어떤 정치권력의 간섭이나 억압 아래서도 그가 속한 시대와 시민의 정신 속에 얼마든지 정직하고 꿋꿋하고 값있게 존재해갈 수 있음에서였다. 뿐더러 그 불멸의 시대와 시민 정신에 뿌리를 둔 문학은 어떤 권력의 억압이나 소장(所藏)에 관계없이 영구불변하며 그 자체가 곧 문학의 불멸의 목적이기도 한 때문이었다. 소련 밀송파 작가들의 작품이 그 훌륭한 예증이 될 수 있었다. 그런 작품들은 어떤 권력의 폭압 아래서도 결국은 어딘지 허술한 틈새를 찾아내어 인간 정신의 불굴성과 보편성을 아름답고 힘차게 꽃피워내곤 했다.

그러나 결코 모든 시민 정신 혹은 시민 의식이 문학 작업의 길에 한결같이 미덥고 우호적일 수만은 없었다. 불행하게도 이미 의식의 오염이 심하게 진행된 일부 소시민층은 문학에 대한 진정한 인간 정신의 보편성을 담보 받기가 어려웠다. 때로는 무기력한 자기 의식의 몰락과 무중력 진공 상태로, 더욱 위험하게는 적대적 우중의 감시와 간섭으로. 이 파괴적 우중의 집합체는 오히려 문학의 또 다른 억압과 검열 세력인 셈이었다. 그런데 실제의 작품 생산

이 전제되고 그 반응으로 자신의 주장과 싸움을 수행해가는 문학 작업에 그 작품 발표가 억제되고 혹은 감시나 외면만 뒤따른다면 그것은 애초부터 무기를 빼앗긴 싸움이요 그 적수 앞에 손발까지 꽁꽁 묶여버린 꼴이 아닐 수 없었다.

진정한 시민 정신은 정치권력보다도 문학의 존립을 더욱 크게 좌우할 수 있었다. 그의 몰락과 소멸, 혹은 일방적 감시 간섭과 외면 현상은 정치권력 이상의 큰 억압이자 무서운 검열대가 될 수 있었다. 그런데 어찌 된 일인가. 기자들은 문학으로부터 자기 집단의 권익을 앞장서 옹호하고 나섰다. 의사들도 문학을 일방적으로 감시 간섭하고 나섰다. 문학이 한편으론 그 정신과 영혼의 지표격인 '시민'을 잃어가는 징조였다.

—그렇다면 저들은 문학 작품 속에서 그저 칭송되고 추앙받기만을 바란다는 것인가?

—소설 속에서 긍정적인 인물이 아니면 무직자들만을 등장시켜야 할 판 아니냐. 왜냐면 다음에는 푸줏간 아저씨들까지도 마음에 들지 않은 이야기엔 식칼을 휘두르고 나설 테니 말이다.

—그것도 안 될 일. 무직자들은 직업이 없는 것도 서러울 판에 그런 괄시까지 당해야 하느냐 팔을 걷어붙이고 나설 게 아닌가. 말썽을 피할 길은 아예 그 등장인물들의 사회 환경과 성격을 부여하지 않는 방법뿐일 게다. 아니면 음풍명월, 전원을 읊고 바람을 노래하고 달을 영송하는 길도 있겠지. 경우에 따라 우화소설이나 환상적 수법을 택할 수도 있겠고. 그도 다 싫으면 오직 강도나 살인자 같은 범죄자 무리만을 작중 인물로 등장시킬 수 있을 뿐이겠

지. 강도나 살인자 같은 흉악 범죄자들이야말로 자신의 정체를 집단으로 드러내어 대항을 꾀할 수 없는 유일한 무리이므로.

글을 쓴다는 친구들은 농담 반 진담 반으로 그런 자조적인 소리들을 일삼았다.

제대로 시작도 하기 전에 그런 상황과 마주친 나는 소설에 대한 흥미를 잃을 수밖에 없었다. 더욱이 그 낙방의 실망으로 자신의 가능성을 의심하고 있던 나는 말하자면 그런 분위기에서 쉽사리 내 소설에 대한 체념의 구실을 마련해버린 셈이었다.

그러나 이날 아침 내 소설이 추천되었다는 사실은 나를 무척 흥분시켰다. 무턱대고 반가움부터 앞섰다. 나는 몇 번이고 그 광고 목차에서 내 이름을 확인했다. 그리고 내 소설의 제목을 읽으면서 새로운 감격에 젖었다.

그러나 차츰 시간이 지나면서 나는 서서히 두려워지고 있었다. 소설의 줄거리가 머릿속에 떠오르면서 나는 왠지 모르게 그 소설이 마음에 걸리기 시작했다. 뿐더러 그때까지의 감격과 흥분은 제풀에 사라지고 알 수 없는 불안기에 휩싸여들기 시작했다.

그 단편은 내 어떤 친구의 이야기를 소재로 해서 쓴 것이었다. 그 친구는 자기 아내와의 결혼에 대한 결단을 앞두고 겪었던 감정의 기복을 퍽 흥미 있게 이야기해주었었다. 그는 그 무렵 두 여자와 한꺼번에 사귀고 있었댔다. 그것은 경박한 호기심이나 돈 후안적인 기질에서가 아니라, 기왕이면 다홍치마 격으로 조금이라도 나은 상대를 고르려다 보니 그럭저럭 그렇게 되었다고. 두 여자는 물론 남자에게 자기 이외의 다른 여자가 있는 사실을 눈치채지 못했기 때문에 양쪽이 공히 위인을 상대로 한 자신들의 결혼 문제를 매우 진지하게 생각했고. 그러다 보니 종당 가서 처지가 어려워진 것은 당연히 그 양다리를 걸친 친구였다. 하루빨리 한쪽을 선택하고 다른 쪽을 떠나보내야 하는데, 위인으로서는 그러기가 영 힘이 들더라는 것이었다. 왜냐하면 그는 욕심 사납게도 두 여자에게서 각각 그 장처를 취하고 싶었고, 어느 한쪽에 대한 미련을 쉽게 버릴 수가 없었기 때문이었다고. 한 여자는 몸집이 조금 크고 그 몸집만큼 생각이나 언동이 진중해서 평생을 같이할 반려로서 퍽 마음 든든한 데가 있었고, 다른 한 여자는 그리 진중한 데는 없었지만 깜찍하고 생기가 넘친 데다 언제나 상대를 즐겁게 해줄 수 있는 '귀여운 아내'감이었지만 큰일을 맞부딪치거나 상대가 깊은 실의에 빠질 때 그를 대신해줄 수 있는 강인한 힘이 모자라 보였기 때문에, 위인은 아무래도 선뜻 어느 쪽을 선택할 수가 없었다는 것. 그러나 그는 어떻든 '귀여운 아내'나 '동지다운 아내' 중 한쪽을 선택해야 할 막바지 지경에까지 이르렀고, 끝내 자기 진심이나 주견조차 알 수 없어진 위인은 차라리 그 어려운 선택을 포기한 채 어느 쪽이든 자신의 의사와는 상관없이 두 여자 사이에서 일이 결판나기를 바라게 됐고, 그 결정이 자기 밖에서 이루어지게끔 하는 방관자적인 술책까지 마련하게 되었댔다. 다름 아니라 그는 어느 날 아무것도 모르는 두 여자에게 같은 시각 함께 자기 집을 방문하게 하고 자신은 미리 집을 비우고 나가버렸다는 거였다. 그랬더니 과연 두 여자는 남자가 없는 자리에서 일생일대의 승부를 겨루었고, 친구가 돌아왔을 때는 그가 바라는 대로 한쪽 여자에게로 시원한 결판이 나 있더라는 것이다.

"둘 다 가버리지 않은 게 다행이군."

내가 웃으면서 한마디 거드니까 그 친구는,

"남은 여자도 절대 용서할 수 없다고 노기가 등등했지. 하지만 그 사생결단 싸움 끝에 얻은 승리를 쉽게 포기하고 돌아설 수 있었겠나?"

우정 진저리를 치는 시늉을 해 보이며 짓궂게 웃었다.

"그래 자넨 결국 귀여운 아내를 얻었어, 아니면 진중한 동지 쪽에 장갈 들었어?"

"그야 지금 아내니까 귀여운 여자 쪽이지. 그 진중한 친구는 이상하게 늘 여자의 운명을 비극적인 쪽으로 말했거든. 그래 쉽사리 양보를 했던 거겠지. 그러면서 자신은 비극의 주인공이 된 기분이었겠구."

"그 여자가 선택되지 않은 걸 퍽 다행스럽게 생각하고 있는 것 같군."

"그것도 아니야. 나는 평소에도 심신이 자주 녹초가 되고 마는 때가 많아서 나를 미덥게 대신해줄 수 있거나 진중한 의논의 상대를 원할 때가 많거든. 하지만 지금의 아내로 만족할 수밖에. 저쪽이 택해졌다고 해도 여전히 그만한 아쉬움은 있었을 테니까.. 그러니까 난 선택을 안 하고도 그럭저럭 일을 잘 끝낸 셈이랄까."

"왜 선택을 했지그래? 그렇게 열심히 선택을 생각하며 망설이다 그걸 포기한 게 결국 선택과 선택 아닌 것 중에 선택 아닌 것을 선택했다는 것이 되지 않아?"

"하하…… 그런 것도 선택이라고 한다면야."

친구와의 이야기는 그쯤 끝이 났는데, 나는 이후 그 우스개 투이야기가 왠지 머리에서 쉽게 사라지질 않았다. 그리고 결국엔 그걸 내 몇몇 세상살이 경험과 꿰맞춰 한 편의 작품을 시도하기에까지 이르렀다. 물론 이야기는 그가 선택을 포기하고 두 여자를 부른 다음 자신은 집을 나가버리는 데까지였다. 그 뒷이야기는 누구라도 예상이 가능했기 때문이었다.

그런데 무슨 까닭인지 그런 이야기의 줄거리가 대충 생각나자 나는 갑자기 스스로 불안해지고 두려워지기 시작한 것이었다. 나는 당장 그 문예지를 사러 나가려던 생각을 중지하고 1년 전쯤 써냈던 그 단편 작품의 곁가지 세목들을 좀더 곰곰이 생각해보았다.

그러나 대략 그쯤의 큰 줄거리 외에 다른 자세한 대목은 잘 생각이 나지 않았다. 그리고 그 생각이 떠오르지 않는 부분이 나를 더욱 두렵게 했다.

아침을 먹고 나서 나는 곧 세느로 나갔다. 우선 왕의 일이 궁금했다. 그는 어젯밤 집에까지 잘 돌아갔을까. 그가 아침 일찍 다방엘 나오리라곤 생각되지 않았지만, 나는 어쨌든 집에서 그대로 버티고 있을 수가 없었다. 내 소설에 대한 생각을 억제하기 위해서도 세느로 나가 왕을 기다리기로 했다. 그가 나오지 않았더라도 간밤의 일이나 지금까지의 위인에 대한 생각들을 정리하며 시간을 좀 죽이고 싶어서였다.

다방에는 예상대로 아직 왕이 나와 있지 않았다. 왕뿐만 아니라 마담조차도 얼굴을 내밀지 않고 있었다. 다른 학생들도 마찬가지였다. 그런데 그 왕의 텅 빈 자리를 보자 나는 이상하게도 이미 위인의 일이 끝나버린 것 같은 허전한 느낌이 들었다. 그리고 이어, 자신의 단식이 언제쯤 어떻게 끝나게 될 것이냐, 초조하게 물어오던 위인의 자신 없는 얼굴이 떠올랐다. 그러다간 끝내 자신이 할 말을 찾아내지 못한 듯, 혹은 모든 이야기를 부러 침묵 속에 파묻어버리듯 막막하게 어둠 속으로 사라져가던 뒷모습이 눈앞에 어른거렸다.

나는 한동안 그러고 앉아 생각에 잠겨 있다 다시 자리를 일어섰다. 근처 거리에 문방구 같은 서점 하나가 있다는 생각이 떠오른 때문이었다. 일부러 시내까지 나가기는 뭣했지만 그곳에 책이 와 있다면 어쨌든 나는 그것을 구해 보지 않을 수 없었다.

그러나 책방에는 내 단편이 실린 책이 들어와 있지 않았다. 문예지는 잘 나가질 않아서 가져다 놓지 않는다는 것이었다. 나는 잠시 실망스러웠지만 차라리 잘되었다 싶은 체념기 속에 다시 세느 쪽으로 발길을 돌렸다. 갈태 녀석이 나타날 테지—나는 속으로 막연히 갈태가 다시 기다려졌다. 내 생각이야 어쨌든 그런 일이 있었다면 제 일처럼 좋아할 사람이 녀석이니까. 녀석의 엽서에도 나는 대꾸를 하지 않고 있었으니까. 오늘쯤은 위인이 아마 책을 사 들고 나타날 테지—그런 생각을 하며 나는 다시 세느의 문을 들어섰다.

그런데 예의 유리창가 나의 자리로 건너가 몸을 주저앉히고 보니 아까는 없었던 공동 낙서장이 탁자 위에 보란 듯 펼쳐져 있었다. 나는 무심결에 그 펼쳐진 페이지 위로 눈길이 머물렀다.

─진짜 미친놈이 따로 있나. 미친 짓 하는 놈이 미친놈이지!

맨 먼저 눈에 띈 문구가 그런 식으로 바로 왕의 일을 연상시키는
것이었다. 나는 새삼 주의를 기울여 페이지의 첫대목부터 차근차
근 그 낙서들을 읽어 내려가기 시작했다. 그 페이지에는 그런 식
으로 왕을 주제로 한 듯싶은 대화들로 가득 채워져 있었다. 한 사
람의 글씨체가 먼저 말하면 다른 글씨체가 그 말을 받고, 그러면
다시 먼젓번 글씨체가 뒤를 이어나가는 식이었다.

─그는 미쳤어! 미친 사람이야. 멍하니 앉아 있는 모습을 봐라.
허공에 못 박힌 눈동자를 봐라.

─애석한 일이로다. 우리는 그를 구해주고 싶었거늘.

─하지만 이젠 늦었어. 그는 아주 미쳐버린 거야.

─그의 동지, 그의 선배 미치광이는 외려 기가 죽었는지 요즘
잘 나타나지도 않아.

여기까지 읽다가 나는 비로소 이거 아니로구나 싶었다. 나는 처
음 그것이 왕의 이야긴 줄 여겼었다. 그런데 알고 보니 왕의 이야
기가 아니었다. 왕은 여기서 말한 '그'의 동지요 선배 미치광이였
다. 그것은 내 이야기임이 분명했다. 나는 계속해서 다음 글을 읽
었다. 바로 그다음이 처음 눈에 띄었던, 진짜 미친놈이 따로 있나
미친 짓 하는 놈이 미친놈이지였다.

그러자 말을 받은 쪽은 한술을 더 뜨고 있었다.

─미친놈은 미친놈을 좋아한다. 그는 왕에게 반해 있지?

─그럼 우리 '여러분' 아줌마도 수상한걸. 언제나 그에게는 친

240

절하거든…… 여러분, 여러분.

— 주인아줌마는 돈까지 꿔줬대더라.

— 얘, 그가 이 낙서 보면 어떡하니?

— 보면 어때. 우리들만 이러냐? 온 다방 아이들이 다 아는 일인데. 하지만 화를 내긴 하겠지. 미친 사람은 대개 자신이 미쳤다고 생각하지 않는다니까.

— 얘 그만두자. 이제 재미없다.

— 그냥 여기 두고 갈까?

— 두고 가지 뭐. 사람 잡아먹는 병으로 미친 건 아닐 테니까.

낙서는 거기까지였다. 나는 아연해졌다. 그리고 이젠 왕에 대한 소문의 근거도 비로소 확실해진 것 같았다. 그건 수미와 윤선이들의 짓임이 분명했다. 나는 페이지를 들춰 년들이 내게 처음 이야기를 걸어왔을 때 써놓은 낙서를 찾아보았다. 역시 이번에 써놓은 것과 같은 필체였다. 그러나 어느 것이 수미 것이고 어느 것이 윤선의 것인진 구별할 수가 없었다. 하지만 어차피 그것은 같은 내용의 것, 나는 그만 낙서집을 덮었다. 마담이 다가왔다.

"조금 전에 여기 수미 씨 들이 왔었지요?"

"예, 바로 여기 앉았다 갔는데요?"

마담은 아무것도 모르는 듯 대답했다.

"왜 무슨 일이 있으세요?"

"아니요. 그저 그랬을 것 같아서요. 육감이라는 게 있지 않아요?"

"호호호…… 육감이요?"

마담은 무엇이 우스운지 견딜 수 없다는 듯 입을 가리며 웃었다.

마담이 가버린 뒤 나는 다시 수미 년 들의 낙서에 생각이 이끌려 들었다. 년들이 정말로 나를 미쳤다고 한 것인지, 다만 나를 골리기 위해서 한 짓인진 알 수 없었다. 그러나 수미 들 말대로 나는 정말 왕을 닮아가고 있는 듯한 생각이 들었다. 아니 우리는 처음부터 두 개의 몸으로 머릿속 상태가 하나로 닮은 두 몸 한 머리 사이인 것 같기도 했다. 허기에 관해서도 우리는 같은 경험을 가지고 있었다. 나는 그저 머릿속에서 그 허기를 좇고 있을 뿐이었지만, 왕은 정말로 단식으로 그 허기를 견디고 있었다. 언젠가는 나역시 너절한 망념의 껍질을 벗고 그 허기를 견디기 위해 정말 단식을 감행하게 될까. 그리고 만약 왕이 정말로 미친 사람이라면(다들 그렇게 믿고 싶어 하듯이) 나도 지금 이곳 사람들에게 같은 미친 사람 취급을 받거나 적어도 그럴 가능성을 경고받고 있는 셈이었다. 더욱이 서로의 생활은 어떤가. 직장도 없이 자신의 모든 생성을 중지해버린 왕, 거기 비해 나는 지금 10일간의 유예 휴가 속에 내일의 불안한 선택을 미루고 있을 뿐이었다. 왕은 말하자면 또하나의 내 얼굴이자 내일의 완성체인 셈이었다. 그래 간밤엔 서로 그렇듯 말이 필요 없었던 것인가. 그렇다면 왕은 앞으로 어떻게 될 것인가. 단식을 얼마 동안이나 더 계속하다 어떻게 끝을 내게 될 것인가. 나의 내일은 끝끝내 그 왕으로 완성되어갈 것인가. 그것은 언제 어떻게? 혹은 나의 내일은 어디선지 그와 행로가 달라질 수도 있을 것인가. 그것은 또 어디서 어떻게? ……그런저런 내 의구심들에는 아직 아무 해답도 구할 수가 없었다. 그러자 나는 더욱 왕의 일이 궁금해지고 그를 보고 싶었다. 하지만 왕은 어젯밤 자신의 단식이 어떻게 끝날 것인지를 오히려 내게 묻고 있었다. 뿐더러 위인은 자신의 단식이 언제 끝날 것인지도 모르고 있었다. 그는 정말로 자신의 일을 그렇듯 아무것도 모르고 있는 것일까. 그 불안하고 초조한 예감 속에 계속 두려워하고만 있을 것인가. 도대체 그가 간밤 나를 찾아와 하고 싶었던 말은 무엇이었던가. ……나는 망념 속을 헤매다 끝내는 제물에 지치고 말았다. 문득 왕의 일이 이미 다 끝나버린 것 같은 생각이 다시 머리를 들었다.

그러자 이윽고 사내가 나타났다.

— 오늘이 팔 일쨉니다. 앞으로 이틀밖에 기회가 남지 않았습니다. 당신은 퍽 낭패한 얼굴이군요. 전에는 그래도 아직 무엇인가를 기다리고 있는 것 같았는데 말입니다.

사내는 어느새 나의 기미를 눈치챈 모양이었다. 이틀, 앞으로 이틀이면 내게서도 모든 일이 결판나야 한다. 그런데도 계속 그저 막막한 망념의 헤매임뿐. 무슨 구제의 방법이 없을까. 무슨 새로운 진술거리가 없을까. 만약에 내게 또 한 번의 환형의 기회가 주어진다면, 나는 이제 내 대뇌 기능 제거 수술 형을 다시 진지하게 생각하게 될까. 내 사형 형 대신 그것을 받아들일 수 있을까. 하지만 그건 역시 아직 생각할 수조차 없는 일이었다. 구원의 문제는 보다 근본적인 데서 찾아져야 했다. 내 혐의와 유죄 판정에 환형은 무의미했다. 하지만 무엇을 더 진술할 수 있는가. 그리고 어떻게 진술을 해야 하는가.

나는 초조하기만 했다. 사내가 다시 말했다.

—앞으로 이틀입니다. 당신은 무엇을 더 기다리겠습니까?

—아, 기다림은 이제 끝났어요. 이젠 아무것도 기다리지 않습니다.

나는 자신도 모르게 사내의 말을 황급히 부인했다.

—그렇군요. 당신은 역시 무엇인가를 기다리고 있었다는 내 예측이 맞았군요.

—기다렸던 건 사실이지요. 하지만 그걸로 당신에 대한 내 진술거리를 얻는 덴 실패였어요. 끝끝내 기다리던 일이 오지 않았으니까요.

—그렇습니까? 그게 무엇이었는진 모르겠지만 어쨌거나 당신의 마지막 진술, 그러니까 당신의 구원의 문제와 깊은 관련이 있었던 것 같군요. 그런데 그게 실패했다면 당신은 이제 부질없는 기다림보다 당신 자신 안에서 그걸 찾아야 하지 않겠소? 이건 당신의 막다른 처지를 위해 드리는 말씀입니다만.

—내가 기다린 것은, 아 당신은 조금 오해를 하신 듯한데, 그건 사실 그 마지막 진술을 위해서보다 오히려 이 십 일간의 유예 휴가 동안 내 직장에 대한 결단을 위한 쪽이었습니다.

—유예 휴가라구요?

사내는 그 말뜻을 얼른 알아듣지 못한 모양이었다.

—그렇습니다. 내 일터엘 다시 나갈 것인가, 아주 그만둘 것인가, 그것을 나는 이 십 일 동안에 결정해야 할 처지니까요. 그런데 나는 여태 결정을 내리지 못하고 있거든요. 왕 때문이지요.

244

—왕은 또 누굽니까?

—아, 내가 늘 기다리던 일이 그 왕이란 사람의 일이었습니다. 바로 그 친구에게서 나는 늘 무엇인가를 기다리고 있었지요. 마치 내 직장에 대한 문제의 해답이 그에게서 얻어질 것처럼 말입니다. 아 참, 그렇습니다!

나는 말을 하다 말고 갑자기 소리를 질렀다. 사내가 어리둥절해서 나를 쳐다보았다. 그러나 나는 사내가 놀라는 얼굴에는 아랑곳없이 혼자 흥분하기 시작했다. 생각이 난 것이었다. 그 마지막 진술거리가— 말을 하다 보니 그것이 제풀에 문득 떠올라준 것이었다. 이 10일간의 유예 휴가가 시작되면서부터 생긴 이야기— 그것은 내가 아직 한 번도 사내 앞에 진술을 하지 않은, 사내에게는 새로운 이야기였다. 그리고 무엇보다 나는 그 이야기라면 아무 거리낌 없이 정직하게 이야기를 할 수 있었다. —진술의 형식이 언제나 문제였지. 그리고 위인들에 대한 내 혐의는 바로 그 신뢰받지 못한 진술 형식에서 유죄가 추정되고 말았겠다! 정직한 진술— 그것이 최선의 방법이었다. 이 10일간의(아직은 8일밖에 되지 않았지만) 이야기, 특히 그『새여성』사와 이 세느의 왕에 관한 일이라면 나는 얼마든지 정직해질 수 있었다. 정직해지는 것이 가능했다. 뿐만 아니라 왕의 이야기는 나의 생애 가운데에서 지금의 나와 가장 밀접해 있는 것이었다. 최후 진술거리로는 보다 적합한 것이 있을 수 없었다.

—생각이 났습니다. 이제 생각났어요. 내 마지막 진술 말입니다. 지금 왕의 이야기를 하다 갑자기 생각이 떠올랐어요.

나는 의기양양해서 말했다. 사내도 비로소 좀 짐작이 가는 눈치였다.

—그렇습니까? 당신을 위해 그거 참 다행이군요. 하지만 그것은 새로운 이야기, 다시 말하지만 무엇보다 지금까지와는 다른 형식의 진술이어야 합니다. 구체적이고 사실적인 경험, 그런 것이 아니면 들을 필요가 없습니다.

사내는 아직도 나를 걱정스런 눈으로 바라보았다. 그러나 나는 사내를 안심시키려는 투로 말했다.

—좋아요. 염려하지 않아도 좋습니다. 정직한 진술이라는 것이 최선의 방법일 테니까요. 그 점은 아마 당신도 이의가 없으리라 믿습니다.

나는 일단 말을 끊었다. 그리고 사내의 반대가 없는 것을 확인하곤 천천히 진술의 서두를 시작했다.

—일전에 나는 아마『새여성』사를 그만둔 이야기를 한 일이 있는 것 같은데, 사실 나는 그곳을 아주 그만둔 것이 아니라 아까 말한 대로 십 일 동안 마지막 결단을 위한 여유를 가지고 있었지요. 처음에는 나도 이미 회사를 그만둔 것으로 생각했고, 그런 여유 따윈 염두에도 두려 하지 않았지요. 그런데 왠지 하루를 지내고 나니 나는 짐짓 무시해 넘기려던 그 십 일이라는 유예 기간에 생각이 머물기 시작했어요. 말하자면 내 깊은 맘속에선 아직 회사를 완전히 그만두지 못하고 있었던 꼴이지요. 그래서 이 십 일 동안에 정말로 회사를 그만둘 것이냐, 계속 나가야 할 것이냐를 다시 결정해야 할 처지가 되고 말았어요. 회사에는 나와 매우 가까이

지내던 임갈태라는 친구가 있었는데, 사실 나는 지금까지 날마다 그 친구를 내심으로 기다려온 꼴이었으니까요.

사내는 잠자코 듣고 있었다. 갑자기 호기심을 갖는 것 같지도, 그렇다고 내 새로운 진술을 무시하는 것 같지도 않은 표정으로 그저 잠잠히 듣고만 있었다. 나는 그 사내를 내버려둔 채 이야기를 계속해나갔다.

— 그렇게 그 임을 기다리면서 나는 혼자 당장엔 결정을 내리려고 하질 않았어요. 뭐라고 할까요. 사실은 당장 결정을 내릴 수가 없었지요. 회사 친구를 기다리기만 했습니다. 왜냐하면 내가 회사 일을 다시 생각하기 시작한 것은 그 친구를 한번 만나보고 싶어 한 데서부터였거든요. 그 친구에게서 이후의 회사 소식을 한번 들어보고 그걸 다시 의논하고 싶은 생각이 숨어 있었던 때문이죠. 그런데 기다리던 친구는 나타나지 않고 엉뚱한 일이 일어났어요. 아까 말한 그 왕이라는 친구를 만나게 된 것입니다. 왕—, 이 친구도 매일 이 다방으로 나와 저쪽에 단골로 정해진 자기 자리에 버티고 앉아 손으론 목각 놀음을 하며 머릿속은 늘상 무슨 깊은 생각에 젖어 지내는 위인입니다. 그렇게 항상 혼자서만 지내온 탓에 그는 이 세느에선 정신이상자로까지 알려져온 친구지요. 하지만 지금까지 나는 그에게서 별로 정신이상이 있다고 할 만한 점을 발견하진 못했습니다. 다만 그가 늘 깊은 침묵 속에 혼자서 이런저런 여인 나상들을 새기며 계속 창밖만 내다보고 지내는 것이 별나기는 했습니다. 내가 그를 처음 보았을 땐 매양 고양이 한 마리가 그의 탁자 위에서 졸고 앉아 있었는데, 며칠 뒤 그 고양이마저 그가 나눠

먹인 우유 때문에 배탈이 나 죽어버린 뒤로는 완전히 그 혼자였으
니까요. 지금 생각하면 그는 어쩌면 그러고 앉아서 전혀 아무것도
생각하고 있지 않았는지도 모릅니다. 그건 나도 어느 쪽인지 확실
하지가 않습니다. 하지만 이 세느의 사람들은 어쨌든 그를 미쳤다
고들 했어요. 그런데 내가 그에게서, 그의 얼굴에서 발견했던 것
이 무엇이었겠습니까.

나는 또 한 번 말을 끊고 사내를 건너다보았다. 사내가 목을 한
번 움찔해 보였다. 이야기를 듣고 있으니 계속하라는 신호였다.

─나는 경험이 있어 확신할 수 있었는데, 그의 얼굴에는 분명
지독한 허기가 끼어 있었어요. 사람이 배가 심하게 고파 있을 때
의 그 껌껌한 허기가 말입니다. 알고 보니 사람들이 그 허기를 잘
못 광기로 본 것이었어요. 그리고 그로부터 나는 자신도 모르게
자꾸 그 허기의 얼굴에 끌리기 시작했지요. 그에게서 그 허기를
분명하게 확인하고 싶어서 말입니다. 며칠 동안 이리저리 무척 애
를 썼습니다. 그리고 드디어 확인을 해냈어요. 아시겠습니까. 그
는 정말로 단식을 하고 있었어요.

사내는 이 말에 눈썹을 약간 찌푸리는 듯했다.

─그런데 이상한 것은 그 왕의 얼굴에서 허기를 발견하고부터,
그리고 그가 단식을 하고 있다는 것을 알고부터 나는 그 회사 일의
결단에 관한 해답이 왕의 단식에 달려 있는 것처럼 그 단식의 결과
를 기다리기 시작했다는 것입니다. 잠시라도 그 왕의 얼굴에 배어
나온 허기를 보지 않고는 견딜 수가 없게 되어버렸어요. 내 회사
일에 대해 스스로 어떤 구체적인 결단을 내리려는 노력은 아예 포

기한 꼴로 말이지요. 기껏해야 갈태 그 친구를 막연하게 기다리는 정도였습니다. 마치 그의 내방이 내 결단의 현실적인 해답인 듯이 말입니다. 하지만 그 친구는 좀체 나타나질 않았어요. 나타나지 않으니까 그가 정말 무슨 구원의 묘방이라도 지닌 존재처럼 기다려지더군요. 하지만 그는 끝끝내, 아직까지도 나타나지 않고 있어요. 그럴수록 나는 왕의 단식에 매달려 그 결과를 더욱 열심히 지켜보게 되었지요. 제물에 마약처럼 그 허기의 얼굴에 취해 들면서 말입니다. 그러니 달리 생각하면 그 왕의 얼굴이 거꾸로 내 결단을 방해하고 있었다고 할까요. 하여튼 나는 그 왕의 단식이 끝장을 보기 전엔 내 일도 결말을 지을 수가 없었습니다.

— 그래서 그 왕의 단식은 어떻게 결말이 났습니까?

사내가 모처럼 한마디 물었다. 나는 반가웠다. 그래서 더욱 정직한 대답을 위해 스스로 노력하며 진술을 계속했다.

— 그런데 일이 좀 싱겁게 되고 말았어요. 왕의 단식은 결과가 없는 꼴이 될 처지였습니다. 어느 날 그가 뜻밖에 나를 찾아왔어요. 그도 내가 그의 단식에 몹시 관심을 가지고 있는 걸 알고 있었지요. 그런데 자신이 없는 눈치였어요. 단식을 더 계속할 자신이 말입니다. 그리고 뭔가 자꾸 하고 싶은 말이 있는 듯싶은 기색이었지만 결국은 별다른 말이 없이 망설임만 계속하다 그냥 돌아가고 말았어요…… 나는 그걸로 왕과 나 사이의 일이 다 끝나버린 느낌이었습니다. 그것도 터무니없이 싱겁게 말입니다. 그가 단식을 더 계속하지 못한다면 내가 기다려온 결과도 얻을 수 없으니까요. 그렇게 되면 내 쪽 일은 어떻게 됩니까. 내 결단을 그 왕의 단

식 결과에 걸고 기다려온 직장 일 말입니다. 그래 실은 아까 내가 그렇듯 낭패스런 얼굴을 하고 있었던 겁니다. 하여튼 그것은 그렇고…… 모처럼 나 자신도 기분이 좀 홀가분해진 김에 가능한 한 남은 이야기도 마저 다 숨김없이 이야기하지요. 무엇인가 하면, 내가 다음 날 세느로 나가보니 어떻게 된 일인지 나 역시 왕처럼 미쳤다는 소문이 돌고 있었던 겁니다. 나는 생각했지요. 왕은 그러면 내 내일의 얼굴인 셈 아니냐. 지금의 나는 결국 왕으로 완성되어가고 있는 것이 아니냐. 우선 그 허기만 해도 그렇지 않습니까. 아시겠지만 나는 늘 그 허기 속에서 살아왔지요. 지금까지 내 진술이 늘 그런 것 아니었습니까. 그런데 단식은 바로 그 허기를 완성하려는 가장 노골적이고 결정적인 과정이거든요. 그리고 왕은 무직이었습니다. 완전히 생성을 중지하고 있었습니다. 퇴직과 복직을 망설이고 있는 내 가능성의 하나는 왕의 그 완벽한 생성의 중단을 완성하게 되는 것이었지요. 내가 정신이상자로 소문이 나고 있다는 것도 그런 징조로 여겨졌어요. 그런 생각을 하자 나는 또 왕이 보고 싶어졌습니다. 그의 얼굴이 바로 나의 완성된 얼굴일 테니 말입니다. 그리고 내 심사가 그런 식이 되다 보니 나는 다시 그 왕의 단식이 아직 그렇게 끝나지 않기를 바라게 되었어요. 그러니 왕의 단식은 그런 나를 위해서도 좀더 그럴듯한 결말이 있어야 하지 않겠어요? 나는 지금도 그 희망을 버릴 수가 없습니다. 그리고 그 희망을 버릴 수 없는 한 나는 여전히 내 진짜 문제와는 맞설 수가 없는 처지구요. 이제 나를 좀 이해하겠습니까?

나는 거기까지로 일단 진술을 끝마쳤다. 진술을 마치고 나서 나는 습관처럼 사내를 바라보았다. 사내는 무엇인가 더 이야기를 기다리는 듯 말이 없더니, 이윽고 진술이 다 끝난 걸 알고는 왠지 얼굴을 조금 찡그리면서 말했다.

—결국 다시 그 허기 이야기군요, 당신은. 하지만 그건 좋습니다. 문제는……

그리고 나서 사내는 잠시 자신의 생각을 정리하는 듯하더니 이윽고 다시 물어오기 시작했다.

—당신은 그 왕이라는 친구에게 그렇게 몰두한 이유가 무엇이라 생각합니까. 물론 당신은 그것을 허기 때문이라고 했습니다. 그러나 그것으론 물론 충분치가 못하지요. 그러니까 다시 말해 당신은 왕이란 사람으로부터 그 허기의 내력을 들은 일이 있었느냐이 말입니다. 나는 물론 당신이 지금까지의 진술을 시종 허기에 관한 기억으로 일관해왔다는 사실을 알고 있습니다. 그러나 가령 왕의 얼굴에 나타난 것이 허기인 것이 사실이라고 해도 그것만으로 당신이 왕에게 그렇듯 몰두할 수 있었다는 건 잘 수긍이 되지 않습니다. 당신은 그 허기의 표정 하나로 자신의 모든 경험과 생각들을 왕과 함께 나눌 수 있었다는 것입니까. 아니면……

—아, 그건 물을 필요도 없는 일입니다. 보면 알 수 있지요. 경험이 있는 사람은 말입니다. 나는 물론 왕에게서 그 허기에 관한 내력을 직접 들은 일은 없습니다. 그러나 그것은 들으나 마납니다. 이야기가 조금 다를 수는 있겠지요. 그는 나와 전혀 다른 방법으로 그 허기를 경험했을 수도 있으니까요. 아마 지독하게 참혹스런 방법으로, 또는 황홀한 쾌감으로…… 그 나름의 흥미로운 경험이

있을지 모르지요. 그러나 중요한 것은 그런 것이 아닙니다. 주목할 것은 그가 어떤 식으로든 허기를 경험했다는 것과 결국 그 허기에 익숙해지고 그것을 알고 있었다는 사실입니다. 그것은 틀림없이 내 경우와 경험을 같이하고 있는 것이었어요. 그리고 사실 그가 허기를 어떤 식으로 경험했든 그 해석만은 나와 크게 다르지 않을 거라는 생각이니까요. 말하자면 나는 그의 얼굴의 허기로 하여 현재뿐만 아니라 서로의 과거까지도 함께할 수 있는 것이지요. 게다가 우리는 서로 나이도 비슷한 형편이구요.

나는 알고 있었다. 왕의 지난날에서 굳이 그 허기의 내력을 찾을 필요가 없다는 것을. 그러나 나는 그것을 조리 있게 설명할 말을 찾지 못했기 때문에 사내 앞에 횡설수설하고 있었다. 사내는 이날따라 그런 나를 쉽게 수긍해왔다.

—좋습니다. 그건 좋습니다. 그렇다면 또 하나 묻겠는데, 당신은 왕의 단식이 미구에 끝이 날 것 같다고 했는데, 그것도 어떻든 결말은 결말 아닙니까. 다만 그게 당신이 추상해온 결말을 가져오지 않았다는 것뿐이지요. 당신이 바라는 결말은 당신 식의 결말이지 왕의 것은 아닐 테니 말입니다. 왕의 단식은 그것대로의 결말을 내야지요. 그런데 당신은 그걸 인정하려 들지 않고 아직도 그것이 더 계속되기를 바라며, 진짜 당신의 결단의 문제로 돌아오기를 망설이고 있는 것이 아닙니까.

사내의 이번 추궁에 대해서는 나 역시 별로 할 말이 없었다. 어슴푸레나마 나도 그걸 느끼고 있던 터였다. 나는 이제 정말로 나의 결단의 문제로 돌아가야 하리라. 직장의 출근과 퇴직을 결정해야 하리라. 결판을 내야 하리라. 스스로도 수없이 쫓겨댄 생각이었다. 그러면서도 여전히 왕의 단식에 대한 미련을 버리지 못해온 나였다.

그러나 나는 이제 더 생각을 다그치거나 망설일 일이 없었다. 사내가 마침내 단정을 짓듯 말했다.

—당신의 오늘 진술은 당신을 이롭게 할 만한 것이 못 될 것 같습니다. 당신은 자신도 모처럼 가장 정직한 진술을 하노라고 했지만, 불행히도 그 모처럼의 정직한 진술은 당신의 유죄 선고 이유가 되었던 추상 관념과 망설임들을 다시 한 번 확인해준 것밖에 되지 못했습니다. 더욱 유감인 것은 오늘은 모처럼 당신의 진술에서 내용을 채택하려 했던 터인데, 바로 그렇게 채택된 내용이 그런 쪽이었단 말입니다.

이날 밤 왕은 끝내 세느에 나타나지 않았다. 밤이 되자 나는 기다리는 것에 지쳐버렸고, 그래 시내 서점으로 단편이 실린 책이라도 구하러 나갈까 생각했지만, 그사이 어쩌면 갈태가 나타날지도 모른다는 은근한 기대 때문에 계속 자리를 일어서지 못하고 있었다. 그 소설의 기억되지 않은 부분들이 나를 계속 두려움 속에 망설이게 한 탓도 있었다. 하지만 만약 갈태가 나타나주기만 한다면, 녀석이 틀림없이 책을 가져올 터였다. 아니 책보다도 이젠 내 회사 일에 결판을 내기 위해서도 녀석이 꼭 나타나주어야 하였다……

그러나 그 갈태 역시 이날 밤 끝내 나타나지 않고 말았다. 다방은 학교가 시험 기간 중인데도 불구하고 여전히 학생들로 붐비고 있었다. 다만 왕의 자리, 변함없이 자신들의 하체를 뽐내고 있는 여인들의 나상이 지켜 선 그의 자리만이 여전히 그냥 비어 있는 채였다. 하지만 나는 이래저래 거북하기만 한 그 세느의 분위기를 일부러 견뎌내듯 끈질기게 자리를 지키고 앉아 있었다.

"어때요? 왕— 그 친구는 오늘 나오지 않은 모양이군요?"

갑자기 윤일의 소리가 등 뒤에서 들려왔다. 그가 어느새 나의 자리 곁으로 다가서 있었다. 그리곤 나의 맘속이라도 바라보듯 비어 있는 왕의 자리를 건너다보고 있었다.

"앉으시죠."

나는 갑자기 대꾸할 말을 찾지 못해 그에게 자리부터 권했다. 그는 곧 자리에 앉았다.

"어떤 집념 때문에 미친 사람이 그 집념을 잃어버리고 나면 어떻게 되겠습니까? 왕 말입니다. 아마 이젠 여기 나오지 않을 것 같아요."

나는 그간의 사정 설명을 생략한 채 불쑥 말했다. 윤일은 물론 무슨 말인지 알아듣지 못했다.

"그 친구 어떤 뜻에선 미친 사람임에 틀림없어요. 한데 기왕 미친 사람은 미쳐 있는 대로가 행복할지 모른다는 생각도 들어요. 말하자면……"

나는 도중에 말을 중단했다. 아무래도 윤일에겐 좀 알아듣기가 어려운 이야기를 하고 있었다. 그걸 굳이 알아듣도록 길게 설명하기가 싫었다.

"뭐 이건 꼭 왕의 이야기만은 아닙니다. 요즘 내가 그래요."

어리둥절해 있는 윤을 보면서 문득 이야기를 내 일로 끌고 왔다.

"지금까지 윤 형이 물은 일도 없었고, 내가 말씀드리지도 않아서 모르고 계시겠지만 사실 난 요즘 당분간 직장을 그만두고 쉬고 있어요."

"네? 무슨 일루요?"

윤은 그제서야 이야기의 실마리가 잡힌 듯 재빨리 물어왔다.

"뭐 별일은 없었지만 그냥 그렇게 되었어요. 한데 그게 아주 회사를 그만두고 만 게 아니라, 이 며칠 동안 집에서 쉬면서 다시 출근을 계속할 것이냐, 아주 그만두고 말 것이냐를 결정해야 할 조건부 유예 휴가를 받고 있는 상황이에요. 그 휴가 첫날 나는 회사 문을 나오면서 그런 약속 따윈 돌이켜볼 생각도 하지 않았지요. 그런데 그게 하루 이틀 날짜가 지나다 보니 슬그머니 다시 머리를 어지럽히고 들지 뭡니까."

"요컨대 다시 회사엘 나갈 생각이 생겼단 말이지요?"

윤일이 이해가 간다는 듯 되물었다.

"아니 꼭 그런 것은 아니지만 지금은 적어도 그 문젤 한번쯤 진중하게 생각해봐야 할 것 같은 기분이라는 거죠."

"다시 나가시죠 뭐. 그까짓 걸 가지고 뭘 망설이고 그러세요?"

윤은 시원시원하게 말했다.

"하지만 한번 쫓겨난 데를 어떻게?"

"쫓겨나다니요? 별일도 없이 아마 자의로 회살 그만둔 모양인데, 더구나 회사와도 그런 약속이 되어 있다면서."

"자의건 타의건 쫓겨난 건 쫓겨난 거지요. 내가 견디지 못해 나왔으니까."

나는 짐짓 윤일의 말을 길게 부인했다.

"그리고 회사 쪽 국장과의 약속도, 그쪽에선 아마 내가 정말로 쫓겨난다는 생각이 들지 않게 하려는 배려에서 그런 계기를 만들어준 것뿐이겠지요. 그런데 그걸 뻔히 알면서도 이제 와선 생각이 자꾸 왔다 갔다 한달까요. 미련인지 뭔지 그게 다시 회살 나가야 할 구실처럼 말입니다."

"도대체 이 형이 먼저 회사를 그만두려고 했다는 게 납득이 안 가는군요. 그 쫓겨났다는 말은 좀 마음에 들지 않지만 하여튼 그게 사실이라고 해도, 그럼 이 형이 그렇게 견딜 수 없었다는 건 무엇 때문이었지요?"

윤일은 은근히 나를 힐난하는 투였다.

"무어라고 할까요. 무슨 습관이라고 해야 할지, 난 직장을 한곳에 오래 머물러 지낼 수 없는 몹쓸 버릇이 있는 것 같아요. 『내외』사를 그만둔 것도 다른 사람에게는 좀 납득이 쉽지 않은 이유에서였으니까요. 그때도 나 자신 그리 합당한 이유를 알고 있지 못했거든요. 이번에도 그런 버릇 때문에 길게 견뎌내질 못하게 된 거라 할 수 있겠지요."

"그 참, 아닌 게 아니라 몹쓸 버릇이군요. 허."

윤은 좀 어이가 없다는 듯 맥없이 웃었다.

"그러니 그 버릇이 말썽인 셈이지요. 그건 좋게 말해 일종의 맹목적 집념이라고나 할 수 있을 듯싶은데, 이 고질적인 집념 때문에 나는 그런 미친 짓거리 행동을 한 거지요. 그리고 이런 꼴로 미친놈이 되고. 하지만 미친놈은 자기가 미쳤다는 자각이 생길 때부터 진짜 불행이 시작되는 거 아닙니까. 미쳤을 때는 불행이고 뭐고도 있을 턱이 없을 테니까요. 그런데 자신이 미쳤다고 생각하기 시작한 것, 이게 실은 그 알량한 집념을 잃어가는 증거 아니겠어요. 집념을 잃으면 견딜힘도 허약해지고……"

윤일이 이번엔 제법 이해가 담긴 표정으로 머리를 끄덕였다.

"알겠어요. 이제 좀 알 것 같아요. 하지만 어떡합니까. 기왕 집념을 잃고 자신이 미쳤다는 자각에 이르렀다면 그때부턴 그 병세를 이기려고 노력하는 수밖에요. 회사를 다시 나가십시오. 망설일 것 없을 것 같은데요."

"글쎄요. 하지만 자신이 미쳤다는 생각은 잠깐씩뿐이고, 더구나 그런 생각이 들지 않을 땐 오히려 다른 사람들이 미친놈으로 보이게 되거든요. 아마 잘은 모르지만 미친놈이 자기가 미쳐 있다는 생각이 들지 않을 땐 세상 다른 놈들이 다 미쳤다고 생각할 게 아닙니까. 웬 세상에 미친놈들이 저리 많아 걱정이라고 말입니다. 어느 쪽이 제정신인지, 이래저래 난 아무래도 자신이 없어요."

"이해할 수 있을 것 같아요. 그러나 내 생각 같아서는……"

윤이 마침내 무엇인지 마음속 결단을 내린 사람처럼 여유를 보이며 말했다.

"내 생각 같아선 하여튼 다시 회사를 나가라고 권하고 싶군요. 뭐니 뭐니 해도 이 세느라는 곳은 어느 곳보다도 견딜 수가 없는 곳이니까요."

"왜 윤 형도 갑자기 이 세느를 저주하십니까?"

나는 비로소 출구가 보이지 않는 내 신상사 이야기에서 빠져나오며 농기를 섞어 말했다. 그런데 윤의 대답이 갈수록 뜻밖이었다.

"쫓겨나게 되었으니까요. 당분간 시골로 내려가 있을 생각입니다."

"그 쫓겨난다는 말 마음에 썩 들지가 않는군요."

나는 윤의 말에 내심 놀라고 있었으나, 그의 표정이 왠지 전에 없이 단호해 보여 아깟번 그가 나에게 했던 말을 흉내 내어 한 번 더 우스개를 건넸다. 그러자 윤일 역시 다시 나의 말투를 본떠 말했다.

"어쨌든 쫓겨난 거지요. 누가 쫓아낸 건 아니지만 내가 견디어 내질 못한 거니까요."

그리고는 그도 웃었다.

"그래 언제쯤 내려가시려고요?"

"누가 오라는 데도 아니고 쫓겨 내려가는 주제에 날짜 받아 가겠어요? 내일이라도 마음 내키면 떠나지요. 그러니 어쩌면 이 형과도 이게 마지막이 될지 모르겠군요."

그가 나를 이윽히 건너다보다 이번에는 혼자 중얼거리듯 말했다.

"시골 놈이 서울 와서 서울살이에 지게 마련인 것은 아쉽지만, 그래도 지고 나서 돌아갈 곳이 있다는 것은 불행 중 다행이지요."

돌아갈 때까지 부서져 있지만 않다면— 나는 그렇게 대꾸하려다 그쯤에서 그만 입을 다물어버렸다.

이날 밤 윤일은 한 번 더 나에게 회사를 다시 나가는 것이 좋겠다고 당부했다. 그리고 마지막으로 이제 고인이 된 정은숙의 일로 내게 진 빚에 대해선 시골로 내려가 다시 연락을 하겠노라고, 묻지도 않은 말을 꺼내어 다짐을 하고는 그 먼저 다방을 나갔다. 나는 서운하고 아쉬운 심사를 이기지 못해 술이라도 한잔하고 헤어지자 권했지만, 그는 술에 관해서도 어떤 결심이 선 사람처럼 끝내 사양한 채였다. 그는 나와의 마지막에서 그렇듯 스스로 결연스러웠달까. 그러나 나는 그가 다방 문을 나갈 때 그의 흐느적거리는 뒷모습에서, 가난하고 초라하고 그리고 외롭게 흔들리는 달걀색 점퍼의 좁은 어깨에서 완연히 쫓겨 가는 사람의 어두운 그림자를 목도하지 않을 수 없었다.

제9일

"선생님. 나 좀 보세요, 이 선생님!"

아침에 대문을 나서는데 아주머니가 급히 문밖까지 뒤쫓아 나와 나를 불러 세웠다.

"왜요, 무슨 일이세요?"

나는 무언지 좀 급한 용건이 있는 듯한 그녀 목소리에 얼핏 몸을 돌이켜 세우고 물었다.

"저 조용히 부탁 말씀을 드릴 게 있어요…… 의논을 좀 드려도 되겠지요?"

아주머니는 우정 낮은 어조 끝에 조심스럽게 내 얼굴 표정을 살폈다.

"무슨 말씀이시지요? 여기서 말씀하실 수 없는 일입니까?"

"아니, 뭐 별일은 아닙니다마는……"

그녀는 조금 주저하는 눈치 속에 잠시 대문 안쪽을 살피고 나서 다시 조용조용 말을 이었다.

"그럼 그냥 말씀드리겠어요. 다름이 아니구요…… 저 이 선생님 혹시 친구 되시는 분들 가운데에 하숙을 우리 집으로 옮겨 오실 분 없으실까요?"

아주머니는 결국 하숙생을 구해달라는 부탁이었다. 나는 비로소 얼굴 근육을 폈다.

"글쎄요. 방이 빈 거 있어요? 갑자기 그런 사람이 있을진 모르겠습니다만."

나의 말에 아주머니는 계속 뭔지 걱정스런 일이 있는 듯 망설망설하더니,

"아니에요. 뭐 방이 빈 건 아니구요, 선생님께서 친구분을 몇 분 데려오시면 학생들과 바꿔 들일까 해서요."

말을 하고는 또 나의 기미를 살폈다.

"왜, 지금 학생들은 어때서요?"

일반 직장인은 대체로 이곳 하숙가에서 환영을 받게 마련이었다. 점심은 처음부터 차려내지 않는 것이 통례인 데다 저녁 끼니도 거의 집에서 먹는 일이 드물겠다, 그런 사람일수록 아침까지도 먹는 둥 마는 둥 하다 보니 주인 쪽 뒷바라지가 퍽 쉬울 게 당연했다. 거기다 나이가 어린 학생들보단 아무래도 이런저런 말썽도 덜할 수밖에 없었다. 돈을 꾸어달라, 무얼 해달라, 버릇없이 주인아주머니를 괴롭히는 일이 적을 뿐 아니라, 술을 먹어도 터무니없는 객기를 부리지 않으며, 하숙비를 미루는 따위 궁색을 떠는 일이 드물고, 그러면서도 일반인이라는 구실로 하숙비는 학생들보다 한

참 비싸게 받고…… 무엇보다도 1년에 서너 달씩 방학 동안의 공백을 내는 일도 없었다. 그래서 하숙가에선 대개 일반인의 입주를 선호했다. 내 물음은 바로 그런 점들을 염두에 둔 소리였다. 그러나 그건 내 오해인 모양이었다. 아주머니는 내 말에 피식 웃었다.

"네, 그 학생들도 좋아요. 근데 바로 그 좋은 학생 아가씨들이 선생님께 이런 말씀을 드리게 만드는군요."

"왜 남자를 좀 여럿 들여놓고 구경하겠답니까?"

나도 웃으면서 그녀의 말을 받았다. 그러자 아주머니는 더욱 난처해진 표정이었다.

"그게 아니라요. 그냥 쉽게 말씀드리지요. 뭐 선생님께서 불쾌해하실 일은 아니세요."

아주머니는 다짐부터 주었다.

"뭐냐면 그 학생들 처자들 몸이 돼놔서 남자분과 한집에 지내는 데에 어려운 점이 많다는군요. 그래서 그쪽에서 이 선생님이 어떻게 다른 곳으로 좀 옮겨 가시도록……"

말끝을 흐린 채 다시 이쪽 반응을 살폈다. 나는 잠시 아무 대꾸도 못한 채 무연히 서 있기만 했다. 그 암캐이 같은 것들이 세느에서 그렇게 나를 골탕 먹이더니 이번에는 집에서까지…… 제 년들은 이제 기말고사만 끝나면 바로 방학이 아닌가. 방학을 하면 방을 비우고 꺼질 것들! 한데 이 여자는 그것을 알고 있는 것인가.

"학생들은 이제 곧 방학이 시작될 텐데……"

이윽고 나는 혼잣말처럼 중얼거렸다.

"글쎄요. 나도 그런 얘기를 했어요. 그런데도 떼를 쓰듯 부득부

득 이 선생님이 좀 이해를 해주시면 좋겠다는군요. 지네들은 방학
이 끝나서도 계속 우리 집에 있겠노라고 말예요."

"알겠습니다. 헛."

나는 쓰게 웃으며 그만 발길을 돌리려고 했다. 그러자 아주머니
가 황급히 다시 나를 잡아 세웠다.

"그러고 가실 일이 아녜요. 그래서 좀 의논을 드리려는 게 아니
에요?"

"제가 그동안에 나가면 되지 않겠어요?"

"글쎄, 그게 아니래두요. 선생님이 나가줬으면 하는 건 학생 아
가씨들이구, 집주인은 나란 말이에요. 그래 기왕 말이 나오고 나
니 저도 생각을 좀 하게 되었지요……"

이때 수미 들이 대문을 나왔기 때문에 아주머니는 거기서 잠시
말을 중단했다. 년들은 아주머니와 나를 한 번씩 훔쳐보고는 누구
에겐지 모를 소리로,

"학교에 다녀오겠어요."

두 사람의 이야기를 듣지 않은 척 소리 맞춰 인사를 던지고 길을
비켜 지나갔다.

"네, 시험들 잘 치르고 와요."

아주머니 쪽도 갓 초등학교 아이들 등굣길을 바래주듯 상냥하게
말하곤 나를 향해 눈을 한 번 찡긋해 보였다. 그리곤 뒤늦게 다시
기분이 무거워진 나를 붙들고 서서 새삼 엉뚱한 푸념을 시작했다.

"사실 선생님께 솔직하게 말씀드리면 여학생들 하숙 시중들기란
여간 까다로운 게 아니에요. 아시겠지만 성미들이 오죽 까다로워

요? 음식이 조금만 입맛에 맞지 않으면 숟가락도 대보지 않은 채 그대로 상을 물리지 않나, 뒤에서 종알종알 흉허물을 일삼지 않나. 게다가 걸핏하면 남자 친구 여자 친구 가리지 않고 끌고 와서 이쪽이 외려 눈치를 보게 하지 않나. 이것저것 그 잦은 빨랫감들은 또…… 어른들은 염치들을 알아서 그런 일이 없지요."

나는 멍청히 듣고만 있었다.

"그래 생각한 일인데, 난 기왕 이런 이야기가 나온 김에 이 선생님만 그런 친구분들이 계시다면 이참에 아주 저 말썽꾸러기들을 내보내버릴까 해서요. 이번 방학이 끝나면 다른 집을 알아보라고 말예요. 그런데 어떠세요, 선생님의 솔직한 생각은? 우선 선생님 주변에 그런 친구분들이 있으실지?"

묻고 나서 아주머니는 내 대답을 기다렸다. 하지만 나는 그 '솔직히'를 몇 번씩 강조했음에도 그녀의 속셈을 알 수가 없었다. 나를 내쫓으려는 생각이 누구에게서부터 나온 것인지, 그리고 도대체 그녀는 내가 정말 어떻게 해주기를 바라는 것인지 종을 잡을 수가 없었다. 그러나 그런 건 실상 중요하지가 않았다. 어쨌든 한 가지 확실한 일이 있었으니까. 내게는 애초 하숙을 옮겨 오게 할 친구가 없었다. 그러니 내가 할 대답도 뻔했다. 그러나 나는 뻔한 것을 뻔한 대로 말하지 않았다.

"글쎄요. 갑자기 생각을 하려니 잘 떠오르질 않는군요. 며칠 동안 여유를 좀 주세요. 생각도 해보구 알아보기도 해야 하니까요."

"그럼 빨리 좀 알아보고 말씀해주세요. 이 선생님이 그래주시면 방학 전에 아가씨들에게 일러둬야니까요."

"언제가 방학이지요?"

"시험이 모레까지라던가요. 시험이 끝나면 바로 방학이라더라구요. 그때까지 좀 서둘러 알아봐주셔야겠어요."

"그럼 모레 저녁까진 제가 어느 쪽이든 결정을 말씀드리지요."

또 하나 겹쳤구나. 결정해야 할 일이— 그러나 이건 뭐 결정이고 뭐고 있을 수가 없었다. 지금 없는 하숙 친구를 아주머니를 위해 어디서 새로 만들어낼 수는 없는 노릇이니까.

나는 돌아서려다가 이번에는 내 쪽에서 다시 발을 멈추고 아주머니에게 부탁했다.

"참, 오늘 혹시 저를 찾아오는 친구가 있으면 요 위쪽 세느 다방에 가 있다고 해주십시오. 그리로 꼭 연락을 달라구요."

다짐하듯 말하고는 비로소 세느를 향해 천천히 걷기 시작했다.

—그런데 이 갈태 녀석은 이렇게 한 번도 연락이 없나.

이번에는 그 갈태 녀석과 회사 일이 다시 머리를 채우고 들었다. —도대체 회사는 지금 어떻게 돌아가고 있는가. 국장의 생각은 지금 어느 쪽인가. 그가 아직 나와의 약속을 잊지 않고 기다리고 있는 걸까 어떨까……

세느에는 아무도 나와 있지 않았다. 물론 왕도 나와 있지 않았다. 하긴 마담이 아직 얼굴을 내밀지 않은 시각이니까. 나는 레지 아이에게 어젯밤 늦게라도 혹시 왕이 나오지 않았더냐고 물었다. 그녀는 나오지 않았다는 대답과 함께 고개까지 크게 가로저었다. 할 수 없었다. 나는 새삼 혼자 근간의 일들을 다시 생각하기 시작했다. 내가 어떻게 해볼 수 있는 일은 아무것도 없었다. 새 하숙

이웃을 구하는 일도(그건 이미 결말이 난 일이지만), 왕이 계속 세느엘 나타나지 않는 것이나 갈태가 나를 찾아와주지 않은 일에 대해서도, 아무것도 내가 어떻게 할 수 있는 대목이 없었다. 내가 할 수 있는 일은 다만 기다릴 수 있을 뿐이었다. 왕이 이곳에 나타나주거나 그가 어떻게 되었다는 소문이 들려오기를, 그리고 갈태가 나를 찾아와주기를, 또는 하숙집 아주머니가 방학 한 달을 기한으로 내가 방을 비워줘야겠다고 정식으로 말해오기를. 그런 일이 있기 전에 내게 더 큰 어떤 결정이 이루어지기를 기다리는 수밖에 다른 도리가 없었다. 한순간, 내 소설이 실린 책이나 구하러 나가볼까 어설픈 생각이 스쳐갔지만, 그것은 오히려 갈태를 더 간절하게 기다리게 했을 뿐, 여전히 기억이 지워진 부분들에 대한 두려움 때문에 정작 그걸 구하러 시내까지 나갈 생각은 엄두를 낼 수가 없었다. 두려움은 또 있었다. 시내엘 나간다면 나는 필시 갈태를 불러 만나게 될 터였다. 그리고 녀석을 만나면 자연 그간의 회사 일이 밝혀지는 것도 당연지사. 회사에선 그새 이미 나에 관한 일이 말끔히 정리되어버렸을 수도 있었다. 어느 쪽이 됐든 나는 갈태를 통해 그걸 모두 전해 듣게 될 터였다. 그게 또 은근히 나를 두렵게 했다. 이래저래 나는 쉽사리 시낼 나갈 수가 없었다. 내 쪽에서보다는 갈태가 내 쪽으로 와야 했다. 그래서 내가 불가피 그를 만나게 되어야 했다.

나는 그냥 계속 기다릴 수밖에 없었다.

이윽고 온몸을 쓸어내리는 초조감이 다시 나를 심하게 비틀어 짜기 시작했다.

행여 무슨 연락이 있을까 싶어 1시쯤 잠깐 하숙집엘 들러봤으나 갈태로부터는 여전히 소식이 없었다. 나는 하릴없이 다시 세느로 갔다. 비가 오지 않는 여름날의 세느는 소란한 재즈 음악과 시험 시간이 끝난 학생들의 재잘거림과 찐득거리는 더위 냄새로 숨이 막힐 듯했다. 더위는 오후 3시가 되어도 4시가 되어도 그리고 다시 5시가 되어도 계속 세느에서 물러갈 줄을 몰랐다. 나는 그럭저럭 점심 끼니를 건너고 만 뱃속의 시장기를 품은 채 계속 세느와 세느의 근방만을 맴돌고 있었다.

　그 오후 내내 아무 일도 일어나지 않았다. 그러다 이윽고 밤이 되었다. 더위는 밤까지도 계속되었다.

　"날씨가 무척 덥죠?"

　내가 네번째 세느로 들어가 한참 더위를 견디고 있을 때 마담이 또 새 재떨이를 들고 와서 탁자를 훔쳤다.

　"밤인데도 정말 아직 날씨가 무척 덥죠?"

　―이 여자는 도대체 왜 나를 좀 내버려두지 않고 자꾸만…… 그러고 보니 나는 아직 차를 마시지 않고 있었다. ―밤인데도 정말 아직 날씨가……? 마담은 뭐라고 해도 그런 사람이었다. 나이가 마흔이 될 듯 말 듯한 과부라는 소문의 마담은, 자기에게도 대학을 다니는 아들이 있어 학생들을 위한 이런 '봉사 사업'에 남다른 보람을 느끼노라 거듭거듭 말하는 마담은, 그런 자부심 속에 이곳을 드나드는 여학생과 남학생들 그룹의 신청을 받아 쌍쌍이 짝을 맞춰 산으로도 보내고 바다로도 내보내준다는 마담은, 그래

서 학생들 간에선 더욱 인기가 좋은 마담은, 그러나 언제나 학생들이 귀엽다는 눈초리만 짓는 마담은, 불안감 때문에 자리를 오래 지키지 못하게 한다는 분홍색 커튼을 쳐놓고도 포근한 색깔이 좋지 않으냐 말하는 마담은, 이 세느에선 차를 마시지 않아도 절대로절대로 섭섭하지 않다고 되풀이 강조하지만, 커튼을 손보는 체, 꽃 장식을 돌보는 체, 의자 커버를 만지는 체 다방을 돌아다니며 차를 마시지 않은 좌석들만 찾아가 탁자를 훔치고 재떨이를 갈아주며 이런저런 너스레로 결국 무얼 마시게 만들고 마는 마담은, 혹시 커피 마실 생각이 없거나 벌써 몇 잔째나 마셨노라 말해도, 아마 주머니가 좀 비신 모양인데 사람은 때로 그럴 적도 있게 마련이라며, 그렇다고 이런 자리에서 아무것도 못 마시고 맥없이 앉아 있을 수야 없지 않느냐 공차라도 내주듯 요란스레 레지 아이를 불러대어 은근히 창피를 주곤 하는 마담은, 다방을 나갈 때 찻값을 꺼내주면 서비스 차는 영 싫어하시는군요 어쩌고 카운터 박스의 좌석 번호에서 계산 패를 집어내는 마담은, 꼭 한 가지 어째서 그 끈질기고 유별난 관심으로 내게 굳이 그런 괴로운 호의를 보이는 이유를 도대체 알 수 없는 마담은,

"정말로 밤 날씨가 지겹게 덥지요?"

"아직 여름이니까요."

나는 그녀가 집어 든 재떨이에서 아까 불을 붙이다 만 길다란 꽁초를 집어 들며 심드렁하게 대꾸했다.

"말씀도 싱거우셔라. 윤일 씨는 시골로 내려가신다죠?"

"네, 벌써 갔을지도 모르죠."

"저런. 섭섭해서 어쩌지요? 저한텐 가실 때 한번 들러주시지도 않구. 그 조용하신 분이."

마담은 정말 섭섭한 듯 잠시 망연한 표정을 지었다. 그러다가 하마터면 잊을 뻔했다는 듯 황급히 표정을 바꾸며 말했다.

"참, 아까 미제 파인애플을 한 통 구해다 놨어요. 뭐 좀 색다른 것이 없느냐고 하두 여러분이 찾으셔서…… 애를 썼거든요."

여러분…… 여러분……

"좀 있다가 들지요."

나는 이번에도 좀 퉁명스럽게 대꾸했다.

"아이 이 선생님두. 제가 선생님더러 팔아달라구 조르기라도 했나요?"

"졸린다고 팔아주기나 할 사람으로 보이세요?"

마담은 속이 상해서 그대로 그냥 돌아가버렸다. 조금 있다간 다시 올 테지. 새 재떨이를 가지고서…… 아닌 게 아니라 마담은 몇 분도 되지 않아서 다시 건너왔다. 이번에는 아예 파인애플을 한 컵 담아 들고서였다. 그녀는 그것을 탁자 위에 올려놓고 맞은편 자리로 걸터앉으면서 내 예상과는 다른 말을 하고 있었다.

"선생님께 늘 제가 뭘 좀 대접해드린다 드린다 하면서도 어쩌다 보니 늘 그렇게 되질 못했어요. 오늘은 정말 제가 대접해드리는 것이니, 맛이나 좀 보시라구요……"

"공짜가 무사히 목을 넘어갈까요?"

나는 다소 예상을 빗나간 마담의 선심에 면구스러운 듯 웃으면서 얼버무렸다.

"원 선생님두……"

마담도 쉽게 따라 웃으며 말했다. 그런데 그 웃음이 내겐 어딘지 좀 쓸쓸한 구석이 느껴졌다. 이 여자가 웬일일까. 이 여자에게도 무슨 비애 같은 것이 경험된 일이 있는 것일까. 마담에게서 어떤 비애 같은 걸 상상하기엔 윤선이나 수미 들에게서 부끄러운 곳을 찾거나 년들 식 말대로 '진지하고 엄숙한' 구석을 상상하는 것 한가지로 어울리지 않는 짓거리였다. 그러나 마담이 이번엔 정말로 그런 빛을 역력히 드러내며 말했다.

"왕 그 사람, 어째 오늘은 나두 그 사람 일이 궁금했는데요. 어제 하루 안 나왔다고 그런지. 그 사람이 이 몇 달 동안 얼굴을 내밀지 않은 건 어제가 처음이었거든요. 무슨 일이 있었을까요?"

"그건 제가 아주머니에게 묻고 싶은 건데요. 한데 이상하군요. 아주머니가 그 친구 일을 궁금해하시다니……"

"글쎄, 나도 모르겠어요. 어째 이젠 여길 나오지 않을 것 같은 예감이거든요. 그 양반 하루도 빼지 않고 나와 우리 다방의 장식물처럼 앉아 있었는데……"

마담은 목소리까지 힘이 없었다. 그리곤 왕의 자리를 돌아다보았다. 벌거벗은 여인 목각상들이 아직 그 비어 있는 왕의 자리 주위를 지키고 있었다.

"나오겠지요 뭐……"

나는 마담의 기세에 눌려 자신도 모를 소리를 지껄였다. 나 역시 마담 이상으로 왕의 일이 궁금한 게 물론이었다. 그젯밤 왕이 나를 집까지 찾아왔던 일이 머릿속으로 몰려왔다. 단식에 자신을 잃은 듯하던 이야기, 두렵고 초조해 보이던 얼굴, 그리고 위인이 빗속으로 그림자처럼 사라져가던 모습이 어른거렸다. 정말 무슨 일이 일어난 것일까.

"이젠……"

마담이 다시 말하기 시작했다.

"윤일 씨두 가버리고, 왕 그 양반도 다시 볼 수 없게 되면 이 세느에서 마음으로 벗을 삼고 지내던 분들은 다 가시고 이젠 이 선생님 한 분밖에 남게 되지 않으시겠군요."

"아니, 아주머닌 왕을 미친 사람이라구 하시고서, 미친 사람을 마음의 벗으로까지 생각하고 계셨어요?"

나는 괜히 마담을 비꼬았다. 그러나 마담은 나를 원망하려 하지 않았다.

"글쎄요. 그때 이 선생님이 처음 그 왕 씨 이야기를 물으신 날부터 며칠 사이에 내가 그 사람을 좋아하게 되어버렸나 봐요. 고양이 때문에 화를 내기도 했지만. 그리고 지금 생각해보면 전에도 난 그 사람을 싫어했던 것 같지는 않아요."

마담은 마치 멀리 떠나가버린 사람을 회상하듯 조용조용 말했다.

"이상하군요. 전 아주머니가 그러시는 줄은 전혀 눈치채지 못했는걸요."

"나도 모르고 있었어요. 하지만 난 본래 사람에 대한 이해가 그런대로 제법 깊은 편이에요. 내 과거가 그랬거든요."

"과거라니요?"

"기구했답니다, 참."

그러다 마담은 무얼 생각해냈는지 갑자기 눈을 빛내며 말했다.

"전부터 한번 기회를 봐서 말씀드리려고 했는데…… 오늘 마침 기회가 좋은 것 같군요."

그리곤 기회를 잡은 김에 일을 서둘러야겠다는 듯 냉큼 자리를 일어섰다.

"보여드릴 게 있어요."

마담은 재빨리 계산대 쪽으로 가서 사잇문으로 해서 뒤에 붙은 조그만 내실로 들어갔다. 이내 다시 방을 나온 마담의 팔에는 두툼한 노트 뭉치를 끼고 있었다.

"이게 제 기구한 반생의 기록이에요. 제 수기지요."

다가온 마담이 그 노트 뭉치를 탁자 위에 놓으면서 나와 마주 앉았다.

'주인 없는 꽃—' 윗표지에 쓰인 글씨였다. 수기의 제목인 모양이었다. '주인 없는'은 파란색 정자였고 '꽃'은 흘림체였는데 그 꽃 글자에는 빨간색이 칠해져 있었다. 그것을 보자 나는 느닷없이 농락이라도 당한 듯한 느낌이었다.

"무척 애를 쓰셨겠군요. 이 많은 것을 쓰시느라고……"

이 여자는 어째서 이걸 내게 보여줄 생각을 했을까, 나는 마담의 속마음을 상상해보며 말했다.

"그럼요. 하지만 이건 오히려 내 끝도 한도 없는 인생살이의 역정에 비하면 대충 줄거리밖에 되지 못해요."

"매우 귀중한 기록이겠군요. 아주머니껜."

"그래서 마침 이 선생님께서 그런 데 계시다는 말을 듣고 전부터 한번 의논을 드리려던 참이었어요. 어떻게 좀 해보는 길이 없을까요?"

마담은 제법 눈을 빛내며 다가들었다.

"어떻게 해보다니요? 무얼 말입니까?"

나는 마담의 말뜻을 짐작했으나 그럴수록 우정 시치밀 떼고 들었다. 그러자 마담은,

"좀 들어보세요."

아직도 손을 대지 않은 파인애플 컵을 가리켜 보인 다음, 상대편 물음은 무시해버린 채 그녀 혼자 말을 이어갔다.

"나와 같은 처지의 다른 여성들의 공감을 얻고 싶어서예요. 그리고 그런 사람들에게 작으나마 어떤 용기를 줄 수도 있지 않을까 생각되구요……"

『새여성』에 게재를 주선해달라는 소리였다. 하지만 그 내용은 보지 않아도 알 만했다. 슬픔과 비탄과 넋두리…… 그러지 않아도 마침 『새여성』사에서 '기구한 내 반생기'라는 여성 수기를 현상 모집한 일이 있었다. 그런데 그 수백 편에 달하는 응모 수기가 한결같이 슬픔과 비탄과 넋두리 일색이었다. 이상하게도 이 나라 여자들은 그 '기구하다'는 말을 어김없이 '기가 막히게 슬프다'는 뜻으로 새기고 있었다. 슬픔도 올 데서 온 것이면 몰랐다. 자신의 삶을 자신의 꿈을 좇아 구축해보려던 노력이 어떤 초인간적인 힘 때문에 무참스런 좌절을 겪고, 그래서 다시 새로운 재기를 시도하려는 피나는 의지와 노력이 끊임없이 다시 같은 좌절을 되풀이하는 과정에서 느끼게 되는 인간적인 힘의 한계와 노력의 운명적인 배

반감—, 그런 데서 오는 슬픔이나 절망감이 아니라, 체념을 앞세우고 숫제 비극을 좇고 기다리다 때를 만난 듯 즐겨 자기 비극의 주인공이 돼버리고 나서 마치 즐거운 비명처럼 넋두리를 늘어놓는, 그런 푸념과 넋두리 일색이었다. 대체로 여자들은 그 비극의 주인공이 되기를 동경하거나 그것을 자처하고 나서기를 서슴지 않았다.

"똥 같은 년들! 그래도 제 이름 석 자를 활자로 찍어주길 바래서. 이년들은 제 똥구멍 사진이라도 찍어 내주고 누구 똥구멍이라고 이름을 달아주겠다면 얼씨구 좋다구 나설 년들이야."

갈태가 그 수기들을 읽으면서 자주 내뱉던 악담이었다. 요컨대 그 '기구하다'는 말에 내포시키고 싶었던 '의지'의 의미는 어디에서도 씨알머리를 찾아볼 수 없었다. 하여 『새여성』사에선 불가피 그 '가장 슬픈' 이야기로 응모 작품의 수작을 정할밖에 다른 도리가 없었다.

"아마 제 생각으로는."

나는 거의 마담을 감동시킬 만큼 진지한 표정으로 말했다.

"그런 귀중한 얘기를 어째서 세상에다 함부로 공개하려 하시는지 이해가 가지 않는군요. 귀중한 얘기를 혼자 귀중히 간직하시지 않고 말입니다."

그러자 마담은 다시 한 번 내게 감사의 표현이라는 듯 파인애플을 권했다. 아니, 마담은 그보다도 더 현명한 여자였다. 내 말뜻을 이해한 마담은 이제 어쨌든 자신의 뜻이 충분히 전해졌다고 판단한 듯 그 일에 대해선 더 이상 말을 하지 않았다. 다만 그녀는 조금 서운한 기색을 띤 얼굴로 내게 대한 대답을 대신했을 뿐이었다. 그리고 그것은 충분한 효과가 있었다. 나는 다시 말을 덧붙일 수밖에 없었다.

"하여튼 아주머니의 뜻이 그렇다면 제가 뭐라고 할 수는 없지요. 다만 지금으로선 전 뭐라고 자신 있는 말씀을 드릴 수가 없군요. 곧이듣지 않으셨겠지만 전 며칠 전에 『새여성』사를 당분간 그만두었거든요. 하지만 모레쯤엔 혹시 다시 나가게 될지도 모르겠어요. 다행히 그렇게 되면 좋겠지만 혹시 그렇게 되지 않더라도 거기 친구가 한 녀석 있으니 어떻게 한번 읽어나 보도록 주선해보지요. 내일쯤은 아마 알게 될 겁니다. 그때까지만 기다려주십시오."

그제서야 마담은 서운한 빛을 거두고 웃음기를 활짝 띠었다.

"미안해요. 수고를 끼치게 되어서."

그리고는 한 번 더 파인애플 컵을 권하고 자리에서 일어섰다.

그녀가 돌아갈 때 나는 물론 그녀의 수기를 그때 가서 정성껏 읽어보겠노란 다짐과 함께 다시 가져가게 했다. 그러곤 아무래도 쉬 내키지 않는 그 파인애플 컵을 쫓기듯이 단숨에 비워냈다. 그러면서 나는 부지중 그 속내를 짐작할 수 없을 만큼 유별스럽던 마담의 친절이 비로소 얼핏 그 속내를 드러내오는 듯싶었다.

그런데 그때 또 육중한 우편낭을 진 우체부가 다방 문을 들어서고 있었다. 그리고 그가 마담에게 무엇인가를 묻고 나선 문을 들어설 때 벌써 꺼내 들고 있던 소포 한 점을 그녀에게 내밀었다. 마담은 소포를 받아 들려다 말고 무엇인가 잠시 주저하는 눈빛으로 위인에게 한두 마디 말을 건넸고, 그리고 머뭇머뭇 웬일인지 내 쪽을 한두 차례 건너다보곤 하던 끝에 미적미적 그 소포물을 받아 들었다. 우체부가 마담에게 수령자 확인까지 날인을 받고 다시 다방을 나가고 나자 그녀는 짐작대로 그 소포물을 포장도 뜯어보지 않은 채 곧바로 내 쪽으로 가지고 왔다.

"이 선생님, 윤일 씨 벌써 시골로 가셨댔죠?"

"글쎄요. 확실하진 않지만 아마 그랬을 겁니다. 왜요? 윤 형에게 우편물이 왔어요?"

나는 얼핏 마담의 손에 들린 네모진 물건을 쳐다보며 되물었다. 그것은 무슨 책인 듯싶었다.

"혹시 시골 주소를 모르세요? 윤 선생님한테 책이 온 것 같은데요. 시골로 벌써 내려가셨다면 그리로 부쳐드려야지요."

"확실한 건 저도 알 수 없지만. 그건 무슨 책이죠?"

나는 우선 마담에게서 우편물부터 받아 살펴보았다.

그런데 뜻밖이었다. 그 한순간 나는 이제 내가 그동안 그토록 마주치기를 망설여오던 일 하나가 바로 눈앞에 닥쳐들어버린 것을 알았다. 그 책은 다름 아니라 그동안 내게 은근히 갈태를 기다리게 하고, 그러면서도 그 어둑한 두려움 속에 시내 쪽엘 나가기를 망설이게 했던 내 단편소설이 실린 잡지였다. 그것이 이런저런 인연으로 갑자기 내 앞에 나타나버린 것이었다. 발신인은 잡지사 명의였고 수취인은 물론 윤일이었다. 주소가 세느 다방 전교로 되어 있었다.

"윤일 씨가 여기다 시를 발표했나? 그 사람 책이 늘 이리로 왔어요?"

나는 필시 그 잡지에 윤일의 시도 함께 발표된 모양이라 생각하며 짐짓 조급스런 마음을 누르고 지나치듯이 물었다. 그러나 마담은 부인했다.

"아닐 거예요. 이 잡진 은숙 씨가 언젠가 1년분을 한꺼번에 미리 예약해준 거예요. 시인이 문학잡지 한 권 맘 놓고 읽지 못해서 쓰겠느냐구요. 매달 돈을 내어 사기도 뭣하다구 이곳 주소를 빌리면서 분실하지 않게 해달라구 신신당부를 했어요. 그 양반 시가 실리는 달은 두 권이 한꺼번에 와요."

이번에는 한 권뿐이니 그럼 윤일의 시는 실리지 않은 것이겠군— 나는 이제 혼자 체념기 속에 그러나 계속 딴전을 피우듯 마담에게 말했다.

"제가 잠깐 구경해도 될까요. 주인이 없는 데서 윤 형에게 미안하지만……"

"그러시죠. 책인데 뭐 어쩔라구요."

마담은 선선히 응낙했다. 그리곤 그녀도 뭔가 좀 심상찮은 기미를 눈치챈 듯 아예 맞은쪽으로 자리를 잡아 앉았다.

그러거나 말거나 나는 벌써 포장을 절반이나 뜯고 있었다. 될수 있으면 포장이 상하지 않게 조심조심 책을 꺼낸 다음 급히 안쪽의 목차를 살폈다. 마담의 말대로 윤일의 시편은 실려 있지 않았다. 그것을 확인하고 나자 나는 새삼 좀 서운한 느낌이 들었다. 그러나 다음 순간 내 눈길은 곧바로 자신의 이름을 찾아내고 급히 그 이름 밑의 페이지를 들췄다. 그리곤 마담이 앞에 앉아 기다리는 것도 잊은 채 빠른 눈길로 대충 소설의 내용을 훑어 내려갔다. 1년

전, 그 작품을 위해 끝없이 망설임을 되풀이하다 드디어는 불만과 체념 속에 정착해버린 수많은 말들 중에 마지막으로 내게 선택된 낯익은 어휘들이 새롭게 다가왔다. 그리고 내내 씻어지지 않는 의구심 속에 자신의 지난 생각과 모습에 대한 재빠른 일별이 끝나자 나는 다소 안도의 한숨을 내쉬었다.

예상과는 달리, 작품에는 내가 지금까지 그렇듯 두려워해오던 대목이 크게 드러나지 않았다. 대강의 줄거리로 이미 짐작하고 있었던 것 이상은 새로운 어둠의 구덩이가 나타나지 않았다. 작품을 모두 훑어보고 난 느낌은 오히려 후련하기까지 한 편이었다. 그리고 그 1년 전의 자신의 생각과 말들이 먼 기억의 벽을 뚫고 적잖이 반갑고 새롭게 다가와 나는 그동안 잃어버리고 지내온 자신의 분신이라도 만난 듯 제법 훈훈한 감동까지 맛보고 있었다.

"이 선생님, 그 소설 선생님이 쓰신 거 아니세요?"

갑작스럽게 잡지에 매달리고 드는 내가 아무래도 수상했던지 계속 자리를 지키고 앉아 있던 마담이(그러나 내 서슬에 눌려 기회를 참고 기다렸던 듯) 이윽고 내 쪽을 넘겨다보며 아는 체를 해왔다. 나는 아직도 그 알알한 흥분기 속에 웃고만 있었다.

"틀림없군요. 이준. 이 소설을 쓰신 게 이 선생님이 틀림없어요. 어디 제게도 좀 보여줘 봐요."

마담은 짐짓 놀랍다는 표정 속에 그 자리에서 작품을 읽어낼 기세로 그 책을 빼앗아다간 바로 페이지를 들추기 시작했다. 나는 잠시 그 마담을 내버려두고 기다리는 수밖에 없었다. 1년 전의 일들이, 그리고 그 소설을 쓰게 되기까지의 오랜 습작기에 얽힌 여러 가지 일들이 새삼 자신의 묵은 진실의 덩어리처럼 머릿속에서 부침을 계속했다. 그러나 나는 물론 그렇게 조용히 앉아 자신의 상념만 좇고 있을 수는 없었다. 그동안도 소설에 대해 마담이 계속 이것저것을 물어오고 더러는 자신의 감상담까지 덧붙여온 때문이었다. 그리고 드디어 소설을 다 훑고 난 마담은,

"아아, 정말 재미있군요."

하고 먼저 썩 감동적인 어조로 말하고는,

"그랬군요. 선생님께선 소설가셨군요. 그런 걸 저는 아무것도 모르고."

무엇인지 이제 짐작이 간다는 듯 혼자 몇 번씩 머리를 주억거렸다.

자정이 거의 가까울 무렵에야 나는 녹초가 되어 자리에서 일어났다. 그때까지도 왕은 끝내 나타나지 않았다. 갈태의 소식 역시 마찬가지였다.

하숙방으로 돌아오자 나는 창문을 열어놓은 채 시원한 방바닥에 사지를 펴고 늘어졌다. 딱딱한 방바닥이 마룻장 같았다. 점심부터 곯은 배에선 서늘한 시장기가 심신의 피로감과 어울려 저릿저릿 기분 좋은 통증을 빚고 있었다. 나는 열린 창문으로 밤하늘을 쳐다보고 누워 그 시장기를 즐기기 시작했다. 옛날 대학엘 갓 입학했을 때 학교 강의실에 책상을 모으고 드러누워 밤을 지내던 일이 다시 떠올랐다. 번쩍번쩍 불빛만 있고 뒤에 선 사람의 모습이 보이지 않던 그 매섭고 비정적인 전짓불이 떠올랐다.

그러자 이윽고 사내가 나타났다.

그런데 오늘 밤 사내는 검은 어둠 속으로 목소리만 들려올 뿐 모습은 눈으로 볼 수가 없었다.

—이젠 사실상 오늘이 마지막 날입니다. 내일이면 당신의 모든 일이 끝납니다. 새로운 진술거리가 생각났습니까.

사내는 거두절미 이날따라 매우 사무적인 어조로 말해왔다. —아아 진술. 최후의 새로운 진술……! 그러나 나는 오늘 아무것도 준비해둔 진술거리가 없었다. 온종일 마음만 허둥댔을 뿐 결코 아무것도! 그런데 도대체 당신의 정체는 무엇인가. 오늘 밤엔 모습조차 드러내지 않는 당신의 숨겨진 정체는? 그리고 이토록 내 진술을 어렵게 만들어온, 그러면서도 언제나 동정기 어린 목소리와 가면을 즐겨온 당신들의 불가사의한 정체는……!

나는 머리를 흔들었다. 그러자 사내의 모습 대신 눈앞에서 그 전짓불 같은 섬광이 한 번 번쩍 지나가는 것 같았다.

—참으로 유감스런 일이군요.

다시 사내의 목소리가 들려왔다.

—하지만 당신은 요즈음 당신 주위에 새로 생긴 일까지 진술을 시도한 일이 있었지요. 오늘은 그럼……

—없어요, 아무 일도 일어나지 않았어요. 오늘은 그 왕조차 하루 종일 나타나지 않았어요. 내『새여성』사 친구도 마찬가지였구요.

—당신은 아직도 그 사람들을 기다립니까. 내일까지 그들이 나타나주지 않으면 당신은 그대로 끝장을 맞을 참입니까? 그보다 당

신은, 전에도 말했다시피 마음에 내키지 않더라도 당신 자신 속에서 좀더 자신의 진술거리를 찾아보는 것이 나을 듯싶은데요.

또 한 번 새하얀 섬광이 지나갔다.

—생각이 닿은 일은 이미 모든 걸 다 말하지 않았습니까. 이젠 정말 더 다른 일을 생각해낼 수가 없어요.

나는 거의 절망적으로 매달리듯 말했다. 그런 내 표정을 사내가 찬찬히 살피고 있는 것 같았다.

—하지만 당신들은 내일 내게 마지막으로 한 번쯤 더 기회를 줄 수도 있겠지요.

조급해진 내 물음에 사내는 잠시 더 묵묵부답이더니 이윽고 작정이 선 듯 천천히 대답했다.

—마지막 형장에서…… 기회는 한 번 더 갖게 됩니다. 하지만 그것은 다만 유언에 한해섭니다. 그러니까 당신의 구원을 위한 진술 기회는 오늘 이것이 마지막입니다.

—아아!

나는 내 가느다란 신음 소리를 자신의 귀로 들으며 한 번 더 머릿속 기억을 더듬어보려 안간힘을 다했다.

—이상하군요.

사내의 목소리가 아득하게 다시 귓전을 울려왔다.

—아까 처음 당신을 보았을 때 나는 무엇인가 오늘 밤 당신이 새 진술거리를 찾은 것 같았는데…… 잘못 본 모양인가요. 하지만 당신은 오늘 밤 전에 없이 기대에 찬 얼굴이었어요.

사내는 그쯤 다시 돌아갈 기척을 보였다.

그때였다. 나는 비로소 섬광처럼 지나가는 생각이 하나 떠올랐다. 사내의 말이 불시에 까맣게 잊고 있던 그 한 가지 기억을 상기시켜주었다.

—있습니다. 한 가지 새 진술거리가 생각났어요. 지금 바로!

나는 황급히 사내의 주의를 붙잡아 세웠다. 아닌 게 아니라 스스로도 의식될 만큼 새로운 기대에 찬 목소리로.

사내는 그것이 무엇이냐고 묻는 듯 잠잠히 내 다음 말을 기다리고 있었다.

—내 단편소설이 실려 나왔어요. 이달 치 한 문예지에 말입니다.

—단편소설이라구요? 그럼 당신은 소설을 쓰고 있었습니까?

뜻밖이었다. 이날 밤 사내와의 마지막 순간에 그렇듯 두렵기만 하던 내 소설이 마지막 새 진술거리로 떠오른 것도 그랬지만, 사내의 관심 어린 반응은 그보다도 더 예상치 못한 것이었다.

—네, 얼마 전에 쓴 것이 이제 채택되었어요. 오늘 낮 나는 오랜만에 그 작품을 다시 읽었습니다.

나는 다시 한 번 기대에 찬 목소리로 설명을 덧붙였다.

—그건 정말 처음 듣는 얘기군요. 각하께 보고할 만한 가치가 있을 것 같습니다. 내용이 어떤 것입니까?

사내의 관심은 나를 더욱 서두르게 했다. 그러나 나는 사내의 요구에 따라 소설의 내용을 이야기하려다 다시 주춤하고 말았다. 그 내용이 무엇이었던가. 망설임…… 저들이 싫어하던 선택의 망설임이 바로 그 주제가 되어 있지 않았던가. 나는 진술을 주저할 수밖에 없었다. 그런데 그때 사내가 이젠 내 설명이 더 필요 없다는 듯 나를 가로막고 나섰다.

　—좋습니다. 우선 각하께 이 사실을 알리지요. 당신이 소설을 써왔다는 사실을 말이오. 그리고 필요하다면 우리가 그 작품을 검토하겠습니다. 당신의 작품은 그것으로 이미 완전한 진술이 행해진 것이니까요. 그것을 다시 이야기시킨다는 것은 불필요한 사족과 혼란만 더할 뿐일 테니까요.

　그러나 사내의 이 말은 나를 조금도 안심시키지 못했다. 소설 속에 만재한 그 망설임이라는 것이 이들에게 어떻게 보일 것인가. 이들에게 소설이 어떻게 읽혀지고 해석될 것인가. 나는 뜻하지 않은 새 근심에 휩싸일 수밖에 없었다.

　—하여튼 각하께 대한 새 보고거리를 얻은 것은 당신을 위해 퍽 다행스런 일입니다. 물론 이것으로 당신에게 반드시 좋은 결과가 오리라곤 말할 수 없습니다만.

　사내의 목소리가 내게 마지막으로 말했다. 그리고 조금 뒤 사내는 사라져 돌아갔다.

　하지만 나는 여전히 근심의 늪을 헤어날 수가 없었다. 도대체 그 조그만 한 편의 소설이 이제 내 운명을 좌우할 마지막 저울추가 되다니. 그게 어떻게 내 파국을 구할 수 있단 말인가. 위인들은 대체 그 소설이라는 진술 형식을 어떻게 여길 것이며, 망설임기 가득한 그 진술의 내용을 어떻게 받아들일 것인가. 나는 갈수록 더 절망스러울 수밖에 없었다.

　밤하늘은 별이 제법 총총한데, 그 먼 변두리에서 이따금 뇌광이 번쩍이고 있었다. 그것은 한동안 날이 가물 징조였다.

제10일

왕이 죽었다.

그가 죽었다는 소식을 들은 것은 이날 내가 정오쯤 두번째 세느로 갔을 때였다. 마담이 눈이 휘둥그레 해가지고 와서 그 나쁜 소식을 전했다.

"폐렴이었대요. 이틀 전엔가 밤중에 비를 흠뻑 맞고 들어와 쓰러져 눕고 말았다는군요, 글쎄."

나는 전기를 맞은 듯 멍청하게 굳어져 서서 마담의 말을 듣고 있었다.

"생각해보니까 이틀 전이라면 그 양반이 이곳에 와서 이 선생님을 찾다가 간 날이에요."

나는 여전히 마담의 얼굴만 쳐다보고 있었다.

"그러니까 이 선생님은 끝내 그 친구를 만나보지 못하셨죠? 얼마나 가슴이 아프시겠어요?"

나는 돌아섰다. 눈으로 왕의 자리를 찾았다. 그의 자리는 물론 비어 있었다. 몇몇 여인 나상들만이 텅 빈 그의 자리를 지키고 있었다.

"누가 그러던가요? 왕이 죽었다고……"

"아까 수미 씨랑 그이들이 와서 그래요. 오늘 아침에 그렇게 되었다구. 아마 그이와 하숙을 이웃한 친구들한테 들은 모양이에요."

"그 아가씨들이 어떻게 그런 걸 알았을까요?"

"글쎄요. 그 아가씨들도 어디서 소문을 들었겠지요. 그 소릴 들으니까 저도 오늘 일이 어찌나 재미없고 맥이 풀리는지……"

나는 마담의 말을 등 뒤로 들으며 왕의 자리가 건너다보이는 내 단골 자리로 건너갔다. ……재미가 없다―, 나는 자리에 앉아 비어 있는 왕의 자리를 건너다보면서 혼자 중얼거렸다. 그리고 해가 저물 때까지, 해가 저물고 다시 밤이 한참 깊을 때까지 거기 그냥 그대로 앉아 있었다. 그렇다면 그는 정말 이 지상의 사람이 아니었단 말인가. 다른 별에서 자신의 왕국을 잃고 쫓겨 온 외계의 사내, 망명의 왕이었단 말인가. 그래 이 땅의 대기와 질병엔 그토록 약해빠질 수밖에 없었던 것인가……

아닌 게 아니라 왕은 끝내 나타나지 않았다. 어느 참엔가 마담이 한 번 다가와 왕이 죽은 건 사실인 모양이라고, 다른 학생으로부터도 또 같은 소문을 들었노라, 근심스런 얼굴로 재차 일러주고 갔을 뿐이었다.

모습을 볼 수 없는 것은 윤일도 마찬가지였다. 윤일 역시 그날로 곧 시골로 내려간 모양인지 전날부터 종내 소식을 알 수 없었다.

나는 내내 혼자 자리를 지키고 앉아 있다 11시가 지나서야 비로소 다방을 나왔다. 다방을 나오다간 얼핏 한쪽 구석에서 호기심 어린 눈초리로 나를 지켜보던 수미 들과 잠시 시선이 마주쳤지만, 이날따라 왠지 당황스러워하는 기미가 역력한 그들이 이젠 그저 무관스러워 보이기만 하였다.

—당황해 할 줄도 아는 아가씨들이었던가? 아마 시험이 다 끝난 게지.

나는 이제 그 수미 들에게까지 심사가 무심해질 만큼 마음이 이상하게 평온해져 있었다.

하숙방으로 돌아와 자리로 들었을 때도 나는 이 어정쩡한 휴가가 시작된 뒤 마음이 가장 평온했다.

나는 모처럼 그런 적요로운 상태 속에 조용히 나의 신문관 사내를 기다렸다. 하지만 사내가 이날도 다시 나타나줄지가 의문이었다. 언제나 내 심신이 피곤하게 지쳐 있을 때만 나타나던 사내였다. 그런데 나는 지금 사내를 맞기엔 마음이 너무 차분하게 가라앉아 있었다. 시장기가 좀 돌고 몸이 노곤했지만 정신은 너무 초롱초롱했다. 그러나 오늘은 마지막 10일째— 필경엔 사내가 나타나야 할 날이었다. 그리고 오늘 밤엔 나 또한 조금도 사내에 대한 두려움이 없었다. 이제는 왕까지도 기다리지 않았다. 그의 일은 이미 결말이 명백했다. 갈태 역시 마찬가지였다. 오늘은 녀석도 전혀 기다린 일이 없었다. 무엇보다 나는 오늘 왼종일 사내에 대한 새 진술거리를 생각해보려 한 일이 없었다. 아마도 사내는 내게 다시 그 마지막 진술에 대한 의사를 묻고, 내가 미련 없이 고개를 흔들어(그게 세느에서부터 내 머릿속에 자리 잡은 결심이었다) 보이면 그것으로 그의 일을 가차 없이 끝내게 되리라. 이를테면 나는 이제 그렇듯 더 할 말이 없었다. 사내의 말마따나, 아닌 게 아니라 그 소설이 내 마지막 진술이었다. 그것으로 '각하'의 마음이 바뀌리란 기대를 걸 수도 없었지만, 그렇다고 기대가 아주 없을 수도 없었다. 하지만 사내가 어느 쪽 결정을 선언하든 나는 이제 더 이상의 진술을 시도하거나 다른 연명의 길을 꾀해볼 생각이 없었다. 나는 다만 그 '각하'의 결정을 빨리 알고 싶을 뿐이었다. 나는 그 사내를 맞기 위해 다시 한 번 마음을 편안히 가다듬은 다음 무념무상 조용히 눈을 감고 기다렸다.

그러자 이윽고 사내가 나타났다. 오늘도 내겐 그 모습이 보이지 않는 목소리만으로였다.

—당신의 형 집행을 당분간 연기하라는 각하의 명령이셨습니다.

(오늘도 어김없이 그 특유의 제복을 입고 나타났을) 사내는 내가 그의 출현을 분명히 알아차릴 틈도 없이 곧바로 말해왔다. 나는 이 말이 내게 무슨 뜻을 지닌 것인지를 미처 새겨듣기도 전에 반사적으로 어깨를 들먹 하고 일어서려 했다. 그것을 보고 사내가 웃음기 어린 목소리로 좀더 부드럽게 덧붙여왔다.

—각하께선 당신이 소설을 쓰는 사람이라는 점에 적지 않은 관심을 보이셨습니다. 그 점을 뜻깊게 받아들이신 것입니다.

—소설의 어떤 점에 대해서 말입니까.

나는 잠시 어리둥절해 있다 그 사내의 목소리 쪽을 향해 물었다.

─각하께서는 그 소설이라는 것이 가장 성실한 진술의 한 가지 형식이라는 말씀이셨습니다. 소설에서는 대개 가장 성실한 형식으로 거짓 없는 자기 진실을 말하게 된다구요. 그러니 소설을 쓰는 사람의 경우엔 어떤 다른 진술보다 당연히 그 소설이 먼저 채택되어야 한다는 게 각하의 판단이셨지요. 당신의 소설은 그만큼 검색해볼 가치가 충분했던 거구요. 따라서 당신은 그 소설 속에 당신이 행한 진술이 충분히 읽히고 해석될 때까지 형의 집행을 연기 받게 된 것입니다. 그 결과 경우에 따라선 지금 당신에게 내려진 선고 자체가 실효가 될 수도 있구요. 필요하다면 당신에겐 그 소설에 의해 새로운 선고가 내려질 것입니다. 그러니까 일테면 앞으로 당신의 삶의 행로는 전혀 당신의 소설에 달리게 된 셈이지요.

　나는 비로소 사태를 짐작했다. 1년 전에 쓴 소설이 이젠 드디어 내 삶의 행로를 판가름해갈 결정적 열쇠가 되고 있었다.

　─그렇다면 당신들의 검색은 얼마나 계속될 것입니까?

　나는 얼마쯤 힘을 얻어 물었다.

　─당신의 소설이라는 것은 이미 발표된 것만이 아니라 당분간 앞으로 발표될 것까지를 포함합니다. 물론 앞으로 소설을 더 쓰느냐 않느냐는 당신의 자윱니다. 하지만 당신이 이후로 소설을 더 쓰지 않는다면 우리들의 검색 대상도 그 한 편에 한정될 수밖에 없겠지요. 그 소설이나 당신에 대한 평결의 시기도 그만큼 빨라지겠구요. 하지만 당신은 소설을 더 쓰지 않겠습니까?

　사내의 물음에 나는 물론 쉽게 대답할 수가 없었다. 그런 내 기미에 사내가 다시 말을 계속했다.

─소설을 계속한다면 당신에 대한 새 선고는 필요한 시기까지 미루어질 것입니다. 각하께서 확실한 심증을 얻으실 때까지 말입니다. 그리고 그때까진 내가 다시 당신 앞에 나타나는 일도 없을 것입니다. 하지만 이 점을 잊지 마십시오. 내가 당신에게 나타나지 않는 동안─, 그것은 언제까지나 당신에 대한 선고의 유예 상태가 계속되고 있는 상황이라는 점을 말입니다.

나는 그 사내의 말을 하나하나 되새겨보고 있었다. 그러다 문득 어떤 새로운 공포감에 젖어들며 불쑥 사내에게 물었다.

─그런데 도대체 당신의 각하는 누굽니까?

그러나 이 말에 사내는 곧이곧대로 대답하지 않았다. 그가 보이지 않는 웃음기 속에서 말했다.

─그건 비밀이라고…… 전에 말했지요. 당신은 그걸 물어서는 안 됩니다. 당신이 묻고 있는 동안엔 그건 영원한 비밀입니다. 내가 대답할 수 있는 말은 그것뿐입니다. 하지만 언젠가 당신이 그걸 묻게 되지 않을 때 당신은 스스로 알게 될 때가 있을 것입니다. 혹은 벌써 당신은 그것을 알고 있는지도 모르겠구요.

그런데 이번엔 내가 그 사내의 말에 뭔지 이해가 되기라도 하듯 자신도 모르게 머리를 끄덕이고 있었다.

─자, 그럼 이것으로 일단 이번의 내 임무는 끝내기로 하겠습니다. 아무쪼록 행운을 빕니다. 안녕히 계십시오.

사내는 갑자기 돌아가려는 기척이었다. 그러더니 다시 충고하듯 은근한 어조로 덧붙여왔다.

─어째 오랫동안 당신을 찾지 않게 될 것 같은 예감이 드는군

요. 당신은 앞으로도 아마 소설을 쓰게 될 테니까……

—글쎄요.

사내의 말에 나는 물론 전혀 자신이 없는 목소리로 대답했다.

나는 정말로 자신이 없었다. 소설 역시 사내의 말대로 자기 진술의 일종이었다. 그리고 물론 가장 정직하고 성실한 진술의 형식이었다. 그렇다면 나는 그 소설 속에서도 역시 내 허기의 기억만을 되풀이 이야기하게 될 것이 아닌가. 도대체 나에게 그 허기 이외에 다른 무슨 기억이 있는가. 그래 거기서도 계속 그 허기 이야기만 일관하고 만다면 '각하'의 선고는 역시 마찬가지가 될 것이 아닌가. 도대체 그것 말고 내게 다른 진술거리가 생길 때가 올 것인가. 그리고 거기 다시 오늘 같은 괴로운 신문자, 일방적이고 자의적인 심판관은 없을 것인가.

—하여튼 당신이 혐의를 벗을 수 있게 되기를 바라겠습니다.

사내가 마침내 좀 어울리잖은 친밀기를 담은 목소리로 말해왔다.

—글쎄요.

나는 다시 한 번 글쎄요를 되풀이하며 힘없이 대꾸할 수밖에 없었다.

—자신이 없군요. 나는 아직도 자신을 잘 모르겠으니까요.

그리고 나서 나는 다시 힘없이 웃었다. 그러나 그것으로 사내는 이미 기척이 사라지고 없었다.

몇 시쯤 되어서였을까. 나는 마룻장에 무엇이 쿵 떨어지는 것 같은 소리에 눈이 번쩍 띄었다.

"준이란 새끼 있어? 이준!"

정신도 차리기 전 문 앞에서 악을 써대는 소리에 나는 허둥지둥 문을 열고 밖으로 나갔다. 마루에는 한 거대한 몸집이 반쯤 고꾸라져 머리를 박고 엎드려 있었다. 갈태였다.

"야 요누므 새끼! 초저녁부터 잠만 퍼자구 자빠졌어? 형님이 오신 줄도 모르구!"

갈태는 혀가 꼬부라진 소리를 하며 덥석 내 발목을 잡아 비틀었다.

"밤중에 남의 집 찾아온 녀석이 점잖게 들어오지 못하고."

나는 녀석의 등덜미를 잡아 방으로 끌어들여놓고 천장의 형광등을 켰다. 1시가 조금 넘어 있었다.

"도대체 어떻게 여길 찾아왔지? 이렇게 술걸레가 되어가지고."

나는 우선 녀석이 집을 찾아낸 게 용했다. 주소가 있으니 밝은 낮 총총한 정신이라면 어려울 것도 없겠지만, 자정이 넘은 시각에 젖은 술통처럼 굴러들어 왔으니 취중치고는 예사 총기가 아니었다.

"흐흥…… 용하지? 잡지사 기자 노릇 한 덕분 아냐. 원고 얻으러 대가들 집 찾아다니다 보니 요령이 붙은 거지."

안으로 끌려 들어온 갈태는 방 윗목에서 냉수 그릇을 발견하곤 벌컥벌컥 그걸 다 비우고 나서야 머리가 좀 깨인 듯 목소리를 차츰 낮췄다.

"그래 어떻게 왔어? 그렇게 기다려도 그림자도 얼씬 않더니."

"이 새끼, 달싹 않고 틀어박힌 건 네놈이지! 내가 한번 나오라고 엽서까지 보냈는데두. 너 그 엽서 받았지?"

갈태는 또 뭐가 마시고 싶어지는지 뚤레뚤레 새삼 방구석을 둘러보며 말했다.

"그건 받았지."

대답하고 나서 나는 자리를 일어나 방을 다시 정돈하기 시작했다.

"너 자고 가야지? 옷 벗어!"

"오냐, 가래도 자고 가겠다. 벗구말구."

그는 일어서서 옷을 훌훌 벗었다. 그리곤 다시 그 바지 주머니를 뒤지더니,

"하지만 이대로 그냥 잘 수는 없잖아. 니가 좀 나갔다 올래?"

지폐 두어 장을 뽑아 내 앞으로 던졌다.

"시간이 많이 늦었잖아? 그리고 넌 취할 만큼 취했구."

나는 그냥 녀석을 건너다보고만 있었다.

"저 새끼가 갔다 오라면 빨랑 가잖구! 요 앞 가게 주인이 아직 길에 나와 있어. 내가 보구 왔어!"

"자식이 아깐 술주정 헛했군."

나는 할 수 없이 바지를 끼고 방을 나섰다.

"한밤중에 남의 집 대문을 뛰어들려니까 미안해서 그랬지 뭘."

녀석이 드디어 실토를 하곤 웃었다.

"그럼 네놈이 사 들고 오면 어때서?"

"그야 아직 집을 찾지 못하고 있었으니 그랬지. 한데 나 좀 씻어야겠다."

위인이 팬티 바람으로 방문을 따라 나왔다.

"저쪽에 펌프가 있어."

그런데 잠시 뒤 닫힌 가게 문을 두드려 소주병과 과자 봉지를 들고 대문을 들어서려다 나는 다시 한 번 기겁을 했다. 녀석이 아직도 우물에서 펌프 물을 퍼내고 끼얹고 하느라 제 세상처럼 소란을 피우고 있었다. 더구나 먼빛으로 보니 위인은 팬티까지 벗어 팽개친 알몸 꼴이었다. 하지만 주의를 주긴 이미 때가 늦은 데다 섣불리 그랬다간 위인의 성미에 더 큰 소란만 부르기 십상이었다. 나는 그만 숨을 죽인 채 고양이 걸음으로 살금살금 방 안으로 숨어들어가 녀석을 기다렸다.

"팬티 있지? 하나 바꿔 입자."

이윽고 갈태는 팬티만 입은 채 물을 줄줄 흘리며 마루로 올라섰다. 할 수 없었다. 언뜻 수미와 윤선 들의 일이 생각났다. 빨간 미니스커트와 물색 원피스를 바꿔 입고 다니던 일을 떠올리며 나는 내 팬티 하나를 꺼내주었다.

"불 좀 꺼……"

새 팬티를 내어주니 녀석은 방 안의 불을 끄게 하고 마루에서 그냥 그걸 갈아입었다.

"이건 내일 네가 빨아 입어!"

물걸레가 된 자기 팬티를 마루 구석으로 내던지며 위인이 이윽고 방 안으로 들어왔다. 그리곤 내가 술잔을 씻어 오고 술병을 따고 하는 동안 방바닥에 혼자 나동그라져서 연방 어 시원하다, 어 이젠 살겠다 소리를 되풀이하더니 마침낸 다시 몸을 벌떡 일으켜 술병 앞으로 다가앉으며 내게 한마디 해왔다.

"너 참 이 동네 유지가 되었더구나?"

좀 전의 주정은 정말 거짓이었던 듯 이번엔 더없이 말짱한 얼굴이었다.

"어디서 또 수소문을 하고 수캐처럼 쏘다닌 게로구만."

"그게 아니라 요 위 세느란 다방엘 들렀지. 주소만 가지곤 아무래도 안될 것 같아 마침 다방에 불이 켜 있길래 혹시나 하고 올라갔더니 마담이 아직 들어가지 않고 있었어."

"그래 그 마담이 유지라고 그러던?"

"오냐. 좀 이상한 데가 있지만 재미있는 사람이라더라. 그사이에 벌써 마담을 친해놨으면 유지가 됐지 뭐냐?"

"나 유지 된 덕분에 너도 그 마담 일로 머리를 좀 썩이게 될지 모를걸."

나는 마담의 수기를 생각하며 말했다.

"그야 괜찮지. 아직 썩 밴밴하고 싹싹한 것 같던데, 그런 여자라면 조금 애를 먹어도 좋겠지."

위인은 속도 모르고 입을 벌쭉거렸다.

하지만 나는 그 일은 우선 그쯤 해두고 넘기기로 했다.

"그런데 마담이 어떻게 여긴 줄을 알았지? 난 말한 일이 없는데."

"마담이 가르쳐줬으면 이제야 왔겠어? 요 근처인 줄은 아는데 모르겠다더라. 그래 또 주소를 들고 나섰지."

"그래 찾기는 용케 잘 찾았다. 하지만 덮어놓고 마룻장 위로 돌진을 해와? 만약 이게 여자애들 방이라도 되었다면 넌 몰매를 맞고 쫓겨났을 거다."

"다 확인을 했거든. 문패를 보고 대문을 두들겼지. 아주머니가 나와서 네 방을 가리켜주고 들어가더라. 마루 밑에 네 싸구려 구두가 있지 않아? 그래 안심했지."

술잔이 부지런히 비워졌다. 갈태는 아주 새판잡이로 술을 시작하고 있었다.

"여기 올 마음은 어떻게 났어?"

"오늘이 토요일이거든…… 한잔 마시고 집으로 가는 길에 갑자기 생각이 나서 차를 내려 바꿔 탔지. 사실은 전부터 좀 차분한 날을 골라 오려고 맘먹고 있었는데 오늘은 마침 또……"

갈태는 무엇인가 말을 계속하려다 말고 순식간에 다시 술기가 달아오르기 시작한 눈길로 나를 얼핏 스쳐보았다. 나는 그의 빈 술잔을 채워주며 짐짓 채근을 하고 들었다.

"그래 진작부터 한번 찾아줄 마음을 잡수셨다니 황송하구만. 그런데 그게 이렇게 빨라?"

"흥, 말씨를 보니 이 몸을 몹시 기다리신 모양인데……? 구세주처럼 말이야."

"구세주? 하지만 오늘 밤은 기다리지 않았어. 기다릴 일이 없어졌으니까."

갈태에겐 물론 그 말이 쉽게 이해될 수가 없었다. 녀석은 머뭇머뭇하고 있더니,

"그 무슨 소린지 잘은 모르겠지만, 하여튼 날 기다리지 않게 되었다니 내가 다행이다. 글쎄, 구세주란 언제나 그렇게 일이 끝난 뒤에야 나타나는 법이라니까. 하하……"

그는 껄껄거리며 웃었다.

"왜 웃어!"

나는 모처럼 진하게 번져 오르는 술기를 핑계 삼아 짐짓 그의 웃음을 호통쳤다.

그러나 갈태는 한참 더 그렇게 껄껄거리고 나더니 역시 장난스럽게 지껄여댔다.

"글쎄, 지각한 구세주가 가지고 온 구원이 참 섭섭한 것이 돼놔서 미안해 그런 거 아냐."

나는 비로소 갈태가 오늘 밤 그저 우연히 생각이 나 찾아온 것이 아니라는 걸 알았다. 아까도 한 번 그런 기미가 보였지만, 위인은 오늘 밤 아무래도 무슨 할 말이 있는 것 같았다. 하긴 나 역시 여태까지 내 회사 일을 들으려고 그를 기다려온 셈이니까.

"그래 그 섭섭한 구원의 주머니를 주저 말고 풀어놔 보지그래. 난 거기서 뭐가 나오든지 상관 안 할 테니."

그러자 갈태는 술잔을 들어 올리다 말고 표정을 다시 고치며 정색스럽게 물었다.

"그래 아까 넌 기다릴 일이 없어졌다고 했겠다? 뭔가 끝장이 났다고 말씀야."

다짐부터 하고 들었다.

"글쎄…… 그런 셈이지."

나는 좀 애매하게 대답했다. 사실 나 자신도 무슨 일이 어떻게 끝난 것인지 모든 사정이 아직도 애매할 뿐이기 때문이었다.

"그렇다면 좋아. 좀더 구체적으로 이야기하지. 너 지금 회사 일이 어떻게 되어 있으리라 생각하구 있어?"

"회사 일이 어떻게 되어 있다니?"

"설마 네가 다시 회사를 나오고 싶어 하기를 국장이 기다리리라
곤 생각하고 있지 않았겠지?"

그의 말뜻이 비로소 명백해졌다.

"왜, 나가고 싶달까 봐 걱정이시라던?"

"네가 정말 나오고 싶어 한다면 걱정이겠지."

갈태는 조금 전에 내려놓았던 술잔을 들어 비우고 나서 다시 말
을 이었다.

"사실은 미스 염 이야길 듣고 곧 한번 오려고 했지. 그런데 그
이야기를 들은 다음 날, 그러니까 내가 엽서를 띄운 다음 날 네 자
리에 딴 친구가 새로 와 들앉아버렸단 말야. 그래도 난 첨엔 내 엽
서를 받고 네가 한번 나타나주길 기다렸지. 일판이 어떻게 되나
보게 말야. 뭐 나중엔 너도 나타나지 않고 회사 쪽에서도 네 일은
다 끝난 걸로 아는 눈치고 해서 언제 차분한 날을 잡아 오려고 생
각했지. 그래도 좀 걱정은 되었어. 미스 염 말로는 네가 정말 한
10일쯤 쉬면서 거취를 다시 생각해 결정할 것으로 알고 있을 거라
더구만. 하지만 네가 만약 그 일로 아직까지 머릿속을 굴리고 있
었다면 그거야말로 서글픈 코미디잖아? 애초에 주어지지도 않은
선택을 가지고 혼자 고심을 하고 있었다면 말야. 그래 사정을 좀
일찍 알려주고 싶기도 했지만 마땅히 틈이 안 났어. 너도 이미 회
사 일을 기다리지 않은 모양이어서 다행이지만. 어쨌든 마지막 선
택은 네가 할 수 있는 게 아니었어. 휴가란 면전에서 말하기 좋은

속임수였을 뿐이지."

나는 그저 듣고만 있었다. 갈태도 이젠 한동안 말이 없었다. 술기가 새삼 심하게 취해왔다. 네 홉짜리 소주 한 병이 거의 바닥을 드러내고 있었다.

"그래 이젠 어떡할 참이지?"

드디어 갈태가 먼저 입을 열었다. 녀석은 답지 않게 제 쪽에서 기가 죽은 어조였다.

"참, 네 단편 발표된 거 봤어."

모처럼 내 소설에 관한 말을 꺼내면서도 그저 스쳐 지나가듯 새삼스런 관심을 보이지 않았다.

"글쎄, 어떻게 되겠지."

"어떻게 되다니? 당장 밥은 굶지 않아야 하잖아?"

"글쎄…… 뭐 좀 생각하고 있는 건 있지만."

나는 또 글쎄만 연발하다 불시에 엉뚱하게 먼저 다른 일 한 가지가 떠올랐다.

"그보다도 너 돈 있으면 좀 빌려라. 한 5천 원만."

"뭐! 돈을 빌리라고? 실직자가 뻔뻔스럽게!"

갈태의 목소리가 다시 활기를 찾기 시작했다.

"빚을 좀 진 게 있어. 아까 그 세느 마담한테."

"허헛……"

갈태가 또 껄껄 웃어댔다.

"어허 참 실직자 주제에 마담에게 돈까지 꾸어 쓰고, 배짱과 재주가 다 상등품이구나. 유지는 대단한 유지야."

"그럴 일이 좀 있었어. 마담도 뭐 꿔주고 싶어 꿔준 게 아니구."

나는 굳이 윤일의 일을 입에 담기 싫어 그렇게만 말했다.

"물론 그렇겠지. 어쨌든 갚아도 좋고 안 갚아도 좋을 그런 돈을 다시 꿔다 갚겠다니 기가 차구만. 내가 그런 돈이 어디 있어!"

갈태의 어조엔 여전히 장난기가 가시지 않고 있었다.

"없으면 가불이라도 해 와!"

"우리 회사가 언제 가불해주던? 대신 요다음 번엔 네가 회사 나와서 내 월급 몽땅 타 가도 아무 말 않지."

위인은 그리고 나서 또 뭐가 우스운지 한동안 혼자서 낄낄거렸다. 그 웃음 때문에 나중엔 벌건 눈가에 눈물기까지 찔끔거릴 정도였다.

하지만 나는 오래잖아 그 곡절을 알 수 있었다. 그가 이윽고 웃음을 멈추곤 벽에 걸어둔 제 바지를 다시 끌어내렸다. 그리곤 그 뒷주머니에서 웬 돈뭉치를 하나 꺼내어 그중 얼만가를 불쑥 내 앞으로 나눠 내밀었다.

"하지만 이번엔 내가 주지. 오늘은 특별히 기분이 좋은 날이니까. 옛다, 이담엘랑은 행여 그런 얌체머리 없는 소리 다시 하지 마라."

"그럼 우선은 이걸로 빚이나 갚고 나 궁한 것은 네 월급 때 다시 찾아가지."

그런데 나는 그 돈을 집어 책상 서랍에 넣으려다 비로소 마음에 걸려오는 게 있었다. 위인이 특별히 기분 좋은 날 운운한 소리가 심상치가 않았다. 오늘은 분명 월급날도 아니었다.

"그런데 너 이 돈 어디서 났지? 오늘은 월급날이 아닐 텐데?"

정색을 하고 그를 쳐다보았다. 그러자 여태 시치미를 떼고 있던 녀석이 버럭 소리를 질렀다.

"네 이런 맹추! 그렇게도 눈치가 둔하냐?"

―아니 그럼 이 녀석도? 위인의 핀잔 투 타박을 듣고서야 나는 그 반갑잖은 예감이 훨씬 더 명료해지기 시작했다. 그러나 그걸 묻기도 전에 위인이 먼저 간단히 실토했다.

"나도 오늘 회사 그만두었어."

그리고 그는 다시 낄낄거렸다.

제복 때문이라고 했다. 옷만 맞춰주고 그걸 의무적으로 착용하라는 걸 농담인 줄 알았더니 알고 보니 전혀 농담이 아니더랬다. 그는 마침 편집 회의 중에 제복을 입지 않고 앉아 있다 염 사장으로부터 공개리에 모진 힐책을 당했다고. 제복을 입지 않는 건 회사가 적자 운영을 모면하려는 중차대한 시기에 정신 상태가 몹시 해이해진 징표가 아닐 수 없다, 그게 바로 동료들 간의 단합과 우의를 저해하고 불평불만을 조장하는 파괴적 음해임을 알아야 한다, 그걸 모르는 사람은 차라리 이 회사의 제복을 입을 일이 없어야 한다― 그래 갈태는 회의가 끝나는 대로 곧장 국장실을 찾아가 그런 식으로 그 염 사장의 연설에 대한 자신의 특별한 감동을 전하고 왔노랬다.

"국장이 한 10일 집에서 쉬면서 다시 생각해보라더구만."

말을 끝내고 나서도 갈태는 여전히 그 낄낄거리는 웃음기를 참지 못했다.

"네놈이 아까 갑자기 선택이니 구세주니 엉뚱한 소리를 지껄이길래 웬일인가 했더니 그런 일이 있었구만!"

나는 다른 말을 생각해낼 수가 없었다. 녀석과 함께 낄낄거릴 수도, 그렇다고 새삼 정색을 하고 나설 수도 없었다……

우리는 어디선지 석 점을 알리는 먼 벽시계 소리를 듣고서야 천장의 불을 껐다.

불을 끄고 둘이 함께 자리로 들고 나서도 나는 한동안 잠을 이루지 못하고 있었다. 술기로 욱신거리는 머릿속에선 까닭도 뜻도 모를 망념들이 끝없이 계속됐다. 왕은 정말로 죽은 것일까. 게다가 그가 무슨 노약자처럼 폐환으로 죽은 게 사실이라면…… 그리고 갈태 이 녀석은…… 이제부턴 녀석도 한동안 자신을 끊임없이 찾아 헤매야 할 괴로운 처지가 된 것인가. 그 정체를 알 수 없는 사내의 일방적인 추궁에 녀석도 그렇듯 답답하게 쫓기고 시달려야 한다면…… 녀석에겐 대체 어떤 신문관 나리가 나타날 것인가. 그 사내 앞에 녀석은 또 어떤 진술이 가능할 것인가…… 하긴 이 녀석은 어쩌면 나 모양의 신문관은 만나지 않을지도 모른다. 위인은 나처럼 망설임이 없을 테니까. 처음부터 그 10일간이란 거짓 휴가의 책략을 알고 있으니까. 하지만 위인이라고 아무 망설임이 없을까? 아니 그보다 내 지난 10일간의 진술과 왕에 관한 이야기를 듣는다면 녀석은 대체 무어라 할 것인가. 아마 필시 별 할 일 없는 미친놈 노릇쯤으로 웃어넘기고 말겠지. 팔자가 편한 녀석—

그러나 오늘 밤은 그 갈태 역시도 좀체 잠을 잘 이룰 수가 없는 모양이었다. 어둠 속에서 계속 한숨 같은 소리를 뱉으며 몸을 계속 뒤척대고 있었다. 그러다 끝내는 상체를 내 쪽으로 돌려 누우며 한마디 시들한 목소리로 물어왔다.

"그래, 넌 이제 정말 어떻게 할 참이냐. 아까 뭐 생각한 게 있다면서?"

나도 으레 자지 않고 있으리라는 투였다.

"글쎄…… 자신은 없지만 소설 공부를 새로 시작해볼까 싶어…… 잘될진 모르겠지만."

갈태는 그 말을 혼자 음미해보고 있는 듯 한동안 다시 잠잠했다. 그러더니 갑자기 무슨 저주라도 토하듯 다시 몸을 돌려 누우며 혼잣소리를 내뱉었다.

"제기— 이대로 한 며칠 영 날이나 새지 말았으면 좋겠다."

그해 가을

신문관 사내가 다시 나타나주지 않는 데에 제풀에 오히려 기다림에 지치고 초조해진 탓이었을까. 서울 거리에서는 좀처럼 보기 드문 고추잠자리 한 마리가 무슨 착각에서였는지 내 방문 앞마루 끝에 앉아 따가운 초가을 볕을 쬐다 날아가던 날 오후 나는 문득 세느의 동네를 다시 찾아갔다.

세느의 동네는 모든 것이 여전히 쑥스러웠다. 여학생들이 어디에나 들끓고 있는 것도 쑥스럽고 빵집 양장점 과자점 다방 들이 많은 거리도 여전히 쑥스럽고 하숙집과 여관과 술집과 노점들도 여전히 쑥스럽고 디쉐네 이사벨 디오르 스브니르 로얄 아이네클라이네 그 이름들도 여전히 여전히 쑥스럽고 문방구 같은 책방도 쑥스럽고 길을 지나가는 사람도, 가게 문 앞께나 가로수 그늘 속 같은 데에 맥없이 퍼질러 앉아 있는 사람도, 바쁜 사람도 유유자적 한가한 사람도 여전히 여전히 쑥스럽고, 그중에도 다방 세느는 여전히 가장 쑥스러웠다. 나를 반기는 마담도 쑥스럽고 거기 빽빽하게 들어앉아 있는 학생들도 남녀를 불문하고 모두 다 쑥스럽고 음악도 쑥스럽고 밤 조명도 쑥스럽고, 이제는 왕이 없어도 쑥스럽고 그 목각의 나상들이 보이지 않아도 쑥스럽고 내가 왜 이곳을 다시 찾아왔을까 생각해도 쑥스럽고 안 해도 쑥스럽고, 그런데 가장 쑥스러운 것은 마담이 슬그머니 다가와 왕이 폐렴으로 죽었다는 소문이 혹시 거짓말이 아니었는지 모른다며 어른이 폐렴으로 죽기도 힘들지만 그 뒤로 왕을 보았다는 사람이 있다는 소문을 들었노라 꽤 미심쩍은 얼굴로 말할 때였는데 그러고 보니 이곳에선 그 신문관 사내나 '각하'나 왕의 일처럼 어느 하나 확연한 일이 없이 하나같이 아리송하기만 한 것도 쑥스럽고 그렇다고 새삼 왕의 일을 곰곰이 생각해보기도 쑥스럽고 모른 체해버리기도 쑥스럽고, 그래서 마담이 내게 좋아했던 친구니 한번 위인의 집을 찾아가 확인해보는 게 어떠냐고 진지하게 말했을 때 나는 정말 이래도 쑥스럽고 저래도 쑥스럽고 아 해도 쑥스럽고 어 해도 그저 대책 없이 쑥스럽게 되어버리고 말았다. 나는 마담이 옛 윤일로부터의 엽서를 가져다주었을 때도 자기 수기에 대해 이야기를 꺼내고 싶은 듯 내『새여성』사 일과 갈태의 소식을 물었을 때도 그 쑥스러움 속에 여전히 쑥스럽게만 앉아 있었다. 아, 이 동네 이 거리 이 다방에서는 모든 것이 언제까지나 이렇게 쑥스럽기만 할 것인가. 아니 나 혼자만 이토록 언제까지나 쑥스러울 것인가. 여전히 여전히 쑥스럽기만 할 것인가.

〔1969〕

소설의 원형, 원형의 소설

홍정선
(문학평론가)

　모든 소설은, 정도의 차이는 있겠지만, 자전적인 요소를 가지고 있다. 이 사실은 예컨대 최인훈, 김주영, 이문열 등의 소설을 상기해보면 쉽게 알 수 있다. 최인훈의 『광장』과 『회색인』에 등장하는 주인공은 어린 나이에 북한 체제를 경험한 사람이란 점에서, 많은 책을 읽은 지식인이란 점에서, 남과 북의 대립적 이데올로기를 생생하게 체험한 사람이란 점에서 작가의 분신이라 할 수 있다. 그리고 김주영의 『홍어』와 『멸치』에 등장하는 주인공은 전자의 경우 홀어머니 밑에서 자라난 인물이란 점에서, 후자의 경우 냇가에 터를 잡고 새와 물고기와 짐승을 벗하며 자란다는 점에서 작가와 닮은꼴이다. 그리고 이문열의 『변경』과 『영웅시대』는 좌익 지식인이었던 아버지와 그로 말미암은 가족의 수난사가 소설의 상당 부분을 차지한다는 점에서, 『젊은 날의 초상』은 검정고시를 통해 대학에 입학하고, 낙향하여 고시 준비에 매달리다가 입대하는 작가 자신의 족적이 소설의 곳곳에 배어 있다는 점에서 자전적 성격을 강하게 지닌 소설이다. 그럼에도 불구하고 앞에서 예로 든 세 작가의 소설은 모두 자서전이 아니다. 이들의 소설은 1인칭 '나'를 화자로 삼아 '나의 생애'를 순차적으로 기술하는 자서전의 서술 형식을 벗어나 있을 뿐만 아니라, 소설 속에 묘사된 수많은 세부적 사건도 실제 작가의 모습과 다르다. 이를테면 모자 관계, 남녀 관계, 주인공의 내면 심리, 인민군 장교로의 변신, 제3의 국가를 선택하는 행위 등 많은 세부적 사건이 작가의 실제 삶과 다른 것이다.

이청준의 『씌어지지 않은 자서전』(1969)은 '나'라는 1인칭 주인공이 등장하는 소설이면서 '자서전'이란 제목을 달고 있기 때문에 앞에서, 3인칭 소설에 초점을 맞추어, 모든 소설은 자전적이라고 말한 일반적 차원의 경우와는 다르다. 그것은 이 소설이 '그'라는 3인칭으로 환원시킬 수 없는 자서전의 서술 형식, 자기 자신에 대해 이야기함으로써, 원초적으로 3인칭 화자를 거부할 수밖에 없는 서술 형식을 취하고 있는 까닭이다. 자서전은 어떤 경우이건 1인칭으로 환원되어야만 성립될 수 있는 이야기이며, '말하는 행위'의 주체와 '말하는 내용'의 주체를 동일 인물로 간주해도 좋다는 약속을 내포한 형식이다. 그런데 이청준의 『씌어지지 않은 자서전』은 이 같은 형식을 취함으로써 일반적인 소설이 불러일으키는 작가와의 동일시 현상보다 훨씬 강도 높은 동일시 현상을 허용하고 있다. 더구나 이청준의 초기작에 속하는 이 소설은 이제 막 소설가의 길에 들어선 1인칭 화자를 주인공으로 등장시키고 있기 때문에 소설가 이청준과 이 소설에 등장하는 '나'란 인물의 유추적 동일시를 부추기는 측면까지 가지고 있다.

『씌어지지 않은 자서전』이 가지고 있는 이 같은 점은 우리로 하여금 일반적 소설의 자전적 성격을 넘어서는, '자서전'이란 제목을 붙이게 된 특별한 자전적 성격에 대해 왕성한 호기심을 자극한다. 그럼에도, 미리 말해두지만 이청준의 『씌어지지 않은 자서전』은 자서전이 아니다. 소설의 제목으로 '자서전'이란 단어를 달고 있고 1인칭 화자를 등장시키고 있을 뿐, 그 서술 방식과 서술된 내용은 자서전의 일반적인 약속을 따르지 않고 있다. 이 점을 우리는 이 소설이, 자서전이 가지고 있는 통시적인 서술 시각, 출생에서부터 현재에 이르기까지의 '나의 생애'를 순차적으로 서술하는 기본 구조로 이루어져 있지 않다는 사실에서 쉽게 확인할 수 있다. 『씌어지지 않은 자서전』은 유년기의 가난에서 시작하여 온갖 역경을 불굴의 의지로 이겨내면서 마침내 지금의 성공에 도달하는 그런 이야기가 아닌 것이다. 이런 점에서 『씌어지지 않은 자서전』의 서술 방식은 소설의 일부분이 유년기의 허기에서 시작하여 화자 자신의 삶에 대한 이야기를 순차적으로 전개하는 방식임에도 불구하고 일반적인 자서전이 취하고 있는 전기적 서술 방식과 현저히 다르다. 그리고 현재의 시점에서 과거를 되돌아보며 '나의 생애'를 진술하는 부분마저도 개인적인 이야기를 넘어 세대 문제와 같은 추상적·관념적 성격으로 전개되면서 타인과 사회의 문제로 확산되고 있다. 이 사실을 우리는 왕이란 인물에 대한 나의 관찰과 분석, 시인 윤일과 여자 친구가 겪는 각박한 삶에 대한 진술 등에서 손쉽게 확인할 수 있다.

그렇다면 『씌어지지 않은 자서전』이란 소설이 가지고 있는 범상하지 않은 자전적 요소를 우리는 어떻게 이해하는 것이 좋을까? 다시 말해 작가 자신이 소설의 제목에 붙여놓은 '자서전'이란 단어의 의미를 소설 속에서 전개된 내용과 관련하여 어떻게 받아들이는 것이 바람직할까? 아마도 이 질문에 대한 대답이 바로 우리가 이 소설을 읽는 핵심적 이유가 될 것이다. '씌어지지 않은 자서전'이란 말 속에 녹아 있는 의미 변용, "모든 소설은 자전적이다"라는 일반적 명제를 넘어서는 이청준 특유의 의미 변용을 발견하는 것이 우리가 이 소설을 읽는 가장 중요한 이유가 될 것이다.

이청준은 『씌어지지 않은 자서전』을 세상에 내놓은 후 이 소설에 대한 자신의 짧은 소회를 '작가의 말'이란 제목을 붙인 글로 1985년 10월과 1994년 초가을 두 차례에 걸쳐 드러낸 바 있다. 그중 첫번째 글은 『씌어지지 않은 자서전』 첫머리의 모든 문장 속에 빠짐없이 등장하는 '쑥스럽다'는 단어를 사용하여 자신의 생각을 적은 글로, "세느의 동네는 모든 것이 여전히 쑥스러웠다"라는 말로 시작하고 있다. 그리고 "아 이 동네 이 거리 이 다방에서는 모든 것이 언제까지나 이렇게 쑥스럽기만 할 것인가. 아니 나 혼자만 이토록 언제까지나 쑥스러울 것인가. 여전히 쑥스러울 것인가"[1]라는 말로 마치고 있다. 『씌어지지 않은 자서전』의 첫머리가 "다방 세느 부근에서는 쑥스럽지 않은 일이 없다. 거리의 풍경이나 사람들의 거동이나 다방 안의 대화나 일대에 진을 치고 있는 하

---

1) 이청준, 『씌어지지 않은 자서전』, 장락, 1994, pp. 252~53.

숙가의 풍속이나 쑥스럽지 않은 것이 한 가지도 없다"라는 말로 시작한다는 사실을 염두에 둘 때, 이로부터 17년 후인 1985년에, 이청준이 이처럼 소설의 시작 부분과 의도적으로 유사하게 쓴「작가의 말」을 통해 우리에게 전달하고 싶어 한 것은 무엇이었을까? 그것은 "모든 것이 여전히 쑥스러웠다"라는 말의 '여전히'란 단어에서 짐작할 수 있듯 아마도 17년 정도의 세월이 흘렀음에도 그를 불편하고 부자연스럽게 만들었던 것들이 그대로라는 생각이었을 것이다. 다시 말해 '세느 부근'으로 상징되는 이 땅에서는 그가 변화하거나 사라지기를 바랐던 것들이 변함없이 그대로 있다는 생각이었을 것이다. 그래서『씌어지지 않은 자서전』에서 집요하게 되물은 소설 쓰기에 대한 의미, 소설 쓰기에 부여한 개인적·사회적 의미가 17년 후에도 마찬가지로 유지하고 있다는 이야기를 '쑥스럽다'는 말을 되풀이하는 방식 속에 담았을 것이다. 이 사실을 우리는 "아 이 동네 이 거리 이 다방에서는 모든 것이 언제까지나 이렇게 쑥스럽기만 할 것인가"란 그의 탄식으로 충분히 짐작할 수 있다.

그런데 그가 1994년에 이 소설의 뒤에 붙인 두번째「작가의 말」은 1985년의 경우와는 상당히 다르다. 먼저 이 글은 '쑥스럽다'는 모호하고 상징적인 단어를 전혀 사용하지 않는다. 그리고 비록 비유적인 말을 통해서이지만 이전과는 달리『씌어지지 않은 자서전』이 무엇에 대한 이야기이며 그 무엇을 소설화함으로써 자신이 희망했던 것이 무엇인지를 비교적 분명하게 밝히고 있다.

1968년을 전후해 씌어진 이 『씌어지지 않은 자서전』 역시 나 자신을 포함한 그 시절 젊은이들의 삶과 얼룩과 상처에 대한 이야기다. 애초에 상처의 흉터를 안고 나온 소설인 셈이다.

그러나 그것이 비록 아픈 상처의 이야기일망정, 소설작품으로서도 이런저런 흠과 흉터가 많은 졸작일망정, 나는 그를 통해 그 시절 우리 삶의 참모습과 거기 숨은 속뜻을 온전히 다 보여줄 수 있게 되기를 간절히 바랐을 것이다.

그 흉한 상처와 흉터들로 해서나마 나름대로 제 값을 지녔음직한 말그릇으로 여겨지기를 바라기는 그로부터 이십년이 훨씬 지난 지금에도 물론 마찬가지다.[2)]

이처럼 두번째 글에서 이청준은 『씌어지지 않은 자서전』은 "나 자신을 포함한 그 시절 젊은이들의 삶과 얼룩과 상처에 대한 이야기"라고 고백하면서, 이 소설을 통해 "그 시절 우리 삶의 참모습과 거기 숨은 속뜻을 온전히 다 보여줄 수 있게 되기를 간절히 바랐"다고 말하고 있다. 이러한 그의 말을 참고삼아 여기서 잠시 '쑥스럽다'는 단어에 담긴 구체적 의미를 추적해보면 이렇다. 1968년을 전후한 시기에 그에게는 '쑥스럽다'는 말이 지닌 사전적 의미처럼 그를 몹시 불편하고 자연스럽지 못하게 만드는 어떤 '아픈 상처'가 있었으며, 그 상처는, 그의 말을 빌면, "나 자신을 포함한 그 시절 젊은이들의 삶과 얼룩"에 관련된 것이었다. 그래서 그는 "그 시절

---

2) 이청준, 같은 책, pp. 254~55.

우리 삶의 참모습과 거기 숨은 속뜻을 온전히 다 보여줄 수 있게 되기를" 간절히 바라면서 그 속내를 『씌어지지 않은 자서전』이란 소설로 만들었다. 그런데 1985년의 시점에서 자신의 소설을 되돌아보았을 때는 그 '아픈 상처'가 그대로여서 여전히 쑥스러웠지만, 20년이 훨씬 지난 1994년의 시점에서는 과거의 그 '아픈 상처'가 '흉터'로 바뀔 정도로 다소 사정이 달라졌다. 다시 말해 '쑥스럽다'는 단어를 사용하지 않아도 될 정도만큼은 그 자신도 세상도 달라졌다. 이런 정도의 이야기를 우리는 '쑥스럽다'는 단어와 두 개의「작가의 말」로부터 도출할 수 있을 것 같다.

그렇다면 이청준이 말하는 '아픈 상처'에 관한 내막은 무엇일까? 그것은 『씌어지지 않은 자서전』을 조심스럽게 읽어보면 어느 정도 짐작할 수 있다. 『씌어지지 않은 자서전』 속에 담긴 이야기는 크게 나누어 세 가지 정도로 구분할 수 있는데, 첫째는 신문관 사내와 '나'와의 대화로 이루어지는 이야기이며, 둘째는 '나'의 직장생활에 대한 이야기이며, 셋째는 세느라는 다방에 자주 드나들면서 만난 왕이라는 인물과 윤일이란 시인과 윤일의 애인 정은숙에 대한 이야기다. 이 세 가지 이야기의 핵심 인물인 '나' '갈태' '왕' '윤일' '정은숙'은 모두 동시대를 살고 있는 젊은이들이며 하루하루를 힘들게 살고 있다는 공통점이 있다. 극심한 고통을 견디며 진행되는 왕의 단식, 사랑을 방해하는 무서운 가난과 정은숙의 자살, 신문관 사내로 상징되는 타인/사회의 시선에 갇혀서 진술을 거듭하고 있는 나의 모습 등에서 보듯 이들 모두는 타인과 세계로부터 치유하기 어려운 상처를 입은 사람들인 것이다. 이런 점에서 우리는 이청준이 『씌어지지 않은 자서전』에 대해 "나 자신을 포함한 그 시절 젊은이들의 삶과 얼룩과 상처에 대한 이야기다"라고 말한 이유가 무엇인지를 짐작해볼 수 있다.

동시에 우리는 『씌어지지 않은 자서전』의 '제3일' 부분에서 1인칭 화자인 '나'가 심문관 사내의 물음에 대답하는 형태로 4·19와 5·16에 대해 이야기하는 것을 통해 '아픈 상처'의 내막을 짐작해볼 수 있다. 이청준은 먼저 "한 사건이 어떤 특정 세대를 형성시킬 수 있는 경험시기"(p. 133)를 사람의 의식 발달 과정에서 말한다면 대학 초기쯤이라고 전제한다. 그 이유는 이 시기가 "소극적인 경험 세계에서 비로소 실제 현실 세계에 대한 능동적인 이해와 판단의 의지가 형성되기 시작"(p. 133)하는 중요한 시기이기 때문이다. 자신들의 세대는 바로 이 시기에 가능성을 의미하는 4·19와 좌절을 의미하는 5·16을 동시에 겪었고, 그래서 이 두 사건이 "판단 의지의 형성에 결정적인 작용"(p. 133)을 했다고 말한다. 다시 말해 "경험 세계에 최초의 판단을 가하고 그 판단을 통해 의지의 틀이 지어지려는 바로 그 대학 초입기의 1년 동안에 가능성과 좌절을 의미하는 두 개의 사건"(p. 135)을 연이어 겪었고 그 결과로 언제나 선택을 망설이며 방황하는 자기 세대의 의식 구조가 만들어졌다는 것이다. "엄숙한가 하면 그걸 거꾸로 비웃고, 선택하여 싸우려는가 하면 단념하고 적응하려 하며, 뭔가를 좀 진지하게 읽어보려 했다가도 금세 그것이 역겨워지고 마는, 그래서 늘 허둥대다 체념기가 앞서버리는"(p. 140) 자기 세대의 모습이 만들어졌다고 이청준은 말하는 것이다. 이런 점에서 우리는 이청준이 『씌어지지 않은 자서전』을 가리켜 동시대 젊은이들의 '삶과 얼룩과 상처에 대한 이야기'라고 말한 이유, 특히 '얼룩'이란 단어를 사용한 이유를 짐작해볼 수 있다.

세번째로 당시의 권위주의적인 권력이 '아픈 상처'를 만들어낸 중요한 원인의 하나라고 생각할 수 있다. 이 사실은 『씌어지지 않은 자서전』의 소설 구조가 10일 동안 '나'란 주인공이 신문관 사내 앞에서 진술하는 형태로 만들어져 있기 때문이며, 그러한 신문과 대답의 구조를 만들어낸 근본적인 이유가 당시의 권위주의적 권력에 있기 때문이다. 이 소설이 지닌 이러한 구조에 관해 이청준이 말하는 것을 잠시 살펴보자.

〔……〕 그런데 소설을 쓰면서 피의자 의식으로 전환된 것은 그 시대가 국가 권력과의 관계에서 볼 때 국민들 모두를 피의자로 몰아넣는 시대인 것같이 여겨졌기 때문이지요. 당시의 현실은 신문자, 혹은 수사관과 피의자밖에 없는 것이라고 생각될 정도였으니까요. 사람들 모두가 자기도 모르게 역사의 피의자가 되어버린 것이지요. 사실 이런 상상력은 카프카가 이미 보여준 것인데, 이런 상상력이 발동되면서 소설이나 삶 자체가 강제되는 것이다, 진술을 강요당하는 것이다라는 생각이 강하게 들었던 것이죠. 그러니까 삶 자체가 혐의인데다 겹쳐서 역사의 피의자까지 되었던 셈이랄까요? '삶이 억압당하고 고통받을 때 너는 역사의 바른 자리에 있었느냐? 라는 물음에서 벗어날 수 없었던 것이지요.[3]

이청준의 『씌어지지 않은 자서전』은 '피의자'가 된 소설가의 모습을 소설의 서술 방식과 외형적 짜임새에서부터 두드러지게 보여주는 소설이다. 10일 동안 신문관의 질문에 대답하는 방식으로 전개되는 이 소설의 외형적 형태야말로 자신의 소설 쓰기가 감시당하고 있다는 생각의 선명한 표현인 것이다. 위에서 이청준이 한 말을 빌린다면 "소설이나 삶 자체가 강제되는 것이다. 진술을 강요당하는 것이다"라는 생각의 반영인 것이다. 이 같은 점에서 1970년대를 전후한 시기에 발표한 『씌어지지 않은 자서전』『소문의 벽』『조율사』 등에서 집중적으로 나타나고 이후에도 지속적으로 이어지는 이러한 '감시당하고 있다는 의식'은, 소설에 국한해서 살필 때, 『씌어지지 않은 자서전』이 중요한 초기 단서의 하나라고 할 수 있다. 이청준은 『씌어지지 않은 자서전』에서 "문학예술 활동은 당사자 자신의 자기 검열 과정을 제외하고서도 늘상 다른 두 부류의 감시자들로부터 시달림을 당해오고 있었다"고 말했다. 그러면서 감시자의 "하나는 거의 언제나 그것을 달갑게 생각하지 않는 정치권력이었고, 다른 하나는 의식이 오염된 소시민 대중의 자의적 일방적 간섭과 퇴영적 무관심"(pp. 232~33)이라고 구체적으로 말한 바 있다. 이런 점에서 『씌어지지 않은 자서전』에 등장하는 모든 핵심적인 인물들의 모습, 신문관에게 시달리는 '나', 생활인으로 정착하지 못한 채 부유하며 시를 쓰는 '윤일', 단식을 하며 조각을 하고 있는 '왕', 전공과는 동떨어진 아르바이트로 살아

---

3) 이청준·권오룡 대담, 「시대의 고통에서 영혼의 비상까지」, 『이청준 깊이 읽기』, 문학과지성사, 1999, p. 26.

가는 '정은숙', 제복에 적응하지 못해 사표를 던지는 '갈태'의 모습은 '아픈 상처'를 안고 살아가는 동시대 문학예술인/젊은 지식인들의 압축적 표현이라고 할 수 있을 것이다.

다시 되풀이하지만 이청준은 "1968년을 전후해 씌어진 이『씌어지지 않은 자서전』역시 나 자신을 포함한 그 시절 젊은이들의 삶과 얼룩과 상처에 대한 이야기다"라고 말했었다. 여기에서 필자는 '나 자신을 포함한 그 시절 젊은이'라는 이청준의 표현에 잠시 주목하고 싶다. 앞에서 보았듯이 이청준은 '자서전'이란 말을 소설의 제목으로 삼았지만『씌어지지 않은 자서전』에 기록해놓은 것은 '나의 삶'이 아니라 '나 자신을 포함한 그 시절 젊은이'들의 삶이었다. 이런 점으로 미루어 볼 때도 '자서전'이란 말은 소설의 제목으로 사용되었을 따름이지 이 소설에 서술된 실제 내용과 부합하는 것은 아니다. 그럼에도 이청준이 구태여 '씌어지지 않은 자서전'이란 말을 사용한 것에 대해 우리는 두 가지 이유를 짐작해볼 수 있다.

그중 하나는『씌어지지 않은 자서전』에 등장하는 '나' 이외의 인물들에 대한 이야기는 결국 '나'와 관련된 이야기로 수렴된다는 사실과 관련이 있다. 이를테면 왕의 단식은 주인공으로 하여금 허기와 전짓불에 대한 유년기의 기억을 상기하게 만들면서 신문관 앞에서 단식 데모에 대한 문제를 진술하는 것으로 연결될 뿐만 아니라 앞으로 주인공이 살아갈 삶을 선택하는 것과도 밀접하게 관련되어 있다. 이 사실을 우리는 주인공이 왕의 단식이 언제 어떻게 끝날 것인가를 조바심치며 알고 싶어 하는 것에서 알 수 있다. 기

실 주인공은 왕의 단식이 진행되는 모습과 자신이 앞으로의 삶에
대한 선택을 유예하고 있는 모습을 동일시하고 있는 것이다. 그리
고 윤일과 정은숙의 가난한 연애는 직장을 가지지 못한, 생활인이
되지 못한 사람들의 고통스런 모습으로 주인공의 선택에 압박을
가하고 있다. 이 점을 우리는 직접적으로는 직장을 그만두겠다는
주인공의 생각을 윤일이 강하게 만류하는 방식을 통해, 간접적으
로는 주인공 자신이 매일처럼 직장동료인 갈태에게서 어떤 소식이
오기를 초조하게 기다리는 태도에서 읽을 수 있다. 또 소설의 마
지막에서 제복 입기를 거부한 갈태가 회사에 사표를 던지고 주인
공 앞에 나타나는 모습은 친구의 이야기가 아니라 주인공 자신이
절실하게 선택하고 싶었던 행동을 보여주는 이야기라고 볼 수 있
다. 이렇듯 '나' 이외의 인물들에 대한 이야기는 동시대의 젊은이
들에 대한 이야기이지만 실제로는 모두 주인공 자신의 어떤 모습
에 깊이 관련된 이야기라는 점에서 이청준은 아마도 '자서전'이란
말을 사용했을 것이다.

　다음으로 좀더 큰 이유는 '씌어지지 않은'이란 말과 관련이 있
다. 이청준의 『씌어지지 않은 자서전』은 주인공의 현재를 중심으
로 전개되는 이야기이면서 미래에 초점을 맞추고 있는 이야기다.
『씌어지지 않은 자서전』은 10일간에 걸친 나의 사유와 행적으로
구성되어 있지만, 그럼에도 앞으로 '나'의 글쓰기가 어떻게 전개될
것인지에 대한 스스로의 예측이자 독자를 향한 예고의 성격을 강
하게 지니고 있다. 다시 말해 '씌어지지 않은'이란 단서를 달고 있
는 이 자서전이 목표로 하고 있는 것은 이청준 자신이 앞으로 살아

갈 소설가로서의 삶에 대한 가늠인 동시에 그가 쓰게 될 소설의 모습에 대한 예고인 것이다. 이미 씌어진 자신의 삶이 이러한 것이라면 앞으로 자신이 써나갈 삶/소설의 모습은 어떤 모습이 될 것인지를 이청준은『씌어지지 않은 자서전』이란 소설로 용의주도하게 가늠해가며 선보이는 셈이라 할 수 있다. 이런 점에서 이 소설은 이청준이 앞으로 쓰게 될 소설의 모델이자 원형이다. 이청준은 이 점과 관련하여 신문관 사내와의 마지막 대화를 이렇게 결말짓고 있다.

소설을 계속한다면 당신에 대한 새로운 선고는 필요한 시기까지 미루어진 것입니다. 각하께서 심증을 얻을 때까지 말입니다. 그리고 그때까진 내가 당신 앞에 나타나는 일도 없을 것입니다. 하지만 이 점을 잊지 마십시오. 내가 당신에게 나타나지 않는 동안—, 그것은 언제까지나 당신에 대한 선고유예 상태가 계속되고 있는 상황이라는 것을 말입니다. (p. 289)

이청준은 이렇게『씌어지지 않은 자서전』을 통해 직장생활을 그만두고 전업 소설가의 길로 들어서게 되는 주인공의 모습을 우리에게 보여주었다. 그러면서 위에서 보듯 앞으로의 소설 쓰기를 "선고유예 상태가 계속되어지는 상황"으로 규정했다. 그러면서 소설의 성격에 대해 이렇게 말했다. "소설 역시 사내의 말대로 진술의 일종이었다. 그것은 물론 가장 성실한 자기진술의 형식이었다" (p. 290)라고. 이청준에게 소설은 선고유예 상태에서의 진술이다.

위기를 모면할 수 있는 그저 그런 진술이 아니라 반드시 가장 성실한 자기 진술이어야만 목숨을 연장할 수 있는 진술이다. 이런 점에서 이청준의 경우 그가 걸어갈 소설가의 길은 '씌어지지 않은 자서전'을 써나가는 길이 된다. 그래서 이청준은 두렵다. 그 두려움은 이를테면 '나'와 신문관의 대화에서 보았듯이 그에게 소설은 '가장 성실한 자기 진술'이기 때문에 빚어지는 두려움이다. 소설 속의 화자가 되풀이 허기에 대한 이야기를 하는 것에 대한 신문관의 불만에서 보았듯이 양자 사이에는 무엇을 어떻게 말하는 것이 성실하고 진실한지에 대한 커다란 견해 차이가 있다. 예컨대 주인공은 왕의 얼굴에서 허기를 읽고, 그 허기는 슬픔과 외로움의 이미지를 지닌 그 자신의 연날리기로 이어지지만 이 같은 추상적 이야기는 신문관에게 진실된 이야기로 받아들여지지 않는다. 신문관이 알고 싶어 하는 것은 화자의 내면적/본질적 진실이 아니라 사건의 구체적인 의도와 목적이다. "그런 식의 진술은 당신의 형량이나 형질을 변경시키는데 도움이 될 수 없어요. 차라리 당신은 그 단식 사건의 사실적인 면을 진술했더라면 좋을 뻔했어요. 가령 그 단식 데모의 목적이라든가 그때의 당국에 대한 감정"(p. 49) 같은 것이라고 신문관은 말한다. 그렇지만 소설은 '가장 성실한 자기 진술'이기 때문에『씌어지지 않은 자서전』에서 주인공이 신문관 앞에서 되풀이 허기에 대한 이야기를 했던 것처럼 앞으로의 "소설 속에서도 역시 허기만을 되풀이 진술하게 될 것"이란 생각에서 이청준은 자유롭지 않다. 이청준은 '자기 성실성'을 지닌 자신의 소설 쓰기가 지나치게 관념적이거나 추상적인 이야기라는 추궁 앞에서 미래에도 위태롭다는 것을 스스로 잘 알고 있는 것이다.

이청준의 『씌어지지 않은 자서전』은 많은 점에서 자전적이다. 이 소설에는 그가 1966년경 '사상계'사에 다니다가 신념에 대한 내밀한 차이 때문에 1967년에 '여원'사로 옮긴 이유라든가, 이어서 곧 지나치게 세속적인 여원사를 그만둔 이유 같은 것들이 거의 고스란히 들어 있다. 그리고 주인공이 유년기의 체험으로 진술하고 있는 허기와 전짓불과 홀어머니와의 생활에 대한 이야기도, 이후 그의 다른 소설에 여러 가지 모습으로 변주되어 끈덕지게 등장하는 것으로 보아, 유년기의 특별한 기억/상처와 직접적 관련이 있음에 틀림없다. 그럼에도 『씌어지지 않은 자서전』은 앞에서 자세히 살폈듯이 '자서전'은 아니다. 자서전이라기보다는 소설로 씌어진 '소설을 쓰는 이유'이며 소설가 이청준의 특별한 진실성을 담고 있는 소설이다. 그래서 당시의 시점에서 이청준 소설의 현재를 통해 미래를 예측하고 있는 이 소설은 그 자전적 성격으로 말미암아 앞으로 씌어질 '소설의 원형'이며 '원형의 소설'이 되고 있다. 이 소설은 이청준이 이후에 쓸 소설의 모범을 보여주었다는 점에서 소설의 원형이며, 그가 이후에 쓸 거의 모든 소설이 이 소설을 발원지로 삼고 있는 것처럼 보인다는 점에서 원형의 소설이다. 이 사실은 소설이 씌어진 시기와 작품의 내용에서 『씌어지지 않은 자서전』과 직접적 형제 관계라는 사실을 쉽게 확인할 수 있는 『소문의 벽』『조율사』와 같은 작품의 경우는 물론이고, 간접적인 관계를 가지고 있는 『당신들의 천국』이나 『비화밀교』 같은 작품의 경우도 그렇다고 할 수 있다. 이청준의 다음과 같은 말을 읽으면 우리는 『씌어지지 않은 자서전』이 가지고 있는 '원형의 소설'이란 측면이 『당신들의 천국』에서 어떻게 발전적 변화를 거듭하고 있는지에 대해 어느 정도 부분적인 이해를 얻을 수 있다.

　요컨대 저는 그로부터 그 원장님의 순교자적 사랑과 용기가 일방적 독선에 흐르지 않고 서로 조화롭게 화동하여 그 섬 안에 '강요된 환자들의 천국'이 아니라 그들 스스로 선택하고 함께 건설해갈 공동 운명의 '보편적 인간 천국'을 실현해 가는 과정, 감히 말하자면 그 과정 속의 원장님과 낙원의 숨은 향배를 짜증스럽도록 세심하게 관찰하고 되새겨보는 소설을 썼던 셈입니다. 그리고 그 소설 속에 원장님은 시종 실천적 사랑의 순교자상과, 보이지 않는 독선 속에 뭇사람들 위에 은밀히 군림해가는 독재 지배자의 개연성을 함께한 이중적인 모습으로 끊임없이 감시를 받고 계셨던 격이구요.[4]

　여기에서 우리는 자신의 소설 쓰기가 보이지 않는 어떤 시선에 감시받고 있다는 생각 앞에서 이청준이 추구하는 무서운 자기 성실성이 이번에는 거꾸로 이 세상의 정직성과 올곧음을 향해 자신의 소설이 감시의 기능을 수행하게 만들고 있는 것을 볼 수 있다. 이와 같은 점에서 이청준의 『씌어지지 않은 자서전』은 소설 자체로서도 주목할 만한 작품이지만 '소설의 원형이고 원형의 소설'이기 때문에 우리가 다른 작품을 분석하고 이해하기 위해 반드시 읽

---

4) 이청준, 「당신들의 천국—살아 있는 주인공 조창원 원장님께」, 『이청준 깊이 읽기』, p. 363.

어야 할 소설이다. 정과리는 이청준의 소설을 가리켜 "하나의 이야기는 다른 하나의 이야기를 분화시키고 그 분화된 이야기는 자신을 배태한 이야기를 감싸면서 넓어진다. 그 넓어진 이야기는 또 다른 이야기를 분화시키고 그것에 감싸여서 더욱 넓어질 것이다"⁵⁾ 라고 말했다. 정과리의 지적처럼 이청준의 소설은 한 작품이 다른 작품의 원인이 되면서 끊임없이 확장되는 모습을 보여주었다. 그러나 그러한 관계를 앞의 작품과 뒤의 작품이 선적으로 순차적 관계를 이루는 그런 계기적 관계로 이해해서는 안 된다. 그보다는 『씌어지지 않은 자서전』을 원천으로 동심원을 그리며 넓고 깊어지는 관계라고 말하는 것이 더 정확할 것이다. 이청준의 소설은 『씌어지지 않은 자서전』을 모태로 삼으면서 여기에서 파생된 여러 작품이 유기적으로 긴밀한 관계를 맺는 방식으로 끊임없이 발전적 확대를 거듭한 것이다. 그래서 이청준의 소설만큼 다른 소설처럼 보이면서도 내밀한 인척 관계에 있는 소설은 많지 않다. 이청준의 소설을 『씌어지지 않은 자서전』에서부터 시작하여 주의 깊게 읽은 사람들은 그의 거의 모든 소설이 "나는 왜 소설을 쓰는가?"란 자기 질문에 대한 가장 성실한 진술이란 사실을 감지할 수 있는 까닭이다.

[2014]

---

5) 정과리, 「용서, 그 타인됨의 세계」, 『이청준 깊이 읽기』, p. 283.

자료

텍스트의 변모와 상호 관계

이윤옥
(문학평론가)

『찍어지지 않은 자서전』

| **발표** | 『문화비평』 1969년 3월호.
| **최초의 단행본 수록** | 『소문의 벽』, 민음사, 1972.

1. 실증적 정보

1) 초고: 작가의 육필 초고가 세 군데 분산된 형태로 남아 있다. 초고와 발표작은 두 부분을 제외하면 크게 다르지 않다.

① 초고에는 수미와 갈태의 연애사건이 있는데, 앞부분이 분실되어 그들이 어떻게 만나 사랑에 빠졌는지 알 수 없다. 남아 있는 초고에 따르면 그들은 보험회사 사장인 수미 아버지의 사진기 라이카 M3를 몰고 사랑의 도피를 한다. 두 사람은 부산을 거쳐 동해안을 따라 올라가다 포항에 이르러 사진기를 판다. 그곳에서 수미는 바다를 보고 몹시 감탄하지만 하룻밤을 지낸 뒤 자살한다. 여관에 함께 묵었던 갈태가 아침에 일어나 죽은 그녀를 발견하고 수미의 아버지에게 알린다. 수미는 「침몰선」 이후 여러 작품에 나오는, 바다에 넋

---

* 텍스트의 변모를 밝힘에 있어 원전의 띄어쓰기 및 맞춤법을 그대로 살렸음을 밝혀둔다.

을 빼앗기는 여자다. 「침몰선」 주석(이청준 전집 2 『매잡이』, 문학과지성사, 2010, p. 390) 참조.

② 왕은 제7일에 이준을 찾아간다. 그는 발표작에서보다 많은 말을 한다. 자신이 왜 경관 이야기에 흥분하는지, 어째서 목각으로 여자만 새기는지 등을 길게 설명한다. 왕은 예전에 젊은 친구가 불량배에게 몹시 심하게 매를 맞는 장면을 보고 파출소에 신고했다. 그런데 장기를 두고 있던 순경이 젊은 사람들은 그럴 때도 있다며 오히려 왕을 꾸짖었다. 왕은 장기에만 정신이 팔린 순경과 싸움을 하고 이후 순경, 경관이라는 말만 나오면 흥분하게 된다. 이 부분은 발표작에서 완전히 삭제되었다.

2) 수필 「젊음에 대하여—20代, 그 체험과 선택의 시기」: 「젊음에 대하여—20代, 그 체험과 선택의 시기」는 1978년 간행된 첫 산문집 『작가의 작은 손』에 실린 수필이다. 이 글에서 이청준은 『씌어지지 않은 자서전』에 대해 보다 직접적인 육성으로 말한다. 거기에 따르면 이청준 김현 등이 만든 『68문학』 제1집 서문이 『씌어지지 않은 자서전』의 정신적 배경을 이해하는 데 도움이 된다.

─「젊음에 대하여—20代, 그 체험과 선택의 시기」: 어느 시대를 불문하고, 그 시대를 진정한 의미에서 체험하고 그 시대의 병폐와 한계를 뛰어넘으려고 애를 쓰는 사람들은 반드시 그 시대를 위기의 시대로 파악한다. 저마다의 시대는 저마다의 위기의식을 가지고 그 시대의 현실, 그 세대의 피부를 훑고 뼛속을 갉아낸, 그리하여 의식의 심층 깊숙이 인각(印刻)을 찍은 그 시대의 현실을 내 보이는 것이다. 〔……〕/… 우리는 우리 시대의 위기를 샤머니즘적인 것과 관념적인 유희와 비슷한 것이 되는대로 결합하여 빚어내는 정신의 혼란상태라고 생각한다. 그것을 건전한 논리의 도움을 얻어 극복하는 길만이 우리에게 주어진 사명이라는 것을 그래서 우리들은 깨닫고 있다. 정말로 우리가 그 일을 맡지 않는다면 누가 맡을 수 있을 것인가? 저마다 자기의 변명을 내세울 수는 있지만 한 시대의 인각(印刻)이 찍힌 한 그룹은

자기의 사명을 내 버린 데 대한 변명은 해낼 수 없다. 그것은 자기 세대의 존재 이유를 스스로 박탈한 것이기 때문이다. —1969년 1월에 필자 등이 만든 『68문학』 제1집의 서문 가운데서.

3) 이전 발표 작품과의 연관성: ① '나'가 자서전을 소설로 쓰는 것은 「병신과 머저리」의 형, 「행복원의 예수」의 '나'와 같다. ② 『새여성』사의 보너스 지급 행태는 「보너스」 내용과 일치한다.

4) 텍스트의 발표 과정: 『씌어지지 않은 자서전』의 원제는 『선고유예(宣告猶豫)』다. 『선고유예』는 1969년 3월 『문화비평』 창간호에 1회가 실린 이후 연재가 중단된다. 잡지사의 사정으로 1년 후인 1970년 3월에 연재가 재개되지만 곧 중단된다. 결국 『씌어지지 않은 자서전』에서 『선고유예』로 발표된 부분은 1회 제1, 2일과 2회 제3, 4일까지다. 이후 1972년 나온 『소문의 벽』(민음사)에 『씌어지지 않은 자서전』으로 개제(改題)되어 전작이 수록된다. 이 책 「후기(後記)」에 따르면 『씌어지지 않은 자서전』은 1968년 여름 완성되었다.

 – 편집자 주: 이 소설은 1,030매의 전작 장편으로 10일간의 유예휴가 중 주인공이 겪는 정신적인 방황을 그리고 있다. 이번 호에는 그 제2일까지 370매를 분재한다. (『문화비평』 1969년 창간호, 201쪽)

 – 이 소설은 전작장편으로 370매가 본지 창간호에 게재된 바 있으나 본사 측의 사정으로 그동안 중단되었다가 다시 연재하기로 한 것이다. 독자들의 양해를 바란다. —편집자(『문화비평』 1970년 3월호, 235쪽)

5) 발표 후 텍스트의 변화: 1972년 『소문의 벽』에 수록된 『씌어지지 않은 자서전』에는 본문 뒤에 「후기」가 있다. 이 「후기」 첫머리에 다음 한 문장이 더해진 것이, 1985년 중앙일보사에서 간행된 텍스트에 붙은 「작가의 말」이다.

 – 신문관 사내가 다시 나타나주지 않는 데에 제풀에 오히려 기다림에 지치고 초조해진 탓이었을까.

1994년 단행본에는 「작가의 말」이 하나 더해져 모두 둘이 수록된다.

2001년 단행본에는, 1985년판 「작가의 말」이 「그해 가을」이 되어 본문에 편입된다.

수필 「後記의 反省」에 보면 이청준은 작가의 말에 해당하는 후기 쓰기를 싫어했다. 그는 첫 창작집 『별을 보여드립니다』의 후기를 김현의 평문 「장인의 고뇌」로 대신하기도 했다. 그런 이청준이 「그해 가을」을 『씌어지지 않은 자서전』에 삽입한 이유는 뭘까?

 – 수필 「後記의 反省」: 그러니까 그 후기라는 것은 이를테면 작자 자신을 주인공으로 삼아 씌어지는 또 하나의 픽션으로서, 자기 작품과 저작자 자신을 소재로 한 제2의 픽션화 작업이라 말할 수 있는 것이고, 그 과정에서는 그 작자 자신이 직접 주인공으로 출연하고 있다는 점에서 차라리 그의 본문 작품들에서 행해진 바보다도 더 한층 조심스럽고 교묘하고 그리고 완벽한 픽션화가 행해질 수도 있는 것이다.

 6) 전기와 연관성: 『씌어지지 않은 자서전』에는 이준의 첫 직장인 『내외』사를 비롯해 실제 모델을 가진 요소가 많다. 이청준은 이 작품의 배경이 되는 시기에 이준처럼 신촌에서 하숙을 하며 직장에 다녔다. 그런데 이청준은 이 작품을 쓴 뒤, 마담의 오해 때문에 세느의 모델이 된 다방 출입을 그만두게 된다.

 – 수필 「想像力의 權利」: 졸작 『씌어지지 않은 자서전』을 쓸 무렵이었는데, 그즈음 나는 신촌의 한 여자대학 앞 다방 출입을 자주 하고 있었다. 자연히 소설의 무대를 그곳으로 잡았는데, 마담의 분위기가 적당치 않았다. 나는 내가 전에 자주 드나들던 동숭동 시절의 다방 마담을 생각했다. 그쪽 마담을 옮겨 그리는 것이 좋을 것 같았다. 이를테면 장소는 신촌 쪽인데, 인물은 동숭동 쪽 사람을 그린 셈이었다./그런데 책이 나오고 나니 어떻게 소문을 들어 알았던지 신촌 쪽 마담의 눈치가 달라졌다. 소설 속의 마담이 그리 호감이 갈 만한 여자는 아니었던 셈인데, 그 마담을 바로 자신으로 단정해

버린 소이었다./나는 마침내 그 다방을 드나들 수가 없게 되었다.

2. 텍스트의 변모

1) 『문화비평』(제1일에서 제4일까지)에서 → 『소문의 벽』(민음사, 1972)으로

제1일

- 21쪽 1행: 허기였다. → 허기의 얼굴이었다.
- 31쪽 1행: 장기나 두고 그래서는 → 곤봉체조나 좋아해서는
- 42쪽 5행: 아마 미치지 않았을 거다. → 〔삽입〕

제2일

- 64쪽 15행: 장기판을 두고 앉아 있는 → 신나게 체조를 하고 있는
- 80쪽 6행: 가장 큰 허물 → 또 하나의 이유
- 92쪽 15행: 심문관은 내가 알 수 없는 제복을 입고 → 심문관은
- 95쪽 12행: 무죄 → 무혐의
- 111쪽 13행: 윤과 → 윤일네 쌍과

제3일

- 122쪽 17행: 그러자 바깥사람은 전짓불을 비추며 방안으로 들어와서 수상한 사람을 보지 못했느냐고 묻는 것이었습니다. → 그러자 바깥사람은 전짓불을 뻗혀 방안으로 들이대며 방금 사람이 오지 않았느냐는 것이었습니다.
- 125쪽 17행: 외래사조에 관한 책을 읽고 → 외서들을 읽어대고
- 128쪽 8행: 나는 사내의 눈치를 살피면서 사내를 따라 4·19 아래 〈의거〉를 붙여 공손하게 말했다. → 나는 사내의 표현을 따라 눈치를 살피면서 공손하게 말했다.
- 132쪽 12행: 한데 내가 생각하고 있는 세대에 훨씬 근사한 구분이 있기도 합니다. → 내가 생각하고 있는 세대란 말하자면 이런 겁니다.

- 135쪽 8행: 그 의지가 형성되려는 → 그 판단을 통해 의지의 틀이 지어
  지려는
- 140쪽 22행: 사내가 어느 쪽을 보다 수긍하고 싶어 하는지 우선 그 정체
  를 모르고 있었기 때문이었다. 다만 나는 사내의 습관에 맞춰 4·19에는
  의거로 5·16에는 혁명을 꼭꼭 붙여 말했을 뿐이었다. → 무엇보다도 우
  선 사내의 정체를 모르고 있었기 때문이었다.
- 141쪽 15행: 그것을 말할 수는 없지. 어떻게든 그것을 피해나가기로 마
  음먹었다. → 〔삭제〕
- 141쪽 19행: 왜냐하면 하나하나로선 나에게 아무 의미도 없는 것이니까
  요. → 〔삭제〕
- 142쪽 4행: 여기서 나의 고집을 꺾는 것은 사내에게 정말로 나의 속을 드
  러내 보이고 말 것이기 때문이었다. → 〔삭제〕

제4일

- 154쪽 11행: 나는 진짜 나의 생각을 농으로 바꿔 말했다. → 나는 농을
  섞어 말했다.
- 160쪽 21행: 그 친구하고 → 그 시인하고

2) 『소문의 벽』(민음사, 1972)에서 → 『쓰여지지 않은 自敍傳』(중앙일
보사, 1985)으로

제1일

- 16쪽 10행: 두 여학생이 → 한데 마침
- 28쪽 16행: 미워하고 있는 참이니까요." → 한참들 미워 못마땅해 하고
  있는 참이니까요."
- 32쪽 12행: 그런 것 같지 않아요?" → 아마 우리와는 다른 어떤 은하계
  의 별에서 자기의 왕국을 잃고 지구로 쫓겨 온 왕이라고 할까요. 어때요.
  어딘지 좀 그래 보이지 않아요?"
- 32쪽 16행: 윤은 아주 그럴법한 말을 했다. 그는 신이나 있었다./왕에 관

해서 자세히 알고 계시나요?/나는 그의 이야기를 재촉할 겸 한마디 했다.
→ 시인이 되어 그런지 윤은 왕에 대해 제법 그럴듯한 환상의 의상을 입
혔다./그 가엾은 왕에 관해 좀 더 구체적으로 알려진 건 없습니까?/나는
그의 비유가 재미있다고 생각하면서 이야기를 재촉할 겸 한마디 더했다.

- 32쪽 22행: "조금은— 자세히 알고 있지는 못해요. 하지만 그에 관해서
는 전혀 알려지지를 않고 있어요. 그의 이름만 해도 그렇지 않아요?" →
"자세히 알려진 건 아무 것도 없어요. 그에 관해서는 거의 모든 게 그래
요. 그의 이름만 해도 그렇지 않아요? 그래서 천상 제 땅을 잃고 쫓겨 온
다른 유성의 왕이랄 밖에요."

- 33쪽 11행: "하지만 저 친구라면 이름을 잊었다고 해도 곧이들릴 데가
있어요. 돌아버린 친구거든요. 미친 녀석이에요." → "어쩌면 그의 왕국
에서는 이름 같은 게 따로 없어서인지도 모르구요."/윤은 계속 자기별을
쫓겨난 다른 별의 왕으로 그를 빗대어 말하고 나서는,/"하지만 저 친구라
면 정말 제 이름을 잊었다고 해도 곧이들릴 데가 있지요. 실상은 머리가
돌아버린 친구거든요. 미친 녀석이란 말이지요."/비로소 조금 정색을 띤
어조로 말해오고 있었다. 나는 윤의 이 말에 새삼 놀라지 않을 수 없었다.

- 35쪽 20행: 자기별의 왕국을 잃고 지구로 추락해 온 다른 은하계의 왕.
윤의 말대로 그는 아마도 이 지상에서 그의 양식을 구할 수가 없어 그토
록 허기가 지는지도 모른다. → 〔삽입〕

- 37쪽 21행: 나는 윤의 이야기를 듣기가 피곤해졌다. 윤도 피곤해진 모양
이었다. 그는 말을 마치자 나의 반응을 살필 겨를도 없이 뒤로 등을 기대
며 담배를 꺼내 물었다. → 윤은 단정적으로 말을 끝내고 나서 동의를 구
하듯 나를 건너다보았다. 그러나 나는 이제 윤의 이야기를 듣기가 피곤해
졌다. 처음과는 달리 그의 이야기가 너무 사실적인 데로 흐르고 있었다.
지구로 추락해 온 다른 별의 왕이었을 거라고—. 그가 왕을 먼저 빗댄 말
이었다. 그렇다면 그는 지구 사람들의 풍속에 우리처럼 익숙해 있을 수가

없었다. 지구인들의 말에 익숙해 있을 수도 없었다. 우리 지구인들의 풍속의 지팡이 — 그 순경들의 지팡이에 그가 우리처럼 익숙해 있을 수가 없었다. 그리하여 그는 그것에 뜻밖의 곤욕을 당한 일이 있었는지 모른다. 그리고 그것을 우리 지구인들처럼 쉽게 잊어버리지 못하고 그 충격에서 벗어나질 못하고 있는지도 모른다. 그가 새기고 있는 여인 나상의 조각품들에 대해서도 그랬다. 그것은 실상 지구의 여자들이 아닐 수도 있었다. 그것은 차라리 그가 떠나온 별의 여인들, 그 여인들에 대한 그리운 꿈이자 그 꿈을 잃지 않으려는 끊임없는 노력의 몸짓일 수 있었다. 그리고 그는 그 서투른 지구의 말 대신 그 꿈의 조상들로 지구에서의 그의 작은 영토를 지키기 위하여 그것들로 주위를 둘러싸두고 있는지도 모른다… 사실적인 이야기는 나를 언제나 절망스럽고 피곤하게 만들었다. 언제부턴가 그런 버릇이 몸에 배어버리고 있었다. 나는 차라리 왕에 대하여 꿈을 꾸고 싶었다. 윤일도 이제는 나의 반응을 기다리다가 지쳐버린 모양이었다. 한동안 혼자 생각에 젖어들다 그를 바라보니 윤도 이제는 피곤기가 역력한 얼굴로 등을 뒤로 기대며 담배를 꺼내 물고 있었다.

- 39쪽 18행: "어디 가요. 자기 집이래요." → "글쎄요. 따라가 본 사람이 없었으니까요."

- 49쪽 10행: 사형을 → 그토록 절망적인 선고를

제2일

- 52쪽 14행: (그의 별의 여인들이 그랬을까) → 〔삽입〕

- 60쪽 14행: 재미있더라. → 푹푹찌더라.

- 62쪽 18행: 내가 먼저였으니까 말이지. → 〔삭제〕

- 63쪽 16행: 그것은 즉 나에게 시집오는 길이니라. → 내 가슴의 뜨거운 불길이 너를 통째로 불태우리라.

- 63쪽 20행: 제 가슴을 지나간 분이 하두 많아서. → 〔삭제〕

- 64쪽 3행: 내 무릎을 보고 있지 않아. → 계속 저 꼴이잖아.

- 64쪽 6행: 〈김일성 남하중〉은 멘스중이라는, 기왕부터 알려진 여학생들 간의 은어였다. → 〔삭제〕
- 65쪽 12행: 사람들은 미쳐서 즐거워지기도 하고 더욱 슬퍼지기도 하는데, 후자가 되어야 → 〔삭제〕
- 66쪽 6행: 윤일 이외엔 장난말로나마 왕을 어떤 다른 은하계의 별에서 제왕국을 잃고 쫓겨 온 가엾은 왕으로 보아준 사람은 아무도 없었다. → 〔삽입〕
- 73쪽 2행: 모자란 토마토를 손쉽게 외국에서 사들이려 하지 마라. → 〔삽입〕
- 73쪽 5행: 토마토를 가지고 → 토마토를 수입까지 해가면서
- 73쪽 12행: 칼로리도 → 국외 수입이나 칼로리의 고하도
- 91쪽 18행: 피곤하고 우뚝우뚝한, 때로는 조금 무시무시하게 보이는 그 뒷모습을 → 피곤한 뒷모습을
- 93쪽 2행: 시민 → 월급장이
- 93쪽 9행: 그래 그런지 그는 나의 혁명군 차량과 행군에 대해서는 말하지 않고 다만 당신은 필시 어떤 음모에 가담하고 있었을 것이라고 자신 없는 소리를 그러나 억지스럽게 추궁하는 것이었다. → 그는 나의 혁명군 차량과 행군에 대해서는 말을 하지 않았다./—당신은 아마 자신의 혐의를 내 앞에서 숨겨 넘어갈 수 있다고 생각한 모양인데… 아니면 자신이 자신의 혐의를 모르고 있거나…/희미한 웃음 속에 그가 천천히 고개를 가로저으며 내게 말해왔다. 나의 환상을 아직 모르고 있는 것 같은 가벼운 추궁이었다. 하지만 그는 이미 내게 어떤 확증을 잡고 있는 사람처럼 말씨나 태도에 여유가 있었다. 나는 그의 그런 여유만만한 태도가 더 두려웠다.
- 103쪽 15행: 그가 정말 외계인의 후예라면 지구인의 말을 알아듣기가 어렵겠지. → 〔삽입〕
- 106쪽 19행: "미워하다니요? → "싸워대다니요?

제3일

- 115쪽 12행: 그리고 그 탁자에는 왕의 커피잔이 하나 놓여있을 뿐 고양이의 우유잔도 보이지 않았다. → 〔삭제〕
- 134쪽 12행: 살아가더라도, → 모든 연령층의 물리적인 세대를 살아간다 하더라도,
- 139쪽 22행: 보다 쉽게 상황에 적응하려 하고 선택 같은 것은 생각조차 하지 않으려고 하는 편이 있습니다. → 개인적인 삶을 보다 쉽게 상황에 적응시키려는 영민한 계산성을 동시에 지니고 있습니다.
- 140쪽 9행: 혹은 갈등이라고도 할 수 있겠지요. → 〔삽입〕
- 140쪽 22행: 나는 그가 꼭꼭 나오는 반대로 4·19혁명 대신 4·19의거라고 말하고 있는 것까지 신경이 쓰였다. 그래 마침내는 나마저 그를 따라 4·19의거라고 말하고 있었을 정도였다. 그래 그랬던지 → 〔삽입〕

제4일

- 146쪽 23행: 이 지상에 아직 자신의 양식을 구하지 못하고 있는 때문일까. → 〔삽입〕
- 152쪽 13행: 이야기에 빠져있었다. → 이야기엔지 목소리들을 잔뜩 죽이고 있었다.
- 153쪽 22행: 친절하게도 → 우린 그냥

제5일

- 195쪽 3행: 자기 왕국을 잃고 고향별을 떠나온 그 가엾은 외계의 사나이가 이 지상에 마련해 숨기고 있는 그의 은밀스런 영토를 위하여. 하지만 아아, 그가 그의 별에의 꿈과 추억을 위하여 지상에 마련한 한 조각 영토가 이 비좁고 남루하고 어두운 골목 속이라니! → 〔삽입〕

제6일

- 204쪽 18행: 아니 그 돈을 나에게 들킨 모양이었다. → 보다도 내게 돈을 들켜버린 데 대한 당황스러움이 앞서고 있었다.

제7일

- 209쪽 14행: 강변에다 → 강변 위에다
- 224쪽 19행: 그렇다면 그것을 따라서 왔단 말인가? 어떤 식으로? → 그렇다면 그는 지금 그것을 내게 따지러오기라도 했단 말인가? 아닌 게 아니라 자기별의 왕국을 잃고 지구까지 쫓겨 온 외계의 사내라서? 그래 이 지구인의 감시가 두려워서?
- 225쪽 12행: 그러나 왕의 표정은 여전했다. 그것은 나에 대한 무언의 압력이었다. 추궁과 재촉처럼 보였다. → 나로선 아무래도 그를 만족시킬 대답을 찾을 수가 없었기 때문이었다. 하고 보니 왕도 그것으로 의구심이 풀릴 리 없었다. 나의 대답이 만족스러울 리 없었다. 왕은 과연 표정이 여전했다. 그것은 나에 대한 무언의 압력이었다. 말 없는 추궁과 재촉이었다.
- 226쪽 1행: 경관과 형의 흥분에 관한 소문의 근거는 여전히 알 수 없었지만 말입니다. → 〔삭제〕
- 226쪽 2행: 나는 말을 하다 보니 이상하게 왕 앞에 터무니없이 진술을 강요당하고 있는 것 같아서 그렇게 말끝을 흐려 놓고 입을 다물었다. 그러나 여기서도 왕은 반응이 없었다. 긴 침묵이 지나갔다. 그리고 그 침묵의 대결에서도 나는 또 다시 지고 마는가 싶은 순간에 느닷없이 왕이 머리를 끄덕여 어떤 이해를 표시했기 때문에 나는 간신히 왕을 좀 더 기다릴 수가 있었다. 그러나 왕의 고갯짓은 나의 말에 대한 어떤 근본적인 동의로는 보이지 않았다. 머리를 끄덕이는 그의 얼굴 표정은 너무나 아무 것도 드러나지 않아서 오히려 화를 내고 있거나 나의 터무니없는 추리를 경멸하고 있는 것 같기도 했다. 나의 말에는 사실 그럴 만한 대목도 없었다. 나는 이번에야 말로 왕을 이기리라 마음먹고 입을 다문 채 단호한 표정으로 왕을 바라보기 시작했다. 도대체 왕에 대한 나의 배려가 지나치고 있었다. 그는 밤중에 남의 집을 찾아온 사람이 아닌가. 이렇게 입을 다물고 있어도 좋다는 말인가. 이야기를 이어 보려는 나의 모든 노력을 도대체

비웃고만 있어야 할 이유가 무엇인가./그러나 왕은 이런 모든 예절상의 문제는 깡그리 무시하고 있는 듯 입을 다물고만 있었다. 아니 그는 나와 함께 침묵을 견디고 있었다. 견디고 있는 게 분명했다. 그리고 그는 그것을 너무도 익숙하게 견디어 내고 있었다. 마치 그가 밤중에 나를 찾아온 것은 그 침묵을 견디어 나를 이기기 위해서인 것처럼 말이다. 그것은 왕이 세느의 유리창가에 앉아 있는 것 같은 태도였다. 그리고 나는 왕이 날마다 세느를 찾는 것은 그곳의 견디기 어려운 분위기를 견뎌내기 위해서인지 모른다는 생각이 들었다. 오늘밤 이 거북한 침묵을 견디어 나를 이겨 내려는 것처럼 말이다./그러나 이때 왕은 그까짓 나를 이기는 것쯤 문제도 아니라는 듯, 그래서 그런 게임에는 별로 관심이 없다는 듯 뜻밖에 침묵을 깨고 나섰다. 그것이 오히려 나에게는 그 게임에 대한 왕의 자신과 여유처럼 느껴졌다. → 나는 그가 정말 지구로 유배 온 외계의 사내인 듯한 착각에서, 이 땅에서의 그의 양식과 불안기를 생각하며 이 소리 저 소리를 늘어놓고 있었다. 하지만 나는 왕 앞에 너무 터무니없는 진술을 강요당하고 있는 것 같아서 그쯤에서 그만 말을 끝내고 입을 다물었다. 그리고 이번에는 나의 말에 대한 왕의 반응을 기다렸다. 그러나 여기서도 왕은 전혀 아무 반응이 없었다. 이번에야말로 왕 쪽에서, 어떤 반응을 보여 와야 할 차례가 분명한데도 그는 그저 입을 꾹 다문 채 끝끝내 침묵만 지키고 있었다. 도대체 여느 인간의 동태가 아니었다. 그는 한밤중에 남의 집을 찾아온 위인이었다. 그러고도 시종 입을 다문 채 어떻게든 그와 이야기를 이어보려는 나의 노력을 깡그리 무시하여 비웃고 있는 식이었다. 도대체 왕에 대한 나의 배려가 지나치고 있었다. 나는 이번에야말로 왕을 이겨내어 어떤 반응을 얻어내고 말리라, 똑같이 단호하게 입을 다문 채 왕을 침묵으로 응대하기 시작했다. 한데 왕은 그러거나 말거나 상관이 없었다. 그는 어느 쪽도 만족할 수가 없다는 듯 계속 침묵만 지키고 있었다. 아니 그는 이제 그 침묵을 나와 함께 줄기차게 견디고 있었다. 그것은 참으로 견딘다는 표현이 알맞은 것이었다. 마치 그가 밤중에 나를 찾아온 것은 그 침묵을 견디어 나를 이기기 위해서인 것처럼. 그리고 그는 그것에 너무도 익숙해 보였다. 그것은 왕이 세느의 유리창가에 앉아 있는 것 같은 그런 태도였다./그러나 이때 왕은 그까짓 침묵을 견뎌 이기는 게임 따위에는 애초 관심이 없었던 듯 뜻밖에 문득 입을 열고 나섰다.

- 228쪽 8행: 그러다 나는 겨우 한 가지 일이 생각났다. 그것 역시 별로 흥미가 가지 않았지만 우선 그것으로 초조감을 쫓기로 마음먹고 왕에게 물었다. "참. 한 가지 궁금한 것이 있었지요. 형에 대해서 말입니다. 왕형이 그 여인나상을 새기고 세느에다 진열을 하고 있는 것 말입니다." 왕의 표정에 대한 나의 이해는 옳게 들어맞고 있는 듯 했다. 왕은 이 대단찮은 말에 번쩍 눈을 떴다. 그리고는 거의 기다리고 있었기라도 한 듯 재빨리 대꾸했다. "그년들을…내 자리를 지키기 위해서 그년들을…그리고 그년들에게서 나를 견디기 위해서…." 그런데 말을 하다가 왕은 갑자기 기세가 꺾이더니 역시 마음에 들지 않은 이야기 거리라는 생각이 드는 듯 다시 입을 다물어 버렸다. 그리고는 기가 죽었다. 기가 죽은 왕은 온통 피곤덩어리 같았다. 그러나 나는 우선 왕의 말을 잘 이해할 수 없었기 때문에 다시 물었다. "그년들을 쫓아내고 거기서 왕형을 견뎌내기 위해서라구요? 세느에서 말이죠?" 왕은 대꾸하지 않았다. "그런데 어째서 형은 꼭 여자를 택해 새겨야 하지요?" 왕이 다시 초조한 빛을 띠우려 했으므로 나는 열심히 묻고 덤볐다. 그 벌거벗은 여자의 나상으로 어떻게 그리고 어째서 세느의 아가씨들을 쫓아내고 자기를 견디려는 것인지, 또는 그런 왕의 기도가 어떤 효과를 나타내고 있었는지 그런 것은 별 문제가 되지 않았다. 그것을 알아보려고 하면 불가능한 것도 아니었다. 당장의 문제는 왕이 다시 그 초조한 상념(그것은 어떤 망설임일는지도 모른다)으로 빠져 들어가지 못하게 하는 것이었다./그런데 그때였다. 왕이 무슨 생각을 했는지 불현듯 안주머니로 손을 넣더니 거기서 목각을 하나 꺼냈다. 그리고 그는

마치 그 목각이 나의 집요한 질문에 대한 해답이라도 되는 듯이 그것을
내 앞에 세워 놓고는 말없이 나를 바라보았다. 그런데 그 목각은—지금
까지 왕이 새겨낸 다른 모든 것들과는 달리 무지하고 우악스런 놈을 치기
만만하게 쳐들고 있는 남자의 것이었다. 아직 작업이 다 끝나지는 않은
듯 잘 다듬어져 있지가 않았으나 중요한 부분은 그런대로 호기로왔다.
"아, 이건 사내를 새겼군요." 나는 목각을 들여다보며 말했다. 그의 목각
은 여자 남자 할 것 없이 특히 섹스 부위가 강조되어 있었던 것이다. 그것
은 왕이 목각으로 세느에서 여자들을 내쫓으려 했다는 것과 관련이 있는
것 같았다. 왕은 여전히 나만 건너다보고 있었다./그러고 있더니 그는 느
닷없이 목각을 집어 들고 자리를 일어섰다. 나는 그의 거동에 기미를 채
고 시간이 늦었으니 밤을 지내고 가라고 말렸으나, 그는 들은 체도 하지
않고 훌쩍 문을 나가버렸다. 그리고 내가 그를 쫓아 나갔을 때 왕은 벌써
대문을 나서서 그림자처럼 비오는 거리로 사라져가고 있었다./너무 갑작
스럽게 가 버렸기 때문이었을까. 대문 앞에 서서 어둠 속으로 사라져 가
는 뒷모습을 바라보며 나는 왕이 끝내 그의 이야기를 하지 못하고 간 거
라고 생각했다. 그리고 나 자신은 무슨 도깨비에게라도 홀린 기분이었다.
→ 문득 한 가지 머리에 떠오른 일이 있기는 하였다. 왕이 세느의 창가에
앉아 여인들의 나상을 새겨 늘어놓고 있는 데 대한 궁금증이었다./하지만
나는 이제 그도 부질없는 일인 듯싶어 그냥 내처 입을 다물고 있었다. 그
걸 굳이 알아보자고 한다면 대답을 얻어내지 못할 것도 없겠지만, 내겐
이미 그 일에 대한 짐작(그는 이 땅으로 유배를 당해온 다른 별자리의 왕이
아니던가. 그것은 그가 떠나온 별의 여인들에 대한 추억이자 꿈일 수 있었다)
이 있었던 데다, 왕에게서 어떤 다른 대답을 듣는대도 이제 와서 그건 나
나 왕에게 별반 문제가 될 수 없었기 때문이었다. 그보다 중요한 것은 왕
과 나 사이엔 서로 할 말이 없다는 것이었다. 하고 싶거나 듣고 싶은 말이
없다는 것이었다. 내가 그런 이상 왕 쪽도 그건 마찬가질 수밖에 없었다.

그걸 서로 이해하고 알고 있다는 점이 중요했다. 그런데 그때— 왕이 마치 나의 마음속 물음을 읽고 나서 그것에 대답을 대신하려는 듯 별안간 한 손으로 주머니 속을 더듬었다. 그리고 뜻밖에 거기서 자그마한 목각 하나를 꺼내들었다. 그는 말없이 그것을 내 앞에 세워놓고는 다시 한동안 나를 바라보고 있었다. 그 목각은—지금까지는 세느에서 왕이 새겨온 다른 것들과는 달리 무지하고 우악스런 놈을 치기만만하게 쳐들고 있는 남자의 것이었다. 아직 작업이 다 끝나지 않은 듯 다듬어 있지가 않았으나 중요한 부분은 그런대로 몹시 호기로워 보이는 놈이었다. 그의 목각은 남자 여자 할 것 없이 한결같이 특히 섹스 부위가 강조되고 있었다. "아, 이건 남자를 새겼군요." 나는 그 목각을 들여다보며 감탄조로 모처럼 한마디 하였다. "내 목각은… 내 목각들의 모습은… 세느와 이 동네에서 내가 보고 느낀 남자와 여자들의 전부인 거요…." 왕도 비로소 더듬더듬 한마디 하였다. 현실과 몽상 간의 차이라 할까. 그것은 내가 그의 조상들에 대해 상상해온 것과는 상당히 거리가 있는 소리였다. 하지만 그 왕 역시도 이젠 그도 저도 모두 부질없는 노릇임을 깨달은 것 같았다. 그는 문득 거기서 다시 입을 다물어버리고 있었다. 그러고는 느닷없이 목각을 집어들고 자리를 일어섰다. 내가 그의 기미를 눈치채고 뭐라고 한두 마디 발길을 막았으나, 그는 들은 체도 않고 그 길로 훌쩍 문을 나가버렸다. 그리고 내가 그를 급히 뒤쫓아 나갔을 때, 왕은 벌써 대문을 나서서 그림자처럼 어둡고 비오는 골목길로 외롭게 혼자 사라져가고 있었다.

제8일

- 234쪽 22행: 아니면 오직 강도나 살인자 같은 범죄자 무리만을 작중인물로 등장시킬 수 있을 뿐이다. 강도 살인자 같은 범죄자들이야말로 자신의 정체를 집단으로 드러내어 항의를 꾀할 수 없는 유일한 무리이므로. →〔삽입〕

- 242쪽 16행: 말하자면 왕은 나의 어떤 시절의 완성품이었다. → 말하자면

왕은 나의 다른 하나의 얼굴이자 앞으로의 나의 어떤 시절의 완성체였다. 그래 간밤엔 서로가 말이 필요 없어지고 있었던 것인가.

- 250쪽 2행: 그러니까 그것은 당신에게 대한 나의 최후의 진술과 관련해서 기다렸던 것은 아니지요. → 〔삭제〕
- 253쪽 23행: 다방은 왕이 정말인지 거짓말인지 그가, 년들을 내쫓겠다던 노력에도 아랑곳없이, 시험 중인데도 불구하고 여전히 학생들로 붐비고 있었다. → 다방은 학교가 시험기간 중인데도 불구하고 여전히 학생들로 붐비고 있었다.

제9일

- 268쪽 10행: 그렇다고 → 사람은 때때로 그런 때도 있기 마련이라며 그렇다고
- 272쪽 20행: 이야기에 → 인생살이의 역정에
- 277쪽 15행: 마담은 선선히 응낙했다. → 마담은 선선히 응낙을 하면서 뭔가 심상찮은 기미를 눈치챈 듯 이젠 아예 맞은쪽으로 자리를 잡아 앉고 있었다. 그러거나 말거나

제10일

- 285쪽 14행: 그렇다면 그는 정말로 이 땅의 인간이 아니었단 말인가. 다른 별에서 자신의 왕국을 잃고 쫓겨 온 외계의 사내, 망명의 왕이었단 말인가. 그래 이 땅의 대기와 질병엔 그토록 약해빠질 수밖에 없었던 것일까…. → 〔삽입〕
- 287쪽 3행: 처형하고 말리라. → 그것으로 그의 일을 끝내게 되리라.
- 287쪽 12행: 오늘도 내겐 그 모습이 보이지 않는 목소리뿐으로였다. → 〔삽입〕
- 289쪽 4행: 하지만 이점을 잊지 마십시오. 내가 당신에게 나타나지 않고 있는 동안― 그것은 언제까지나 당신에 대한 선고의 유예 상태가 계속되어지고 있는 상황이라는 점을 말입니다. → 〔삽입〕

- 289쪽 7행: 그러나 나는 문득 사내에게 어떤 친밀감을 느끼며 이렇게 물었다. → 그러나 문득 어떤 새로운 공포감에 질린 목소리로 사내에게 물었다.
- 290쪽 1행: 당신은 아마도 소설을 쓸 테니까…. → 〔삽입〕
- 290쪽 14행: 사내가 말했다. → 사내가 마침내 어떤(터무니없는) 친밀감 같은 것을 담은 목소리로 말해왔다.
- 290쪽 19행: 사내도 따라 웃었다. → 그러나 그것으로 사내는 이미 기척이 사라지고 없었다.

3) 『씌어지지 않은 自敍傳』(장락, 1994)에서 → 『씌어지지 않은 自敍傳』(열림원, 2001)으로

* 일일이 지적하기 어려울 만큼 작품이 대폭 수정됐다. 그래서 아래처럼 의미 변화가 크지 않은 경우는 제외했다.

나는 점심을 거르는 버릇에 젖어 있어 전혀 점심 생각이 없었지만, 때가 그렇게 되어가는 것을 느끼고는 집을 나오지 않을 수 없었다. 그것은 점심을 먹기 위해서가 아니라, 나의 하숙에선 애초부터 점심을 먹지 않기로 정했던 터라 점심때까지 그냥 그러고 죽치고 누워 있기가 공연히 거북스러웠기 때문이었다. → 나는 자주 끼니를 거르는 버릇인데다 하숙집에선 애초 휴일까지도 낮참을 내놓지 않게 되어 있어 점심시간은 나와 별 상관이 없었다. 하지만 남의 취사 시간에 혼자 계속 방안에 죽치고 누워있자니 다른 방 사람들 눈치가 보여 그쯤에선 어차피 나도 집을 나오는 게 편했다.

* 차례에만 제1일 앞의 글에 '들어가기'라는 소제목이 붙었다.

제1일

- 20쪽 17행: 나의 어린 시절의 연을 상기했거나 → 내 어린 시절을 떠올렸거나

- 23쪽 8행: 어머니는 그 뒤로도 어느 날 다시 내가 연을 날리러 나가지 않은 것을 보고 부드럽게 왜 연을 날리러 나가지 않느냐고 달래듯 하였는데, 어찌된 일인지 어머니의 그 부드러운 말소리가 어떻게나 슬프게 들렸던지 나는 이번에도 담박 연을 메고 다시 집을 나가지 않을 수가 없었다. → 〔삭제〕

- 28쪽 1행: 더욱 잘 완성되고 있는 듯한 느낌이 들었다. → 그대로 어떤 기이한 구도를 이루고 있었다.

- 30쪽 2행: 아무래도 둘 사이에 무슨 편치 못한 일이 있는 듯싶었다. → 〔삽입〕

- 34쪽 18행: 마담이 무서워서 치우라고 할 수가 없어요. → 위인의 조각 칼 때문에 마담이 무서워서 치우라고 할 수가 없대요. 마담은 정말 한번 그걸 잘못 손대려 했다가 소리 없이 떨고 있는 그의 눈길을 보고 기겁을 하고 말았다니까요.

- 37쪽 6행: 민중의 지팡이가 곤봉체조를 너무 좋아해서는 야단이라고 전번과 같이 소리를 지르더라는 겁니다. → 전번처럼 민중의 지팡이가 어쩌고 곤봉 체조가 저쩌고 그답지 않게 한동안 게거품을 물고 덤비더라는 겁니다. 그러다간 또 매번 제풀에 기가 죽어 언제 그랬냐는 듯 중도에 돌연 입을 다물어 버리고…

- 44쪽 6행: 당신도 아마 대부분의 다른 사람들과 마찬가지로 당신에게 주어진 마지막 진술의 기회를 끝내 단념할 수 없는 모양인데 말이오. → 〔삽입〕

제2일

- 61쪽 21행: 아퀴나스와 니체가 어깨동무를 지으며 듀이와 제임스가 팔뚝

을 걷어붙이고 싸우며, 칸트와 괴테가 서로 양반이라고 우기며, 포크너와 헤밍웨이가 멱살을 잡으며, 카뮈가 사르트르를 충고하고 쇼팽이 토마스 만을 위로하고 도스토예프스키가 톨스토이를 공박하고 슈바이처가 고흐에게 묻고 루오와 카프카와 케네디와 아문센과 이안 스미스와 카스트로가 한 자리에 둘러앉아 스무고개 놀음을 하고…. → 아퀴나스와 니체와 원효가 어깨동무를 지으며, 듀이와 제임스와 박지원이 팔뚝을 걷어붙이고 싸우며, 칸트와 괴테와 다산 선생이 서로 양반이라고 우기며, 포크너가 헤밍웨이의 멱살을 잡으며, 카뮈가 사르트르를 충고하고, 피카소가 쇼팽을 비웃으며, 도스토예프스키가 톨스토이를 공박하고 슈바이처가 고흐에게 묻고 루오와 장승업과 카프카와 케네디와 힐러리 경과 아문센과 이안 스미스와 카스트로가 한 자리에 둘러앉아 스무고개 놀음을 하고….

- 81쪽 1행: 그리고 그렇게 나이를 먹어버리는 것은 죄악이었다. → 〔삭제〕

- 81쪽 23행: 그런 허우대로 아무 녀석에게나 매달려서 시집을 가지 않고, 그러고도 아직 아무렇지도 않다는 천연스런 얼굴을 하며, 한국 여성의 °엘리트를 자부하는 이 《새여성》사의 기자, 거기다가 연예부장 자리를 지키고 앉아서 교만한 집념에 취해 있는 것, 그 모든 것이 이미 용서받을 수 없는 점이었다. 누가 나에게 왜 《새여성》사를 그만두려 하느냐고 묻는다면 나는 그에게 다만 미스 염을 보여주는 것으로서 머리를 끄덕이게 할 수 있을 것이다. → 게다가 그런 허우대 그런 몰골로 연예부장 자리를 차고앉아서 언제나 일에 취해 정신없이 바쁘게 돌아가는 것, 그 꼴도 나는 왠지 늘 견디기가 어려웠다.

- 83쪽 5행: 나 역시 미스 염이 그렇게 열심히 일을 하면서 선풍기로 몸을 식히는 것을 비난하는 것은 아니다. → 〔삭제〕

- 92쪽 12행: 그리고 그 환상의 실마리를 붙잡았을 때 나는 어느새 체포당한 몸이 되어 있었다. → 그리고 그 낯선 환상 세계의 현실이 차츰 눈앞

에 드러나기 시작했을 때 나는 이미 그 금기의 사슬에 붙잡힌 몸이 되어 있었다.

- 99쪽 8행: 그런 경우 그는 오히려 자기의 피의자에게 인간적인 존경을 바치게 되어야 마땅할 것이다. → 〔삭제〕
- 112쪽 5행: 나는 일찌감치(실은 그다지 이른 시각도 아니었지만) 잠자리에 나 들 수밖에 없었다. → 〔삽입〕

제3일

- 140쪽 12행: 그래서 배가 고파 허둥대는 것 같은 세대가 된 것입니다. → 그래서 늘 허둥대다 체념기가 앞서버리는 요령부득의 무기력한 한 세대가 된 것입니다.
- 140쪽 22행: 무엇보다도 우선 사내의 정체를 모르고 있기 때문이었다. → 〔삭제〕

제4일

- 146쪽 10행: 그런데 그게 뜻밖에 효과가 있었다. 위인이 모처럼 다시 나를 정면으로 쳐다보았다. 그리곤 이제 그도 더 어쩔 수가 없어진 듯, → 〔삽입〕
- 152쪽 22행: 입을 다물고 앉았다가도 그들은 앞자리나 옆자리에 남자가 나타나기만 하면 갑자기 신이 나서 벌써 수없이 되풀이됐을 듯한 시시한 이야기를 지껄이며 못 견디게 재미있다는 듯이 웃어대곤 하였다. 그런 때 남자는 할 수 없이 그들의 이야기를 엿들을 수밖에 없는데, 그런 경우 나는 표정을 짓기가 어찌나 불편했던지 모른다. → 일종의 간접대화 방법일 텐데도 곁에선 별 엿들을 만한 흥미가 없어 관심커녕 실소만 사고 마는 시시껄렁한 이야기들.
- 161쪽 10행: 집으로 돌아오는 길에 나는 또 한 번 그 '하숙 동료와 인사를 나눈 기념'으로 아가씨들과 함께 아이스크림 집을 들러 나와야 했다. 대문까지 온 우리들은 초인종을 누르고 나서 대문 빗장이 풀리기를 기다

리고 서 있었는데, 그때 나는 비로소 아기씨들의 이름을 물었다./"참, 이 가씨들의 이름을 알아놓아야지요."/"전 이윤선, 잰 현수미구요."/빗장을 풀어주러 오는 발소리를 들으며 이번에는 그녀들도 군소리 붙이지 않고 짤막하게 대답했다. → 그리고 그럭저럭 골목 안 하숙집 대문 앞에 함께 서게 된 우리는 초인종을 누르고 대문 빗장이 풀리기를 기다리는 동안 비로소 세 사람 간에 남아 있던 다른 한쪽의 통성명을 끝냈다./"참, 우린 선생님의 이름을 알지만, 선생님은 아직 우리 이름을 모르시잖아요. 전 이윤선이에요. 잰 현수미구요."

제5일

- 163쪽 18행: 왕이 미치지 않았다는 것인 이제 나에겐 분명해진 일이었다. → 〔삭제〕

- 169쪽 14행: 사내로부터 결국 사형을 선고받게 된 것도 그런 예의 하나였다. → 사내로부터 유죄와 서형 형을 통고(사형 형은 애초 그 해괴한 이름의 형벌 내용을 바꿔 선택한 결과였지만, 그리고 그도 아직은 일종의 예비 선고 상태에 있는 셈이지만) 받게 된 것도 그런 사례의 하나였다.

- 174쪽 14행: 기왕 나가려는 사람에게 쫓겨나는 기분이 들지 않도록 해주기 위해서 말이다. → 〔삭제〕

- 183쪽 2행: 그런데 당신은 그것을 말하지 않기 위하여 오히려 음모의 가능성을 확인시켜주었어요. 뜻밖의 결과라고 할 수 있지요. → 〔삭제〕

- 183쪽 6행: 개중에는 당신처럼 굉장한 범죄사실을 무의식중에 드러내버리기도 합니다. → 〔삭제〕

- 185쪽 21행: '대뇌절제 수술 형' → '대뇌 기능 제거 수술 형'

제6일

- 197쪽 6행: 그것은 나의 가장 깊은 곳에다 고춧가루처럼 수없이 조그맣고 알알한 홍분의 파편을 뿌려대고 있었다. → 〔삭제〕

- 200쪽 2행: 그는 갑자기 불안한 예감이 들었다고 했다. 처음에 그는 그

불안이 자기가 너무 늦게 여자의 부탁을 생각해냈고 너무 늦게 그녀의 집
으로 가게 된 때문인 것처럼 생각되었으나, 한참 서둘러 걷다가 그는 아
침에 여자가 피곤한 얼굴에 전에 없이 정답고 서글픈 미소를 띄우던 일이
떠오르자 이젠 아주 불길한 예감까지 들더라는 것이었다. → 그리고 그때
부턴 갑자기 왠지 모를 불안감에 쫓기며 서둘러 발길을 되돌려 그녀에게
로 쫓아갔다고.

- 200쪽 11행: 그러나 때가 이미 늦어 있었다. 아니 애초부터 때가 늦고 말
  고 할 일도 없었다. → 〔삽입〕
- 206쪽 7행: 마담에게서 융통한 것에 내 주머니를 다 털어 보탠대도 아직
  만 원이 채 못 되었다. → 〔삽입〕

제7일

- 186쪽 9행: 그러나 다음날 아침 나는 마담에게서 얻은 것과 나에게 있었
  던 것만을 합쳐 담고 아침도 먹지 않은 채 윤에게로 갔다. 아침에 일어나
  는 길로 나는 아주머니에게 통사정을 말했는데, 아주머니는 일이 퍽 딱하
  게 되었다고 위로를 해주었으나, 마침 가진 게 없어서 미안하다고 오히려
  이쪽에서 미안해져버릴 만큼 딱해 하는 바람에, 나는 수미네들에게는 이
  야기를 해볼 용기조차 잃고 곤란할 것은 아무 것도 없다고 몇 번이나 강
  조하면서, 정말 시내만 나가면 금방 돈이 될 것처럼 오히려 유쾌해 보이
  기까지 한 얼굴로 대문을 나섰다. 대문을 나서서 나는 정말로 갈태를 좀
  찾아가볼까 생각했다. 그러나 다음 순간 갈태가 나에게 할 법한 힐난이
  먼저 떠올랐다. 대체 내가 이게 무슨 정성인가. 제 주머니 턴 것도 모자라
  서 남의 주머니 사정까지 하러 가야 하다니. 도대체 내가 그러고 나서야
  할 건덕지가 무엇이냐 말이다. 일을 당한 윤일마저도 태평하게 잠을 잤을
  지 모르는데. 그러나 일을 당한 사람에게 막상 사무적인 판단까지 내리게
  할 수는 없는 일. 그가 돈을 구하러 뛰어다니게 된다면 그는 아마 슬퍼할
  틈조차 없을 것이다. 그리고 나밖엔 그 여자의 죽음을 아는 사람이 없다.

윤일에게는 말이다. 나는 두서없이 그런 생각을 하며 시내로 나간 대신 윤이 기다리고 있을 집을 향해 비탈길을 올라갔다. 밤새 내리던 비가 조금 뜸해진 날씨였지만 아직도 구름장이 낮게 걸려 있었다. → 그러나 다음날 나는 더 다른 마련은 단념한 채 아침이 새자마자 바로 윤에게로 달려갔다. 바깥은 밤새 내리던 비가 조금 뜸해진 날씨였지만 아직도 구름장이 낮게 걸려 있었다.

- 217쪽 8행: 은숙 올림. → 그럼 안녕히. 내 사랑!/당신의 이름을 마지막으로 불러보며 은숙이 씀.

- 219쪽 15행: 사실은 그 여자의 상처를 보고 나는 더욱 경멸하고 미워하는 데만 정신이 팔려서 그걸 눈치 채지 못한 것인지도 모르겠어요……" → 〔삭제〕

- 227쪽 14행: 다만 사람에 따라 이삼일을, 또는 단식이 끝날 때까지 계속되는 경우가 있다는 것을 들어 알고 있을 뿐이었다. → 〔삭제〕

제8일

- 233쪽 8행: 그리고 아직도 그 굴레에서 벗어나지 못하고 있는 나라들의 경우에는 문학이 시민대중의 정신 속에 깊이 뿌리를 박고 공감을 얻음으로써 그 명맥을 이어가고 있다. → 〔삭제〕

- 240쪽 3행: 우연히 눈에 띈 것이 이것이었다. 나는 문득 정신이 들었다. 정신을 차리고 새삼스럽게 다시 낙서집을 살폈다. 그 페이지는 그런 식의 대화들로 가득 채워지고 있었다. → 맨 먼저 눈에 띈 문귀가 그런 식으로 바로 왕의 일을 연상시키는 것이었다. 나는 새삼 주의를 기울여 페이지의 첫대목부터 차근차근 그 낙서들을 읽어 내려가기 시작했다. 그 페이지에는 그런 식으로 왕을 주제로 한 듯싶은 대화들로 가득 채워져 있었다.

- 241쪽 2행: 주인아줌마는 돈 꿔달라는 걸 거절했다더라. → 주인아줌마는 돈까지 꿔줬대더라.

- 242쪽 20행: 그리고 나는 어떤 식으로 그 왕으로 완성되어갈 것인가. 혹

은 어디선가 나의 진로가 바뀌고 말 것인가. 만약 내가 왕으로 완성되어 가고 있는 것이라면 지금의 왕은 어떤 것인가. 생성을 정지하고, 단식을 하고, 미친놈으로 소문이 나고 그리고…그리고 또 어떻게 될 것인가. → 나의 내일은 끝끝내 그 왕으로 완성되어 갈 것인가. 그것은 언제 어떻게? 혹은 나의 내일은 어디선지 그와 행로가 달라질 수도 있을 것인가. 그것은 또 어디서 어떻게?

- 259쪽 6행: 그는 나와의 마지막에서 그렇듯 스스로 결연스러웠달까. → 〔삽입〕

- 259쪽 9행: 다방을 쫓겨 간다고 농담처럼 한 말이 나의 골을 띵하게 울리고 있었다. → 〔삭제〕

제9일

- 276쪽 14행: 그것은 바로 나의 단편이 실려 있는 잡지였다. → 그 한순간 나는 이제 내가 그동안 그토록 마주치기를 망설여오던 일 하나가 바로 눈앞에 닥쳐들어 버린 것을 알았다. 그 책은 다름 아니라 그동안 내게 은근히 갈태를 기다리게 하고, 그러면서도 그 어둑한 두려움 속에 시내 쪽엘 나가기를 망설이게 했던 내 단편소설이 실린 잡지였다. 그것이 이런저런 인연으로 갑자기 내 앞에 나타나버린 것이었다.

- 279쪽 16행: 소설에 관한 생각으로 이따금 지나가는 흥분기가 나를 더욱 지치게 했다. 초조하고 지쳐서 나는 다방에서 집으로 돌아왔다. → 〔삭제〕

제10일

- 290쪽 10행: 도대체 그것 말고 내게 다른 진술거리가 생길 때가 올 것인가. 그리고 거기 다시 오늘 같은 괴로운 신문자, 일방적이고 자의적인 심판관은 없을 것인가. → 〔삽입〕

작가의 말 → 그 해 가을

- 304쪽 9행: 그러고 보니 이곳에선 그 신문관 사내나 '각하'나 왕의 일처럼 어느 하나 확연한 일이 없이 하나같이 아리송하기만 한 것도 쑥스럽고

→ 〔삽입〕

3. 인물형

1) 나(이준): '나'는 자기 이야기를 자서전이나 참회서가 아니라 소설로 쓰는 사람이다. '나'의 이야기는 '나'가 심문관 앞에서 행하는 진술(과거)과 다방 세느를 중심으로 한 열흘간의 기록(현재), 왕이 살아 있을지도 모른다는 마담의 후일담(미래)으로 구성된다. '나'의 이야기 가운데 과거와 현재까지가 자서전이라면, 죽었던 왕이 살아나는 마담의 후일담에서 자서전은 소설이 된다. 작가가 죽은 왕을 다시 살리는 이유가 무엇일까? 그 이유는 자서전과 소설의 차이에서 찾아야 한다. 자서전이 사실에 기초한 개인의 닫힌 이야기라면, 소설은 거기에 허구가 더해진 만인의 열린 이야기다. '준'은 등단작 「퇴원」 이후 여러 작품에 나오는, 작가 자신을 가장 확실히 나타내는 이름이다. 그런 만큼 이준의 이야기는 많은 부분 이청준 자신의 이야기이기도 하다. 『선고유예』가 중단된 뒤 쓰인 「소문의 벽」의 박준도 마찬가지다. 「소문의 벽」은 『선고유예』와 겹치는 부분이 많다.

2) 왕: 이름은 물론 그에 대한 어떤 것도 알 수 없는 유령처럼 모호한 인물이다. 왕(王)이라는 성도 성보다 그 뜻으로 기능한다. 왕의 영토는 잃어버린 별이다. 그런 왕이 이준과 단식, 허기, 광기를 공유한다. 이청준은 소설가를 영원한 이상주의자라고 했다. 왕은 이준의 분신이라 할 수 있다(228쪽 12행).

3) 심문관: 이준은 심문관 앞에서 자기 이야기를 하고 자술서를 쓴다. 이런 구조는 이후 「그림자」 『제3의 현장』에서 반복된다. 뒤의 두 작품에서는 심문관의 역할을 형사와 검사가 맡는다.

4) 임갈태: 「증인」의 인물도 갈태라는 평범하지 않은 이름을 갖고 있다.

5) 미스 염: 「보너스」의 미스 김과 겹치는 부분이 있다.

6) 세느 마담: 얼룩 고양이를 안고 있는 다방 마담은 「6월의 신화」에도

나온다.

7) 여대생 둘: 이윤선과 현수미처럼 늘 함께 다니는 두 여대생은 「더러운 강」에 나오고, 이준과 하숙집 옆방 두 여대생의 관계는 습작 「아벨의 뎃쌍」과 같다.

4. 소재 및 주제

1) 일기 형식: 살아온 과정을 시간의 흐름에 따라 정리하고 반성하는 일기는 자서전 쓰기와 같은 형식이다. 「여름의 추상」도 일기 형식이다.

2) 허기: 허기는 작가가 살아온 가난한 시대의 중요 소재에 그치지 않는다. 이준의 진술이 온통 허기에 관한 것이듯, 허기는 그의 삶 전체를 꿰뚫는 정신적, 사회적 상흔과 관련이 있다. 이청준의 소설에는 「퇴원」의 '나', 「귀향 연습」의 남지섭처럼 이유를 알 수 없는 배앓이에 시달리는 인물이 여럿 있다. 그들이 느끼는 뱃속의 통증은 여기서 말하듯 허기로부터 시작되고, 허기는 광기를 닮았다. 허기는 이후 작품에도 빈번히 나온다.

3) 연: 이청준 작품에서 연은 줄이 끊어지기 전까지는 허기와 깊은 관련이 있다. 하지만 줄이 끊어져 날아가면 꿈꾸던 더 넓은 다른 세상으로 나가기, 출향과 관련이 있다. 그렇게 떠난 사람들은 아예 돌아오지 않거나 아주 긴 세월이 지난 뒤 귀향한다. 연줄을 끊는 꿈은 바닷가 사람들이 꾸는 수평선을 넘어가는 꿈과 같다(21쪽 1행, 48쪽 13행).

- 「허기진 연」: 연은 내 최초의 허기의 얼굴이었다.

- 「바닷가 사람들」: 문득 나는, 언제고 저 수평선 너머로 가서 그곳의 이야기를 모조리 알아가지고 돌아오리라 다짐한다.

- 「이어도」: 그는 늘 표정이 가지런하고 빈틈이 없어 보이는 편이긴 했지만, 그가 그 수평선을 하염없이 바라보고 서 있을 때 그 꿈을 꾸는 듯한 눈길 속엔 늘 어떤 간절한 소망 같은 것이 어려 있곤 했었다.

- 「빗새 이야기」: 줄 끊어진 한 점 연이 되어 까마득히 마을을 떠나갔던 당

신의 큰아들이 집으로 다시 돌아오던 날이었다.

- 「연」: 연은 언제나 머나먼 하늘 여행을 꿈꾸고 있는 작은 새처럼 보였고 그래서 언젠가는 실줄을 끊고 마을의 하늘을 떠나가 버릴 것처럼 그녀의 마음을 불안하게 했다.

4) **단식**: 「뺑소니 사고」에 보면, 단식은 우리 속에 들어와 있는 모든 부정한 것을 몰아내고 깨끗한 영혼을 되찾으려는 싸움이다. 또한 이청준은 한 대담에서, 식염수는 '어떤 욕구에 대한 최소한의 충족'을 뜻한다고 말했다. 단식과 구역질, 식염수에 대한 일화는 『조율사』에서 그대로 반복된다.

5) **겨드랑과 여성화된 도시**: 『씌어지지 않은 자서전』은 온통 여자들로 넘쳐나는 동네에서 시작된다. 여자들은 대부분 세계 유수의 여자 대학 학생들이지만 작가는 그 동네를 종로 어느 뒷골목에 있는 사창가에 비견한다. 주인공 이준이 줄곧 '쑥스럽다'고 하는 것은 그런 동네와 여자들을 견딜 수 없다는 말이다. 이청준은 장편 『이제 우리들의 잔을』 2장 '여성도시'에서 쑥스러움의 이유를 분명히 말한다. 여성화된 도시는 성(性)이 넘쳐나는 더러워진 도시다. 그 도시-여자는 보여주면 안 되는 곳, 보여줄 수 없는 곳을 거침없이 드러낸다. 그곳이 국부고 국부의 변형인 겨드랑이다. 『새여성』사는 여성화된 도시의 축소판이다. 그래서 이준은 미스 염의 겨드랑 때문에 회사를 그만두겠다고 결심한다. 여성화된 도시의 결정판을 그린 작품이 원제가 「불알 깐 마을의 밤」인 「거룩한 밤」이다(69쪽 15행).

- 「더러운 강」: -오오, 성교지상주의자들의 축제, 이 엄청난 〈섹스〉의 파도-

- 『이제 우리들의 잔을』: (도시가 여성화해 간다는 뜻은) 모든 문화현상이 소비 안일 피상화해 간다는 의미입니다. 하지만 여성화된 도시가 궁극적으로 다다를 곳은 그 섹스라고 할 수도 있습니다. 사실로 지금 우리의 도시는 괴물처럼 거대한 국부를 드러내 놓은 채 치마를 올리고 누워있는 느낌이 아닙니까. 그곳을 조금만 건드려도 도시는 견딜 수 없는 소리를 지

르며 무섭게 꿈틀거리지요. 사람들은 그 섹스의 소음 속에서 정신을 차릴
수가 없게 되었구요.

6) 늙은 처녀들과 불결감: 대부분의 여자는 남자를 만나 결혼해서 가정
을 꾸리고 아이를 낳는다. 여자는 아이 덕분에 여자에서 어머니가 된다.
여자가 결혼에 관심이 없는 것은 궁극적으로 아이 가지기를 거부하는 것
이다. 이준이 늙은 처녀들에게 느끼는 불결감은 어머니이기를 거부하는
여자들에게 느끼는 불결감이다. 그녀들의 성(性)은 아이를 낳고 기르는
창조로 연결되지 않는다. 「무서운 토요일」의 아내도 마찬가지다. 거기서
아내는 성적 쾌락만 좇을 뿐 아이 낳기를 거부한다.

7) 피곤: 겨드랑으로 대변되는 견디기 어려운 것, 견딜 수 없는 것을
견디며 살아가야 하는 삶에 대한 회의가 피곤으로 나타난다. 그래서 피곤
은 허기와 연결되고, 그 피곤을 씻을 곳은 여성화된 도시의 대척점에 있
는 시골, 고향이다. 이청준의 소설에는 이런 피곤기를 내보이는 사람이
많아서 일일이 예로 들기 어려울 정도다. 그들 중 가장 인상 깊은 사람이
「남도 사람」 연작의 사내일 것이다(90쪽 23행, 109쪽 10행).

- 「가수」: "그건 어쩌면 피로감이라고 해도 상관이 없겠지요."
- 『이제 우리들의 잔을』: i) 정말로 피곤해졌을 때 찾아갈 곳이 없는 사람
  들이었다. 서울사람들이 그런 사람들이다. iii) 피곤해지는 일이 없는 사
  람에게 마음으로 찾고 싶은 고향이 있을 리 없었다.
- 「가면의 꿈」: 비로소 관심이 가기 시작한 일이었지만, 사무실에서 돌아오
  는 그의 얼굴은 딱할 정도로 피곤해져 있곤 했다.
- 「선학동 나그네」: 하지만 그녀는 어딘가 짙은 피곤기 같은 것이 어려 있
  는 사내의 표정과 허름한 몰골에 금세 흥미가 떨어지는 어조였다.

8) 전짓불: 전짓불은 자신의 정체를 철저히 숨긴 모든 폭력의 원형으로
양심에 따른 선택과 정직한 자기 진술을 불가능하게 만든다.

- 「소문의 벽」: 작가는 그 전짓불 뒤에 숨은 사람의 정체가 무엇이든 그들

과 상관없이 정직한 자기진술만 하면 그만이다. 그것이 작가의 양심이라는 것 아닌가. 나의 이야기는 다만, 그러나 나에게서는 이미 그 양심이라는 것이 나의 의지하고는 아무 상관도 없이 지켜질 수 없게 되고 있다는 것뿐이다. 전짓불이 용서하지 않기 때문이다. 전짓불이 어떤 식으로든 선택을 요구하기 때문이다. 아니 나에게는 어떤 선택의 여지조차 없다. 그런 것은 알지도 못한 새에 나는 언제나 누군가의 편이 되어 있곤 하는 것이다. 그리고는 가혹한 복수를 당하곤 한다.

9) 거짓 단식: 「뺑소니 사고」는 단식의 효과만 취하려는 거짓 단식에 대한 이야기다.

10) 별: 「별을 보여드립니다」 이후 '별'은 대부분 새로운 세상에 대한 꿈과 희망을 나타낸다(123쪽 8행, 178쪽 2행, 195쪽 5행).

　－「무서운 토요일」: 그새 어둠에 눈이 익어진 탓일까, 검은 하늘에서 별들이 하나 둘 환각처럼 희미하게 살아나고 있었다.

11) 목각 인형: 왕이 만든, 한결같이 섹스 부위가 강조된 목각 인형들은 「마기의 죽음」에 나오는 인물들과 닮았다. 그 목각 인형들은 왕이 떠나온 별의 여인들에 대한 추억이자 꿈이 아니라 이곳 사람들이다. 이곳은 전짓불이 휘젓는 여성화된 도시다. 그래서 언제나 여자만 만들던 왕이 죽기 전 만든 단 하나의 남자는 매우 중요하다(74쪽 10행, 229쪽 7행).

　－「마기의 죽음」: i) 그리고는 한줌에 잡힐 듯한 허리에서 갑자기 엄청나게 펑퍼짐해진 쾌락의 새암 부근…… ii) 마치 그녀는 몸 전체가 그 쾌락의 새암 하나로 이루어져 있는 것 같았다.

12) 제복과 통일과 질서: 이 부분은 '집단인격시대에 즈음하여'라는 부제가 붙은 수필 「제복에 대하여」의 내용과 거의 같다. 제복은 개인을 소멸시켜 집단의 결집력에 기여하고 집단에 대한 통솔 유지수단이 되기도 한다.

　－「제복에 대하여」: 제복을 입고 나면 무의식중에 나는 이미 내가 아니라는

생각이 들기 때문이다. 나는 다만 제복일 뿐이라는 생각, 그래서 제복에 나를 내맡겨버린 채 제복에 의지해서 그 제복의 집단인격으로만 생각하고 행동하려 하기 때문이다.

- 「숨은 손가락」: 그러니까 동준에게 허물이 있었다면, 그가 한 2년 그 제복을 입고 지낸 것이나 허물이 될 수 있었다. 왜냐하면 청년단은 청색군을 위한 유일하고도 명백한 제복 단체였고, 그 청색 제복은 사람들의 눈에 그만큼 노출이 강했기 때문이었다. 노출성이 강한 제복의 집단은 그 자체가 두려운 힘의 표상이었다.

13) **문학예술 활동에 대한 감시자들**: 정치권력과 의식이 오염된 소시민 대중은 문학예술 활동을 달갑게 생각하지 않고 억압하는 두 부류의 감시자들이다. 「전쟁과 악기」에 여기에 대한 자세한 성찰이 들어 있다.

- 「전쟁과 악기」: 당국은 곳곳에 그러한 비밀 조율실이 숨어 있다는 것을 눈치채고 감시의 눈길을 소홀히 하지 않는다. 게다가 벌써 반음의 기억조차 잊어버리고 새로운 음곡에 철저히 익숙해져버린 사람들은 이제 그 반음을 오히려 수상쩍어할 것임에 틀림없다. 조율실의 소재라도 눈치채게 된다면 그들은 아마 틀림없이 고발을 하고 나서리라. 조율실의 존망에 위협이 되는 것은 그러니까 당국의 감시뿐 아니라 시민의 눈길도 마찬가지인 셈이 된 것이다.

14) **얼굴**: 얼굴은 곧 자아다. 그래서 자기 얼굴 찾기는 자아 망실에서 자아 회복으로 나아가는 과정이라 할 수 있다. 왕은 이준과 단식, 허기, 광기뿐 아니라 얼굴까지 공유하는 완벽한 분신이다(250쪽 16행).

- 「퇴원」: 선생님은 아마 적적하실 때, 거울을 들여다보신 적이 없으신가 봐요. 거울을 들여다보노라면 잃어진 자기가 망각 속에서 살아날 때가 있거든요.

15) **죽었다 살아나기**: 「병신과 머저리」에서 죽었던 오관모가 살아났듯이 왕도 죽었다 살아난다. 그들이 정말 살아난 것은 아니다. 그래서 살아

난 그들은 닮은 사람이나 소문으로 모호하게 처리된다(304쪽 9행).

　- 「병신과 머저리」: "놀라 돌아보니 아 그게 관모 놈이 아니난 말야. 한데
　　놈이 그래 놓고는 또 영 시치밀 떼지 않아.